William Rutherford

Thoukydidou tetarte

The fourth book of Thucydides

William Rutherford

Thoukydidou tetarte
The fourth book of Thucydides

ISBN/EAN: 9783337281229

Printed in Europe, USA, Canada, Australia, Japan

Cover: Foto ©Andreas Hilbeck / pixelio.de

More available books at **www.hansebooks.com**

ΘΟΥΚΥΔΙΔΟΥ ΤΕΤΑΡΤΗ

THE

FOURTH BOOK OF THUCYDIDES

A REVISION OF THE TEXT

ILLUSTRATING

THE PRINCIPAL CAUSES OF CORRUPTION IN THE MANUSCRIPTS OF THIS AUTHOR

BY

WILLIAM GUNION RUTHERFORD, M.A., LL.D.

HEADMASTER OF WESTMINSTER;
AUTHOR OF 'THE NEW PHRYNICHUS,' AND EDITOR OF 'BABRIUS'

O quoties indignatus languidas interpolationes, quae summorum ingeniorum reliquias deturpant exclamaveris : hoccine ergo Homerum aut Aristophanem aut Platonem aut Demosthenem ita dicere potuisse in animum homines induxerunt.—COBET.

London

MACMILLAN AND CO.

AND NEW YORK

1889

PREFACE

LAST term I had to read with my form the Fourth Book of Thucydides as one of the subjects set by an Examining Board. It was some time since I had read this part of the History, and, as commonly happens in re-reading a corrupt author, I found a good many of the difficulties difficulties no longer.

If a headmaster has seldom time to prepare the books which he has to read with his boys, yet it is perhaps as good as preparing them to have the chance of watching other minds at work upon them, and hearing every now and then very shrewd and fresh criticisms upon the conventional comments which form the main part of the common annotations to Greek and Latin authors. Then there is direct stimulus in the feeling that of things taught in school there can be few more profitable to a boy than the training in intellectual honesty which he gets from being compelled to face the obstacles of one kind and another constantly presented by texts that have been transmitted among risks of all sorts through little short of two thousand years. If the words in any passage mean as Latin or Greek one thing in themselves, while the context requires them to mean another, it will never do to let the difference pass, as in private reading there might be some danger of doing. A rider on a well-trained horse may often unconsciously avoid a fence or ditch, whereas he will put a colt at every barrier and not be satisfied till it has cleared it. Thus some part of this book is almost as much my boys' work as my own.

At the same time they are scarcely responsible for one feature of this edition which will perhaps strike some scholars as not only novel but uncalled for; and this I shall take entirely upon myself.

Let me explain how I came to believe that the text of Thucydides requires so often the remedy of excision.

For some time back I have spent such little time as is left from school work in trying to make way with an edition of Aristophanes. The foundation of any edition of that author that is likely to add to our knowledge must in my judgment be laid in a thorough study of the whole body of so-called scholia. Now any one who has tried to put these "scholia" in order—it is neither easy nor pleasant to carry the purpose through—will soon recognise two things; first, that it is quite possible for editor after editor both to use and print as intelligible much that does not admit either of translating or understanding; and secondly, that in these "scholia," if any-

where, are to be found admirable material for a study of
the unconscious and, so to say, mechanical interpolation
of ancient texts.

Accordingly, I would ask anybody who is inclined to
quarrel with the general principle of excision as illustrated
in this book to withhold his opinion until he has gone
through the weary προπαρασκευή of attempting to solve
the many problems raised by a great corpus of " scholia "
such as those on Aristophanes. By so doing he will
learn, on the one hand, not to draw from the fact that
a hundred editors have printed a thing as sense the
necessary conclusion that it is sense; and, on the other,
to become so familiar with the look and habits of the
ancient annotators, Alexandrine, Romano-Greek, and
Byzantine, as to be able with comparative certainty to
recognise them even in the guise of their betters.

It is a pity that scholars have so often decried the
" scholia," and denied their claims to be considered;
or their value as a means of detecting one serious
kind of corruption in ancient texts would have been
acknowledged long ago. Nor would the advantage to
criticism have ended here. Not a little of the distrust
with which textual criticism is viewed by men who lean
rather to the literary than the scientific side of scholar-
ship, is due to the frequency with which critics have
brought the resources of their art to emend passages
which could only be cured by excision. For here they

were fighting with facts, and their art, being unable to
make sense where sense had never been, was brought
into discredit.   In speaking thus, I do not mean to say
that any great critic has ever denied the risk of interpola-
tion to be considerable—on the contrary, interpolated
"scholia" have been pointed out again and again—but
I do contend that in Thucydides, at least, interpolation
has been regarded as an occasional slip rather than a
common source of error.   Such instances of it as have
been already traced by the sure scholarship of Dobree,
the accurate learning of Krueger, the rare acumen of
Badham, the facile Atticism of Herwerden, and above
all, the controlled and sane sagacity of Cobet, bear but
a small proportion to the number noted in this edition,
and a smaller still, I doubt not, to the whole sum of
errors which have been caused in this way.

Some notion of the dimensions which this kind of
corruption reaches in Thucydides may be got by running
the eye down the outside margin of the pages of the
text as printed here.   The words printed in pseudo-
uncial type are for the most part in my judgment inter-
polations or, as I would prefer to call them, interpolated
adscripts.   Once or twice a clause or phrase appears
both in the margin and in the text.   This happens
whenever it seems to me that something may be said
both for or against the words in question.   But the great
majority of the sentences, clauses, phrases, or words

printed there are due not to Thucydides, but to his annotators.

As I have said, many of these have been pointed out already. The name of the critic who detected them first is generally given in the notes, commonly by the plan of quoting the very words in which the emendation was first proposed.

A different arrangement has been followed in regard to variants and to verbal emendations. The unnumbered variants due to misspelling are all left unnoticed. Even when all the manuscripts are put aside, yet I have not always marked their reading. In accordance with principles laid down in the Introduction I have, for example, again and again written, say ἡμεῖς when the manuscripts all give ὑμεῖς, or ἐστρατοπέδευντο when all give ἐστρατοπεδεύοντο. In such cases it would have been as futile to mark the manuscript reading as it would have been to give the name of any scholar who first preferring reason to spelling corrected it. For the emendation must have been made independently by many scholarly readers.

But of all emendations above this order I have tried to find the first author, and I have marked the name, when found, in the margin. If any critics are ever thus shown to have been forestalled in a conjecture, they will at least have the pleasure of being confirmed in their judgment, a feeling in the end much more congenial to the spirit of the true scholar than that which at first finds expression in the anathema "pereant qui ante nos nostra dixerunt."

Conjectures appearing here for the first time are marked ℞.

If a conjecture has seemed to me good in itself, but yet scarcely called for, I have written it in the margin but not incorporated it in the text.

Passages so corrupt as to have baffled critics until now are written as they appear in the manuscripts, but are enclosed in half-brackets and designated in the margin as corrupt. Every now and then one of these places is emended by some lucky inspiration, but until this happens, it is sheer waste of time and confusion of mind to comment upon them.

W. GUNION RUTHERFORD.

DEAN'S YARD, WESTMINSTER,
  Michaelmas 1889.

THREE DISSERTATIONS

INTRODUCTORY TO

THE STUDY OF THUCYDIDES

INTRODUCTION

CHAPTER I.

THE STYLE AND DICTION OF THUCYDIDES AS ELEMENTS IN THE CRITICISM OF THE TEXT.

THE entire measure in which the text of Thucydides is corrupt is not, I think, often admitted in England. We are willing to acknowledge that the works of some other writers have reached us in a state far removed from their original form. It has become for example a matter 5 for traditional assent that the Choephorae and the Eumenides are in many passages unintelligible, and are not unlikely to remain so unless new manuscript sources are opened. But in dealing with Thucydides a different set of reasons altogether is discovered for a good part of 10 the difficulties which are continually met with. These are not, in England at least, ordinarily attributed to corruption, omission, or conscious or unconscious interpolation. They are taken rather for the outcome of the mind of the writer. It is that which is obscure, un- 15 certain, and crabbed. For even when the blame is laid upon language, and it is maintained that Thucydides from his time of writing was at a disadvantage because

the natural form of expression for a certain order of
ideas had not yet been elaborated, does not the censure
in the last resort fall indeed upon the author? Any one
who thinks clearly and simply writes clearly and simply,
5 for those at all events who have the mental range to
comprehend his point of view. It is hard to credit
that one who of all men has shown himself capable of
great, and simple, and transparent thought should fail
just in this faculty of great, and simple, and transparent
10 thought when he comes to express himself in language;
and above all, that he should so fail not uniformly, nor
even in passages in which ideas of an abstruse or ab-
stract kind are dealt with, but that his lapses should be
merely occasional, happening only now and again, at
15 times when no reason can be seen for them.

I do not exaggerate in any way the common view.
Our texts of Thucydides are full of unchallenged cor-
ruptions such as these:— γνοὺς δὲ ὁ Κλέων καὶ ὁ
Δημοσθένης ὅτι, εἰ καὶ ὁποσονοῦν μᾶλλον ἐνδώσουσι,
20 διαφθαρησομένογς c. 37 1: λαθόντες τὴν ἀπόβασιν in
the sense of *landing unobserved* c. 32 1: ἀπιστοῦντές
τε μὴ εἶναι τοὺς παραδόντας τοῖς τεθνεῶσιν ὁμοίους,
καί τινος ἐρομένου ποτε ὕστερον τῶν Ἀθηναίων ξυμ-
μάχων δι' ἀχθηδόνα ἕνα τῶν ἐκ τῆς νήσου αἰχμαλώτων
25 εἰ οἱ . . . ἀπεκρίνατο αὐτῷ κ.τ.λ. c. 40 2: ἐκεῖνοί τε
γὰρ τῇ ἀτραπῷ περιελθόντων τῶν Περσῶν διεφθάρησαν
οὗτοί τε c. 36 3: In fact there is hardly a page which
does not supply an instance of a sentence violating every
law of a sentence, but still regarded as justifiable in
30 Thucydides, who for his great merits of another kind
is to be forgiven occasional lapses into utopian syntax.

Not that his style is in itself without difficulties, but
they are difficulties of a very different kind, namely,
such as arise always when the language of a people

receives the special impress of a great writer's mind
and genius.   Just in proportion to the measure of in-
dividuality with which a man is gifted, does his use of
the language of his race differ from the common and
normal use.   We may know a language very well in an 5
ordinary way, and yet be unable to enjoy perfectly some
of the greatest writers of it.   We can imagine, for
example, a person who has a very fair knowledge of
ancient Greek derived from desultory reading of authors
of every class and time, yet finding this knowledge in- 10
adequate to the intelligent study of Thucydides or
Aeschylus or any other author possessed of a vigorous
individuality.   There is such a thing as genius modifying
language ; there is such a thing as style.

This is why the great works in ancient literature 15
must always in any real sense be the possession of the
few.   The gist of their matter may be got by anybody,
but those inner qualities which best help to reveal a
writer to his readers in all the charm and force of his
personality are hid from all who cannot give their life 20
up to the study of the tongue in which he wrote.   For
if these qualities vary in different writers—and they
vary in all according to the type or to the degree of
their individuality—still in each case they are, so to
say, superinduced upon the normal speech.   That must 25
be known familiarly before they can either be observed or
justly valued.

If we re-read Aeschylus, for example, after some
interval, we are for the first few hundred lines be-
wildered by the personal or individual element in his 30
Greek.   We cannot for the moment quite adjust it to
our conceptions of the normal usage ; but it is not long
before we see that we have to do with a style in which
all the power and range of normal Greek idiom are

legitimately used to produce a fashion of expressing thought which yet differs so entirely from the normal mode as to be a new creation.   It is not that the common ways and habits of the Greek of the time have
5 been put aside.   They have only been given an enlarged operation, alike natural and novel.   Instead of leaving them to control the conventional poetical diction of his day, he rather lets them play so freely among the words and phrases of the past that they catch the spirit of
10 the earlier speech.   It is not Greek of his own time which he writes, nor is it Greek of any time before.   It is rather the language of his day written in the spirit of the past, and with the words of the past.   But normal use is the basis of it all.   Until that is known familiarly,
15 the genius which has been able to transmute it into something so different cannot be esteemed as it ought —the personal element we cannot justly appreciate.

Thucydides is not an imaginative writer like Aeschylus, and his individuality could not show itself in similar
20 forms at a time when literary perversity had not yet mixed prose and poetry together; still he has a most marked style, simple enough when its leading characteristics are known, but very difficult to anybody who does not read him often, and unintelligible in many ways to
25 all who are not very familiar with normal Greek.   Indeed he is full of turns of expression which in an affected writer might be regarded as exaggerations or even parodies of Attic idiom, but in him, as we shall see shortly, are rather to be explained as arising from
30 an unusually clear vision in the use of language.   They are Attic seen through a precise and logical mind.

This precision manifests itself in its simplest form in the way in which words and whole expressions are repeated rather than that any doubt should be left as

to the meaning. To compare two such styles as that
of Thucydides and that of Macaulay may at first sight
appear paradoxical, especially to those who are willing
to judge Thucydides by the manuscripts; and yet, with
all their differences, the two writers are very near 5
together in this practice. Such resumptions are constant
in Thucydides :—ἔσχον ἐς τὸν αἰγιαλὸν τοῦ χωρίου ὑπὲρ οὗ
ὁ Σολύγειος λόφος ἐστίν, ἐφ' ὃν Δωριῆς τὸ πάλαι
ἱδρυθέντες τοῖς ἐν τῇ πόλει Κορινθίοις ἐπολέμουν οὖσιν
Αἰολεῦσι· καὶ κώμη νῦν ἐπ' αὐτοῦ Σολύγεια καλουμένη 10
ἐστίν. ἀπὸ δὲ τοῦ αἰγιαλοῦ τούτου ἔνθα αἱ νῆες κατέσχον ἡ
μὲν κώμη αὕτη κ.τ.λ. c. 42 2: αὐτὸς δὲ ἀπολεξάμενος
ἐκ πάντων ἐξήκοντα ὁπλίτας καὶ τοξότας ὀλίγους ἐχώρει
ἔξω τοῦ τείχους ἐπὶ τὴν θάλασσαν ᾗ μάλιστα ἐκείνους
προσεδέχετο πειράσειν ἀποβαίνειν ἐς χωρία . . . κατὰ 15
τοῦτο οὖν πρὸς αὐτὴν τὴν θάλασσαν χωρήσας ἔταξε τοὺς
ὁπλίτας κ.τ.λ. c. 9 2-4. ἀπέθανον δ' ἐν τῇ νήσῳ καὶ
ζῶντες ἐλήφθησαν τοσοίδε· εἴκοσι μὲν ὁπλῖται διέβησαν
καὶ τετρακόσιοι οἱ πάντες· τούτων ζῶντες ἐκομίσθησαν
ὀκτὼ ἀποδέοντες τριακόσιοι, οἱ δὲ ἄλλοι ἀπέθανον. καὶ 20
Σπαρτιᾶται τούτων ἦσαν τῶν ζώντων περὶ εἴκοσι καὶ
ἑκατόν. c. 38 5.[1]

Now this is not the characteristic of a careless
writer,—and careless we must believe Thucydides to
have been if he wrote as the manuscripts make him 25
out to have written. Nor is it compatible with the
view of which we hear so much that Thucydides began
his sentences without any idea of how he was going to
end them, and modified and even reversed the construc-
tion as he went along. It is true that some such theory 30
is required by the defenders of the traditional text, but

---

[1] This feature of style has often
been unobserved, even by diligent
and discriminating critics—as, e.g.,
Cobet proposed to omit here both
οἱ δ'ἄλλοι ἀπέθανον and τῶν ζώντων.

a theory can only exist till it is shown to be against
the facts. Many of these sentences said to have been
thus elaborated I hope to be able to give a different
account of in another dissertation. For the present I
5 desire to call attention to another kind of argument
against them, the evidence of such precision in the use
of language by Thucydides as it would be difficult to
parallel from other authors.

In the ninety-eighth chapter of this book the Athenians
10 are represented as urging the Boeotians to let them have
their dead from the battle fought after the occupation of
Delium :—σαφῶς τε ἐκέλευον σφίσιν εἰπεῖν μὴ ἀπιοῦσιν
ἐκ τῆς Βοιωτῶν γῆς ἀλλὰ κατὰ τὰ πάτρια τοὺς νεκροὺς
cπένδογcιν ἀναιρεῖσθαι. "Do not tell us, they urged, to
15 leave Boeotia if we want to get our dead; be content
with our making a drink-offering after the manner of
our fathers." Now I daresay our ordinary writer even
here would have used σπενδομένοις, but Thucydides, who
in precision is no ordinary writer, is logically right in
20 using the active. Σπένδεσθαι is a reciprocal middle *to
make libation on one side and on the other*—it might
be paraphrased ἐπ' ἀμφότερα σπένδειν—and logically
one side can only bid the other σπένδειν, *i.e.* do their part
in the common ceremony, not σπένδεσθαι, *i.e.* do the part
25 of both.[1] There is a like reason in strict logic for the
active ἀναπαύοντες, in the eleventh chapter, used of the
Peloponnesians relieving their attacking parties at Pylus :
—οἱ δὲ κατ' ὀλίγας ναῦς διελόμενοι, διότι οὐκ ἦν
πλέοσι προσσχεῖν, καὶ ἀναπαύοντεc ἐν τῷ μέρει τοὺς
30 ἐπίπλους ἐποιοῦντο—"forming in groups of a few ships,

---

[1] That the suggestion of Poppo,
σπεύδουσιν, should be on the way to
acceptance in our texts shows how
far we are at present from the right
road in the textual criticism of
Thucydides. Σπεύδουσιν has very
little meaning in such a connection.

because more could not put in, and relieving, they in
their turn made their attacks." It is the relieving party
at any time of whom ποεῖσθαι τοὺς ἐπίπλους can properly
be used.

By recognising this trait of precise logical thought 5
in Thucydides we shall find easy a good many turns of
expression which at first seem puzzling. For example,
in the seventy-ninth chapter the Chalcidians and
Perdiccas are said to have invited Brasidas to Thrace
(ἐπηγάγοντο); then it is added καὶ ἅμα αἱ πλησιόχωροι 10
πόλεις αἱ οὐκ ἀφεστηκυῖαι ξυνεπῆγον κρύφα. The active
ξυνεπάγειν is used, notwithstanding the invariable middle
of ἐπάγεσθαι, because they were not exactly asking
Brasidas to come to themselves, but were only helping
their neighbours to get him. So again of the same state 15
of things in the eighty-fourth chapter. The Acanthians
are divided into the two parties of the δῆμος favouring
Athens, and of οἱ μετὰ τῶν Χαλκιδέων ξυνεπάγοντες, the
party that helped the Chalcidians to bring Brasidas to
Chalcidice.   20

We have said that the refusal of Thucydides to use
a reciprocal middle of only one of the parties who might
be supposed to "reciprocate" has puzzled commentators.
On the other hand, a true reciprocal middle, on which the
whole sense of an important passage turns, had never 25
been remarked until Cobet pointed it out. In the
nineteenth chapter, after the men have been cut off in
Sphacteria, the Lacedaemonians pray Athens for peace,
one of their arguments being that neither side will gain
if they *play a game of risks* in which losing for the 30
Athenians means the escape of the prisoners, for the
Lacedaemonians the ultimate defeat of the same :—
ἄμεινον ἡγούμενοι ἀμφοτέροις μὴ διακινδυνεύεσθαι, εἴτε
διαφύγοιεν παρατυχούσης τινὸς σωτηρίας εἴτε καὶ

ἐκπολιορκηθέντες μᾶλλον χειρωθεῖεν. Thucydides had
a right to presume in his readers a knowledge of Attic
idiom. To an Athenian there was no more risk of one
meaning of διά with which middle endings must go being
5 confounded with another meaning of διά with which active
endings were required, than there was risk of confounding
the sense of περί in περιδόσθαι with its sense in περιθεῖναι.
The use of διακινδυνεύεσθαι in this passage in which it
brings out the meaning so vividly is Thucydidean in its
10 aptness. That it should not have been noticed till the
other day is a proof how the traditional view of the style
of Thucydides closes our eyes to the truth of facts.
Another instance of this power of selecting a word which
exactly defines the circumstances described has, as far as
15 I can discover, been hitherto entirely overlooked. In
the seventy-first chapter the factions at Megara do not
know how to act in regard to Brasidas (the democratic
party fearing that he will bring back the exiles and exile
them, the oligarchs fearing that the δῆμος in dread of this
20 will attack them), each being afraid to take any step, lest,
if civil war should ensue, all should be over, seeing that
the Athenians, sitting by like the ἔφεδρος in a wrestling
match, would step in and fight the conquerors—μὴ ἡ
πόλις ἐν μάχῃ καθ' αὑτὴν οὖσα ἐγγὺς ἐφεδρευόντων
25 Ἀθηναίων ἀπόληται.

There seems to be few things harder than for us to
put ourselves back into the remote past of a cultivated
race and think in its language. Here are two expressions
on which the full meaning of two passages depends—
30 both of them easily understood if their significance is
once pointed out, neither of them far-fetched, but taken
the one—διακινδυνεύεσθαι—from among the ordinary
idioms of the people, the other—ἐφεδρεύειν—from the
language of their amusements; yet they have both for so

long been misunderstood. To the contemporaries of
Thucydides himself, for whom in the first place he wrote,
no form of expression could better have conveyed his
thought. Even we must acknowledge that here it was
our ignorance, and not the obscurity of Thucydides, which 5
prevented us from catching his drift.

Let me point out another characteristic of the style of
this author to which it owes not a little of its precision
and at the same time a good deal of its apparent obscurity
to us. This is the delicacy and refinement with which 10
he employs a mode of expression in very common use in
his day—namely, the idiom by which almost any verb
may, in the active, be paraphrased by ποιεῖσθαι and some
substantive expressing the action of the verb, and, in the
passive, by such a substantive serving as subject to 15
γίγνεσθαι. Thus πλεῖν is paraphrased by τὸν πλοῦν
ποιεῖσθαι, passive ὁ πλοῦς γίγνεται ; λέγειν by ποιεῖσθαι
τοὺς λόγους, passive οἱ λόγοι γίγνονται ; ἀποβαίνειν
by ἀπόβασιν ποιεῖσθαι, passive ἡ ἀπόβασις γίγνεται.
What would be a qualifying adverb with the simple verb 20
becomes in the paraphrase an adjective qualifying the
substantive, as, πολλὴν ἐπιμέλειαν ἐποιοῦντο ; βραδυτέρα
ἐγίγνετο ἡ ἔφοδος. If we mean to understand Thucy-
dides we must get to see πολεμεῖν in τὸν πόλεμον
ποιεῖσθαι, σπουδάζειν in τὴν σπουδὴν ποιεῖσθαι, ἀναγα- 25
γέσθαι in τὴν ἀναγωγὴν ποήσασθαι, ὡμολόγουν in τὴν
ὁμολογίαν ἐποιοῦντο, ἠναντιώθη τι in ἐναντίωμά τι
ἐγένετο, and τὰ εὐεργετηθέντα in αἱ γενόμεναι εὐεργέσιαι.
For these or their like may be found in almost every
paragraph. 30

For the most part such expressions are plain enough
and need no comment, but when the idiom becomes a little
enlarged, it seems to elude us ; as, for example, when it
is said that the Chians consented to strip their town of

its new wall at the bidding of the Athenians, ποηcάμενοι
μέντοι πρὸς Ἀθηναίους πίcτειc καὶ βεβαιότητα ἐκ τῶν
δυνατῶν μηδὲν περὶ σφᾶς νεώτερον βουλεύσειν (c. 51),
first however in regard to the Athenians, they got pledges
5 *and assurances as far as they could that they would
not interfere violently with their condition.* The πίστεις
ποησάμενοι is an ordinary expression found often else-
where, but the addition of βεβαιότητα, which is quite
in the manner of Thucydides, gives the sentence a turn
10 out of the common, and has led even Badham to conjecture
ὡς βεβαιότατα for καὶ βεβαιότητα. A few chapters
before, in a much disputed passage, the recognition of
this idiom gets rid of one at least of the main
difficulties. Ξυνελάβοντο δὲ τοῦ τοιούτου οὐχ ἥκιστα,
15 ὥστε ἀκριβῆ τὴν πρόφαcιν γενέcθαι καὶ τοὺς τεχνησαμένους
ἀδεέστερον ἐγχειρῆσαι, οἱ στρατηγοὶ τῶν Ἀθηναίων
κ.τ.λ. (c. 47 2). *The attitude of the Athenian generals
helped in great measure to make the reason alleged by the
plotters meet all the circumstances of the case and to save
20 them from apprehension of the consequences* (lit. *The
Athenian generals . . . contributed not least to this, that
the alleged reason was precise and that the plotters
made their attempt with less apprehension*). Ἡ πρόφασις
γίγνεται is the passive of τὴν πρόφασιν ποιεῖσθαι which
25 in turn is the ordinary periphrasis for προφασίζεσθαι,
so that we might have had ὥστε ἀκριβῆ ταῦτα
προφασίσασθαι τοὺς τεχνησαμένους καὶ ἀδεέστερον
ἐγχειρῆσαι. The πρόφασις employed by the plotters to
gain their end is just before expressly mentioned—μέλλειν
30 γὰρ δὴ τοὺς στρατηγοὺς τῶν Ἀθηναίων παραδώσειν
αὐτοὺς τῷ δήμῳ τῶν Κορκυραίων.

Indeed Thucydides tends on the whole to carry this
idiom much farther than other writers. In c. 122 we
have ὀργὴν ποιούμενοι as a periphrasis for ὀργιζόμενοι,

actually "resumed" in the next chapter by πολλῷ ἔτι μᾶλλον ὀργισθέντες. He freely extends the idiom to compounds also, as in c. 126 4, where ΔιΔαχὴ ἀληθὴc προcγενομένη περὶ αὐτῶν ἐθάρσυνεν is an equivalent for ἀληθῶς περὶ αὐτῶν προσδιδαχθέντες ἐθάρσησαν. In c. 5 120 3, it is carried a step farther still. There, in οὐκ ἀνέμειναν ἀνάγκην σφίσι προcγενέcθαι, *they did not wait for compulsion to be put upon them*, we have ἡ ἀνάγκη προσγίγνεται serving for the passive of that προσ-αναγκάζειν which is formed directly from ἀνάγκη and 10 means *to put compulsion upon*, as distinct from the προσαναγκάζειν which, as an ordinary compound of ἀναγκάζειν, means *further to compel*.

Another characteristic of the style of Thucydides is almost as marked as this last. It is his management of 15 participles. He seems to love to accumulate them one upon another, as, for instance, in c. 48 οἱ δὲ ἐφυλάσσον-τό τε ὡς ἐδύναντο καὶ ἅμα οἱ πολλοὶ σφᾶς αὐτοὺς διέφθειρον, οἰστούς τε οὓς ἀφίεσαν ἐκεῖνοι ἐς τὰς σφαγὰς καθιέντες καὶ ἐκ κλινῶν τινῶν αἳ ἔτυχον αὐτοῦ ἐνοῦσαι 20 τοῖς σπάρτοις καὶ ἐκ τῶν ἱματίων παραιρήματα ποιοῦντες ἀπαγχόμενοι· παντί τε τρόπῳ τὸ πολὺ τῆς νυκτὸς ἀναλοῦντες σφᾶς αὐτοὺς καὶ βαλλόμενοι ὑπὸ τῶν ἄνω διεφθάρησαν. Here we have καθιέντες and ἀπαγχόμενοι explaining the two ways in which the men caused their 25 own deaths, then ἀπαγχόμενοι itself is explained by τοῖς σπάρτοις and by another participle παραιρήματα ποιοῦντες —and lastly, all the ways in which they found death are summed up in the two participles ἀναλοῦντες σφᾶς αὐτούς and βαλλόμενοι ὑπὸ τῶν ἄνω. Or again in c. 69 2, 30 ἀρξάμενοι δ' ἀπὸ τοῦ τείχους ὃ εἶχον καὶ διοικοδομήσαντες τὸ πρὸς Μεγαρέας, ἀπ' ἐκείνου ἑκατέρωθεν ἐς θάλασσαν, τάφρον τε καὶ τείχη διελομένη ἡ στρατιά, ἔκ τε τοῦ προαστείου λίθοις καὶ πλίνθοις χρώμενοι καὶ κόπτοντες

τὰ δένδρα καὶ ὕλην, ἀπεσταύρουν εἴ πη δέοιτό τι. They
begin at the part of the long walls in their possession,
and wall up the side towards Megara; then they settle
among themselves how much of the trench and walls of
5 Nisaea each detachment of them is to wall off; all this
in participles without any finite verb; next the way in
which they carried out the task is explained by participles;
and last of all comes the verb ἀπεσταύρουν to clinch the
whole. Now this seems to me a characteristic Thucy-
10 didean sentence. Yet the editors make difficulties about
it and wish to insert a finite verb half way through.

With like blindness to this idiosyncrasy of their
author's style they prefer to transpose two clauses in
c. 30 3 οὕτω δὴ τούς τε Λακεδαιμονίους μᾶλλον κατιδὼν
15 πλείους ὄντας . . . τό τε ὡς ἐπ' ἀξιόχρεων τοὺς
Ἀθηναίους μᾶλλον σπουδὴν ποεῖσθαι, τήν τε νῆσον
εὐαποβατωτέραν οὖσαν, τὴν ἐπιχείρησιν παρεσκευάζετο,
κ.τ.λ., rather than make the easy correction of τό τε into
τότε τε, and ποεῖσθαι into ποιουμένους, even when the
20 presence in the sentence itself of five participles already
ought to have suggested to them the likelihood of one
participle more. It is also in harmony with this trait of
style that I have tried to restore the last sentence of the
thirty-sixth chapter.

25 Sometimes, as there—πολλοῖς τε ὀλίγοι μαχόμενοι
καὶ ἀσθενείᾳ σωμάτων—and in the sentence already
quoted, p. xxiii. l. 26, supra, we find the series of participles
broken by a substantive in regimen with a preposition
or in some case which co-ordinates it in meaning to the
30 participles. Thus ἀσθενείᾳ σωμάτων being equivalent
to ἀσθενοῦντες τὰ σώματα ranges easily with μαχόμενοι.
So in c. 12 2 τῶν τε χωρίων χαλεπότητι καὶ τῶν Ἀθηναίων
μενόντων we might have had χαλεπῶν ὄντων, and in
c. 24 5 διὰ στενότητα καὶ ἐσπίπτουσα might as well have

run στενὴ οὖσα. In c. 33 2 χωρίων χαλεπότητι καὶ
τραχέων ὄντων, the same sense would have been con-
veyed by χαλεπῶν as by χαλεπότητι, and in c. 69 3 σίτου
τε ἀπορίᾳ καὶ οὐ νομίζοντες, the dative is but for variety
no better than ἀποροῦντες.   5

Or, again, some other equivalent of the participle helps
to break the monotony of style, as in c. 47 1 ὡς δὲ ἔπεισαν
καὶ μηχανησαμένων, where we might have had either
ἐμηχανήσαντο or πεισάντων δὲ καὶ μηχανησαμένων.

I do not remember any instance in the Fourth Book   10
in which either corruption of manuscripts or difficulty
of interpretation has arisen from this mode of expression,
but there may be such in other books. The case is
different, however, with another development of participial
usage in Thucydides—a point of style which has not   15
only confused the copyists but also puzzled pretty often
the commentators. Take for example c. 20 3, where
the Lacedaemonian envoys point out the advantages
which the Athenians will reap from letting the prisoners
in the island go:—Λακεδαιμονίων ἔξεστιν ὑμῖν φίλους 20
γενέσθαι βεβαίως αὐτῶν τε προσκαλεσαμένων χαρι-
σαμένοις τε μᾶλλον ἢ βιασαμένων. *You may become
friends on a firm footing of the Lacedaemonians, they
themselves entreating you and you doing them a favour
rather than they compelling you.* Here most manuscripts, 25
and, I think, all editors read βιασαμένοις, as if any
speaker pleading for concession would admit that it was
in the power of the other side to do as they pleased.
"Concede this point," is the argument, "and let us be
friends. If you refuse, we shall fight it out and force 30
you." Sentences of this type, in which the case of the
participle is the only mark by which we can tell to
whom it refers, are very common; and it cannot surprise
us if such πολύνους βραχυλογία has constantly led to

clerical errors in the manuscripts and to the much more
serious corruption of adding connecting particles or
explanatory pronouns. Both these sources of error will
be illustrated in another place. Here it will be enough
5 to give one or two more instances of this usage.
When the Athenians surprise the men on the island,
they at once cut down all they find ἔν τε ταῖς εὐναῖς
ἔτι καὶ ἀναλαμβάνοντας τὰ ὅπλα, λαθόντες ποησάμενοι
τὴν ἀπόβασιν, οἰομένων αὐτῶν τὰς ναῦς κατὰ τὸ ἔθος
10 ἐς ἔφορμον τῆς νυκτὸς πλεῖν c. 32 1. First we have a
participle referring to the object of the principal verb,
then we hark back to the subject, and then again to
the object. In c. 5 1 ἐν ὀλιγωρίᾳ ἐποιοῦντο ὡς ὅταν
ἐξέλθωσιν ἢ οὐχ ὑπομενοῦντας σφᾶς ἢ ῥᾳδίως ληψό-
15 μενοι βίᾳ we have only one change, from object back
to subject, but the sentence also introduces us to
another feature of Thucydides's style—the frequent
use he makes of the indirect reflexive pronoun in the
plural. I say in the plural, because in the singular
20 either Thucydides avoided the forms ἕ and οὗ (οἷ he
uses some dozen times in all), or else they have been
displaced by the later equivalents ἑαυτόν or αὐτόν—
a question of great difficulty which will be touched upon
elsewhere.

25   Here too a reader of Thucydides must make himself
master of the Attic use. The reflexives σφᾶς, σφῶν,
σφίσι, σφέτερος suit the πολύνους βραχυλογία of the
writer. Indeed it was as much in reference to this as
to anything else that I spoke above of expressions
30 approaching almost to a parody of Attic idiom. These
pronouns occupy the compilers of the poor Thucydidean
"scholia." They constantly interpret them by proper
names, and that their predecessors did the like is in-
dicated by many an instance of such explanations getting

into the text and even by the presence in a wrong place
in the text of an αὐτούς, an αὐτῶν, or an αὐτοῖς which
has no business there, but has crept in from the margin
where its first function was to explain a σφᾶς, a σφῶν,
or a σφίσι.   I never can quite get over a certain feeling   5
of strangeness in some of the modes of expression which
the existence of this convenient pronoun has made possible
for Thucydides, as, for instance, παντί τε τρόπῳ ἐκάτεροι
ἐτεχνῶντο, οἱ μὲν ἐσπέμπειν τὰ σιτία, οἱ δὲ μὴ λανθάνειν
σφᾶς c. 26 9, but for Greeks themselves of a later date 10
they seem not only to have appeared strange but even
unintelligible, if we can judge from the number of
comments made upon them and the constant blunders
in explaining them.

Such in rough outline are the main features of the 15
style of Thucydides.   No one who has grasped them
firmly—and no one can do that who does not know
Greek well—will find any difficulty in reading the
greater part of the history.   His style is simple but
powerful, a fitting weapon for a vigorous understanding 20
dealing in an unaffected way with events and the lessons
to be derived from them.   So much we can make
certain of, if we accept the general impression produced
by the study of his work.   If there are many passages,
obscure and uncertain, which seem to tend to overthrow 25
any judgment formed by general impression, we must
not forget that not a few of such passages have already
been convincingly emended, and that if many are still
unintelligible, textual study provides overwhelming evi-
dence that their obscurity is less likely to be due to 30
the style of Thucydides than to the thousand and one
causes of corruption to which any manuscript tradition
is inherently liable.

To a certain extent in what has been said we have

already trenched upon the question of diction, but its
main bearing upon the text has still to be considered.

Are there conventional, archaic, and poetical elements
all combined in the diction of Thucydides, or ought we
5 rather to regard as entirely archaic such elements as
distinguish his diction from that of other Attic writers?
It is not easy to answer. With the evidence at present
at our disposal, how are we to say where the σσ in
words like θάλασσα and πράσσειν came from? Certainly
10 no contemporary of Thucydides used such forms in ordinary
speech with other Athenians. Why in prose writing
did Thucydides prefer them? Was the σσ an archaism
as in tragedy, or was it rather a conventional spelling
natural in a successor of the Ionic originators of historic
15 prose? If we knew how to answer this question, we
could explain a great deal besides which at present
baffles us, and even might find in the end that Atticising
διορθωταί had not only re-spelt our author but even
replaced many an un-Attic form by its Attic equivalent,
20 leaving in their ignorance only enough of the old element
to set us thinking. Dobree pointed out that in c. 28 4
Plutarch's copy seems to have exhibited κατακτενεῖν
where all our manuscripts read ἀποκτενεῖν, and we may
compare c. 67 4 where one manuscript reads ἀποκτείνουσι
25 for κτείνουσι.

Even as it stands, the diction of Thucydides comprises
many forms that belong to Ionic or tragedy rather than
to Attic proper. To draw, as our custom has been,
all our examples from the book here edited, we find
30 δοκεῖν several times over for νομίζειν:[1] ἐκλέγειν as the
present of ἐξειπεῖν:[2] πιθέσθαι for πεισθῆναι:[3] κτείνειν

---

[1] Not in "survival" phrases like
πῶς δοκεῖς etc. but as the equivalent
of νομίζειν 36 1 : 62 2 : 104 2.

[2] 59 2. See note in loco.

[3] 18 5 and passim.

for ἀποκτείνειν :[1] ἐξαπίνης or ἐξαπιναίως for ἐξαίφνης :[2] ἀλκή in the sense of δύναμις :[3] δίψους for δίψης.[4] And it is the same with words that act upon syntax. We have several examples of μή[5] with the meaning *lest* even when no verb of fearing or taking care or their equivalent precedes, and also a few cases of the relative without ἄν[6] in clauses expressing indefinite frequency in present time; of ἐπεί[7] for ἐπειδή in temporal clauses; and of ἐπί[8] with the dative in the sense of rest *upon*.

Now these are specimens only, drawn from a large class of words of a like character; but even in themselves they are enough to make us hesitate in pronouncing an opinion upon certain points of manuscript tradition. For instance one codex always writes αἰεί for the ἀεί of the others. Sometimes ἀπό is exhibited by all in cases where certainly we should be justified in regarding it as a pure mistake of the copyists if we were dealing with Plato or Demosthenes. But with the above examples of undoubted aberration from normal Attic usage to raise a doubt, are we prepared either to say that αἰεί is wrong, or in the other case to write, as Cobet bids us, ὑπό for ἀπό? When Herwerden confidently replaces ἤν by ἐάν "quia hodie ex inscriptionibus constat seculo quinto ante Christum Athenienses hanc voculam in pedestri oratione non contraxisse" we have a perfect right to ask him to explain why he has not throughout written πράττειν for πράσσειν or θάλαττα for θάλασσα. Indeed we might with as good reason make Thucydides spell it ἄν as ἐάν, because if he resembles them in spelling πράσσειν, he might follow them too in other habits.

---

[1] 67 4 : 74 3 : 96 8 : 127 2.
[2] 36 2 : 111 2 : 115 3 : 25 11.
[3] 32 4.
[4] 35 4.
[5] 22 3 : 80 2 : 105 1.
[6] 17 2.
[7] 44 2 : 83 2.
[8] 67 3.

We shall see in the third dissertation that as a means of correcting the manuscript spelling in the case of the great majority of words, the use of inscriptions cannot be over valued. The bulk of the words used 5 by Thucydides might have been used by any Athenian of the day in ordinary conversation. Of these, inscriptions can give us the orthography. But as to that class of words to which πράσσειν and ἤν belong, inscriptions have nothing to tell us. It may very well be that Thucydides 10 was uniform in his spelling of the word for *if*, as he was in regard to πράσσειν or any other such word, and that he wrote throughout either ἤν or ἄν or ἐάν, but it would be rash to contend even for this unless we were also prepared to banish the one or the other of alternative forms 15 like εἰστήκεσαν and ἔστασαν, τεθνηκότες and τεθνεῶτες.

I am afraid that in this as in much else we must be content for the present to take tradition as it has reached us, and do without certainty even where uncertainty is to every true scholar disquieting. And hope is not 20 denied us. For the history of scholarship is one record of uncertainty passing into certainty—new evidence being produced from the most unexpected places, and old knowledge in the light of the new acquiring a fresh value.

CHAPTER II.

INTERPOLATION IN THUCYDIDES.

I PROPOSE in this dissertation to examine a cause of corruption the formidable influence of which on the text of Thucydides appears to me to have hitherto been imperfectly estimated.

Every one is aware that to almost all classical authors 5 there exists a body of comments in Greek, preserved for the most part in the manuscripts of those authors, written some of them on the margin, top, bottom, or side, some between the lines of text. As a rule, the interlineal comments consist mainly of glosses, that is, late equivalents 10 for single words or phrases used by the author, while the marginal notes may either be true scholia corrupted or any other kind of comment supposed to illustrate the text. As seen in a manuscript, such notes, though confused enough, are yet less arbitrarily arranged than they appear 15 when printed in the continuous fashion ordinarily adopted by editors. Indeed a collection of printed "scholia" is often made up of "scholia" from many manuscripts, each with its own tradition both of text and notes. It is bad enough to find in one manuscript a jumble of "scholia" swept 20 together from different sources, but the case becomes nearly desperate when we have to face a printed compilation of "scholia" made from many different manuscripts, and thrown together into a series, irrespective of the place which they occupy on the page of their several manuscripts.

5 But desperate as this condition of things may be to a critic of the present time, I venture to assert that it is less desperate for him than the less complicated arrangement of comments was to any one who tried to edit or merely copy a classical text at any time in the thousand years 10 preceding the invention of printing. First of all, how was he to decide between a gloss or a "scholium" and a correction? For a copyist would not mar the appearance of his page by erasures, and if he wrote the wrong word left it in the text with some slight and easily erased mark 15 to distinguish it and put the right word above it or in the margin; and if he omitted one line or more would also write them in the margin where they were as likely as not to be taken for comments. Then again for the scholia proper, the old tradition of the critical schools was lost. 20 The manuscript which he copied perhaps contained scholia explaining the critical marks of two or more of the great critics who had edited or commented upon the text—and no two critics had exactly the same system of critical marks or attached identical meaning in every 25 case to the same marks. It might even happen that our editor knew nothing of critical marks at all, and was further confused by the odd beginnings of the scholia intended to explain them. Is it to be wondered at if he ran the comments of different schools together, or even 30 out of two or more identical in substance made one new comment? As the date became later, the chances of corruption became more numerous. The sensible learning of the Alexandrine schools was recast again and again by inferior grammarians till it lost in the hands of the

Byzantines the last traces of its origin.   The great
tradition of criticism disappeared.

The case being as I have described it, I maintain
that nothing could have prevented the importation into
the text of any author of a great deal of what was 5
properly comment.   The dimensions of their form of
corruption have been occasionally hinted at by the greater
critics, but the kind of labour by which alone it is possible
to acquire the special knowledge needed to enable us
to estimate them is in its nature distasteful; and thus 10
it happens that for the most part only those interpolations
have been pointed out which most interrupt the current
of a writer's thought.

In Thucydides especially this ῾kind of corruption
has escaped notice more easily because of his undeserved 15
reputation for obscurity and clumsiness of expression.
But it has itself contributed not a little to that reputa-
tion, and I hope to be able to show that of all authors
he has suffered perhaps most from illicit additions to his
text.   20

Before entering upon this question, it is necessary
that we should have a clear terminology.   The word *gloss*
we may retain, for, although originally it bore the sense
of *obsolete word needing explanation*, English use has now
sanctioned its employment in the sense of γλώσσημα 25
or *easier word explaining a more difficult*.   But the case
is different with *scholium* and *scholia*.   If we may
judge from the loose way in which they are used by
many commentators, these words convey to·most minds
a most hazy meaning.   It would serve to make the 30
discussion of such points more clear and precise, if we
confined *scholium* to its original sense of *the statement of
the way in which a particular school takes a word or phrase
or passage*.   If this is done, we shall perhaps have no

occasion to use the word at all in regard to Thucydides,
seeing that the collection of so called "scholia" on his
texts are evidently for the most part Byzantine in origin.

In place of this word as ordinarily used I would
5 suggest another. *Marginal note* will not do as there are
interlineal notes as well as marginal; and *comment* is no
better because it is not applicable to some of the sentences
which have got inside the text from outside. On the other
hand, if we anglicise the Latin *adscriptum* on the analogy
10 of *postscript* and *rescript* we get exactly what we want.
The usefulness of the word will be its best excuse.

First in regard to glosses. Even in this one book
of Thucydides there is a fair sum of evidence for the ease
with which a gloss may take the place of the word which
15 it explains. One manuscript or group of manuscripts
may show the gloss when the rest have kept the true
word. Thus several manuscripts present in c. 60 2 ἰδίοις
for οἰκείοις, in c. 92 3 ἀλλότριον for ἀλλόφυλον; two
manuscripts show in c. 121 1 ταχέως for προθύμως and
20 in c. 131 1 ὑψηλοῦ for καρτεροῦ; while in c. 80 4 ἔγνω
for ᾔσθετο, in c. 86 1 παραγέγονα for παρελήλυθα, in c.
126 4 βεβαιότερον for τολμηρότερον, have each the support
of a single manuscript. In c. 87 1, the place of ἀνα-
θρούμενα has been taken in one manuscript by ἀνα-
25 θεωρούμενα and in another by ἀφομοιούμενα.

Hardly less convincing are some of the cases in which
the gloss has not replaced the right word but has
established itself alongside of it, either by the help of καί
or no. Sometimes we can trace the process half way as,
30 for example in c. 112 3, the καί may not have got into
all the manuscripts—βουλόμενος κατ' ἄκρας καὶ βεβαίως
ἑλεῖν. One manuscript has κατ' ἄκρας βεβαίως. Here
we can even track the βεβαίως to its source, namely c.
114 1 βεβαίως τῆς πόλεως ἐχομένης. A case without

καί was first noticed by Dobree in c. 44 5 νομίσαντες τῶν ἐγγὺς ἀστυγειτόνων Πελήποννησίων βοήθειαν ἐπιέναι, and another has been pointed out by Cobet in c. 55 2 ἔς τε τὰ πολεμικὰ εἴπερ ποτὲ μάλιστα δὴ ὀκνηρότεροι ἐγένοντο. I would myself suggest that an early instance 5 of the same source of error has produced all the difficulty of c. 126 6 γνώσεσθε τὸ λοιπὸν ὅτι οἱ τοιοῦτοι ὄχλοι τοῖς μὲν τὴν πρώτην ἔφοδον δεξαμένοις ἄπωθεν ἀπειλαῖς τὸ ἀνδρεῖον μελλήσει ἐπικομποῦσιν κ.τ.λ. : Ἀπειλαῖς is evidently a gloss upon μελλήσει.   10

The more common type, however, is when we find the word glossed and its gloss united by καί, as c. 116 2 τὴν Λήκυθον καθελὼν καὶ ἀνασκευάσας. The word ἀνασκευάσας (which in this sense, it must be remembered, is formed directly from ἀνά and σκεύη, and has nothing to do with 15 the compound of σκευάζειν with the same spelling but a different meaning) was likely to give late readers trouble —the existing "scholia" prove as much—and was explained by καθελών. Similar glosses we have to eject also from c. 112 3 ἄνω καὶ ἐπὶ τὰ μετέωρα; and c. 133 2 20 ἔλαθεν ἀφθέντα πάντα καὶ καταφλεχθέντα.

It would have been well for the text of Thucydides if glosses had always been incorporated by methods so unsophisticated as these. After all, the harm which they do in this form is chiefly to convert good Greek into 25 slipshod Greek.

The case is different when we have actual contamination of gloss and text; that is, when in order to bring the gloss into the text either gloss or text is altered. Thus in c. 85 6 καὶ γὰρ οὐ μόνον ὅτι αὐτοὶ ἀνθίστασθε, 30 ἀλλὰ καί κ.τ.λ. we have neither the original text οὐχ ὅτι nor the gloss upon it, οὐ μόνον, nor, again, the two together, but a mixture of both. Similarly in c. 17 2 τοὺς δὲ λόγους μακροτέρους οὐ παρὰ τὸ εἰωθὸς μηκύνουμεν we detect a contamination of the Thucydidean μακροτέρους ποησόμεθα with the commentator's μηκυνοῦμεν. But we have not yet mentioned the more elusive types of this process, in which the case of a substantive or the person

5 of a verb either in gloss or text has had to be changed, before a gloss could take its place as an integral part of a sentence. Most of the instances of this corruption seem hitherto to have remained undetected. In c. 34 1 all the manuscripts give αὐτοὶ τῇ τε ὄψει τοῦ θαρσεῖν τὸ

10 πλεῖστον εἰληφότες πολλαπλάσιοι φαινόμενοι. Dobree suggested πιστόν, a word constantly confused with πλεῖστον, and so restored the place in part. Many devices have since Dobree's time, as well as before him, been tried upon the passage—all without success. The

15 real explanation is simple enough. The expression τὸ πιστόν was glossed τὸ θαρσεῖν. Then the gloss worked its way into the text, not by the honest attachment of καί, but by a change to the genitive. The same chapter furnishes also another instance, except that in this case it

20 is the text which has been modified. As given in the manuscripts the words run ἀποκεκλημένοι μὲν τῇ ὄψει τοῦ προορᾶν, ὑπὸ δὲ τῆς μείζονος βοῆς τῶν πολεμίων τὰ ἐν αὐτοῖς παραγγελλόμενα οὐκ ἐσακούοντες. The ordinary way of taking this is to see an elegance of antithetic con-

25 struction in τῇ ὄψει and ἐσακούοντες. But surely such a thing is confusion of thought, not elegance of diction, and in any circumstances to translate it in this way requires us to invent a new use for the dative. Besides does not ἀποκεκλημένοι τοῦ προορᾶν mean οὐ δυνάμενοι

30 προορᾶν, and so make a perfect antithesis to οὐκ ἐσακούοντες? There is certainly corruption here, and of the kind we are now considering. Thucydides wrote ἀποκεκλημένοι τῆς ὄψεως quite in his own manner, and τῆς ὄψεως was glossed τοῦ προορᾶν quite after the fashion

of his annotators.   The manuscript text is an attempt of combined τῆς ὄψεως and τοῦ προορᾶν.

Now that this source of error has been pointed out, I have no doubt that many other passages of Thucydides will receive easy elucidation in the same way as have these   5 two difficulties.

Before leaving the question of glosses, I should like to suggest another field of inquiry, more sterile perhaps, but still admitting of cultivation.   How far do such spellings as συλλεγεῖσαι for ξυλλεγεῖσαι in c. 25 3 : συνε-   10 χῶς for ξυνεχῶς in c. 43 5 : κρείττους for κρείσσους in c. 29 4: and ἔλαττον for ἔλασσον in c. 72 2, justify us in believing that these forms are really glosses which have completely ousted their principals ?   My own inclination is to believe that they have this origin ; but, if this is   15 so, the Thucydidean word will in most cases never with any certainty be restored.   For συλλεγεῖσαι we might propose with some plausibility ἀγερθεῖσαι, and perhaps for ἔλασσον the older ὄλειζον, and so with the rest, but nobody need be convinced except he chooses.   20

To turn next to adscripts, we shall not want evidence in support of the contention that much of the obscurity attributed to Thucydides ought really to be shifted to other shoulders.   The manuscripts often provide excellent evidence against themselves by disagreeing, either in the   25 place to which they assign such comments, or about inserting them at all, or lastly, about the form which they ought to take.   Instances of the placing of adscripts differently in different manuscripts are c. 86 1 where some manuscripts read ὅρκοις τε λακεδαιμονίων καταλαβὼν   30 τὰ τέλη, others ὅρκοις τε καταλαβὼν τὰ τέλη λακεδαιμο-νίων : c. 106 1 where we have both σφίσιν εἶναι τὰ δεινά and σφίσιν τὰ δεινά εἶναι : c. 67 3 οἱ προδιδόντες τῶν μεγαρέων οὗτοι and οἱ προδιδόντες οὗτοι τῶν μεγαρέων :

c. 84 2 ἔτι ἔξω ὄντος and ὄντος ἔξω ἔτι: in c. 85 7 we have
actually four variants ἣν νῦν ἐγὼ ἔχω, ἣν ἐγὼ ἔχω, ἣν ἔχω
ἐγώ, and ἣν ἔχω. Secondly, an adscript may appear in
some manuscripts and not in others. In c. 98 7 only one
5 manuscript gives the adscript in τοὺς μὴ ἐθέλοντας ὥσπερ
τίμημά τι τὰ μὴ πρέποντα κομίζεσθαι. In c. 126 5 οὔτε
γὰρ τάξιν ἔχοντες αἰσχυνθεῖεν ἂν ὥσπερ ΗΜΕῖς οἱ ΛΑΚΕ-
ΔΑΙΜΟΝΙΟΙ λιπεῖν τινὰ χώραν βιαζόμενοι the adscript
appears only in two books, while in c. 76 5, on the
10 contrary, the majority of the manuscripts combine to
support the interpolated word—ἡ μὲν οὖν ἐπιβουλὴ
τοιαύτη ΠΑΡΕСΚΕΥΑΖΕΤΟ. Or, lastly, the adscript appears
in different forms in different manuscripts, as in c. 108 1
ΤΟΤΕ δὲ ῥᾳδία ἤδη ἐΝΟΜΙΖΕΤΟ ΓΕΓΕΝΑCΘΑΙ, where besides
15 ἐΝΟΜΙΖΕΤΟ there is manuscript authority for ἐΝΟΜΙΖΕ and
ἐΝΟΜΙΖΟΝ. So in c. 85 7 we have both τῷ ἐΝ ΝΙCΑΙᾳ στρατῷ
and τῷ ἐΚΕῖ στρατῷ.

But for the detection of interpolated adscripts we are
not dependent solely upon manuscript evidence. There
20 are many other kinds of proof which are available.

Thus it sometimes happens that adscripts are un-
masked by the presence in them of some idiom unex-
ampled in classical usage but prevalent in later Greek.
There are not a few cases of this in Thucydides. In c.
25 133 3 the manuscripts read ἔτη δὲ Χρυσὶς (ἡ Χρυσὶς
v.l.) τοῦ πολέμου τοῦδε ἐπέλαβεν ὀκτὼ καὶ ἔνατον ἐκ
μέσου ὅτε ἐπεφεύγει. Now, except that the turn of the
first part is too idiomatic, this sentence might have passed
muster in the second century or so after Christ, when
30 the pluperfect had begun to be used as a simple past
tense, but certainly, as it stands, it was not written by
Thucydides. For him the two last words could have
meant nothing else than *at the time when she was a
banished woman*, just as in c. 14 ταῖς δὲ λοιπαῖς ἐν τῇ

γῆ καταπεφευγυίαις ἐνέβαλλον means *attacked the ships now in refuge at the land*, or c. 46 οἱ δ' ἄνδρες καταπεφευγότες ἀθρόοι, *the men now in refuge in a body*, or c. 35 τεθαρσηκότες, *being in heart*, and ἐστρατοπέδευντο passim, *were in camp*.

Another example no less instructive of a late idiom betraying an adscript is furnished by c. 102 4 ἦν Ἀμφίπολιν Ἅγνων ὠνόμασεν ὅτι ἐπ' ἀμφότερα περιρρέοντος τοῦ Στρυμόνος διὰ τὸ περιέχειν αὐτὴν κ.τ.λ. Such a use of διά with τό and the infinitive is quite common in late writers in cases where a classical author would have employed ἵνα with the subjunctive or optative, or else ἐπί with the accusative of a verbal noun. Happily, this adscript is gradually disappearing from our editions. But as yet no editor or critic has ventured to omit two phrases occurring elsewhere in which διά bears no less unclassical a sense than it does here. In c. 40 2 καί τινος ἐρομένου ποτὲ ὕστερον τῶν Ἀθηναίων ξυμμάχων δι' ὀχθηδόνα ἕνα τῶν ἐκ τῆς νήσου κ.τ.λ. the expression δι' ἀχθηδόνα ought, as far as classical Greek goes, to mean *in distress, in vexation*, and so the "scholia" on the passage take it. ἡ διάνοια· Ἀθηναίων σύμμαχός τις ἀχθόμενος ἤτοι τοῖς Ἀθηναίοις ὡς φορτικῶς ἄρχουσιν ἢ ἀχθόμενος ἐπὶ τῇ τῶν Λακεδαιμονίων συμφορᾷ, ἤρετο κ.τ.λ. But this meaning does not suit the context, and the only meaning that does suit it is that which δι' ἀχθηδόνα would ordinarily bear in late Greek, namely, *to cause annoyance*. For this reason we may confidently transfer the words to the margin as no less palpable an adscript than διὰ τὸ περιέχειν. The remaining instance of διά with an unclassical sense occurs in a chapter which, by the consent of the best critics, contains other interpolations. Dobree was the first to express surprise at the phrase διὰ τῆς τάφρου being used in c. 67 3,

ἀκάτιον εἰώθεσαν ἐπὶ ἀμάξῃ διὰ τῆϲ τάφροϒ κατακομίζειν
κ.τ.λ., in the sense required by the context of *by* or *along
the canal*, and desiderated κατὰ τὴν τάφρον on the analogy
of κατὰ τὸν ποταμόν in c. 107 2. If he had consulted
5 the "scholia" on c. 107 he would have found κατὰ τὸν
ποταμόν actually explained ἤγουν διὰ τοῦ ποταμοῦ.
After this, can anything be more plain than that διὰ
τῆς τάφρου is an adscript that has crept into the text?

With like certainty we may eject the adscript in c. 120
10 περὶ δὲ τὰς ἡμέρας ταύτας αϊϲ ἐπήρχοντο, because even
if Thucydides may have used ἐπήρχοντο as far as form
goes, he undoubtedly no more used it in the late sense of
discuss than he used διά in the late senses of *to cause* and
along. In c. 25 2 ἀπέπλευσαν ἐς τὰ οἰκεῖα στρατόπεδα
15 τό τε ἐν τῇ μεϲϲήνῃ καὶ ἐν τῷ ῥηγίῳ the absence of the
article after καί is decisive for considering the explana-
tion of στρατόπεδα a late addition to the text; and in
122 6 ψήφισμα ἐποήσαντο Κλέωνος γνώμῃ πειϲθέντεϲ
classical usage exclaims against the participle.

20 I cannot suppose either that any scholar who had
once read the sentence c. 3 3 οἱ δὲ πολλὰς ἔφασαν
εἶναι ἄκρας ἐρήμους ἣν βούληται καταλαμβάνων τὴν
πόλιν δαπανᾶν, could ever forget the construction of
δαπανᾶν. It must remain on his mind to oppress it
25 like a nightmare every time that the memory recalls it.
To see such things in Alexandrines or Byzantines does
not startle, but it is different in Thucydides. It is no
defence of the expression that Suïdas explains it (865
C). That need mean nothing more than that the ad-
30 script τὴν πόλιν got into the text a little sooner than
some others.

A few lines farther down at the beginning of the
following chapter we have an admirable illustration of
the way in which adscripts combined with glosses may

modify the whole structure of a sentence, producing
obscurity and irregularity where all was at first clear
and normal. The process of corruption in this case
will be found traced in the notes to the passage. But
let me speak here of two other examples of precisely 5
the same combination of sources of error. They come
close together, one at the end of the tenth chapter and
the other in the eleventh.

I daresay all will be ready to admit that for an
Athenian officer in encouraging his men to meet a landing 10
of the enemy, it was a very natural piece of advice to
bid them remember the lessons of their naval training—
ὅτι εἴ τις ὑπομένοι καὶ μὴ φόβῳ κατάπλου ὑποχωροίη,
οὐκ ἄν ποτε βιάζοιτο. And such I believe was the
sentence as Thucydides wrote it. But see how adscript 15
and gloss have changed it—ὅτι εἴ τις ὑπομένοι καὶ μὴ
φόβῳ ῥοθίου καὶ νεῶν δεινότητος κατάπλου ὑποχωροίη
κ.τ.λ. A perverse commentator took φόβῳ as governed
by ὑποχωροίη and gave it the poetical sense of terrors,
glossing it then by δεινότητι,, while either he or some 20
one else brought out the connotations of κατάπλου by
adding ῥοθίου and νεῶν. When the time came for gloss
and adscripts to enter the text, the case of δεινότητι
had to be altered, so giving us a most amazing sentence
for any Attic mouth to speak. 25

The second passage has lost its original form through
precisely the same tendency of commentators to make
explicit all that is implied in any word. Brasidas sees
his captains and steersmen hesitating and cautious and
cries out to them never to think twice of saving timber 30
in circumstances like theirs—ὁρῶν τοὺς τριηράρχους
καὶ κυβερνήτας εἴ πῃ καὶ δοκοίη δυνατὸν εἶναι σχεῖν
ἀποκνοῦντας καὶ φυλασσομένους, ἐβόα ὡς οὐκ εἰκὸς εἴη
ξύλων φειδομένους, κ.τ.λ. But the manuscripts after

φυλασσομένους put τῶν νεῶν μὴ ξυντρίψωσιν, words
which nobody has yet explained in accord with Attic
idiom—nor ever will explain as Attic. For they are a
haphazard collocation of a gloss upon ξύλων and an
5 adscript to φυλασσομένους.

The key to such emendations as these I found
in the "scholia" of Aristophanes. But even the late
and insignificant "scholia" on Thucydides might in
themselves furnish the means to free the text from
10 a very large class of interpolations. If we run our
eye through the Thucydidean "scholia" we shall find
a very common way of introducing an explanation or
illustration of the text is by a relative pronoun, adverb,
or conjunction—either simple, or far more commonly
15 compounded with περ. Thus in c. 31 ὃ ἦν ἔκ τε
θαλάσσης κ.τ.λ. is explained ὅπερ, φησί, μέρος τὸ
ἔσχατον καὶ τὸ πρόεχον κ.τ.λ.: in c. 86 the sentence
beginning ἀπάτη γὰρ εὐπρεπεῖ is paraphrased τοῖς γὰρ
ἐν δυνάμει, φησίν, οὖσιν ὥσπερ ἐσμὲν ἡμεῖς αἴσχιόν ἐστι
20 κ.τ.λ.: in c. 92 to the words τοῦ πλέονος ὀρεγόμενος we
have the adscript ὥσπερ οἱ Ἀθηναῖοι: and in c. 126
to οἷς δὲ βεβαίως τι πρόσεστιν ἀγαθόν the adscript
ὥσπερ ἡμῖν. Notes like the following are numerous :—
c. 9 τὰς τριήρεις: ἃς εἶχε λοιπάς:[1] c. 65 κἀκείνοις κοινά:
25 ἵνα ἐάν τις βουληθῇ ἀπὸ Σικελίας πλεῦσαι κατ' αὐτῶν
κ.τ.λ.: c. 100 ἐσεσιδήρωτο: ὥστε ὑπὸ τοῦ πυρὸς μὴ
βλάπτεσθαι τὴν κεραίαν: c. 127 τὸ ἄπορον τῆς ὁδοῦ:
καθ' ἣν οὐκ ἦν πόρος ἐξελθεῖν: c. 133 ἔνατον ἐκ μέσου:
ὥστε τὰ πάντα πεντήκοντα ἐξ ἥμισυ ἔτη διήνυσεν ἡ
30 Χρυσὶς ἱέρεια.[2]

---

[1] I ought not to have hesitated
to remove from the text the words
αἵπερ ἦσαν αὐτῷ ἀπὸ τῶν καταλει-
φθεισῶν. As an adscript they are not
so good as that in the "scholia" here.
[2] "Haec summa annorum con-
ficitur e loco Thuc. ii. 2. cum hoc
collato."—Duker.

Now it is the case that a great many of the passages
in the text which present difficulty of construction in
one way or another contain clauses of exactly this order
—things quite in keeping with a body of annotations
consisting largely of schoolboy "construes," "orders," and   5
comments, but altogether out of place in an author like
Thucydides. And it is also the case that a great many
of such passages may be at once rendered clear and
straightforward by the omission of these clauses.   In
c. 76 2 τῷ γὰρ Ἱπποκράτει καὶ ἐκείνῳ τὰ Βοιώτια   10
πράγματα ἀπό τινων ἀνδρῶν ἐπράσσετο βουλομένων
μεταστῆσαι τὸν κόσμον καὶ ἐς δημοκρατίαν ὥσπερ οἱ
ἀθΗΝαῖοι τρέψαι, it would not be easy to find a construc-
tion for ὥσπερ οἱ Ἀθηναῖοι. It is indeed as certainly
an adscript as any of those quoted above from the   15
" scholia."   This instance and a few others of the simpler
sort have been already pointed out by critics, and some
of them even recognised by editors.   For example, ὥσπερ
περὶ τοῦ πολεμεῖν has been given up in c. 62 2, and
Cobet has made it clear that in c. 33 1 the words ὅπερ   20
ἦν πλεῖστον τῶν ἐν τῇ νήσῳ are a note derived from
c. 31 οἱ πλεῖστοι αὐτῶν καὶ Ἐπιτάδας ὁ ἄρχων. But
for the most part adscripts of this class have been
hitherto undetected, and critics have busied themselves
so far as they have done anything with attempting to   25
recast them into a shape in which they interfere least
with the context.   Thus in c. 14 2 ἃ ὁρῶντες οἱ
Λακεδαιμόνιοι καὶ περιαλγοῦντες τῷ πάθει ὅτιπερ αὐτῶν
οἱ ἄνδρες ἀπελαμβάνοντο ἐν τῇ νήσῳ παρεβοήθουν more
devices than one have been suggested for mending the   30
sentence.   The only cure is to leave the ὅτιπερ clause
out as an adscript. If we read the chapter without it,
we shall acknowledge that we have gained more than is
implied in the disappearance of a troublesome construc-

tion. By the same method we shall bring light out
of darkness in c. 53 3 καὶ λῃσταὶ ἅμα τὴν Λακωνικὴν
ἧσσον ἐλύπουν ἐκ θαλάσσης ᾗπερ μόνον οἷόν τ' ἦν
κακουργεῖσθαι· πᾶσα γὰρ ἀνέχει κ.τ.λ. The whole passage
5 must be read before the completeness of the remedy
can be understood. An adscript introduced by ὅτι may
be detected by the syntactical confusion it causes in c.
123 1 καὶ αὐτοὺς ἐδέξατο ὁ Βρασίδας οὐ νομίζων ἀδικεῖν
ὅτι ἐν τῇ ἐκεχειρίᾳ φανερῶς προσεχώρησαν· ἔστι γὰρ ἃ καὶ
10 αὐτὸς ἐνεκάλει. The adscript in this case may be early
in date—it contains no faulty Greek—but it completely
breaks the natural current of the sentence. At the
close of c. 29, a tense appropriate in an adscript, im-
possible in the text, betrays the corruption—λανθάνειν
15 τε ἂν τὸ ἑαυτῶν στρατόπεδον πολὺ ὂν διαφθειρόμενον
οὐκ οὔσης τῆς προόψεως ᾗ χρῆν ἀλλήλους ἐπιβοηθεῖν.
Or, again, as it did with glosses, orthography alone may
be enough to unmask an adscript—as c. 89 1 γενο-
μένης διαμαρτίας τῶν ἡμερῶν εἰς ἃς ἔδει ἀμφοτέρους στρα-
20 τεύειν.

There is a large class of adscripts, for the most part
perhaps early in date, by which commentators remind
the reader that it is not the first time that such and
such a thing has been referred to. These sometimes
25 contain questionable Greek and sometimes not, but
otherwise they are for the most part very harmless.
Examples are c. 2 2 Ἀθηναῖοι δὲ τάς τε τεσσαράκοντα
ναῦς ἐς Σικελίαν ἀπέστειλαν ὥσπερ παρεσκευάζοντο· cp. III.
c. 115: c. 129 2 ἐπὶ δὲ τὴν Μένδην καὶ τὴν Σκιώνην, οἱ
30 Ἀθηναῖοι ὥσπερ παρεσκευάζοντο ναυσὶ κ.τ.λ. cp. c. 123:
c. 48 6 οἱ δὲ Ἀθηναῖοι ἐς τὴν Σικελίαν, ἵναπερ τὸ πρῶτον
ὥρμηντο, ἀποπλεύσαντες: c. 75 1 τῆς Ἀντάνδρου ὑπὸ
τῶν Μυτιληναίων ὥσπερ διενοοῦντο μελλούσης κ.τ.λ. cp.
c. 52 2. It is surely not worth a critic's while to alter

as some have done ἵναπερ to ἔνθαπερ or οἷπερ.   It is easier to omit the clause.

In editing Babrius it was borne home to me that not a little of the corruption to be found in the Fables might be most readily accounted for on the supposition that 5 they had at one time served as a school-book.   Well, even in Thucydides, as we have already hinted, the character of many of the interpolated adscripts is such that they can scarcely have had a different origin, unless we are prepared to place their incorporation in the text 10 at a very late date indeed.   Their puerile simplicity is in keeping alike with mature Byzantine knowledge, and with a boy's reluctance to see anything that is not explained to him.   Sometimes an easy apposition suffices as with the common class of geographical adscripts like τὸ 15 ὄρος, τὸν ποταμόν, etc.   In c. 130 6 all manuscripts read ἐσπεσόντες ἐς τὴν ΜΕΝΔΗΝ πόλιν, though one would think there was as little risk of misunderstanding the name of the town as in the preceding chapter where the manuscripts indeed give only ἐς τὴν πόλιν ἀπῆλθον but the 20 "scholia" annotate: τὴν Μένδην.   In other cases the adscript is hardly less simple in form, as in c. 17 4 τοῦ πλέονος ἐλπίδι ὀρέγονται: c. 34 1 βραδυτέρους ἤδη ὄντας τῷ ἀμύνεσθαι: c. 3 3 τῷ δὲ διάφορόν τι ἐδόκει εἶναι τοῦτο τὸ χωρίον ἑτέρου μᾶλλον: c. 128 5 ἐς τὸ λοιπὸν Πελοπον- 25 νησίων τῇ μὲν γνώμῃ δι' ἀθηναίους οὐ ξύνηθες μῖσος εἶχε.   Or, again, the epexegesis is contained in a clause with ὡς, ὅπως, or ὥστε—as c. 36 2 ἐκ τοῦ ἀφανοῦς ὁρμή- σας ὥστε μὴ ἰδεῖν ἐκείνους: c. 4 2 τὸν πηλὸν ἀγγείων ἀπορίᾳ ἐπὶ τοῦ νώτου ἔφερον ἐγκεκυφότες τε ὡς μάλιστα 30 μέλλοι ἐπιμένειν καὶ τὼ χεῖρε ἐς τοὐπίσω ξυμπλέκοντες ὅπως μὴ ἀποπίπτοι: c. 68 5 αὐτοὶ δὲ διάδηλοι ἔμελλον ἔσεσθαι· λίπα γὰρ ἀλείψεσθαι ὅπως μὴ ἀδικῶνται.   An adscript of this type has produced one of the most

notorious difficulties in Thucydides: c. 67 3 καὶ πρὶν ἡμέραν εἶναι πάλιν αὐτὸ τῇ ἁμάξῃ κομίσαντες ἐς τὸ τεῖχος κατὰ τὰς πύλας ἐσῆγον ὅπως τοῖϲ ἐκ τῆϲ μινῳάϲ ἀθηναίοιϲ ἀφανὴϲ δὴ εἴη ἡ φυλακή, μὴ ὄντοϲ ἐν τῷ λιμένι
5 πλοίου μηδένοϲ. In this instance, the ὅπως clause was introduced by ἡ φυλακή in the sense of *the precaution*, and this word being misunderstood by whoever imported the adscript into the text led to the change of ἀφανές (agreeing with a preceding ἀκάτιον) to ἀφανής agreeing
10 with ἡ φυλακή, itself misplaced.

A participial clause such as is the latter part of the adscript last mentioned is another favourite form for explanatory comments: c. 21 2 οἱ δὲ τὰς μὲν σπονδάς, ἔχοντεϲ τοὺϲ ἄνδραϲ ἐν τῇ νήϲῳ, ἤδη σφίσιν ἐνόμιζον
15 ἑτοίμους εἶναι: c. 80 2 τῶν Εἰλώτων . . . μή τι πρὸς τὰ παρόντα τῆϲ πύλου ἐχομένηϲ νεωτερίσωσιν. Indeed, one of these adscripts has done as much as anything towards confirming the hypothesis that Thucydides is an ungrammatical writer. Dobree reduced it to grammar but
20 failed to explain how the bad grammar came to be there. I would ask my readers to turn to the passage itself as printed in this edition (c. 40), and see for themselves whether my account of the corruption is convincing or no.

But besides making explicit by adscripts what was
25 implied to every Athenian in the actual words of Thucydides, certain commentators appear at one time to have explained by adscripts any expressions which involved customs or usages that had passed away in their own day. This was meritorious and useful, but it is to
30 be regretted that these adscripts, like any other, tended to pass into the text. There is an example of this at the beginning of c. 50. Ἀριστείδης ὁ Ἀρχίππου ὁ τῶν ἀργυρολόγων νεῶν ἀθηναίων στρατηγός, αἳ ἐξεπέμφθηϲαν πρὸϲ τοὺϲ ξυμμάχουϲ, Ἀρταφέρνη κ.τ.λ. An Athenian

historian would never have thought there was any call
for him so to explain ἀργυρολόγων νεῶν.

In this passage another adscript, it will be observed,
is marked. This we shall best recognise as such if we com-
pare c. 75 1 where all the manuscripts give οἱ τῶν ἀργυ- 5
ρολόγων ἀθηναίων στρατηγοί. Herwerden very properly
supplied νεῶν, reading οἱ τῶν ἀργυρολόγων νεῶν Ἀθη-
ναίων στρατηγοί, a very eccentric order. It is surpris-
ing that he did not see that the νεῶν could hardly have
been lost, unless it originally followed the Ἀθηναίων: 10
ΑΘΗΝΑΙΩΝΝΕΩΝ. Thus our adscript got in one passage
before and in another after νεῶν, and in both places is a
stumbling-block.

Now, as may well be imagined, such adscripts as
this are peculiarly common. The existing body of 15
"scholia," if any proof is needed, are sufficient to de-
monstrate the tendency towards this kind of annotation.
The text of Thucydides is dotted over with Λακεδαίμονιοι
and Ἀθηναῖοι in every case and every construction, none
of which he ever wrote. Sometimes their origin is dis- 20
cernible by anybody and sometimes not. But there can
be no doubt about such an instance as τῶν ἀργυρολόγων
νεῶν Ἀθηναίων, or about Βρασίδας δὲ ὁ τελλίδος λακεδαι-
μόνιος in c. 70 1, or Δημοσθένης ἀθηναίων στρατηγός in
c. 76 1. It is not credible that Thucydides should mention 25
so important personages for the first half of the book
without any designation, and then begin to tell us that
the one was an Athenian and the other a Lacedaemonian.
In Demosthenes's case it is no defence to say that the
title is official, for all through the operations of the 30
same summer, in which Demosthenes has been taking a
part, Thucydides has never once given him in this formal
way an official title.

Occasionally these adscripts do not fit in properly

with the text, as c. 24 1 ἐν τούτῳ δὲ οἱ ἐν τῇ Σικελίᾳ
ϹΥΡΑΚΌϹΙΟΙ καὶ οἱ ΞΎΜΜΑΧΟΙ: or c. 25 9 παρακελευόμενοι ἐν
ἑαυτοῖς ὡς οἱ Λεοντῖνοι σφίσι καὶ οἱ ἄλλοι ἕΛΛΗΝΕϹ
ξύμμαχοι ἐς τιμωρίαν ἔρχονται, where Ἕλληνες is added
5 because the Sicels have been mentioned just before. But
I cannot well conceive of their doing worse mischief than
they have done in c. 119 1 ταῦτα ξυνέθεντο ΛΑΚΕΔΑΙ-
ΜΌΝΙΟΙ καὶ ὤμοσαν καὶ οἱ ΞΎΜΜΑΧΟΙ ΔΘΗΝΑΊΟΙϹ καὶ τοῖϹ ΞΥΜ-
ΜΆΧΟΙϹ μηνὸς ἐν Λακεδαίμονι Γεραστίου δωδεκάτῃ· ΞΥΝΕ-
10 ΤΊΘΕΝΤΟ καὶ ἐσπένδοντο Λακεδαιμονίων μὲν οἵδε κ.τ.λ.
The commentators' talk about this passage is endless.
Yet, once the adscripts are removed from it—and were
there ever any more palpable?—there is nothing to
comment about. *To this they agreed and swore, the*
15 *twelfth day of the Lacedaemonian month Gerastius. Those*
who ratified the truce were as follows: of the Lacedae-
monians, etc., of the Athenians, etc. The armistice here
ratified had been prepared at Sparta and sent to Athens
for acceptance. The Athenians, whose decree is given
20 in full, had first determined in its favour; secondly,
decided that ἄρχειν τήνδε τὴν ἡμέραν τετράδα ἐπὶ δέκα
τοῦ Ἐλαφηβολιῶνος μηνός; then lastly, ordered σπείσα-
σθαι ΑΥΤΊΚΑ ΜΆΛΑ ΤΆϹ ΠΡΕϹΒΕΊΑϹ ΕΝ ΤΩ͂ ΔΉΜΩ ΤΆϹ ΠΑΡΟΎϹΑϹ
—the ambassadors from the various Peloponnesian States
25 then present at Athens were to ratify the treaty there and
then. ταῦτα δὲ ξυνέθεντο καὶ ὤμοσαν κ.τ.λ. All the
members of αἱ πρεσβεῖαι αἱ παροῦσαι agreed to the terms
and swore to observe them for a year (Thucydides here
gives the date in Lacedaemonian reckoning; in Athenian
30 it has already been given in the psephisma)—lastly repre-
sentatives from among them and the Athenians (all of
whose names are given) ratified their covenant and oaths
by solemn religious rites (ἐσπένδοντο).

The misplacing of adscripts in the process of in-

corporating them with the text, if not always so marked
as in this instance, is still very common.

In c. 27 1 Dobree long since pointed out that περὶ τὴν
πελοπόννησον which makes nonsense in its present place
was really an adscript to περιπέμπειν two lines farther 5
down.   It is surprising that a critic of his sagacity who
had gone so far should not have gone farther, and carried
the same remedy to other passages.   It will be long
before all the corruptions due to this cause are noted in
Thucydides.   A few of the more manifest I shall 10
enumerate here.   In c. 66 2 οἱ δὲ φίλοι τῶν ἔξω τὸν θροῦν
αἰσθόμενοι φανερῶς μᾶλλον ἢ πρότερον καὶ αὐτοὶ ἠξίουν
κ.τ.λ. the adscript really belongs to the following sentence,
γνόντες οὐ δυνατὸν τὸν δῆμον ἐσόμενον κ.τ.λ.: in c. 50 2
ἐν αἷς πολλῶν ἄλλων γεγραμμένων κεφάλαιον ἦν πρὸς 15
λακεδαιμονίους κ.τ.λ. the adscript should have followed
γεγραμμένων: in c. 37 1 εἴ πως τοῦ κηρύγματος ἀκούσαντες
ἐπικλασθεῖεν τῇ γνώμῃ τὰ ὅπλα παραδοῦναι it belongs to
κηρύγματος, and in c. 131 2 βιασάμενοι παρὰ θάλασσαν τὴν
φυλακήν, νυκτὸς ἀφικνοῦνται, it ought to have come 20
between νυκτός and ἀφικνοῦνται.   In c. 109 2 such a
misplacement divorces a verb from its object: ὁ Ἄθως
αὐτῆς ὅρος ὑψηλὸν τελευτᾷ ἐς τὸ Αἰγαῖον πέλαγος, and
in c. 122 5 a verb from its adverb: εἰ καὶ οἱ ἐν ταῖς
νήσοις ἤδη ὄντες ἀξιοῦσι κ.τ.λ.   But the worst mischief 25
of all may be caused by one and the same adscript getting
into the text twice over, as happens in c. 54, where ἐπὶ
θαλάσσῃ which is a correct adscript to τὴν πόλιν Σκάνδειαν
καλουμένην is also worked in with τὴν πόλιν τῶν
Κυθηρίων.   30

Twice already we have derived from the collection of
Thucydidean "scholia" valuable suggestions as to the
directions in which we ought to look for interpolations in
the text of Thucydides.   If we examine them once more,

we shall find that we have not yet exhausted their
usefulness. Consider the following two classes of
comments, both relating to pronouns. In the one class a
pronoun used by Thucydides is explained by the name
5 which the "scholiast" believes it to stand for. He is
constantly wrong, but that does not matter for our
purpose. The following paragraphs found at random and
printed without omission just as they come in Poppo's
edition (Pt. II. Vol. III. pp. 152, 153) will show how
10 large a place this kind of note fills in the "scholia."
ἐξήγαγον· οἱ ἐκ τῆς Πελοποννήσου δηλονότι. πολέμιος
μὲν οὐκ ὤν: τοῖς Ἀθηναίοις δηλονότι. αὐτοῖς: ἤγουν
τῷ Περδίκκᾳ καὶ τοῖς ἐπὶ Θρᾴκης ἀφεστῶσι τῶν
Ἀθηναίων. τῇ ἐκείνων γῇ: ἤγουν τῇ Λακωνικῇ. ἑτοίμων
15 ὄντων: τῶν Χαλκιδέων καὶ τοῦ Περδίκκου. βουλομένοις
ἦν: ἤγουν τοῖς Λακεδαιμονίοις.

In the second class, pronouns are supplied where by
Attic idiom they are not needed; as in comments like
καταθέσθαι: ἑαυτοῖς δηλονότι, and τοῖς πρὶν λόγοις: τοῖς
20 ἑαυτῶν. But this kind of explanation is not frequent,
because by the time our "scholia" were compiled, the
Hellenistic love of pronouns had already corrupted our
text. Indeed we may feel certain that a considerable
proportion of the actual "scholia" on pronouns are
25 explanations of such as were introduced in Hellenistic
times.

Now of the two classes of interpolations suggested by
this means, the former is far the more easily detected.
There are one or two admirable instances in the Fourth
30 Book. In c. 38 3 καὶ ἐκείνων μὲν οὐδένα ἀφιέντων, αὐτῶν
δὲ τῶν Ἀθηναίων καλούντων ἐκ τῆς ἠπείρου κήρυκα, the
annotator did not see that ἐκείνων referred to the
Athenians and that αὐτῶν did not mean *they* but *themselves*.
When τῶν Ἀθηναίων, his adscript to αὐτῶν in this

mistaken sense, was imported into the text, the whole
sentence was corrupted. A simpler instance is furnished
by c. 114 4 οὐ δ' ἂν σφῶν πειρασαμένους αὐτοὺς τῶν
Λακεδαιμονίων δοκεῖν ἧσσον κ.τ.λ. where τῶν Λακεδαιμονίων
is a most palpable adscript to σφῶν.   5

The last quotation may perhaps in αὐτούς provide an
example of the interpolation of a pronoun, but it is not
always that adscripts of this nature can be detected.
The turn and rhythm of the sentence will sometimes
betray them, as in c. 113 2 οἱ μέν τινες ὀλίγοι διαφθείρονται 10
ἐν χερσὶν αὐτῶν where an adscript to τινὲς ὀλίγοι has
got so misplaced that it recalls the least polished types
of Hellenistic Greek. Sometimes a false idiom will put
us on their track, as c. 95 3 χωρήσατε οὖν ἀξίως ἐς αὐτοὺς
τῆς τε πόλεως κ.τ.λ. where the use of ἐς is un-Attic. Or 15
again there may be room for some difference of opinion as
to the pronoun to be supplied, and one manuscript may
give one form and another another. This has happened
in c. 83 1 διαφορᾶς τε αὐτῷ οὔσης where there is the
variant αὐτῶν. But of all the means at our disposal for 20
eliminating such blemishes by far the best was noticed
long since by Dobree when he said "Nil frequentius αὐτός
a librariis transposito." He did not see the bearing of
his observation on the point now before us, but that does
not alter its value to us. Following this light we shall 25
find an adscript in c. 29 3 πρότερον μὲν γὰρ οὔσης αὐτῆς
ὑλώδους κ.τ.λ. because in some manuscripts it comes before,
in others after οὔσης, and a few lines farther down in καὶ
πρὸς τῶν πολεμίων ἐνόμιζε μᾶλλον τοῦτο εἶναι: c. 54 1
καὶ ηὗρον αὐτοὺς ἐστρατοπεδευμένους ἅπαντας: c. 61 7 30
τάχιστα δ' ἂν αὐτοῦ ἀπαλλαγὴ γένοιτο: c. 108 1 ἄλλως τε
καὶ ὅτι ἡ πόλις αὐτοῖς ἦν ὠφέλιμος κ.τ.λ.

The full bearing of these various considerations I had
not seen until the first few chapters had been printed, or

I would have relegated the pronoun to the margin in the
following cases: c. 5 1 καί τι καὶ αὐτοὺϲ ὁ στρατὸϲ . . .
ἐπέσχε : c. 6 2 ὥστε πολλαχόθεν ξυνέβη ἀναχωρῆσαί τε
θᾶσσον αὐτοὺϲ κ.τ.λ. : c. 10 3 μὴ ῥᾳδίας αὐτῷ οὔσης τῆς
5 ἀναχωρήσεως : c. 15 2 ἔδοξεν αὐτοῖϲ πρὸς τοὺς στρατηγοὺς
κ.τ.λ.

The whole question of the usage of αὐτόν and αὐτούς
and their cases not only in Thucydides but in most other
prose authors of the Attic period still requires attentive
10 study. Some light may be thrown upon it from Comedy
and from those orators in whom rhetorical rhythm takes
a refined form, and perhaps a glimmer or two may reach
it from inscriptions, but the evidence of manuscripts alone,
though solicited by every means in our power, will always
15 be inadequate to decide a point of this nature. The
Attic use differed, we can see, so entirely from that of
the periods in which most of the earlier copyists lived
that we cannot be surprised if in this respect as in many
others the text inclined by degrees to take its colour
20 from Hellenistic.

I am not sure that the mischief here is even confined
to adscripts. It seems far from improbable that glosses also
have contributed to it. For example, if we reflect upon
the uniform precision with which the idiomatic sense of
25 σφᾶς and its cases is adhered to by Thucydides,[1] it
certainly is surprising that in the singular he follows no
method in regard to the dative but employs for the
indirect reflexive οἱ and ἑαυτῷ indifferently ; while neither
ἑ nor οὑ is found at all, but have their place taken by
30 αὐτοῦ and αὐτόν. Which is more probable that in c. 36 1

---

[1] In c. 113 3 κατέφυγον δὲ καὶ τῶν
Τορωναίων ἐς αὐτοὺς ὅσοι ἦσαν σφίσιν
ἐπιτήδειοι where σφίσι is used simply
for αὐτοῖς I suspect that κατέφυγον
has taken the place of some verb of
which the Athenians were the sub-
ject. Certainly καταφεύγειν ἐς αὐτούς
is a strange construction.

εἰ δὲ βούλονται ἑαυτῷ δοῦναι Thucydides really wrote ἑαυτῷ when in other passages such as c. 28 2 he recognised the true idiom, or that either ἑαυτῷ is an adscript or else a gloss that has ousted οἱ? Again, if ἑαυτῷ is Thucydidean in this passage, why write αὐτόν and not αὑτόν or ἑαυτόν 5 in such places as c. 50 2 εἰ οὖν βούλονται σαφὲς λέγειν, πέμψαι μετὰ τοῦ Πέρσου ἄνδρας ὡς ΑϒΤΌΝ, and c. 114 3 ἔλεξον ὅτι οὐ δίκαιον εἴη οὔτε τοὺς πράξαντας πρὸς ΑϒΤΌΝ τὴν λῆψιν τῆς πόλεως χείρους ἡγεῖσθαι? Seeing that it was necessary to come to some decision, I have in 10 the text followed the rule of writing αὐτόν, etc., when the meaning is indirectly reflexive, but this course has been taken with great misgivings.

There now remain for consideration only two more types of interpolation. These I have kept to the last 15 because they differ from those already described in partaking more of the character of what is generally meant by interpolation, namely, additions to the text consciously made. Even of these the one class may have occasionally been mistaken for text just like an 20 ordinary adscript. I refer to cases like c. 16 2 ὅ τι δ' ἂν τούτων παραβαίνωσιν ἑκάτεροι ΚΑῚ ὉΤΙΟϒΝ, or c. 60 1 τάς τε ἁμαρτίας ἡμῶν τηροῦσιν ὀλίΓΑιC ΝΑϒCΊ παρόντες, where the interpolated words, coming from another chapter, may have been jotted on the margin or between the lines 25 by some careful reader who compared passage with passage. But I fear that this is not always true, and that more frequently the words, clause, or sentence were consciously inserted a second time by manuscript editors. When we have to deal with a sentence repeated from 30 one book to another, we may even give a guess as to the date at which the thing was done—namely, at or after the time when the History was divided into books. Indeed, seeing that it is almost certain that our present

arrangement into eight books was not the only one, but
that different arrangements into fewer or more books
were also known, it may even happen that some of the
repetitions which now fall within the same book, were
5 made originally from one book to another.

Be this as it may, the fact remains that in some way
or another it happens not rarely that sentences and
clauses are repeated from places in which they are mani-
festly genuine to contexts with which they are quite out
10 of harmony. In c. 102 in the description of the site,
which was called afterwards Amphipolis, beginning τὸ
δὲ χωρίον τοῦτο ἐφ' οὗ νῦν ἡ πόλις ἐστίν, we have first
a clear account of the three attempts to colonise it which
runs on for some dozen lines to the words καὶ αὖθις . . .
15 ἐλθόντες οἱ Ἀθηναῖοι Ἅγνωνος τοῦ Νικίου οἰκιστοῦ
ἐκπεμφθέντος Ἠδῶνας ἐξελάσαντες ἔκτισαν—there we
would expect the sentence to stop, but instead come
words plainly ill-placed τὸ χωρίον τοῦτο ὅπερ πρότερον
Ἐννέα ὁδοὶ ἐκαλοῦντο. They might have been used!
20 earlier in the paragraph but, where they stand now, they
completely break the current of the thought. Now,
these words are either a misplaced ὅσπερ adscript to the
initial clause τὸ χωρίον τοῦτο, or, as I think more likely,
are our editor's attachment to this passage derived from
25 I. 100 3 οἰκιοῦντες τὰς τότε καλουμένας ἐννέα ὁδούς.
There are other examples in our book, as the statement
about Pylus in c. 3 repeated in c. 41, and that about
Cleon in c. 21 which is made up with the help of III.
c. 36 extr. Another comes with slight verbal changes
30 all for the worse from II. c. 8 to IV. c. 14. It interrupts
the narrative so totally that it is not easy to see how
any one had the courage to place it in the text. To
characterise it is difficult, but on the whole I am inclined
to ascribe it to one of that pestilent class of forgers who

took up the more readily parodied sides of an author's style and diction and used them against him in interpolating his text. The peculiarities of Thucydides are so marked and he tempted so many respectable writers to imitate him that it is no matter for surprise if inter- 5 polators found in him an easy prey.

From his more honest imitators we can learn the points of style and diction in which the excellence of Thucydides was imagined to lie. They pass over all that is simple, everything in which Thucydidean Greek is at 10 one with their own, and turn to such words, expressions, and constructions as were from the first experiments or mere fashions of speech, or else even when used had already begun to be regarded as archaisms. What was natural in Thucydides becomes affectation and mimicry 15 in them.

Now the sentence under discussion shows just this kind of fault. There is nothing affected or discordant in ἐν τούτῳ τε κεκωλῦσθαι ἐδόκει ἑκάστῳ τὰ πράγματα ᾧ μή τις αὐτὸς παρέσται in the Second Book. The 20 words fall naturally into a philosophical analysis of the spirit in which Greece prepared to meet war to the death between its two leading peoples. They present no difficulties of interpretation. On the other hand, in the form in which they appear in the Fourth Book they 25 hardly admit of translation, and such sense as they are meant to bear is ludicrously out of place in the description of a single incident in the war, the significance of which was certainly not seen at the time of fighting, though it was appreciated to some extent when the battle 30 was over.

In this case, the fact of interpolation was first suspected by Badham and most ably maintained by him in Mnemosyne (N. S. Vol. II. p. 23). But as yet no suspicion, as far as I know, has been cast upon a sentence of the sixty-third chapter which I believe to have had the same origin. In c. 55 in an account of the prostrating effect which the disaster in Sphacteria had upon 5 Spartan energy and confidence, it is said that they hardly knew how to meet the tactics with which the enemy followed up their success. For contrary to all their traditions they were engaged in a naval war, καὶ τούτῳ πρὸς Ἀθηναίους οἷς τὸ μὴ ἐπιχειρούμενον ἀεὶ ἐλλιπὲς 10 ἦν τῆς δοκήσεώς τι πράξειν. Now it was from this passage that the interpolator of c. 63 chiefly got his cue when he added to the speech of Hermocrates—κατ' ἀμφότερα ἐκπλαγέντες καὶ τὸ ἐλλιπὲς τῆς γνώμης ὧν ἕκαστός τις ᾠήθημεν πράξειν ταῖς κωλύμαις ταύταις 15 ἱκανῶς νομίσαντες εἰρχθῆναι. Such meaning as these words will bear has already been much more simply and shortly given in what goes before: καὶ νῦν τοῦ ἀφανοῦς τε τούτου διὰ τὸ ἀτέκμαρτον δέος καὶ διὰ τὸ ἤδη φοβερόν which resumes the writer's arguments in favour of 20 the advice which follows—τοὺς ἐφεστῶτας πολεμίους ἐκ τῆς χώρας ἀποπέμπωμεν καὶ αὐτοὶ κ.τ.λ. But, besides being irrelevant, the clause does not admit of translation. Commentators may twist and turn as they please, but can they honestly render τὸ ἐλλιπὲς εἴργεται into English 25 or any other tongue? If they say, like Arnold, that τὸ ἐλλιπὲς τῆς γνώμης εἴργεται is a condensed expression for ἡ γνώμη εἴργεται ὥστε ἐλλιπὴς γενέσθαι, or like Jowett, that τὸ ἐλλιπές is an accusativus pendens which may be regarded also as a remote accusative after 30 εἰρχθῆναι, they speak in language which is as much beyond my understanding as the expression which they desire to explain. Men do not write for page after page the most regular and transparent of styles, and then in a single sentence prefer idioms so obscure and abnormal that devices of every sort must be invented to get at their thought.

The rest of the sentence is put together just in the way which we should expect if it is indeed spurious. The acknowledged imitators of Thucydides love, as we 5 have said, all that by their own time had become archaic in his diction. Such things not only stuck to their memories, but also gave to their work precisely the tone which they aimed at. And here we have certainly ἐλλιπές and κωλύμη, and perhaps τι πράξειν and 10 ᾠήθημεν,[1] cheek by jowl in the same clause, all belonging to that comparatively rare element in Thucydides which his imitators affected and lexicographers loved to gloss, and two of them appearing only a few chapters before in a sentence which might well have served as model to this. 15

It now remains to me to explain why in the two passages of this book in which the formula καὶ x ἔτος τῷ πολέμῳ ἐτελεύτα τῷδε ὃν Θουκυδίδης ξυνέγραψεν occurs, it has been placed in the margin. Within the Fourth Book the work of three years is recorded. At the 20 close of the first winter and of the third the formula is inserted, cs. 51 and 135. The end of the second is noted in a much more natural way, καὶ τοῦ χειμῶνος διελθόντος ὄγδοον ἔτος ἐτελεύτα τῷ πολέμῳ.

Editors, it is well known, have often been convicted 25 of tampering with their author's text at places where their own arbitrary division into books made some change necessary. In regard to such things there appear to have been few scruples in the Library at Alexandria, and, for that part, very little appreciation 30 for any marks of continuity in composition. Now in Thucydides the formula in question twice occasions a

---

[1] Like ἐλλιπές and κωλύμη, the forms of ᾠήθην are glossed in Lexica.

very awkward break. At the meeting place of the Third and Fourth Books where we now read ταῦτα μὲν κατὰ τὸν χειμῶνα τοῦτον ἐγένετο καὶ ἕκτον ἔτος τῷ πολέμῳ ἐτελεῦτα τῷδε ὅν θουκυδίδης ξυνέγραψεν. ‖ τοῦ
5 δ᾿ ἐπιγιγνομένου θέρους περὶ σίτου ἐκβολὴν κ.τ.λ.— surely the text originally ran ταῦτα μὲν κατὰ τὸν χειμῶνα τοῦτον ἐγένετο· τοῦ δ᾿ ἐπιγιγνομένου θέρους. And again in II. c. 70 ταῦτα μὲν ἐν τῷ χειμῶνι ἐγένετο· καὶ τὸ δεύτερον ἔτος ἐτελεῦτα τῷ πολέμῳ τῷδε ὅν θουκυ-
10 δίδης ξυνέγραψεν. τοῦ δ᾿ ἐπιγιγνομένου θέρους κ.τ.λ., it is pretty evident that at one time there was no break in continuity.

But even when the narrative is not interrupted in this violent way, the formula may still offend in point
15 of style, as in both the passages of our book, and in II. c. 103 : III. c. 25 : III. c. 88 : V. c. 51 : VI. c. 7 : VI. c. 93 : VII. c. 18 : VIII. c. 6 and VIII. c. 60. In all these places the repetition of ἐτελεῦτα in the same sense is worse than awkward ; whatever variation the formula
20 receives, this blot is always left. Nor will it do, as Herwerden thinks, to omit it in the actual formula and have the preceding ἐτελεῦτα to serve both clauses. In the Fifth Book there are two places in which the form of expression is not so clumsy—c. 39 ἐποιήσαντο τὴν
25 ξυμμαχίαν τοῦ χειμῶνος τελευτῶντος ἤδη καὶ πρὸς ἔαρ· καὶ τὸ Πάνακτον εὐθὺς καθῃρεῖτο. καὶ ἐνδέκατον ἔτος τῷ πολέμῳ ἐτελεῦτα : and c. 81 καὶ πρὸς ἔαρ ἤδη ταῦτα ἦν τοῦ χειμῶνος λήγοντος, καὶ τέταρτον καὶ δέκατον ἔτος τῷ πολέμῳ ἐτελεύτα· τοῦ δ᾿ ἐπιγιγνομένου θέρους
30 κ.τ.λ. But even against these I would let the evidence of III. c. 116 and II. c. 70 bring a condemnatory verdict, none the less because there are other passages in the Fifth Book from which the hoof of the editor seems to peep.

I wish I had leisure to formulate all my suspicions in regard to the *editing* of Thucydides; but it must suffice for the present to indicate this field of study in the hope that some one with fewer distractions or more energy may decide not only for Thucydides but also for other writers where the pen of the author has passed into the hand of the editor.

CHAPTER III.

IN the last dissertation I discussed one very common kind of corruption in manuscript tradition arising from the contamination of text and comments, and I tried to show that whatever might be the case with other
5 authors, certainly the text of Thucydides had suffered very severely in this way.

But it would be difficult to name any side of the manuscript tradition which is favourable to our author. There is no codex of Thucydides which stands out above
10 the rest like the Ravenna for Aristophanes, the Medicean for Sophocles and Aeschylus, Codex Parisinus S for Demosthenes, or Codex Parisinus A for Plato. We have on the contrary a number of manuscripts all bad and none better than another, each exhibiting every kind
15 of conceivable mistake, and presenting a text in its most debased stage when it is not the word actually written in any case which we have to consider, but rather whether the context acknowledges this or requires some other of several forms all differently spelt in Attic and
20 all indifferently confused by copyists.

A Thucydides manuscript even of the third century B.C. doubtless spelt many words in a way which

Thucydides himself would not have sanctioned. The
words which he spelt φάρξαι and Κόρκυρα were sure to
tend to be altered to φράξαι and Κέρκυρα by men who
knew no other way of spelling them, and as time went on
the difference in spelling must have become greater with 5
each century, the Thucydidean ποεῖν, προσμεῖξαι, ἠργα-
ζόμην, ἐδύναντο and the like changing to ποιεῖν,
προσμῖξαι, εἰργαζόμην, ἠδύναντο. Then by another
stage ἐλέλυντο, ἐθέλειν, ἐσεβεβλήκεσαν, κρατήσομαι,
προσχωροίη, ἦσαν and the like passed into λέλυντο, 10
θέλειν, ἐσβεβλήκεισαν, κρατηθήσομαι, προσχώροι, ἤεσαν
or ἤδεσαν ; [1] and there might too be a slip now and again
into faulty syntax such as writing μή for οὐ [2] or intro-
ducing some other habit of the copyist's own age. [3]   But
things have gone far farther than this in our manuscripts 15
of Thucydides.   There is not one of them in which, as far
as spelling goes, χωρῆσαι is not identical with χωρήσειν,
βιάσασθαι with βιάσεσθαι, ἐθελήσαντα with ἐθελήσοντα,
ὁρμίσαι with ὁρμῆσαι, ἔβαλλον with ἔβαλον, πειθόμενοι
with πιθόμενοι, ἀγαγόντες with ἄγοντες, στρατοπεδευ- 20
όμενοι with στρατοπεδευμένοι, ἐλείφθην with ἐλήφθην,
βουλόμενοι with βουλευόμενοι, φεύγοντες with φυγόντες,
διαφθείρειν with διαφθερεῖν, αἴρεσθαι with αἱρεῖσθαι,
ἀφιείς with ἀφείς, ἐπιών with ἐπών, βεβοήθηκα with
βεβόηκα, ἐκίνησαν with ἐκινήθησαν, πορευόμενος with 25
πορευσόμενος, ὑμεῖς with ἡμεῖς, ταῦτα with ταὐτά,
μάλιστα with μάλιστ' ἄν, δέ τι with δ' ἔτι, ἀσαφῆ with

---

[1] See *The New Phrynichus* pas-
sim. Stahl's *Quaestiones Gram-
maticae ad Thucydidem pertinentes*
is a very useful book, but many of
his results are vitiated by too ab-
solute a dependence upon manu-
script evidence in cases in which
such evidence is worthless.

[2] This is a kind of corruption
which in most cases is very difficult
to remove. There must, from the
nature of the case, be many instances
still uncorrected in our text. Ex-
amples from the Fourth Book, in
which some manuscripts have retain-
ed the right word and some corrupted
it, are c. 52 2 where we have both read-
ings οὐδέν and μηδέν : c. 72 2 οὐδεμία
and μηδεμία : and c. 98 6 οὐκ and μή.

[3] See p. lii. l. 7, αὐτός, etc.

ἂν σαφῇ, and so on in tiresome monotony.[1] They are
like a letter, written by a very ignorant person, or like
something copied by a little child who does not know the
meaning of the words he copies. Only the case is a little
5 worse for the manuscripts, because the abbreviations used
by scribes were very numerous, and one abbreviation or
tachygraphic symbol often differed very little from
another. This was especially so with the sigla of
prepositions. Even if written in full πρό and πρός would
10 have been certain to be confused—and as a matter of
fact προιόντες, προελθών, προεσταύρου are for our
copyists excellent ways of spelling προσιόντες, προσελθών,
προσεσταύρωσε and vice versâ; but indeed things are
not much better with the others. Where one manuscript
15 writes ἀπίασιν another will exhibit ἐπίασιν and another
again· ὑπίασιν: where one writes περίοικοι, another will
give πάροικοι: where one has ξυνελθόντες another has
ἐξελθόντες. Indeed, as the instances given in a note[2]

[1] Such *equivalence* might in many
cases be graphically represented.
Thus whether a late manuscript reads
πιθόμενοι or πειθόμενοι we might
exhibit its reading as πίθομενοι:
whether βιάσεσθαι or βιάσασθαι as
βιάσασθαι: whether ἐθελήσαντα or
ἐθελήσοντα as ἐθελήσαντα: whether
χωρῆσαι, χωρίσαι or χωρήσειν as
χωρίσῃ: whether ἔβαλον, ἔβαλλον
or ἔλαβον as ἔβαλον: whether ἐλή-
φθην or ἐλείφθην as ἐλίφθην: whether
αἱρεῖσθαι or αἱρεσθαι as αἱρίσθαι:
whether ἐκίνησαν or ἐκινήθησαν as
ἐκίνεσαν: whether πορεύομαι or πο-
ρεύσομαι as πορεύομαι: whether μά-
λιστα or μάλιστ' ἂν as μάλιστά:
whether ὑμεῖς or ἡμεῖς as 'μεῖς.
Such a system would clear the
air of a great deal of unfounded
reverence of manuscript readings.

[2] The following are not nearly
all the instances in the Fourth
Book in which the manuscripts vary

in the matter of prepositions: ἀπό
and ἐπί confused ἀπήγαγον ἐπή-
γαγον: ἀποδοῦναι ἐπιδοῦναι: ἐπιβα-
σιν ἀπόβασιν: ἀπελθόντες ἐπελθόντες:
ἀπίασι ἐπίασι: ἐπιτελέσαι ἀποτελέσαι.
ἀπό and ὑπό, ἀποχωρῆσαι and ὑπο-
χωρῆσαι: ὑπὸ τῆς ὕλης ἀπὸ τῆς ὕλης:
ἐπεξελθόντες and ὑπεξελθόντες: ὑφ'
ὑμῶν ἀφ' ὑμῶν: ἀπὸ τῶν Σιφῶν ὑπὸ
τῶν Σιφῶν: ἀπ' αὐτῶν ὑπ' αὐτῶν:
ὑπὸ Ἡδώνων ἀπὸ Ἡδώνων. ἀπό
and παρά, παρὰ τοῦ Νίσου ἀπὸ τοῦ
Νίσου. ἐπί and ὑπό, ὑφ' ὅν ἐφ' ὅν.
ἐπί and ἐκ, ἐπὶ τοῦ μετεώρου ἐκ τοῦ
μετεώρου: ἐπιπέμψας ἐκπέμψας. ἐπί
and ἐν, ἐπέκειντο and ἐνέκειντο: ἐν
Ἠιόνι ἐπὶ Ἠιόνι: ἐπὶ τῇ νήσῳ ἐν τῇ
νήσῳ. ἐπί and ἐς, ἐπέρχονται ἐσέρ-
χονται: ἐπένεον ἐσένεον: ἐπέκειντο
ἐσέκειντο: ἄλλος ἐπάγειν ἄλλος ἐσά-
γειν (for ἄλλοσε ἄγειν): ἐπ' ἀνάγκην
ἐς ἀνάγκην: ἐς τὴν θάλασσαν ἐπὶ τὴν
θάλασσαν: ἐς τὸ στρατόπεδον ἐπὶ τὸ
στρατόπεδον: ἐς ἀμφίβολον ἐπ' ἀμφί-

will show, it must in some cases depend entirely upon the
judgment of an editor whether in a particular passage he
will read the preposition given by one manuscript or that
given by another or neither; and again, whether he will
not write a compound where the manuscripts give a simple   5
verb.   For we have not yet by any means overtaken all
the risks which Thucydidean prepositions have had to
meet.   It happens so often [1] that one manuscript exhibits
a compound where another has the simple verb that we
naturally conclude that sometimes a simple verb is read by   10
all the manuscripts where a compound was originally
found.

Then there were sigla or abbreviations for many other
constantly recurring words besides prepositions, and
through these also we know that corruption has arisen.   15
The sigla for καί and for ὡς closely resembled each
other, and in manuscripts of every class are liable to be
confused.   This is why in c. 104 3 some manuscripts

βολον. ἐπί and περί, ἐπὶ ταύτην
περὶ ταύτην : περὶ τὰς πύλας ἐπὶ τὰς
πύλας.   ἐς and ἐν, ἐσπλέουσι ἐμ-
πλέουσι : ἐσβαλῶσιν ἐμβάλωσιν : ἐσβα-
λόντων ἐμβαλόντων.   ἐς and ἐκ,
ἐσδραμόντες ἐκδραμόντες.   ἐς and
πρός, πρὸς αἱμασιάν ἐς αἱμασιάν :
πρὸς τὰς Σίφας ἐς τὰς Σίφας.   ὑπό
and ὑπέρ, ὑποχωρήσαντες and ὑπερ-
χωρήσαντες.   ἀντί and ἀνά, ἀντέ-
στρεψαν and ἀνέστρεψαν.   περί and
πρό, περιιέναι προιέναι.   πρός and
παρά, προσχωρήσειν παραχωρήσειν.
παρά and περί, παροίκων περιοίκων :
παρὰ ἅ περὶ ἅ : παρὰ τοὺς ἄλλους
περὶ τοὺς ἄλλους.   παρά and πρό,
προδώσειν and παραδώσειν.   περί and
ἀπό, περιερρύη and ἀπερρύη.   περί
and κατά, κατὰ τὴν πυλίδα περὶ τὴν
πυλίδα.   κατά and διά, κατατιθεμέ-
νης διατιθεμένης.   κατά and ἀπό,
καταδιδόναι and ἀποδιδόναι.   ξύν and
ἐξ, ξυνελθόντες ἐξελθόντες : ξυνέπεμ-
ψαν ἐξέπεμψαν

[1] The following variations of read-
ing are found in the Fourth Book :
νὺξ ἐγένετο νὺξ ἐπεγένετο : ἐμβαλόν-
των προεμβαλόντων : σκοποῦμεν προ-
σκοποῦμεν : διέλθοι διεξέλθοι : ᾿πολ-
λοί περίπολοι : κομίζειν κατακομίζειν :
οἰκοδομοῦντες δοικοδομοῦντες : ὁ μὴ
δείξας ὁ μὴ ὑποδείξας : βουλεύματος
ἐπιβουλεύματος : καταπηγνύντες παρα-
καταπηγνύντες : τείχισμα προτείχισ-
μα : πεφευγόσι καταπεφευγόσι : βάλ-
λειν προσβάλλειν : πλεούσῃ προ-
πλεούσῃ : λαβόντες καταλαβόντες.
Sigla may even be confused with
other things, as in c. 5 1 one prepo-
sitional manuscript has οὐχὶ μενοῦν-
τας for οὐχ ὑπομενοῦντας : in c. 89 1
we have the variant ὑποκράτει for
᾿Ιπποκράτει : and in c. 100 2 ἀνὰ
πᾶσαν for ἅπασαν : in c. 115 1 we
have a variant πράξασθαι for προ-
σάξεσθαι: and in c. 53 3 οὐ κατε-
πήεσαν for οὐκ ἀντεπήεσαν.

read καὶ ὡς and others only καί. Now and then we
get the frequent confusion of ὡς with ἐς pushing in to
add to our difficulties with καί and ὡς, as for example
in c. 124 3 we have the variant καὶ αὐτό for ἐς αὐτό,
5 and in c. 130 6 καὶ τὴν for ἐς τήν. The symbols for
καί and ἤ were also hardly distinguishable. In this way
on καί, ὡς, ἐς, and ἤ a good many changes in corruption
have been rung. The sagacity of critics has on the
whole dealt with them very successfully in Thucydides,
10 as a glance at the emendations printed parallel to the
text will show: but there can be no doubt that many
still remain to be detected.

   Of the confusion of ο$\overline{\upsilon}$ (the abbreviation for οὕτως)
with οὐ or οὐκ there is only one example in the Fourth
15 Book, so far as variation of reading shows, namely c. 61
8 where for οὕτως οὐ πόλεμος some manuscripts have
οὕτως ὁ πόλεμος, and one οὕτως οὐχ ὁ πόλεμος: but
I believe that in c. 28 2 καὶ οὐκ ἄν οἰόμενος οἱ a lost
οὕτως should be replaced before οὐκ.

20   It need hardly be said that every kind of known
confusion between letters whether uncial or cursive, and
every way in which a word even written in full may be
corrupted, are illustrated by the manuscripts of Thucy-
dides. It would require a book in itself to take all the
25 instances of corruptions like μένειν for βαίνειν, ἡκόντων
for ἡβώντων, λαβών for βαλών, πλήν for πρίν, δέχεσθαι
for δέξεσθαι and vice versa. They are endless, and if
wanted may be found elsewhere.

   To turn from errors in isolated words to the corrup-
30 tions which arise from mistakes of one kind or another
in copying words in series, we shall find that our foot-
hold is no surer. The division is constantly made in
the wrong place, as ἐφύλασσον τότε for ἐφυλάσσοντό
τε: ἄν τι παραλυποῖεν for ἀντιπαραλυποῖεν: οἵ τε

Γέαται for οἱ Τεγεᾶται: καταστάς for κατὰ τάς: ἐν τούτῳ μὲν δή for ἐν τούτῳ Μένδη, etc. etc. This being so, we cannot expect anything but frequent errors when two syllables or words come together, the one ending and the other beginning with much the same sounds, or 5 *ductus literarum*. Sometimes one manuscript keeps the true reading which another has lost from this cause, as c. 67 4 κατὰ τὰς πύλας as compared with κατὰ πύλας: c. 28 3 ἐπεκελεύοντο τῷ with ἐπεκέλευον τῷ: c. 16 1 ἀνδράσι σῖτον with ἀνδρασῖτον: c. 54 3 ἔπειτα τά with 10 ἔπειτα: c. 41 3 τοῦ τοιούτου with τοιούτου: c. 89 2 πάντων τῶν Βοιωτῶν with πάντων Βοιωτῶν: c. 90 4 ἀπετετέλεστο with ἀπετέλεστο: c. 100 4 τούτῳ τῷ τρόπῳ with τούτῳ τρόπῳ: c. 101 3 αὐτῷ τότε with αὐτῷ τε: c. 119 3 ξυνῄέσαν ἐν αὐτῇ with ξυνῄεσαν αὐτοί: c. 130 15 7 τοὺς μὲν μενδαίους with τοὺς Μενδαίους: c. 114 1 τοῖς μὲ μετά with τοῖς μετά: c. 104 3 ς'ς' with ς' (*i.e.* καὶ ὡς with καί): c. 10 1 τῇ τοιᾷδε (for itacism counts) with τοιᾷδε.

By conjectures of unequal certainty based upon this 20 recognised tendency to corruption we get in c. 1 4 αἰ ἀεὶ πληρούμεναι for αἱ πληρούμεναι Cobet: c. 10 1 ξυναράμενοι μοι for ξυναράμενοι ℞: c. 32 4 οἶοι ἀπορώτατοι for οἱ ἀπορώτατοι Cobet: c. 74 2 τῶν πραγμάτων τῶν for τῶν πραγμάτων Herwerden: c. 79 2 ἐπηγάγοντο τὸν 25 στρατόν for ἐξήγαγον τὸν στρατόν Dobree: c. 32 3 τὰ μετεωρότατα καταλαβόντες for μετεωρότατα λάβοντες Cobet: c. 83 2 Βρασίδας ἐς λόγους for Βρασίδας λόγοις Herwerden: c. 93 2 Ἱπποκράτει ἔτι ὄντι for Ἱπποκράτει ὄντι ℞: c. 48 3 παντί τε τρόπῳ for παντὶ τρόπῳ 30 Ullrich: c. 106 1 συχνοῖς οἱ οἰκεῖοι for συχνοῖς οἰκεῖοι ℞: c. 120 3 εἴ τε τεθήσεται for εἰ τεθήσεται Krueger.

The converse of this—dittographia—when letters or syllables are written twice over is also very common.

e

Examples in which one manuscript helps to correct another are found in c. 3 2 αὐτό τότε for αὐτό τε: c. 36 3 ἀλλά πω πολλοῖς for ἀλλὰ πολλοῖς: c. 54 4 ἐπέπλευσαν for ἔπλευσαν: c. 68 1 οἱ Πελοποννήσιοι οἱ 5 φρουροί for οἱ Πελοποννήσιοι φρουροί: c. 69 1 καὶ κατά for καὶ τά: c. 87 3 κατὰ τὰς δύο for κατὰ δύο: c. 92 1 εἰκοκός for εἰκός: c. 92 7 ΤΩΝΠΩΠΟΤΕ for ΤΩΝΤΟΤΕ. A few emendations are supported by this tendency to error, as in c. 31 2 πολὺ τοῦσχατον for πολὺ αὐτοῦ τὸ 10 ἔσχατον i.e. αὐτοῦ τοῦσχατον Cobet: c. 73 4 ὡς οὐδέν for καὶ ὡς οὐδέν (see p. lxvi. l. 16) R: c. 98 6 ξύγγνωμον γίγνεσθαι for ξύγγνωμόν ΤΙΓΙΓνεσθαι R.

Errors of omission are generally caused by homoeoteleuton. They vary greatly in extent, sometimes one 15 word, sometimes whole sentences being lost. Simple instances are c. 23 2 where for δυοῖν νεοῖν ἐναντίαιν most manuscripts exhibit only δυοῖν ἐναντίαιν: and c. 118 6 where ἰοῦσι is read in two manuscripts instead of ἰοῦσι καὶ ἀπιοῦσι. Among others the following longer 20 lacunae occur each in one or more manuscripts:—c. 65 2 from ξυμβήσονται to ἔσονται four words: c. 68 6 from βουλεύοντες to φυλάσσοντες eight words: c. 75 1 from ξυναγείραντες to πλεύσαντες six words: c. 77 1 from cίφας to cίφας fifty words: c. 86 1 from ξυμμάχους to 25 ξυμμάχους seven words: c. 89-90 from Ἱπποκράτης to Ἱπποκράτης twenty-eight words: c. 92 7 from πρεσβυτέρους to νεωτέρους seven words: c. 93 2 from περὶ τὸ Δήλιον to περὶ τὸ Δήλιον twenty-six words: c. 96 1 from ἐπελθόντος to φθάσαντος five words: c. 108 2 from τοῖς 30 to τοῖς seven words: c. 114 4 from γενέσθαι to πεφοβῆσθαι four words: c. 118 3 from χρώμενοι to χρώμενοι thirteen words: c. 123 2 from cφίcιν to cφίcιν twelve words.

The converse occurs in one manuscript in c. 50 2 where, βούλονται occurring twice, the copyist repeats after the second βούλονται the clause that follows the first. And the beginning of a like error is made in c. 98 1 where after Βοιωτούς the word ἐπικαλουμένους that properly follows a preceding Βοιωτούς is written but erased.   5

This type of error being so easily demonstrable for a common type has not received sufficient attention in attempts to restore the text of Thucydides. Badham was the first to point out that a lacuna certainly exists in c. 25 4, and he supposed that after μίαν ναῦν a series 10 of words ending in another μίαν ναῦν has been lost. The same scholar also saw that in c. 9 1 the best explanation of the difficulty in ἀσπίσι τε φαύλαις καὶ οἰσυΐναις ταῖς πολλαῖς is to suppose that a substantive has been lost after καί. In c. 93 3 Cobet is right in 15 regarding τεταγμένοι ὥσπερ ἔμελλον as impossible, and probably right in supplying ξυνιέναι after ἔμελλον. But it surprises me that no one has observed that there must be a lacuna and perhaps a long lacuna in c. 73 4. For to ask any one to believe that a writer so clear, so 20 anxious to avoid all ambiguity as Thucydides is, should begin a sentence with οἱ γὰρ Μεγαρῆς and then say nothing about them for a score of lines, and even when he does take them up again should take them up, as it were, only in part—οἱ τῶν φευγόντων φίλοι Μεγαρῆς— 25 to ask this, I contend, is to ask too much, when it can be so convincingly proved that lacunae are elsewhere frequent in our author. Loss of words or clauses is also noticeable in c. 27 1 where it will never do to translate οὐκ ἐσόμενον by *will not be likely to be maintained*: c. 30 55 2 where a number has been lost: c. 64 3 and c. 70 2. If another correction proposed by me is accepted, that of ξυμβεβηκότος for εἰκότος in c. 17 5, it involves the supposition that half a word was here lost or illegible.

This form of corruption is at least honest—it is due
to unavoidable slips in copying. But there is another
form of corruption springing from it which is not honest.
Lost words have sometimes, it can be shown, been
5 supplied in an ignorant and slipshod fashion. We cannot
say how many of these stopgaps are now part of the
text, but some of them we can unmask without much
difficulty. Now and then the thing is made clear by
discrepancies in the manuscripts, as in c. 80 3 where
10 we have the variants σκαιότητα and νεότητα : and in c.
106 1 where both ἐλάμβανον and ὑπελάμβανον are found.
In other cases the editors or the copyists have taken from
some passage near their lacuna a word which they think
will serve. Considering how ignorant they were of
15 classical use, we can see that they here played a dangerous
game; and certainly there are appalling corruptions
which have apparently been produced in this way.

At the beginning of the fifty-sixth chapter we have
to face two gross errors in the sentence τοῖς δ' Ἀθηναίοις
20 τότε τὴν παραθαλλάσσιον δῃοῦσι τὰ μὲν πολλὰ ἡσύχασαν
ὡς καθ' ἑκάστην φρουρὰν γίγνοιτό τις ἀπόβασις. In
the first place ἡσυχάζειν governs a dative nowhere else,
nor can it be conceived of as ever governing a dative;
and in the second place, unvarying Attic use requires
25 ἡσύχαζον, seeing that the clause following contains an
optative of indefinite frequency. If there is such a thing
as corruption in classical texts, there is corruption here.
Let us see how it came about :—τοῖς δ' Ἀθηναίοις τότε
τὴν παραθαλάσσιον δῃοῦσι τὰ μὲν πολλὰ . . . . .
30 ασαν ὡς καθ' ἑκάστην κ.τ.λ. There was part of a line
obliterated, and the scribe tried to fill it in. He looked
for help from the page before him and got it from the
next chapter, where in describing a predatory landing of
Athenians on Peloponnesian soil Thucydides says of the

Lacedaemonian φρουρά: ἀναχωρήσαντες δὲ ἐπὶ τὰ
μετέωρα ὡς οὐκ ἐνόμιζον ἀξιόμαχοι εἶναι ΗϹΥΧΑΖΟΝ.
What ought to be supplied, if the scribe's method fails,
it is not easy to say, but I would suggest that Thucy-
dides may have written (οὐκ ἀνθέστ) ασαν, the pluperfect 5
of this verb often serving as the imperfect of a present
ἀνθέστηκα.

To the same method of supplying a lacuna we may
attribute the difficulty of c. 92 5 εἰώθασί τε οἱ ἰσχύος
που θράσει τοῖς πέλας ἐπιόντες τὸν μὲν ἡσυχάζοντα 10
καὶ ἐν τῇ ἑαυτοῦ μόνον ἀμυνόμενον ἀδεέστερον ἐπιστρα-
τεύειν, τὸν δὲ ἔξω ὅρων προαπαντῶντα καί, ἢν καιρὸς
ᾖ, πολέμου ἄρχοντα ἧσσον ἑτοίμως ΚΑΤΕΧΕΙΝ. The last
verb is evidently wrong, but is it worse than the con-
jecture κατατρέχειν or any other correction which could 15
be got by palaeographical play upon κατέχειν? It is
strange that nobody has seen that it is a stopgap simply
taken from the next sentence: πεῖραν δ' ἔχομεν ἡμεῖς
ἐς τούσδε· νικήσαντες γὰρ ἐν Κορωνείᾳ ὅτε τὴν γῆν
ἡμῶν στασιαζόντων κατέσχον, πολλὴν ἄδειαν τῇ Βοιωτίᾳ 20
μέχρι τοῦδε κατεστήσαμεν. What Athenians might do
to Boeotians, the scribe thought Boeotians might do to
Athenians.

In c. 122 3 we can also see from the impossibility of
the construction assigned it that κατήνει is a stopgap of 25
some sort: Ἀριστώνυμος τοῖς μὲν ἄλλοις κατήνει: but in
this case the suggestion did not come from the context.

The peculiar frequency of another form of corruption
in Thucydides is perhaps not surprising. The tendency
to give words in one construction the inflexions of 30
neighbouring words in quite another construction is
almost encouraged by his style. For the most part all
the manuscripts blunder together in this respect, but
sometimes one or two retain the true reading. For

instance in c. 20 3 αὐτῶν προκαλεσαμένων χαρισαμένοιc
τε μᾶλλον ἢ βιασαμένων : the Laurentian codex is the
only one which has not let βιασαμένων pass into βια-
σαμένοις : in c. 26 5 εἴ τι ἄλλο βρῶμα οἶ ἄν κ.τ.λ. : the
5 same thing has happened. All but the Laurentian read
οἶον ἄν for οἶ ἄν : In c. 68 4 οἱ πράξαντες καὶ ἄλλο
μετ᾽ αὐτῶν πλῆθος ὃ ξυνῄδει the proximity of πράξαντες
has corrupted ἄλλο to ἄλλοι except in one manuscript:
while in c. 76 4 ἀλλ᾽ ἐπὶ τὰ σφέτερα αὐτῶν ἕκαστοι
10 κινούμενα a good many copies have actually κινούμενοι :
in c. 35 1 διὰ τὸ ἀεὶ ἐν τῷ αὐτῷ ἀναστρέφεσθαι,
ξυγκλήσαντες ἐχώρησαν : there is a variant ἀναστρέ-
φοντες : in c. 18 4 οἱ αὐτοὶ εὐξυνετώτερον ἂν προσφέ-
ροιντο becomes in one copy εὐξυνετώτεροι ἂν κ.τ.λ. : in
15 c. 69 3 to ῥητοῦ μὲν ἕκαστον ἀργυρίου ἀπολυθῆναι there
is a variant ἀργύριον.

A very large number of emendations, some of them
absolutely certain, have been suggested by this known
tendency to error :—c. 8 8 τήν τε νῆσον πολεμίαν
20 ἔσεσθαι τήν τε ἤπειρον ἀπόβασιν οὐκ ἔχουσαν MSS.
ἐχούσας R : c. 8 8 ἐκπολιορκήσειν τὸ χωρίον σίτου
τε οὐκ ἐνόντος καὶ δι᾽ ὀλίγης παρασκευῆς κατειλημμένου
MSS. κατειλημμένον Dobree : c. 14 1 τὰς μὲν πλείους
καὶ μετεώρους ἤδη τῶν νεῶν καὶ ἀντιπρώρους προσπε-
25 σόντες MSS. νεῶν ἀντίπρωροι Badham : c. 14 3 ἐγένετο
ὁ θόρυβος μέγας καὶ ἀντηλλαγμένος τοῦ ἑκατέρων τρόπου
κ.τ.λ. MSS. μέγας ἀντηλλαγμένου Classen and Cobet :
c. 23 2 ἅπασαι περιώρμουν MSS. ἁπάσαις Cobet : c.
55 4 ᾤοντο ἁμαρτήσεσθαι διὰ τὸ τὴν γνώμην ἀνεχέγγυον
30 γεγενῆσθαι MSS. ἀνεχέγγυοι Herwerden : c. 72 4 τὸν
μὲν γὰρ ἵππαρχον τῶν Βοιωτῶν καὶ ἄλλους τινὰς
προσελάσαντες οἱ Ἀθηναῖοι καὶ ἀποκτείναντες ἐσκύλευ-
σαν MSS. προσελάσαντας οἱ Ἀθηναῖοι ἀποκτείναντες
ἐσκύλευσαν Portus and Schütz : c. 80 4 προκρίναντες ἐς

δισχιλίους οἱ μὲν ἐστεφανώσαντό τε καὶ τὰ ἱερὰ
περιῆλθον MSS. προκρινάντων Hude: c. 96 3 ὑποχω-
ρησάντων γὰρ αὐτοῖς τῶν παρατεταγμένων καὶ κυκλωθέν-
των ἐν ὀλίγῳ οἵπερ διεφθάρησαν τῶν Θεσπιῶν κ.τ.λ.
MSS. κυκλωθέντεc Krueger: c. 98 2 τρόποις θεραπευόμενα 5
οἷc ἂν πρὸς τοῖc εἰωθόcι καὶ δύνωνται MSS. πρὸ τοῦ
εἰωθόσι Stahl: c. 110 2 προελθόντεc τινὲς αὐτὸν λάθρα
ὀλίγοι ἐτήρογν MSS. ὀλίγον Cobet: c. 93 4 εἶχον δὲ
δεξιὸν μὲν κέρας Θηβαῖοι . . . μέσοι δὲ Ἁλιάρτιοι
κ.τ.λ. μέσον Cobet. One emendation requires separate 10
mention for its boldness and certainty. In c. 26 3 not
only all the manuscripts but Suidas also (3322 C) exhibit
καὶ τῶν νεῶν οὐκ ἐχογcῶν ὅρμον αἱ μὲν σῖτον ἐν τῇ γῇ
ἡροῦντο κατὰ μέρος, αἱ δὲ μετέωροι ὥρμουν. Cobet
corrects οἱ μὲν . . . . . . οἱ δέ. 15

Somewhat similar to this form of error is that by
which participles not co-ordinate are regarded by the
copyists as co-ordinate and connected by καί. Indeed this
new tendency to corruption has arisen out of the other in
the sentences quoted above from c. 14 3 and c. 72 4, and 20
may also be illustrated by the sentence quoted from
c. 14 1. The manuscripts do not always all slip together.
There are cases in which this καί appears only in some
copies; as, c. 78 1 προπέμψαντος αὐτοῦ ἄγγελον ἐς
Φάρσαλον παρὰ τοὺς ἐπιτηδείους ἀξιοῦντος or καὶ 25
ἀξιοῦντος: c. 92 1 τὴν γὰρ Βοιωτίαν ἐκ τῆς ὁμόρου
ἐλθόντες τεῖχος ἐνοικοδομησάμενοι μέλλουσι φθείρειν or
καὶ τεῖχος κ.τ.λ.: c. 110 1 οἱ δὲ πράσσοντες αὐτῷ
εἰδότες ὅτι ἥξοι προελθόντες τινὲς αὐτῶν λάθρα ὀλίγον
ἐτήρουν or καὶ προελθόντες κ.τ.λ.: c. 115 1 τοιαῦτα 30
εἰπὼν παραθαρσύνας or καὶ παραθαρσύνας. But as a
rule the καί has made good its footing in every manu-
script. Critics have ejected it from many passages often
to the great improvement of the general sense, as will be

acknowledged by any one who reads carefully cs. 19 1-2 ;
32 1; 51; and 123 2.   But neither in these places,
nor indeed even in its simpler forms, like τακτὸν καὶ
μεμαγμένον in c. 16 1, has this corruption been as yet
5 adequately recognised in any editions of Thucydides
except Herwerden's.

Of the tendencies to error enumerated above many
were undoubtedly active at a very early date.   They
have their origin in the mind of the copyist and are as
10 compatible with uncial writing as with cursive.   All we
can say of them is that from small beginnings in the
remotest stages of our manuscript tradition they have
reached startling dimensions in the codices on which we
now depend.

15   Indeed the complete degeneracy of all Thucydides
manuscripts lessens the number of cases in which we can
say for certain that a particular corruption arose from
uncial writing.   The chances of error in all late cursive
copies are so numerous that in themselves they supply
20 an adequate explanation of most mistakes.   There are
left, however, a few corruptions which may confidently
be asserted to date from uncial times, that is to say,
from any time within the first two-thirds of the tradition.
Because Diodorus calls the founder of Amphipolis Apion
25 and not Hagnon, it does not follow perhaps that he
misread ΑΓΝΩΝ or that his copy of Thucydides gave
ΑΠΙΩΝ for ΑΓΝΩΝ, but the mistake, whether made by a
copyist of Thucydides, by Diodorus,[1] or by a copyist of
Diodorus, was probably early.   Besides this we have the
30 following uncial errors in the Fourth Book, c. 48 3
ΑΝΑΔΟΥΝΤΕC for ΑΝΑΛΟΥΝΤΕC:[2] c. 16 1 ΕΚΠΕΜΠΕΙΝ
for ΕCΠΕΜΠΕΙΝ noted by Dobree: c. 23 1 ΔΙΕΛΥΟΝΤΟ

---

[1] Diod. xii. 68 Ἀπίωνος ἡγου-
μένου.

[2] ἀναλοῦντες: ἀντὶ τοῦ ἀναι-
ροῦντες Θουκυδίδης.—Suidas, 295 A.

for ΕΛΕΛΥΝΤΟ through ΛΕΛΥΝΤΟ ΔΕΛΥΝΤΟ noted by
Cobet: c. 24 6 ΕΧΟΝΤΑC for CΧΟΝΤΑC noted by Cobet:
c. 11 2 ΘΡΑCΥΜΗΛΙΛΑC for ΘΡΑCΥΜΗΔΙΔΑC noted by
Cobet: c. 116 2 Λ (τριάκοντα) for Δ (τέσσαρας) noted by
Mahaffy: c. 119 2 ΕΡΥΞΙΔΑΙΔΑ for ΕΡΥΞΙΛΑΙΔΑ noted   5
by Valckenaer. ΤΕ and ΓΕ appear also to be often con-
fused. πίστεις ΓΕ διδούς was restored by Reiske for
πίστεις ΤΕ διδούς in c. 86 2, while a few lines farther
down there are the variants τοῖς ΓΕ ἐν ἀξιώματι and τοῖς
ΤΕ ἐν ἀξιώματι where the former reading is required. 10
So c. 26 9 παντί ΓΕ τρόπῳ and παντί ΤΕ τρόπῳ etc.
Through the same mistake ἧττον i.e. ΗΤΟΝ is read by
two copies for ΗΓΟΝ in c. 124 1. Confined to one or
two manuscripts are the misreadings διατάξαντες for
διδάξαντες through ΔΙΔΑΞΑΝΤΕC ΔΙΑΑΞΑΝΤΕC in c. 15
96 5: ἀποΔεξάμενος for ἀποΛεξάμενος in c. 9 2: πείθεται
for πείσεται (ΠΕΙΘΕΤΑΙ ΠΕΙCΕΤΑΙ) in c. 68 6: and
ΕΥΠΛΙΑΙΔΑ for ΕΥΠΑΙΙΔΑ in c. 119.

For so fertile a source of error as the similarity of
many letters in their uncial form this is no long list. 20
There are actually more mistakes which we have some
right to say are due to an earlier cause still, the trans-
literation of the text from the old Attic alphabet of
twenty-one letters to the Ionic of twenty-four. That
Thucydides wrote in the old alphabet is in itself not 25
improbable, and is supported by some striking peculiarities
in the manuscript tradition which are best explained by
the hypothesis of transliteration. I refer especially to
the frequency with which forms like ἀμύνομεν appear
when ἀμυνοῦμεν is called for, and vice versâ. Do these 30
not date from a text in which ΑΜΥΝΟΜΕΝ ΑΜΥΝΕCΘΑΙ
ΑΜΥΝΟΝΤΑC ΑΜΥΝΟΜΕΝΟC etc. had the two values of
ἀμύνομεν and ἀμυνοῦμεν, ἀμύνεσθαι and ἀμυνεῖσθαι, ἀμύ-
νοντας and ἀμυνοῦντας, ἀμυνόμενος and ἀμυνούμενος etc. ?

In some cases the number of alternative values attached to
one form is quite startling. Thus the collation of letters
HEΛKON might in certain circumstances bear any one of
nine values ἔλκον, ἦλκον, εἷλκον, ἕλκων, ἦλκων, εἷλκων,
5 ἕλκουν, ἤλκουν, εἷλκουν. Of these values some are put
out of count as representing no Greek word; still, at the
same time, it must not be forgotten that some slight error
of transcription might again increase the risk of corruption
involved in transliteration from so imperfect an alphabet.
10 One mistake which I believe to have originated in this
way seems to me so instructive as to justify for once
violation of the rule by which all illustrations of state-
ments here made in regard to textual questions are
drawn from the Fourth Book only.
15   In the description of the active siege of Plataea in
II. c. 76 it is said that the Peloponnesians kept bringing
battering-rams against the walls, but that the defenders
managed for the most part to break the force of them
by one means or another. One of their devices is
20 described in the words βρόχους περιβάλλοντες ἀνέκλων.
The Master of Balliol, whose keen sense of the logic of
a passage enables him often to extract the right meaning
from corrupt words, and so put verbal critics upon the
right track, here translates entirely in accord with the
25 general sense of the passage, "dropped nooses over the
ends of these engines and drew them up." But ἀνέκλων
cannot bear this sense or indeed any other which will
serve; for κλᾶν necessarily implies snapping and no
noose could do this. Now if Thucydides wrote ANEΛKON
30 (i.e. ἀνεῖλκον), an easy error would produce ANEKΛON,
and the whole difficulty is seen to vanish.[1]

---

[1] On the other hand ἀνακλᾶν is
properly used in VII. 25 of piles as
these were fixed, which makes all
the difference, and a windlass was
used.

It has often appeared to me that it might be of use
to publish a text of Thucydides in the Attic alphabet;
and at different times I have transliterated back large
portions of the text.[1]   But the task of retracing, so to
speak, the writing of Thucydides has not yet been 5
rendered possible.   Partly owing to our imperfect know-
ledge of the extent of archaism in the diction of Thucy-
dides, and partly because the usage of the contemporary
spoken tongue was not itself absolutely fixed, any attempt
to reproduce the history in precisely the form in which 10
its first readers knew it would necessarily end in failure.
At best we would get only one or two degrees nearer
to the truth.   We have as yet no evidence to show the
usage of Thucydides in regard to all such matters as
elision—on which the rhythm of a sentence so largely 15
depends,—assimilation of final consonants in collision
with initial, or even the treatment of ephelcustic nu.

Following the only trustworthy evidence in matters
of this kind we learn that for the century in which
Thucydides wrote the tendency was to omit the ephel- 20
custic nu at a pause quite irrespective of the following
word; even when there was no pause, the nu was as
often omitted as not, its presence seeming to depend
very little upon the nature of the sound following.[2]
In the same way there was no certain rule for the 25
assimilation of finials to initials, though there did exist
certain well-established tendencies.   Thus, though one
said either ἐκ Θρᾴκης or ἐχ Θρᾴκης, ἐκ Χαλκίδος or

---

[1] The first and the last chapters
of the Fourth Book will be found
so transliterated at the end of
this dissertation.

[2] In the text I have followed the
rules of the grammarians in regard
to this letter except that with Her-
werden I have allowed the third
singular pluperfect active to fall
under these rules.   The facts for
this part of the dissertation are
taken from Meisterhans' "Gram-
matik der Attischen Inschriften."—
2ᵗᵉ Auflage.

ἐχ Χαλκίδος indifferently, yet one more naturally said
ἐγ Δήλου than ἐκ Δήλου, ἐγ λιμένος than ἐκ λιμένος,
ἐγ Μεγάρων than ἐκ Μεγάρων. Again, it was almost
as common to write τὴμ πόλιν, νῦμ μέν, τὴμ βουλήν as
5 τὴν πόλιν, νῦν μέν, τὴν βουλήν, but on the other hand
if a guttural followed, the nu rather remained unchanged,
τὸν κήρυκα, πλὴν γῆς, τὴν ξυμμαχίαν being far more
frequent than τὸγ κήρυκα, πλὴγ γῆς, τὴγ ξυμμαχίαν,
and the like. Now how could we restore this colour of
10 the time to the speech of Thucydides? Even if we were
sure of our ground; if we knew for certain that Thucydides
preferred the colour of his own time in such things to
any archaic or conventional colour, would we undertake
to adjust exactly the number of times he wrote ἐκ to
15 the number of times he wrote ἐγ, to spell τὴμ πόλιν
where he did, and place euphonic nus precisely where he
would have placed them?

If such restoration is impossible, yet there is a kind
of interest in noting any vestiges of contemporary colour
20 that may be still left us. In c. 26 7 ὅσοι δὲ γαλήνῃ
κινδυνεύσειαν we have a dative of time that is quite
outside the limits within which Attic idiom permits the
omission of ἐν. Perhaps Thucydides wrote ὅσοι δ' ἐγ
γαλήνῃ—HOCOIΔEΛΛΑΓENEI. There is an inexplicable
25 ἐν in c. 19 2 κατ' ἀνάγκην ὅρκοις ἐγκαταλαμβάνων.
Are we to find its origin in ὅρκοισιγ καταλαμβάνων—
HOPKOICIΛKATAΓAMBANON—and believe that Thu-
cydides still used such longer forms of the dative plural
when they had become almost extinct in speech just as he
30 used σσ in place of ττ and ξύν in place of σύν?

Now and then in some corruption indications of
original crasis have been traced—as by Cobet in c. 31 2
where αὐτοῦ τὸ ἔσχατον conceals τοὔσχατον, and by
Van Leeuwen in c. 63 2 where a corrupt ἄγαν represents

a first-hand ἀγών.   Krueger replaced κἄν for καί in e.
117 1 κἄν ξυμβῆναι τὰ πλείω, and perhaps the omission
of ἀνά in e. 112 2 καὶ οἰκοδομουμένῳ arose through
κἀνοικοδομουμένῳ being misread καὶ οἰκοδομουμένῳ.

It is with a grudge that I have spoken so despondently   5
of the chances of our ever restoring a page of Thucydides
to its autograph form.   Who that has read Chaucer or
Bacon in a scholarly text, which restores as far as possible
the actual spelling of the one century and the other,
would willingly return to a modernised text of either,   10
and would not rather feel that in so doing he would
lose much of the charm both of the verse and of the
prose ?   Trivial as they seem, such outward and material
things as spelling, crasis, elision, and contraction, yet
serve as suggestions of the more spiritual side of a   15
writer's thought, for in so far as they affect the cadence
and rhythm of his sentences, they reveal to us the man
himself.

I

ΤΟΔΕΠΙΛΙΑΝΟΜΕΝΟΘΕΡΟΣΠΕΡΙΣΙΤΟΕΛΒΟLΕΝΣΥΡΑΚΟΣΙ
ΔΕΚΑΝΕΕ𝈷ΟΝΔΝΕΕΣΠLΕΥΣΑΣΑΙΚΑΙLΟΚΡΙΔΕΣΙΣΑΙΜΕΣΣΕΝΕΝΤΕΝΕ
ΣΣΙΚΕLΙΑΙΚΑΤΕLΑΒΟΝΑΥΤΟΝΕΠΑLΑLΟΜΕΝΟΝΚΑΙΑΠΕΣ
ΤΕΜΕΣΣΕΝΕΑΘΕΝΑΙΟΝΕΠΡΑΧΣΑΝΔΕΤΟΥΤΟΜΑLΙΣΤΑΗΟ
ΙΜΕΝΣΥΡΑΚΟΣΙΟΙΗΟΡΟΝΤΕΣΠΡΟΣΒΟLΕΝΕΧΟΝΤΟΧΟΡΙΟ
ΝΤΕΣΣΙΚΕLΙΑΣΚΑΙΦΟΒΟΜΕΝΟΙΤΟΣΑΘΕΝΑΙΟΣΜΕΕΧΣΑΥΤ
ΟΗΟΡΜΟΜΕΝΟΙΠΟΤΕΣΦΙΣΙΜΕΙΖΟΝΙΠΑΡΑΣΚΕΥΕΙΕΠΕLΘ
ΟΣΙΝΗΟΙΔΕLΟΚΡΟΙΚΑΤΑΕΧΘΟΣΤΟΡΕLΙΝΟΝΒΟLΟΜΕΝΟΙ
ΑΜΦΟΤΕΡΟΘΕΝΑΥΤΟΣΚΑΤΑΠΟLΕΜΕΝΚΑΙΕΣΕΒΕΒLΕΚΕΣ
ΑΝΗΑΜΑΕΣΤΕΝΡΕLΙΝΟΝΗΟΙLΟΚΡΟΙΠΑΝΣΤΡΑΤΙΑΙΗΙΝΑ
ΜΕΕΠΙΒΟΕΘΟΣΙΤΟΙΣΜΕΣΣΕΝΙΟΙΣΗΑΜΑΔΕΚΑΙΧΣΥΝΕΝΑ
ΛΟΝΤΟΝΡΕLΙΝΟΝΘΥLΑΔΟΝΗΟΙΕΣΑΝΠΑΡΑΥΤΟΙΣΤΟLΑΡΡ
ΕLΙΟΝΕΠΙΠΟLΥΧΡΟΝΟΝΕΣΤΑΣΙΑΖΕΚΑΙΑΔΥΝΑΤΑΕΝΕ
ΜΤΟΙΠΑΡΟΝΤΙΤΟΣLΟΚΡΟΣΑΜΥΝΕΣΘΑΙΗΕΙΚΑΙΜΑLLΟΝΕ
ΠΕΤΙΘΕΝΤΟΔΕΙΟΣΑΝΤΕΣΔΕΗΟΙΜΕΝLΟΚΡΟΙΤΟΙΠΕΖΟΙΑ
ΠΕΧΟΡΕΣΑΝΗΑΙΔΕΝΕΕΣΜΕΣΣΕΝΕΝΕΦΡΟΡΟΝΚΑΙΑLLΑΙΗ
ΑΙΑΕΙΠLΕΡΟΜΕΝΑΙΕΜΕLLΟΝΑΥΤΟΣΕΕLΚΑΘΟΡΜΙΣΑΜ
ΕΝΑΙΤΟΜΠΟLΕΜΟΝΕΝΤΕΥΘΕΝΠΟΕΣΑΣΘΑΙ

ΔΕΚΑΝΕΕ𝈷

ΜΕLLΟ·
ΚΡΟΙ

ΗΔΔΔΓ

ΑΠΕΠΕΙΡΑΣΕΔΕΤΟΑΥΤΟΧΕΙΜΟΝΟΣΚΑΙΗΟΒΡΑΣΙΔΑΣΤΕLΕ
ΥΤΟΝΤΟΣΚΑΙΠΡΟΣΕΑΡΕΔΕΠΟΤΕΙΔΑΙΑΣΠΡΟΣΕLΘΟΝLΑΡΝ
ΥΚΤΟΣΚΑΙΚLΙΜΑΚΑΣΠΡΟΣΘΕΣΜΕΧΡΙΜΕΝΤΟΕLΑΘΕΤΟLΑ
ΡΚΟΔΟΝΟΣΠΑΡΕΝΕΧΘΕΝΤΟΣΕΝΤΟΣΟΥΤΟΙΕΣΤΟΔΙΑΚΕΝ
ΟΝΗΕΠΡΟΣΘΕΣΙΣΕLΕΝΕΤΟΕΠΕΙΤΑΜΕΝΤΟΙΕΥΘΥΣΑΙΣΘΟ
ΜΕΝΟΝΠΡΙΝΠΡΟΣΒΕΝΑΙΑΠΕLΑLΕΝΠΑLΙΝΚΑΤΑΤΑΧΟΣΤ
ΕΣΣΤΡΑΤΙΑΝΚΑΙΟΥΚΑΝΕΜΕΝΕΝΗΕΜΕΡΑΝΛΙΑΝΕΣΘΑΙΚ
ΑΙΗΟΧΕΙΜΟΝΕΤΕLΕΥΤΑ

ΤΕΝ·
ΣΤΡΑΤΙΑΝ

ΘΟΥΚΥΔΙΔΟΥ ΤΕΤΑΡΤΗ

Τοῦ δ' ἐπιγιγνομένου θέρους περὶ σίτου ἐκβολὴν Συρακοσίων δέκα νῆες πλεύσασαι καὶ Λοκρίδες ἴσαι Μεσσήνην τὴν ἐν Σικελίᾳ κατέλαβον, αὐτῶν ἐπαγαγομένων, καὶ ἀπέστη Μεσσήνη Ἀθηναίων. ἔπρα- 2 ξαν δὲ τοῦτο μάλιστα οἱ μὲν Συρακόσιοι ὁρῶντες προσβολὴν ἔχον τὸ χωρίον τῆς Σικελίας καὶ φοβούμενοι τοὺς Ἀθηναίους μὴ ἐξ αὐτοῦ ὁρμώμενοί ποτε σφίσι μείζονι παρασκευῇ ἐπέλθωσιν, οἱ δὲ Λοκροὶ κατὰ ἔχθος τὸ Ῥηγίνων, βουλόμενοι ἀμφοτέρωθεν αὐτοὺς καταπολεμεῖν. καὶ ἐσε- 3 βεβλήκεσαν ἅμα ἐς τὴν Ῥηγίνων οἱ Λοκροὶ πανστρατιᾷ, ἵνα μὴ ἐπιβοηθῶσι

ξυνεπαγόντων mss. corr. Cobet.

τοῖς Μεσσηνίοις, ἅμα δὲ καὶ ξυνεναγόντων Ῥηγίνων φυγάδων, οἳ ἦσαν παρ' αὐτοῖς· τὸ γὰρ Ῥήγιον ἐπὶ πολὺν χρόνον ἐστασίαζε καὶ ἀδύνατα ἦν ἐν τῷ παρόντι τοὺς Λοκροὺς ἀμύνεσθαι, ᾗ καὶ μᾶλλον ἐπετίθεντο. δῃώσαντες δὲ οἱ μὲν Λοκροὶ 4 τῷ πεζῷ ἀπεχώρησαν, αἱ δὲ νῆες Μεσ-

αἱ πληρούμεναι mss. corr. Cobet.

σήνην ἐφρούρουν· καὶ ἄλλαι αἱ ἀεὶ πλη-

B

ρούμεναι ἔμελλον αὐτόσε ἐγκαθορμισάμε-
ναι τὸν πόλεμον ἐντεῦθεν ποήσεσθαι.

2. Ὑπὸ δὲ τοὺς αὐτοὺς χρόνους τοῦ
ἦρος, πρὶν τὸν σῖτον ἐν ἀκμῇ εἶναι,
Πελοποννήσιοι καὶ οἱ ξύμμαχοι ἐσέ-
βαλον ἐς τὴν Ἀττικήν· ἡγεῖτο δὲ Ἆγις
ὁ Ἀρχιδάμου, Λακεδαιμονίων βασιλεύς·
2 καὶ ἐγκαθεζόμενοι ἐδῄουν τὴν γῆν. Ἀθη-
ναῖοι δὲ τάς τε τεσσαράκοντα ναῦς ἐς

ὥσπερ παρε-
σκεγάζοντο. cp.
3, 115.

Σικελίαν ἀπέστειλαν ∧ καὶ στρατηγοὺς
τοὺς ὑπολοίπους Εὐρυμέδοντα καὶ Σοφο-
κλέα· Πυθόδωρος γὰρ ὁ τρίτος αὐτῶν
3 ἤδη προαφῖκτο ἐς Σικελίαν. εἶπον δὲ
τούτοις καὶ Κορκυραίων ἅμα παρα-

τῶν ἐν τῇ πό-
λει.

πλέοντας ∧ ἐπιμεληθῆναι, οἳ ἐλῃστεύοντο
ὑπὸ τῶν ἐν τῷ ὄρει φυγάδων. — καὶ
Πελοποννησίων αὐτόσε νῆες ἑξήκοντα
παρεπεπλεύκεσαν τοῖς ἐν τῷ ὄρει τι-   προεπεπλεύκεσαν
Classen.
μωροὶ καὶ λιμοῦ ὄντος μεγάλου ἐν τῇ
πόλει νομίζοντες κατασχήσειν ῥᾳδίως
4 τὰ πράγματα—. Δημοσθένει δὲ ὄντι
ἰδιώτῃ μετὰ τὴν ἀναχώρησιν τὴν ἐξ
Ἀκαρνανίας αὐτῷ δεηθέντι εἶπον χρῆσθαι
ταῖς ναυσὶ ταύταις, ἢν βούληται, περὶ   ἂν βούληται Hude.
τὴν Πελοπόννησον.

3. Καὶ ὡς ἐγένοντο πλέοντες κατὰ
τὴν Λακωνικὴν καὶ ἐπυνθάνοντο ὅτι αἱ
νῆες ἐν Κορκύρᾳ ἤδη εἰσὶ τῶν Πελοπον-

τῶν πελοπον-
νησίων.

νησίων ∧, ὁ μὲν Εὐρυμέδων καὶ Σοφοκλῆς
ἠπείγοντο ἐς τὴν Κόρκυραν, ὁ δὲ Δημο-
σθένης ἐς τὴν Πύλον πρῶτον ἐκέλευε σχόν-
τας αὐτοὺς καὶ πράξαντας ἃ δεῖ τὸν πλοῦν
ποιεῖσθαι· ἀντιλεγόντων δὲ κατὰ τύχην

χειμὼν ἐπιγενόμενος κατήνεγκε τὰς ναῦς
ἐς τὴν Πύλον. καὶ ὁ Δημοσθένης εὐθὺς 2
ἠξίου τειχίζεσθαι τὸ χωρίον—ἐπὶ τοῦτο
γὰρ ξυνεκπλεῦσαι—, καὶ ἀπέφαινε πολλὴν
εὐπορίαν ξύλων τε καὶ λίθων καὶ φύσει
καρτερὸν ὂν καὶ ἐρῆμον αὐτό τε καὶ ἐπὶ
πολὺ τῆς χώρας· ἀπέχει γὰρ σταδίους
μάλιστα ἡ Πύλος τῆς Σπάρτης τετρακο-
σίους καί ἐστιν ἐν τῇ Μεσσηνίᾳ ποτὲ
οὔσῃ γῇ, καλοῦσι δὲ αὐτὴν οἱ Λακεδαι-
μόνιοι Κορυφάσιον. οἱ δὲ πολλὰς ἔφασαν 3
εἶναι ἄκρας ἐρήμους τῆς Πελοποννήσου,
ἣν βούληται καταλαμβάνων ⌄ δαπανᾶν.
τῷ δὲ διάφορόν τι ἐδόκει εἶναι τοῦτο τὸ
χωρίον, ⌄ λιμένος τε προσόντος καὶ τοὺς
Μεσσηνίους οἰκείους ὄντας αὐτῷ τὸ ἀρ-
χαῖον καὶ ὁμοφώνους τοῖς Λακεδαιμονίοις
πλεῖστ᾽ ἂν βλάπτειν ἐξ αὐτοῦ ὁρμωμένους
καὶ βεβαίους ἅμα τοῦ χωρίου φύλακας
ἔσεσθαι.

4. Ὡς δὲ οὐκ ἔπειθεν οὔτε τοὺς στρα-
τηγοὺς οὔτε τοὺς στρατιώτας, ὕστερον
καὶ τοῖς ταξιάρχοις κοινώσας, ⌄ αὐτοῖς
τοῖς στρατιώταις ⌄ ὁρμὴ ἐπέπεσε περι-
στᾶσιν ἐκτειχίσαι τὸ χωρίον. καὶ 2
ἐγχειρήσαντες ἠργάζοντο, σιδήρια μὲν
λιθουργὰ οὐκ ἔχοντες, λογάδην δὲ φέρον-
τες λίθους, καὶ ξυνετίθεσαν ὡς ἕκαστόν
τι ξυμβαίνοι· καὶ τὸν πηλόν, εἴπου δέοι
χρῆσθαι, ἀγγείων ἀπορίᾳ ἐπὶ τοῦ νώτου
ἔφερον ἐγκεκυφότες τε ⌄ καὶ τὼ χεῖρε ἐς
τοὐπίσω ξυμπλέκοντες. ⌄ παντί τε τρόπῳ 3
ἠπείγοντο φθῆναι τοὺς Λακεδαιμονίους

τὰ ἐπιμαχώτατα ἐξεργασάμενοι πρὶν
ἐπιβοηθῆσαι· τὸ γὰρ πλέον τοῦ χωρίου
αὐτὸ καρτερὸν ὑπῆρχε καὶ οὐδὲν ἔδει
τείχους.

5. Οἱ δὲ ἑορτήν τινα ἔτυχον ἄγοντες,
καὶ ἅμα πυνθανόμενοι ἐν ὀλιγωρίᾳ ἐποι-
οῦντο, ὡς ὅταν ἐξέλθωσιν ἢ οὐχ ὑπο-
μενοῦντας σφᾶς ἢ ῥᾳδίως ληψόμενοι βίᾳ·
καί τι καὶ αὐτοὺς ὁ στρατὸς ἔτι ͵ ἀπὼν ἐν ταῖς Ἀθήναις ὢν
2 ἐπέσχε. τειχίσαντες δὲ οἱ Ἀθηναῖοι mss. corr. Ꞗ.
τοῦ χωρίου τὰ πρὸς ἤπειρον καὶ ἃ
μάλιστα ἔδει ἐν ἡμέραις ἓξ τὸν μὲν
Δημοσθένη μετὰ νεῶν πέντε αὐτοῦ φύλακα
καταλείπουσι, ταῖς δὲ πλέοσι ναυσὶ τὸν
ἐς τὴν Κόρκυραν πλοῦν καὶ Σικελίαν
ἠπείγοντο.

6. Οἱ δ' ἐν τῇ Ἀττικῇ ὄντες Πελο-
ποννήσιοι ὡς ἐπύθοντο τῆς Πύλου κα-
τειλημμένης, ἀνεχώρουν κατὰ τάχος
ἐπ' οἴκου, νομίζοντες μὲν ͵ οἰκεῖον σφίσι
τὸ περὶ τὴν Πύλον· ἅμα δὲ πρῴ ἐσβα-
λόντες καὶ τοῦ σίτου ἔτι χλωροῦ ὄντος
ἐσπάνιζον τροφῆς τοῖς πολλοῖς, χειμών
τε ἐπιγενόμενος μείζων παρὰ τὴν καθε-
στηκυῖαν ὥραν ἐπίεσε τὸ στράτευμα.
2 ὥστε πολλαχόθεν ξυνέβη ἀναχωρῆσαί
τε θᾶσσον αὐτοὺς καὶ βραχυτάτην γενέσ-
θαι τὴν ἐσβολὴν ταύτην· ἡμέρας γὰρ
πεντεκαίδεκα ἔμειναν ἐν τῇ Ἀττικῇ.

7. Κατὰ δὲ τὸν αὐτὸν χρόνον Σιμωνί-
δης Ἀθηναίων στρατηγὸς Ἠιόνα τὴν ἐπὶ
Θρᾴκης Μενδαίων ἀποικίαν, πολεμίαν δὲ
οὖσαν, ξυλλέξας Ἀθηναίους τε ὀλίγους ἐκ

Marginalia:

ἐν ταῖς ἀθή-
ναις.

καὶ σικελίαν.

οἱ λακεδαιμό-
νιοι καὶ ἆγις ὁ
βασιλεύς.

τῶν φρουρίων καὶ τῶν ἐκεῖ ξυμμάχων
πλῆθος προδιδομένην κατέλαβε. καὶ
παραχρῆμα ἐπιβοηθησάντων Χαλκιδέων
καὶ Βοττιαίων ἐξεκρούσθη τε καὶ ἀπέβαλε
πολλοὺς τῶν στρατιωτῶν.

8. Ἀναχωρησάντων δὲ τῶν ἐκ τῆς
Ἀττικῆς Πελοποννησίων οἱ Σπαρτιᾶται
αὐτοὶ μὲν καὶ οἱ ἐγγύτατα τῶν περιοίκων
εὐθὺς ἐβοήθουν ἐπὶ τὴν Πύλον, τῶν δὲ
ἄλλων Λακεδαιμονίων βραδυτέρα ἐγίγ-
νετο ἡ ἔφοδος, ἄρτι ἀφιγμένων ἀφ' ἑτέρας
στρατείας. περιήγγελλον δὲ καὶ κατὰ 2
τὴν Πελοπόννησον βοηθεῖν ὅτι τάχιστα
ἐπὶ Πύλον καὶ ἐπὶ τὰς ἐν τῇ Κορκύρᾳ
ναῦς σφῶν τὰς ἑξήκοντα ἔπεμψαν, αἳ
ὑπερενεχθεῖσαι τὸν Λευκαδίων ἰσθμὸν
καὶ λαθοῦσαι τὰς ἐν Ζακύνθῳ Ἀττικὰς
ναῦς ἀφικνοῦνται ἐπὶ Πύλον· παρῆν δὲ
ἤδη καὶ ὁ πεζὸς στρατός. Δημοσθένης 3
δὲ προσπλεόντων ἔτι τῶν Πελοποννησίων
ὑπεκπέμπει φθάσας δύο ναῦς ἀγγεῖλαι
Εὐρυμέδοντι καὶ τοῖς ἐν ταῖς ναυσὶν ἐν
Ζακύνθῳ Ἀθηναίοις παρεῖναι ὡς τοῦ
χωρίου κινδυνεύοντος. καὶ αἱ μὲν νῆες 4
κατὰ τάχος ἔπλεον κατὰ τὰ ἐπεσταλ-
μένα ‸ οἱ δὲ Λακεδαιμόνιοι παρεσκευά-
ζοντο ὡς τῷ τειχίσματι προσβαλοῦντες
κατά τε γῆν καὶ κατὰ θάλασσαν, ἐλπί-
ζοντες ῥᾳδίως αἱρήσειν οἰκοδόμημα διὰ
ταχέων εἰργασμένον καὶ ἀνθρώπων ὀλίγων
ἐνόντων. προσδεχόμενοι δὲ καὶ τὴν ἀπὸ 5
τῆς Ζακύνθου τῶν Ἀττικῶν νεῶν βοήθειαν
ἐν νῷ εἶχον, ἢν ἄρα μὴ πρότερον ἕλωσι,

καὶ τοὺς ἔσπλους τοῦ λιμένος ἐμφάρξαι,
ὅπως μὴ ᾖ τοῖς Ἀθηναίοις ἐφορμίσασθαι
6 ἐς αὐτόν. ἡ γὰρ νῆσος ἡ Σφακτηρία
καλουμένη τόν τε λιμένα, παρατείνουσα
καὶ ἐγγὺς ἐπικειμένη, ἐχυρὸν ποεῖ καὶ
τοὺς ἔσπλους στενούς, τῇ μὲν δυοῖν νεοῖν
διάπλουν κατὰ τὸ τείχισμα τῶν Ἀθη-
ναίων καὶ τὴν Πύλον, τῇ δὲ πρὸς τὴν
ἄλλην ἤπειρον ὀκτὼ ἢ ἐννέα· ὑλώδης τε
καὶ ἀτριβὴς πᾶσα ὑπ᾽ ἐρημίας ἦν καὶ
μέγεθος περὶ πεντεκαίδεκα σταδίους μά-
7 λιστα. τοὺς μὲν οὖν ἔσπλους ταῖς
ναυσὶν ἀντιπρώροις βύζην κλῇσειν ἔμελ-   v.l. ξυγκλῇσειν.

ΤΑΥΤΗΝ.
λον· τὴν δὲ νῆσον ⌄ φοβούμενοι μὴ ἐξ
αὐτῆς τὸν πόλεμον σφίσι ποιῶνται,
ὁπλίτας διεβίβασαν ἐς αὐτὴν καὶ παρὰ
8 τὴν ἤπειρον ἄλλους ἔταξαν· οὕτω γὰρ
τοῖς Ἀθηναίοις τήν τε νῆσον πολεμίαν
ἔσεσθαι τήν τε ἤπειρον, ἀπόβασιν οὐκ
ἐχούσας· τὰ γὰρ αὐτῆς τῆς Πύλου ἔξω   ἔχουσαν mss. corr.
πρὸς τὸ πέλα-
γος.
τοῦ ἔσπλου ⌄ ἀλίμενα ὄντα οὐχ ἕξειν   R. cp. 13, 3. infra.
ὅθεν ὁρμώμενοι ὠφελήσουσι τοὺς αὑτῶν,
σφεῖς δὲ ἄνευ τε ναυμαχίας καὶ κινδύνου
ἐκπολιορκήσειν τὸ χωρίον κατὰ τὸ εἰκός,
σίτου τε οὐκ ἐνόντος καὶ δι᾽ ὀλίγης παρα-
9 σκευῆς κατειλημμένον. ὡς δ᾽ ἐδόκει αὐ-   κατειλημμένου mss.
τοῖς ταῦτα, διεβίβαζον ἐς τὴν νῆσον τοὺς   καὶ διεβίβαζον mss.
ὁπλίτας ἀποκληρώσαντες ἀπὸ πάντων   corr. Badham.
τῶν λόχων. καὶ διέβησαν μὲν καὶ ἄλλοι
πρότερον κατὰ διαδοχήν, οἱ δὲ τελευταῖοι   τελευταῖοι καὶ mss.
οἱ καὶ ἐγκαταληφθέντες εἴκοσι καὶ τετρα-
κόσιοι ἦσαν καὶ Εἵλωτες οἱ περὶ αὐτούς·
ἦρχε δ᾽ αὐτῶν Ἐπιτάδας ὁ Μολόβρου.

9. Δημοσθένης δὲ ὁρῶν τοὺς Λακεδαι-
μονίους μέλλοντας προσβάλλειν ναυσί τε
ἅμα καὶ πεζῷ παρεσκευάζετο καὶ αὐτός,
καὶ τὰς τριήρεις αἳ περιῆσαν αὐτῷ ἀπὸ
τῶν καταλειφθεισῶν ἀνασπάσας ὑπὸ τὸ
τείχισμα προεσταύρωσε, καὶ τοὺς ναύτας
ἐξ αὐτῶν ὥπλισεν ἀσπίσι τε φαύλαις καὶ
. . . οἰσυΐναις ταῖς πολλαῖς· οὐ γὰρ
ἦν ὅπλα ἐν χωρίῳ ἐρήμῳ πορίσασθαι,
ἀλλὰ καὶ ταῦτα ἐκ λῃστρικῆς Μεσ-
σηνίων τριακοντόρου καὶ κέλητος ἔλαβον,
οἳ ἔτυχον παραγενόμενοι. ὁπλῖταί τε
τῶν Μεσσηνίων τούτων ὡς τεσσαράκοντα
ἐγένοντο, οἷς ἐχρῆτο μετὰ τῶν ἄλλων.
τοὺς μὲν οὖν πολλοὺς τῶν τε ἀόπλων 2
καὶ ὡπλισμένων ἐπὶ τὰ τετειχισμένα
μάλιστα καὶ ἐχυρὰ τοῦ χωρίου πρὸς
τὴν ἤπειρον ἔταξε, προειπὼν ἀμύνασθαι
τὸν πεζόν, ἢν προσβάλῃ· αὐτὸς δὲ ἀπο-
λεξάμενος ἐκ πάντων ἑξήκοντα ὁπλίτας
καὶ τοξότας ὀλίγους ἐχώρει ἔξω τοῦ
τείχους ἐπὶ τὴν θάλασσαν, ᾗ μάλιστα
ἐκείνους προσεδέχετο πειράσειν ἀπο-
βαίνειν ἐς χωρία μὲν χαλεπὰ καὶ πετρ-
ώδη πρὸς τὸ πέλαγος τετραμμένα, σφίσι
δὲ τοῦ τείχους ταύτῃ ἀσθενεστάτου
ὄντος ἐπισπάσεσθαι αὐτοὺς ἡγεῖτο
οὔτε γὰρ αὐτοὶ ἐλπίζοντές ποτε ναυσὶ 3
κρατήσεσθαι οὐκ ἰσχυρὸν ἐτείχιζον,
ἐκείνοις τε βιαζομένοις τὴν ἀπόβασιν
ἁλώσιμον τὸ χωρίον γίγνεσθαι. κατὰ 4
τοῦτο οὖν πρὸς αὐτὴν τὴν θάλασσαν
χωρήσας ἔταξε τοὺς ὁπλίτας ὡς εἴρ-

ξων, ἢν δύνηται, καὶ παρεκελεύσατο
τοιάδε.

10. "Ἄνδρες οἱ ξυναράμενοι τοῦδε ξυναράμενοι μοι B.
τοῦ κινδύνου, μηδεὶς ὑμῶν ἐν τῇ τοιᾷδε
ἀνάγκῃ ξυνετὸς βουλέσθω δοκεῖν εἶναι,
ἐκλογιζόμενος ἅπαν τὸ περιεστὸς ἡμᾶς
δεινόν, μᾶλλον ἢ ἀπερισκέπτως εὔελπις v.l. μᾶλλον δὲ.
ὁμόσε χωρῆσαι τοῖς ἐναντίοις, ὡς καὶ ἐκ v.l. χωρήσας.
τούτων ἂν περιγενόμενος. ὅσα γὰρ ἐς ἐναντίοις καὶ mss.
ἀνάγκην ἀφῖκται ὥσπερ τάδε, λογισμὸν
ἥκιστα ἐνδεχόμενα κινδύνου τοῦ ταχίστου
2 προσδεῖται. ἐγὼ δὲ καὶ τὰ πλείω ὁρῶ
πρὸς ἡμῶν ὄντα, ἢν ἐθέλωμέν τε μεῖναι
καὶ μὴ τῷ πλήθει αὐτῶν καταπλαγέντες
τὰ ὑπάρχοντα ἡμῖν κρείσσω καταπροδοῦ-
3 ναι. τοῦ τε γὰρ χωρίου τὸ δυσέμβατον
ἡμέτερον νομίζω ⌐ὃ μενόντων ἡμῶν ξύμ-

Corrupt.

μαχον γίγνεται, ὑποχωρήσασι δὲ⌐ καίπερ
χαλεπὸν ὂν εὔπορον ἔσται μηδενὸς κω-
λύοντος, καὶ τὸν πολέμιον δεινότερον
ἕξομεν μὴ ῥᾳδίας αὐτῷ πάλιν οὔσης τῆς v.l. ῥᾳδίως.
ἀναχωρήσεως, ἢν καὶ ὑφ' ἡμῶν βιάζηται
—ἐπὶ γὰρ ταῖς ναυσὶ ῥᾷστοί εἰσιν ἀμύνε-
4 σθαι, ἀποβάντες δὲ ἐν τῷ ἴσῳ ἤδη—, τό τε
πλῆθος αὐτῶν οὐκ ἄγαν δεῖ φοβεῖσθαι·
κατ' ὀλίγον γὰρ μαχεῖται καίπερ πολὺ
ὂν ἀπορίᾳ τῆς προσορμίσεως, καὶ οὐκ
ἐν γῇ στρατός ἐστιν ἐκ τοῦ ὁμοίου . . . . , ὁμοίου μείζων mss.
ἀλλ' ἀπὸ νεῶν, αἷς πολλὰ τὰ καίρια δεῖ
5 ἐν τῇ θαλάσσῃ ξυμβῆναι. ὥστε τὰς
τούτων ἀπορίας ἀντιπάλους ἡγοῦμαι τῷ
ἡμετέρῳ πλήθει, καὶ ἅμα ἀξιῶ ὑμᾶς,
Ἀθηναίους ὄντας καὶ ἐπισταμένους ἐμ-

φόβῳ ῥοθίου καὶ
νεῶν δεινότητος
mss.

πειρίᾳ τὴν ναυτικὴν ἐπ' ἄλλους ἀπόβασιν
ὅτι, εἴ τις ὑπομένοι καὶ μὴ φόβῳ ˄ κατά-
πλου ὑποχωροίη, οὐκ ἄν ποτε βιάζοιτο,
καὶ αὐτοὺς νῦν μεῖναί τε καὶ ἀμυνο-
μένους παρ' αὐτὴν τὴν ῥαχίαν σῴζειν
ἡμᾶς τε αὐτοὺς καὶ τὸ χωρίον."

ῬΟΘΊΟΥ ΚΑῚ
ΝΕΏΝ ΔΕΙΝΌ-
ΤΗΤΙ.

11. Τοσαῦτα τοῦ Δημοσθένους παρα-
κελευσαμένου οἱ Ἀθηναῖοι ἐθάρσησάν τε
μᾶλλον καὶ ἐπικαταβάντες ἐτάξαντο παρ'
αὐτὴν τὴν θάλασσαν. οἱ δὲ Λακεδαι-
μόνιοι ἄραντες τῷ τε κατὰ γῆν στρατῷ 2
προσέβαλλον τῷ τειχίσματι καὶ ταῖς

τεσσαράκοντα mss.
lacuna ℞.

ναυσὶν ἅμα, οὔσαις . . . κοντα καὶ
τρισί· ναύαρχος δὲ αὐτῶν ἐπέπλει Θρα-

Θρασυμηλίδας mss.
corr. Cobet.

συμηδίδας ὁ Κρατησικλέους, Σπαρτιάτης.
προσέβαλλε δὲ ᾗπερ ὁ Δημοσθένης προσ-
εδέχετο. καὶ οἱ μὲν Ἀθηναῖοι ἀμφο-
τέρωθεν, ἔκ τε γῆς καὶ ἐκ θαλάσσης, 3
ἠμύνοντο· οἱ δὲ κατ' ὀλίγας ναῦς διελό-
μενοι, διότι οὐκ ἦν πλέοσι προσσχεῖν,
καὶ ἀναπαύοντες ἐν τῷ μέρει τοὺς
ἐπίπλους ἐποιοῦντο, προθυμίᾳ τε πάσῃ
χρώμενοι καὶ παρακελευσμῷ, εἴ πως
ὠσάμενοι ἕλοιεν τὸ τείχισμα. πάντων
δὲ φανερώτατος Βρασίδας ἐγένετο. τριηρ- 4
αρχῶν γὰρ καὶ ὁρῶν τοῦ χωρίου χαλεποῦ
ὄντος τοὺς τριηράρχους καὶ κυβερνήτας,
εἴ πῃ καὶ δοκοίη δυνατὸν εἶναι σχεῖν,
ἀποκνοῦντας καὶ φυλασσομένους ˄ ἐβόα ˄
ὡς οὐκ εἰκὸς εἴη ξύλων φειδομένους τοὺς
πολεμίους ἐν τῇ χώρᾳ περιιδεῖν τεῖχος
πεποιημένους ἀλλὰ τάς τε σφετέρας ναῦς
βιαζομένους τὴν ἀπόβασιν καταγνῦναι ˄,

ΤῶΝ ΝΕῶΝ ΜῊ
ΞΥΝΤΡΊΨΩCΙΝ
ΛΈΓΩΝ.

ἐκέλευε.

καὶ τοὺς ξυμμάχους μὴ ἀποκνῆσαι ἀντὶ
μεγάλων εὐεργεσιῶν τὰς ναῦς τοῖς Λακε-
δαιμονίοις ἐν τῷ παρόντι ἐπιδοῦναι, ὀκεί-
λαντας δὲ καὶ παντὶ τρόπῳ ἀποβάντας
τῶν τε ἀνδρῶν καὶ τοῦ χωρίου κρατῆ-
σαι.

12. Καὶ ὁ μὲν τούς τε ἄλλους τοιαῦτα
ἐπέσπερχε καὶ τὸν ἑαυτοῦ κυβερνήτην
ἀναγκάσας ὀκεῖλαι τὴν ναῦν ἐχώρει ἐπὶ
τὴν ἀποβάθραν· καὶ πειρώμενος ἀπο-
βαίνειν ἀνεκόπη ὑπὸ τῶν Ἀθηναίων, καὶ
τραυματισθεὶς πολλὰ ἐλειποψύχησέ τε   v.l. ἐλειποθύμησε.
καὶ πεσόντος αὐτοῦ ἐς τὴν παρεξειρεσίαν
ἡ ἀσπὶς περιερρύη ἐς τὴν θάλασσαν, καὶ
ἐξενεχθείσης αὐτῆς ἐς τὴν γῆν οἱ
Ἀθηναῖοι ἀνελόμενοι ὕστερον πρὸς τὸ
τροπαῖον ἐχρήσαντο ὃ ἔστησαν τῆς
2 προσβολῆς ταύτης. οἱ δ᾽ ἄλλοι προύθυμ-
οῦντο μέν, ἀδύνατοι δ᾽ ἦσαν ἀποβῆναι
τῶν τε χωρίων χαλεπότητι καὶ τῶν
Ἀθηναίων μενόντων καὶ οὐδὲν ὑποχωρ-
3 ούντων. ἐς τοῦτό τε περιέστη ἡ τύχη
ὥστε Ἀθηναίους μὲν ἐκ γῆς τε καὶ
ταύτης Λακωνικῆς ἀμύνεσθαι ἐκείνους
ἐπιπλέοντας, Λακεδαιμονίους δὲ ἐκ νεῶν
τε καὶ ἐς τὴν ἑαυτῶν πολεμίαν οὖσαν
ἐπ᾽ Ἀθηναίους ἀποβαίνειν· ἐπὶ πολὺ
γὰρ ἐπόει τῆς δόξης ἐν τῷ τότε τοῖς μὲν   v.l. ἐπήει.
ἠπειρώταις μάλιστα εἶναι καὶ τὰ πεζὰ
κρατίστοις, τοῖς δὲ θαλασσίοις τε καὶ
ταῖς ναυσὶ πλεῖστον προέχειν.

13. Ταύτην μὲν οὖν τὴν ἡμέραν καὶ
τῆς ὑστεραίας μέρος τι προσβολὰς

ἐπὶ πολὺ γὰρ
ἐποίει τῆς
δόξης ἐν τῷ
τότε τοῖς μὲν
ἠπειρώταις
μάλιστα εἶναι
καὶ τὰ πεζὰ
κρατίστοις, τοῖς
δὲ θαλασσίοις
τε καὶ ταῖς
ναυσὶ πλεῖστον
προέχειν.

ποησάμενοι ἐπέπαυντο· καὶ τῇ τρίτῃ ἐπὶ
ξύλα ἐς μηχανὰς παρέπεμψαν τῶν νεῶν
τινὰς ἐς Ἀσίνην, ἐλπίζοντες τὸ κατὰ τὸν
λιμένα τεῖχος ὕψος μὲν ἔχειν, ἀποβάσεως
δὲ μάλιστ᾽ ἂν οὔσης ἑλεῖν μηχαναῖς. ἐν 2
τούτῳ δὲ αἱ ἐκ τῆς Ζακύνθου νῆες τῶν
Ἀθηναίων παραγίγνονται . . . κοντα·
προσεβοήθησαν γὰρ τῶν τε φρουρίδων
τινὲς αὐτοῖς τῶν ἐκ Ναυπάκτου καὶ Χῖαι
τέσσαρες. ὡς δὲ εἶδον τήν τε ἤπειρον 3
ὁπλιτῶν περίπλεων τήν τε νῆσον, ἔν τε
τῷ λιμένι οὔσας τὰς ναῦς καὶ οὐκ
ἐκπλεούσας, ἀπορήσαντες ὅπῃ καθορ-
μίσωνται, τότε μὲν ἐς Πρωτὴν τὴν
νῆσον, ἣ οὐ πολὺ ἀπέχει ἐρῆμος οὖσα,
ἔπλευσαν καὶ ηὐλίσαντο, τῇ δ᾽ ὑστεραίᾳ
παρασκευασάμενοι ὡς ἐπὶ ναυμαχίαν ἀνή-
γοντο, ἢν μὲν ἀντεκπλεῖν ἐθέλωσι σφί-
σιν ἐς τὴν εὐρυχωρίαν, εἰ δὲ μή, ὡς αὐτοὶ
ἐπεσπλευσόμενοι. καὶ οἱ μὲν οὔτε ἀντανή- 4
γοντο οὔτε ὃ διενοήθησαν, φάρξαι τοὺς ἔσ-
πλους, ἔτυχον ποιήσαντες, ἡσυχάζοντες δ᾽
ἐν τῇ γῇ τάς τε ναῦς ἐπλήρουν καὶ παρε-
σκευάζοντο, ἢν ἐσπλέῃ τις, ὡς ἐν τῷ
λιμένι ὄντι οὐ σμικρῷ ναυμαχήσοντες.
14. Οἱ δ᾽ Ἀθηναῖοι γνόντες καθ᾽
ἑκάτερον τὸν ἔσπλουν ὥρμησαν ἐπ᾽
αὐτούς, καὶ τὰς μὲν πλείους καὶ μετ-
εώρους ἤδη τῶν νεῶν ἀντίπρωροι προσ-
πεσόντες ἐς φυγὴν κατέστησαν, καὶ
ἐπιδιώκοντες ὡς διὰ βραχέος ἔτρωσαν
μὲν πολλάς, πέντε δ᾽ ἔλαβον καὶ μίαν
τούτων αὐτοῖς ἀνδράσι· ταῖς δὲ λοιπαῖς

μάλιστα οὔσης mss. corr. ℞.

vv.ll. τεσσαράκοντα, πεντήκοντα. lacuna ℞.

μενούσας ℞.

ἃ mss. corr. Herwerden.

καὶ ἀντιπρῴρους mss. corr. Badham.

ἐν τῇ γῇ καταπεφευγυίαις ἐνέβαλλον. αἱ
δὲ καὶ πληρούμεναι ἔτι πρὶν ἀνάγεσθαι
ἐκόπτοντο· καί τινας καὶ ἀναδούμενοι
κενὰς εἷλκον τῶν ἀνδρῶν ἐς φυγὴν
2 ὡρμημένων. ἃ ὁρῶντες οἱ Λακεδαιμόνιοι
καὶ περιαλγοῦντες τῷ πάθει, ᾳ παρε-
βοήθουν, καὶ ἐπεσβαίνοντες ἐς τὴν
θάλασσαν ξὺν τοῖς ὅπλοις ἀνθεῖλκον
3 ἐπιλαμβανόμενοι τῶν νεῶν. ᾳ ἐγένετό τε
ὁ θόρυβος μέγας ἀντηλλαγμένου τοῦ καὶ ἀντηλλαγμένος
ἑκατέρων τρόπου περὶ τὰς ναῦς· οἵ τε mss.
γὰρ Λακεδαιμόνιοι ὑπὸ προθυμίας καὶ ἐκ-
πλήξεως, ὡς εἰπεῖν, ἄλλο οὐδὲν ἢ ἐκ γῆς ἐ-
ναυμάχουν, οἵ τε Ἀθηναῖοι κρατοῦντες καὶ
βουλόμενοι τῇ παρούσῃ τύχῃ ὡς ἐπὶ πλεῖ-
στον ἐπεξελθεῖν ἀπὸ νεῶν ἐπεζομάχουν.
4 πολύν τε πόνον παρασχόντες ἀλλήλοις
καὶ τραυματίσαντες διεκρίθησαν, καὶ οἱ
Λακεδαιμόνιοι τὰς κενὰς ναῦς πλὴν τῶν
5 τὸ πρῶτον ληφθεισῶν διέσωσαν. κατα-
στάντες δὲ ἑκάτεροι ἐς τὸ στρατόπεδον οἱ
μὲν τροπαῖόν τε ἔστησαν καὶ νεκροὺς
ἀπέδοσαν καὶ ναυαγίων ἐκράτησαν, καὶ
τὴν νῆσον εὐθὺς περιέπλεον καὶ ἐν
φυλακῇ εἶχον, ὡς τῶν ἀνδρῶν ἀπειλημ-
μένων· οἱ δ' ἐν τῇ ἠπείρῳ Πελοποννήσιοι
καὶ ἀπὸ πάντων ἤδη βεβοηθηκότες ἔμενον
κατὰ χώραν ἐπὶ τῇ Πύλῳ.

15. Ἐς δὲ τὴν Σπάρτην ὡς ἠγγέλθη
τὰ γεγενημένα περὶ Πύλον, ἔδοξεν αὐτοῖς
ὡς ἐπὶ ξυμφορᾷ μεγάλῃ τὰ τέλη κατα-
βάντας ἐς τὸ στρατόπεδον βουλεύειν

ὅτιπερ ΑΥΤⲰΝ
οἱ ΑΝΔΡΕϹ ἀπε-
λΑΜΒΆΝΟΝΤΟ ἐΝ
τῇ ΝΉϹⲰ.
καὶ ἐΝ ΤΟΎΤⲰ
ΚΕΚⲰΛΥ̂ϹΘΑΙ
ἐΔΌΚΕΙ ἕΚΑϹΤΟϹ
Ⲱ̣ ΜΉ ΤΙΝΙ καὶ
ΑΎΤῸϹ ἔΡΓⲰ
ΠΑΡΗ̂Ν from ii. 8.

παραχρῆμα δρῶντας ὅ τι ἂν δοκῇ. καὶ 2
ὡς εἶδον ἀδύνατον ὂν τιμωρεῖν τοῖς
ἀνδράσι καὶ κινδυνεύειν οὐκ ἐβούλοντο
ἢ ὑπὸ λιμοῦ τι παθεῖν αὐτοὺς ἢ ὑπὸ
πλήθους βιασθέντας _Λ, ἔδοξεν αὐτοῖς
πρὸς τοὺς στρατηγοὺς τῶν Ἀθηναίων,
ἢν ἐθέλωσι, σπονδὰς ποησαμένους τὰ
περὶ Πύλον, ἀποστεῖλαι ἐς τὰς Ἀθήνας
πρέσβεις περὶ ξυμβάσεως καὶ τοὺς ἄν-
δρας ὡς τάχιστα πειρᾶσθαι κομίσασθαι.

16. Δεξαμένων δὲ τῶν στρατηγῶν
τὸν λόγον ἐγίγνοντο σπονδαὶ τοιαίδε,
Λακεδαιμονίους μὲν τὰς ναῦς ἐν αἷς
ἐναυμάχησαν καὶ τὰς ἐν τῇ Λακωνικῇ
πάσας, ὅσαι ἦσαν μακραί, παραδοῦναι
κομίσαντας ἐς Πύλον Ἀθηναίοις, καὶ
ὅπλα μὴ ἐπιφέρειν τῷ τειχίσματι μήτε
κατὰ γῆν μήτε κατὰ θάλασσαν, Ἀθη-
ναίους δὲ τοῖς ἐν τῇ νήσῳ ἀνδράσι σῖτον
ἐᾶν τοὺς ἐν τῇ ἠπείρῳ Λακεδαιμονίους
ἐσπέμπειν τακτὸν μεμαγμένον, δύο χοίν-
ικας ἑκάστῳ Ἀττικὰς ἀλφίτων καὶ δύο
κοτύλας οἴνου καὶ κρέας, θεράποντι δὲ τού-
των ἡμίσεα· ταῦτα δὲ ὁρώντων τῶν Ἀθη-
ναίων ἐσπέμπειν καὶ πλοῖον μηδὲν ἐσπλεῖν
λάθρα· φυλάσσειν δὲ καὶ τὴν νῆσον Ἀθη-
ναίους μηδὲν ἧσσον, ὅσα μὴ ἀποβαίνοντας,
καὶ ὅπλα μὴ ἐπιφέρειν τῷ Πελοποννησίων
στρατῷ μήτε κατὰ γῆν μήτε κατὰ θάλασ-
σαν. ὅ τι δ᾽ ἂν τούτων παραβαίνωσιν ἑκά- 2
τεροι _Λ, τότε λελύσθαι τὰς σπονδάς. ἐσπεῖ-
σθαι δὲ αὐτὰς μέχρι οὗ ἐπανέλθωσιν οἱ

ἐκ τῶν Ἀθηνῶν Λακεδαιμονίων πρέσβεις·
ἀποστεῖλαι, δὲ αὐτοὺς τριήρει Ἀθηναίους
καὶ πάλιν κομίσαι. ἐλθόντων δὲ τάς τε
σπονδὰς λελύσθαι ταύτας καὶ τὰς ναῦς
ὅμοίας.   ἀποδοῦναι Ἀθηναίους ͺ οἷασπερ ἂν παρα-
3 λάβωσιν. αἱ μὲν σπονδαὶ ἐπὶ τούτοις
ἐγένοντο, καὶ αἱ νῆες παρεδόθησαν οὖσαι
περὶ ἑξήκοντα, καὶ οἱ πρέσβεις ἀπεστά-
λησαν. ἀφικόμενοι δὲ ἐς τὰς Ἀθήνας
ἔλεξαν τοιάδε.

17. "Ἔπεμψαν ἡμᾶς Λακεδαιμόνιοι,
ὦ Ἀθηναῖοι, περὶ τῶν ἐν τῇ νήσῳ
ἀνδρῶν πράξοντας ὅ τι ἂν ὑμῖν τε
ὠφέλιμον ὂν τὸ αὐτὸ πείθωμεν καὶ ἡμῖν
ἐς τὴν ξυμφο- ͺὡς ἐκ τῶν παρόντων κόσμον μάλιστα
ράν.
2 μέλλῃ οἴσειν. τοὺς δὲ λόγους μακροτέρους
μηκυνοῦμεν. οὐ παρὰ τὸ εἰωθὸς ποησόμεθα, ἀλλ' μηκινοῦμεν for
ἐπιχώριον ὂν ἡμῖν οὐ μὲν βραχεῖς ἀρκῶσι ποησόμεθα mss. corr. ℞.
μὴ πολλοῖς χρῆσθαι, πλέοσι δὲ ἐν ᾧ ἂν
καιρὸς ᾖ διδάσκοντάς τι τῶν προὔργου
λόγοις.
3 ͺ τὸ δέον πράσσειν. λάβετε δὲ αὐτοὺς
μὴ πολεμίως μηδ' ὡς ἀξύνετοι διδασκό-
μενοι, ὑπόμνησιν δὲ τοῦ καλῶς βουλεύ-
4 σασθαι πρὸς εἰδότας ἡγησάμενοι. ὑμῖν
γὰρ εὐτυχίαν τὴν παροῦσαν ἔξεστι καλῶς
θέσθαι, ἔχουσι μὲν ὧν κρατεῖτε, προσλα-
βοῦσι δὲ τιμὴν καὶ δόξαν, καὶ μὴ παθεῖν
ὅπερ οἱ ἀήθως τι ἀγαθὸν λαμβάνοντες
ἐλπίδι.   τῶν ἀνθρώπων· ἀεὶ γὰρ τοῦ πλέονος ͺ ὀρέ-
γονται διὰ τὸ καὶ τὰ παρόντα ἀδοκήτως
5 εὐτυχῆσαι. οἷς δὲ πλεῖσται μεταβολαὶ
ἐπ' ἀμφότερα ξυμβεβήκασι, δίκαιοί εἰσι
καὶ ἀπιστότατοι εἶναι ταῖς εὐπραγίαις. ὃ

τῇ τε ὑμετέρᾳ πόλει δι' ἐμπειρίαν καὶ ἡμῖν
μάλιστ' ἂν ἐκ τοῦ ξυμβεβηκότος προσείη.

18. " Γνῶτε δὲ καὶ ἐς τὰς ἡμετέρας
νῦν ξυμφορὰς ἀπιδόντες, οἵτινες ἀξίωμα
μέγιστον τῶν Ἑλλήνων ἔχοντες ἥκομεν
παρ' ὑμᾶς, πρότερον αὐτοὶ κυριώτεροι
νομίζοντες εἶναι δοῦναι ἐφ' ἃ νῦν ἀφιγ-
μένοι ὑμᾶς αἰτούμεθα. καίτοι οὔτε 2
δυνάμεως ἐνδείᾳ ἐπάθομεν αὐτὸ οὔτε
μείζονος προσγενομένης ὑβρίσαντες, ἀπὸ
δὲ τῶν ἀεὶ ὑπαρχόντων γνώμῃ σφαλέντες,
ἐν ᾧ πᾶσι τὸ αὐτὸ ὁμοίως ὑπάρχει.
ὥστε οὐκ εἰκὸς ὑμᾶς διὰ τὴν παροῦσαν 3
νῦν ῥώμην πόλεώς τε καὶ τῶν προσγε-
γενημένων καὶ τὸ τῆς τύχης οἴεσθαι ἀεὶ
μεθ' ὑμῶν ἔσεσθαι. σωφρόνων δὲ ἀνδρῶν 4
οἵτινες τἀγαθὰ ἐς ἀμφίβολον ἀσφαλῶς
ἔθεντο ⌜καὶ ταῖς ξυμφοραῖς οἱ αὐτοὶ
εὐξυνετώτερον ἂν προσφέροιντο, τόν τε
πόλεμον νομίσωσι μὴ καθ' ὅσον ἄν τις
αὐτοῦ μέρος βούληται μεταχειρίζειν,
τούτῳ ξυνεῖναι, ἀλλ' ὡς ἂν αἱ τύχαι
αὐτῶν ἡγήσωνται· καὶ ἐλάχιστ' ἂν οἱ
τοιοῦτοι πταίοντες διὰ τὸ μὴ τῷ ὀρθου-
μένῳ αὐτοῦ πιστεύοντες ἐπαίρεσθαι ἐν
τῷ εὐτυχεῖν ἂν μάλιστα καταλύοιντο.⌝
ὃ νῦν ὑμῖν, ὦ Ἀθηναῖοι, καλῶς ἔχει πρὸς 5
ἡμᾶς πρᾶξαι, καὶ μήποτε ὕστερον, ἢν
ἄρα μὴ πιθόμενοι σφαλῆτε, ἃ πολλὰ
ἐνδέχεται, νομισθῆναι τύχῃ καὶ τὰ νῦν
προχωρήσαντα κρατῆσαι, ἐξὸν ἀκίνδυνον
δόκησιν ἰσχύος καὶ ξυνέσεως ἐς τὸ ἔπειτα
καταλιπεῖν.

εἰκότος mss. corr.
Ɓ.
v.l. ἡμετέρας ξυμ-
φοράς.

v.l. γνώμης.

v.l. ἐξεῖναι.

Corrupt.

19. "Λακεδαιμόνιοι δὲ ὑμᾶς προκα-
λοῦνται ἐς σπονδὰς καὶ διάλυσιν πολέ-
μου, διδόντες μὲν εἰρήνην καὶ ξυμμαχίαν
καὶ ἄλλην φιλίαν πολλὴν καὶ οἰκειό-
τητα ἐς ἀλλήλους ὑπάρχειν, ἀνταιτοῦν-
τες δὲ τοὺς ἐκ τῆς νήσου ἄνδρας, ἄμεινον καὶ ἄμεινον mss.
ἡγούμενοι ἀμφοτέροις μὴ διακινδυνεύε- corr. Cobet.
σθαι, εἴτε ⌃ διαφύγοιεν παρατυχούσης
τινὸς σωτηρίας εἴτε καὶ ἐκπολιορκηθέντες
2 μᾶλλον χειρωθεῖεν.   νομίζομέν τε τὰς μᾶλλον ἂν mss.
corr. Cobet.
μεγάλας ἔχθρας μάλιστα διαλύεσθαι μάλιστ' ἂν mss.
βεβαίως, οὐκ ἦν ἀμυνόμενός τις ἐπι- corr. ℞.
ἀνταμινόμενός τις
κρατήσας τὰ πλείω τὸν πολέμιον κατ' καὶ ἐπικρατήσας τὰ
ἀνάγκην ὅρκοις καταλαμβάνων μὴ ἀπὸ πλέω τοῦ πολεμίου
κατ' ἀνάγκην ὅρκοις
τοῦ ἴσου ξυμβῇ, ἀλλ' ἤν, παρὸν τὸ αὐτὸ ἐγκαταλαμβάνων
δρᾶσαι πρὸς τὸ ἐπιεικές, καὶ ἀρετῇ αὐτὸν mss. corr. Krue-
ger, Herwerden,
νικήσας παρὰ ἃ προσεδέχετο μετρίως and Cobet.
3 ξυναλλαγῇ. ὀφείλων γὰρ ἤδη ὁ ἐναν-
τίος μὴ ἀνταμύνεσθαι ὡς βιασθείς, ἀλλ'
ἀνταποδοῦναι ἀρετήν, ἑτοιμότερός ἐστιν
4 αἰσχύνῃ ἐμμένειν οἷς ξυνέθετο.   καὶ
μᾶλλον πρὸς τοὺς μειζόνως ἐχθροὺς τοῦ-
το δρῶσιν οἱ ἄνθρωποι ἢ πρὸς τοὺς τὰ
μέτρια διενεχθέντας· πεφύκασί τε τοῖς
μὲν ἑκοῦσιν ἐνδοῦσιν ἀνθησσᾶσθαι μεθ' ἑκουσίως mss.
ἑκοῦσιν Bekk.
ἡδονῆς, πρὸς δὲ τὰ ὑπεραυχοῦντα καὶ Anecd. p. 126.
παρὰ γνώμην διακινδυνεύειν.
20. "Ἡμῖν δὲ καλῶς, εἴπερ ποτέ,
ἔχει ἀμφοτέροις ἡ ξυναλλαγή, πρίν τι
ἀνήκεστον διὰ μέσου γενόμενον ἡμᾶς
καταλαβεῖν, ἐν ᾧ ἀνάγκη ἀΐδιον ὑμῖν
ἔχθραν πρὸς τῇ κοινῇ καὶ ἰδίαν ἔχειν,
ἡμᾶς δὲ στερηθῆναι ὧν νῦν προκαλού-

Βίᾳ.

μεθα. ἔτι δ' ὄντων ἀκρίτων καὶ ὑμῖν 2
μὲν δόξης καὶ ἡμετέρας φιλίας προσγιγνο-
τινὸς ξυμφορᾶς mss. μένης, ἡμῖν δὲ πρὸ αἰσχροῦ τινὸς τῆς
ξυμφορᾶς μετρίως κατατιθεμένης διαλ-
λαγῶμεν, καὶ αὐτοί τε ἀντὶ πολέμου
εἰρήνην ἑλώμεθα καὶ τοῖς ἄλλοις Ἕλ-
λησιν ἀνάπαυσιν κακῶν ποήσωμεν· οἳ καὶ
ἐν τούτῳ ὑμᾶς αἰτιωτέρους ἡγήσονται.
πολεμοῦνται μὲν γὰρ ἀσαφῶς ὁποτέρων
ἀρξάντων· καταλύσεως δὲ γιγνομένης,
ἧς νῦν ὑμεῖς τὸ πλέον κύριοί ἐστε, τὴν
χάριν ὑμῖν προσθήσουσιν. ἤν τε γνῶτε, 3
Λακεδαιμονίοις mss. Λακεδαιμονίων ἔξεστιν ὑμῖν φίλους γενέ-
corr. Cobet. σθαι βεβαίως αὐτῶν τε προκαλεσαμένων,
v.l. βεβαίους. χαρισαμένοις τε μᾶλλον ἢ βιασαμένων.
v.l. βιασαμένοις. καὶ ἐν τούτῳ τὰ ἐνόντα ἀγαθὰ σκοπεῖτε 4
ὅσα εἰκὸς εἶναι· ἡμῶν γὰρ καὶ ὑμῶν
ταὐτὰ λεγόντων τό γε ἄλλο Ἑλληνικὸν
ἴστε ὅτι ὑποδεέστερον ὂν τὰ μέγιστα
τιμήσει."
21. Οἱ μὲν οὖν Λακεδαιμόνιοι τοσαῦτα
εἶπον, νομίζοντες τοὺς Ἀθηναίους ἐν τῷ
πρὶν χρόνῳ σπονδῶν μὲν ἐπιθυμεῖν,
σφῶν δὲ ἐναντιουμένων κωλύεσθαι, δι-
v.l. ἀσμένως δέχε- δομένης δὲ εἰρήνης ἀσμένους δέξεσθαί τε
σθαι. καὶ τοὺς ἄνδρας ἀποδώσειν. οἱ δὲ τὰς 2
μὲν σπονδὰς ˄ ἤδη σφίσιν ἐνόμιζον ἑτοί-
μους εἶναι, ὁπόταν βούλωνται ˄, τοῦ δὲ
πλέονος ὠρέγοντο. μάλιστα δὲ αὐτοὺς 3
ἐνῆγε Κλέων ὁ Κλεαινέτου· ˄ καὶ ἔπεισεν
ἀποκρίνασθαι ὡς χρὴ τὰ μὲν ὅπλα καὶ
σφᾶς αὐτοὺς τοὺς ἐν τῇ νήσῳ παραδόντας
πρῶτον κομισθῆναι Ἀθήναζε, ἐλθόντων

C

ἔχοντεϲ τοὺϲ
ἄνδραϲ ἐν τῇ
νήϲῳ.
ποιεῖϲθαι πρὸϲ
αὐτούϲ.
ἀνὴρ δημαγω-
γὸϲ κατ' ἐκεῖ-
νον τὸν χρό-
νον ὢν καὶ τῷ
πλήθει πιθα-
νώτατοϲ from
iii. 36.

δὲ ἀποδόντας Λακεδαιμονίους Νίσαιαν
καὶ Πηγὰς καὶ Τροιζῆνα καὶ Ἀχαΐαν, ἃ
οὐ πολέμῳ ἔλαβον, ἀλλ' ἀπὸ τῆς προτέ-
ρας ξυμβάσεως Ἀθηναίων ξυγχωρησάν-
των κατὰ ξυμφορὰς καὶ ἐν τῷ τότε
δεομένων τι μᾶλλον σπονδῶν, κομίσα-
σθαι τοὺς ἄνδρας καὶ σπονδὰς ποήσασθαι
ὁπόσον ἂν δοκῇ χρόνον ἀμφοτέροις.

22. Οἱ δὲ πρὸς μὲν τὴν ἀπόκρισιν
οὐδὲν ἀντεῖπον, ξυνέδρους δὲ σφίσιν
ἐκέλευον ἑλέσθαι οἵτινες λέγοντες καὶ
ἀκούοντες περὶ ἑκάστου ξυμβήσονται
κατὰ ἡσυχίαν ὅ τι ἂν πείθωσιν ἀλλή-
2 λους. Κλέων δὲ ἐνταῦθα δὴ πολὺς ἐνέ-
κειτο, λέγων γιγνώσκειν μὲν καὶ πρότερον
οὐδὲν ἐν νῷ ἔχοντας δίκαιον αὐτούς,
σαφὲς δ' εἶναι καὶ νῦν, οἵτινες τῷ μὲν
πλήθει οὐδὲν ἐθέλουσιν εἰπεῖν, ὀλίγοις
δὲ ἀνδράσι ξύνεδροι ᴧ γίγνεσθαι· ἀλλὰ
εἴ τι ὑγιὲς διανοοῦνται, λέγειν ἐκέλευσεν
3 ἅπασιν. ὁρῶντες δὲ οἱ Λακεδαιμόνιοι
οὔτε σφίσιν οἷόν τε ὂν ἐν πλήθει εἰπεῖν,
εἴ τι καὶ ὑπὸ τῆς ξυμφορᾶς ἐδόκει αὐτοῖς εἴτε mss. corr. Poppo.
ξυγχωρεῖν, μὴ ἐς τοὺς ξυμμάχους δια-
βληθῶσιν εἰπόντες καὶ οὐ τυχόντες, οὔτε
τοὺς Ἀθηναίους ἐπὶ μετρίοις ποήσοντας
ἃ προὐκαλοῦντο, ἀνεχώρησαν ἐκ τῶν
Ἀθηνῶν ἄπρακτοι.

23. Ἀφικομένων δὲ αὐτῶν ἐλέλυντο διελύοντο mss. corr. Cobet.
εὐθὺς αἱ σπονδαὶ αἱ περὶ Πύλον, καὶ
τὰς ναῦς οἱ Λακεδαιμόνιοι ἀπήτουν,
καθάπερ ξυνέκειτο· οἱ δ' Ἀθηναῖοι
ἐγκλήματα ἔχοντες ἐπιδρομήν τε τῷ

ΒΟΫΛΟΝΤΑΙ.

τειχίσματι παράσπονδον καὶ ἄλλα οὐκ
ἀξιόλογα δοκοῦντα εἶναι οὐκ ἀπεδίδοσαν,
ὅτι mss. corr. ℞. ἰσχυριζόμενοι ὅ τι δὴ εἴρητο, ἐὰν καὶ
ὁτιοῦν παραβαθῇ, λελύσθαι τὰς σπονδάς.
οἱ δὲ Λακεδαιμόνιοι ἀντέλεγόν τε καὶ
ἀδίκημα ἐπικαλέσαντες τὸ τῶν νεῶν
ἀπελθόντες ἐς πόλεμον καθίσταντο. καὶ 2
τὰ περὶ Πύλον ὑπ' ἀμφοτέρων κατὰ
v.l. δυοῖν ἐναντίαιν. κράτος ἐπολεμεῖτο, Ἀθηναῖοι μὲν δυοῖν
νεοῖν ἐναντίαιν ἀεὶ τὴν νῆσον περι-
πλέοντες τῆς ἡμέρας—τῆς δὲ νυκτὸς καὶ
ἅπασαι mss. corr. Cobet. ἁπάσαις περιώρμουν, πλὴν τὰ πρὸς τὸ
πέλαγος, ὁπότε ἄνεμος εἴη· καὶ ἐκ τῶν
Ἀθηνῶν αὐτοῖς εἴκοσι νῆες ἀφίκοντο ἐς τὴν
φυλακήν, ὥστε αἱ πᾶσαι ἑβδομήκοντα ἐγέ-
v.l. ἔν τε τῇ. νοντο—, Πελοποννήσιοι δὲ ἐν τῇ ἠπείρῳ
ἐστρατοπεδευμένοι καὶ προσβολὰς ποιού-
μενοι τῷ τείχει, σκοποῦντες καιρὸν εἴ
τις παραπέσοι ὥστε τοὺς ἄνδρας σῶσαι.
24. Ἐν τούτῳ δὲ οἱ ἐν τῇ Σικελίᾳ cΥΡΑΚΌϹΙΟΙ ΚΑὶ οἱ ΞΎΜΜΑΧΟΙ.
πρὸς ταῖς ἐν Μεσσήνῃ φρουρούσαις ναυσὶ
τὸ ἄλλο ναυτικὸν ὃ παρεσκευάζοντο προσ-
κομίσαντες τὸν πόλεμον ἐποιοῦντο ἐκ
τῆς Μεσσήνης. καὶ μάλιστα ἐνῆγον οἱ 2
Λοκροὶ τῶν Ῥηγίνων κατὰ ἔχθραν, καὶ
αὐτοὶ δὲ ἐσεβεβλήκεσαν πανδημεὶ ἐς
τὴν γῆν αὐτῶν καὶ ναυμαχίας ἀπο- 3
πειρᾶσθαι ἐβούλοντο, ὁρῶντες τοῖς Ἀθη-
ὀλίγας ναῦς mss. corr. Cobet. ναίοις τὰς μὲν παρούσας ναῦς ὀλίγας, ταῖς
δὲ πλέοσι καὶ μελλούσαις ἥξειν πυνθανό-
μενοι τὴν νῆσον πολιορκεῖσθαι. εἰ γὰρ 4
κρατήσειαν τῷ ναυτικῷ, τὸ Ῥήγιον
ἤλπιζον πεζῇ τε καὶ ναυσὶν ἐφορμοῦν-

τες ῥᾳδίως χειρώσεσθαι, καὶ ἤδη σφῶν
ἰσχυρὰ ἂν τὰ πράγματα γίγνεσθαι·
ξύνεγγυς γὰρ κειμένου τοῦ τε 'Ρηγίου ᷡ
τῆς τε Μεσσήνης ᷡ , τοῖς Ἀθηναίοις οὐκ
ἂν εἶναι ἐφορμεῖν καὶ τοῦ πορθμοῦ κρα-
5 τεῖν.—ἔστι δὲ ὁ πορθμὸς ἡ μεταξὺ
'Ρηγίου θάλασσα καὶ Μεσσήνης, ᾗπερ
βραχύτατον Σικελία τῆς ἠπείρου ἀπέχει. ᷡ
διὰ στενότητα δὲ καὶ ἐκ μεγάλων πελα-
γῶν, τοῦ τε Τυρσηνικοῦ καὶ τοῦ Σικε-
λικοῦ, ἐσπίπτουσα ἡ θάλασσα ἐς ταὐτὸ
καὶ ῥοώδης οὖσα εἰκότως χαλεπὴ ἐνομί-
σθη—.
    25. Ἐν τούτῳ οὖν ᷡ οἱ Συρακόσιοι καὶ
οἱ ξύμμαχοι ναυσὶν ὀλίγῳ πλέοσιν ἡ
τριάκοντα ἠναγκάσθησαν ὀψὲ τῆς ἡμέρας
ναυμαχῆσαι περὶ πλοίου διαπλέοντος,
ἀντεπαναγαγόμενοι πρός τε Ἀθηναίων
2 ναῦς ἑκκαίδεκα καὶ 'Ρηγίνας ὀκτώ. καὶ
νικηθέντες ὑπὸ τῶν Ἀθηναίων διὰ τάχους
ἀπέπλευσαν ὡς ἕκαστοι ἔτυχον ἐς τὰ
οἰκεῖα στρατόπεδα, ᷡ μίαν ναῦν ἀπολέ-
σαντες· καὶ νὺξ ἐπεγένετο τῷ ἔργῳ.
3 μετὰ δὲ τοῦτο οἱ μὲν Λοκροὶ ἀπῆλθον
ἐκ τῆς 'Ρηγίνων, ἐπὶ δὲ τὴν Πελωρίδα
τῆς Μεσσήνης . . . αἱ τῶν Συρα-
κοσίων καὶ ξυμμάχων νῆες ὥρμουν καὶ
4 ὁ πεζὸς αὐτοῖς παρῆν. προσπλεύσαντες
δὲ οἱ Ἀθηναῖοι καὶ 'Ρηγῖνοι ὁρῶντες τὰς
ναῦς κενὰς ἐνέβαλον, καὶ χειρὶ σιδηρᾷ
ἐπιβληθείσῃ μίαν ναῦν . . . . .
μίαν ναῦν αὐτοὶ ἀπώλεσαν τῶν ἀνδρῶν
5 ἀποκολυμβησάντων. καὶ μετὰ τοῦτο

τῶν Συρακοσίων ἐσβάντων ἐς τὰς ναῦς
καὶ παραπλεόντων ἀπὸ κάλω ἐς τὴν
Μεσσήνην, αὖθις προσβαλόντες οἱ Ἀθη-
ναῖοι, ἀποσιμωσάντων ἐκείνων καὶ προεμ-
βαλόντων, ἑτέραν ναῦν ἀπολλύασι. καὶ 6
ἐν τῷ παράπλῳ καὶ τῇ ναυμαχίᾳ τοιου-

ἔχοντες mss. corr.
Cobet.

τοτρόπῳ γενομένη οὐκ ἔλασσον σχόντες
οἱ Συρακόσιοι παρεκομίσθησαν ἐς τὸν
ἐν τῇ Μεσσήνῃ λιμένα. καὶ οἱ μὲν 7
Ἀθηναῖοι, Καμαρίνης ἀγγελθείσης προ-
δίδοσθαι Συρακοσίοις ὑπ᾽ Ἀρχίου καὶ
τῶν μετ᾽ αὐτοῦ, ἔπλευσαν ἐκεῖσε· Μεσ-
σήνιοι δ᾽ ἐν τούτῳ πανδημεὶ κατὰ γῆν
καὶ ταῖς ναυσὶν ἅμα ἐστράτευσαν ἐπὶ
Νάξον τὴν Χαλκιδικὴν ὅμορον οὖσαν.
καὶ τῇ πρώτῃ ἡμέρᾳ τειχήρεις ποήσαντες 8
τοὺς Ναξίους ἐδῄουν τὴν γῆν, τῇ δ᾽

παραπλεύσαντες
Cobet.

ὑστεραίᾳ ταῖς μὲν ναυσὶ περιπλεύσαντες
κατὰ τὸν Ἀκεσίνην ποταμὸν τὴν γῆν
ἐδῄουν, τῷ δὲ πεζῷ πρὸς τὴν πόλιν

ἐσέβαλλον mss.
corr. Poppo.

προσέβαλλον. ἐν τούτῳ δὲ οἱ Σικελοὶ 9
ὑπὲρ τῶν ἄκρων πολλοὶ κατέβαινον
βοηθοῦντες ἐπὶ τοὺς Μεσσηνίους. καὶ
οἱ Νάξιοι ὡς εἶδον, θαρσήσαντες καὶ
παρακελευόμενοι ἐν ἑαυτοῖς ὡς οἱ Λεον-

v.l. ἄλλοι.

τῖνοι σφίσι καὶ οἱ ἄλλοι ₍ ξύμμαχοι ἐς τι-

ΕΛΛΗΝΕϹ.

ἐπέρχονται mss.
corr. Cobet.

μωρίαν ἔρχονται, ἐκδραμόντες ἄφνω ἐκ
τῆς πόλεως προσπίπτουσι τοῖς Μεσ-
σηνίοις, καὶ τρέψαντες ἀπέκτεινάν τε
ὑπὲρ χιλίους καὶ οἱ λοιποὶ χαλεπῶς
ἀπεχώρησαν ἐπ᾽ οἴκου· καὶ γὰρ οἱ
βάρβαροι ἐν ταῖς ὁδοῖς ἐπιπεσόντες τοὺς
πλείστους διέφθειραν. καὶ αἱ νῆες σχοῦ- 10

σαι ἐς τὴν Μεσσήνην ὕστερον ἐπ᾽ οἴκου
ἔκασται διεκρίθησαν. Λεοντῖνοι δὲ εὐθὺς
καὶ οἱ ξύμμαχοι μετὰ Ἀθηναίων ἐς τὴν
Μεσσήνην ὡς κεκακωμένην ἐστράτευον,
καὶ προσβάλλοντες οἱ μὲν Ἀθηναῖοι
κατὰ τὸν λιμένα ταῖς ναυσὶν ἐπείρων,
11 ὁ δὲ πεζὸς πρὸς τὴν πόλιν. ἐπεκδρομὴν
δὲ ποησάμενοι οἱ Μεσσήνιοι καὶ Λοκρῶν
τινὲς μετὰ τοῦ Δημοτέλους, οἳ μετὰ τὸ
πάθος ἐγκατελείφθησαν φρουροί, ἐξαπι-
ναίως προσπεσόντες τρέπουσι τοῦ στρα-
τεύματος τῶν Λεοντίνων τὸ πολὺ καὶ
ἀπέκτειναν πολλούς. ἰδόντες δὲ οἱ Ἀθη-
ναῖοι ἀποβάντες ἀπὸ τῶν νεῶν ἐβοήθουν, καὶ ἀποβάντες mss.
corr. Cobet.
καὶ κατεδίωξαν τοὺς Μεσσηνίους πάλιν
ἐς τὴν πόλιν, τεταραγμένοις ἐπιγενόμενοι·
καὶ τροπαῖον στήσαντες ἀνεχώρησαν ἐς
12 τὸ Ῥήγιον. μετὰ δὲ τοῦτο οἱ μὲν ἐν τῇ
Σικελίᾳ Ἕλληνες ἄνευ τῶν Ἀθηναίων
κατὰ γῆν ἐστράτευον ἐπ᾽ ἀλλήλους.

26. Ἐν δὲ τῇ Πύλῳ ἔτι ἐπολιόρκουν
τοὺς ἐν τῇ νήσῳ Λακεδαιμονίους οἱ
Ἀθηναῖοι, καὶ τὸ ἐν τῇ ἠπείρῳ στρα-
τόπεδον τῶν Πελοποννησίων κατὰ χώραν
2 ἔμενεν. ἐπίπονος δ᾽ ἦν τοῖς Ἀθηναίοις ἡ
φυλακὴ σίτου τε ἀπορίᾳ καὶ ὕδατος· οὐ
γὰρ ἦν κρήνη ὅτι μὴ μία ἐν αὐτῇ τῇ
ἀκροπόλει τῆς Πύλου καὶ αὕτη οὐ
μεγάλη, ἀλλὰ διαμώμενοι τὸν κάχληκα
οἱ πλεῖστοι ἐπὶ τῇ θαλάσσῃ ἔπινον οἷον
3 εἰκὸς ὕδωρ. στενοχωρία τε ἐν ὀλίγῳ
ἐστρατοπεδευμένοις ἐγίγνετο, καὶ τῶν
νεῶν οὐκ ἐχουσῶν ὅρμον οἱ μὲν σῖτον ἐν αἱ μὲν . . . αἱ δὲ
mss. corr. Cobet.

τῇ γῇ ᾐροῦντο κατὰ μέρος, οἱ δὲ μετέωροι
ὥρμουν. ἀθυμίαν τε πλείστην ὁ χρόνος 4
παρεῖχε παρὰ λόγον ἐπιγιγνόμενος, οὓς
ᾤοντο ἡμερῶν ὀλίγων ἐκπολιορκήσειν, ἐν
νήσῳ τε ἐρήμῃ καὶ ὕδατι ἁλμυρῷ
χρωμένους. αἴτιον δὲ ἦν οἱ Λακεδαιμόνιοι 5
προειπόντες ἐς τὴν νῆσον ἐσάγειν σῖτόν
τε τὸν βουλόμενον ἀληλεμένον καὶ οἶνον

v.l. οἷον ἂν.

καὶ τυρὸν καὶ εἴ τι ἄλλο βρῶμα, οἷ᾽ ἂν ἐς
πολιορκίαν ξυμφέρῃ, τάξαντες ἀργυρίου
πολλοῦ καὶ τῶν Εἱλώτων τῷ ἐσαγαγόντι
ἐλευθερίαν ὑπισχνούμενοι. καὶ ἐσῆγον 6
ἄλλοι τε παρακινδυνεύοντες καὶ μάλιστα
οἱ Εἵλωτες, ἀπαίροντες ἀπὸ τῆς Πελο-
ποννήσου ὁπόθεν τύχοιεν καὶ καταπλέον-
τες ἔτι νυκτὸς ἐς τὰ πρὸς τὸ πέλαγος τῆς
νήσου. μάλιστα δὲ ἐτήρουν ἀνέμῳ κατα- 7
φέρεσθαι· ῥᾷον γὰρ τὴν φυλακὴν τῶν
τριήρων ἐλάνθανον, ὁπότε πνεῦμα ἐκ
πόντου εἴη· ἄπορον γὰρ ἐγίγνετο περιορ-
μεῖν, τοῖς δὲ ἀφειδὴς ὁ κατάπλους
καθειστήκει· ἐπώκελλον γὰρ τὰ πλοῖα
τετιμημένα χρημάτων, καὶ οἱ ὁπλῖται
περὶ τὰς κατάρσεις τῆς νήσου ἐφύλασσον.

δὲ γαλήνῃ mss.
corr. R.

ὅσοι δὲ ἐν γαλήνῃ κινδυνεύσειαν, ἡλί-
σκοντο. ἐσένεον δὲ καὶ κατὰ τὸν λιμένα 8
κολυμβηταὶ ὕφυδροι, καλωδίῳ ἐν ἀσκοῖς
ἐφέλκοντες μήκωνα μεμελιτωμένην καὶ
λίνου σπέρμα κεκομμένον· ὧν τὸ πρῶτον
λανθανόντων φυλακαὶ ὕστερον ἐγένοντο.
παντί τε τρόπῳ ἑκάτεροι ἐτεχνῶντο, οἱ 9
μὲν ἐσπέμπειν τὰ σιτία, οἱ δὲ μὴ λανθά-
νειν σφᾶς.

27. Ἐν δὲ ταῖς Ἀθήναις πυνθανόμενοι
περὶ τῆς στρατιᾶς ὅτι ταλαιπωρεῖται καὶ
σῖτος τοῖς ἐν τῇ νήσῳ ἐσπλεῖ, ἠπόρ- ὅτι ἐσπλεῖ mss.
ουν καὶ ἐδεδοίκεσαν μὴ σφῶν χειμὼν τὴν corr. Cobet.
φυλακὴν ἐπιλάβοι, ὁρῶντες τῶν τε ἐπι-

περὶ τὴν πελο-
ΠΌΝΝΗϹΟΝ.

τηδείων τὴν ⌄ κομιδὴν ἀδύνατον ἐσομένην
ἅμα ἐν χωρίῳ ἐρήμῳ καὶ οὐδ' ἐν θέρει οἷοί
τε ὄντες ἱκανὰ περιπέμπειν, τόν τε ἔφορ-
μον χωρίων ἀλιμένων ὄντων οὐκ ἐσόμενον
. . ., ἀλλ' ἢ σφῶν ἀνέντων τὴν φυ- lacuna B.
λακὴν περιγενήσεσθαι τοὺς ἄνδρας ἢ τοῖς
πλοίοις ἃ τὸν σῖτον αὐτοῖς ἦγε χειμῶνα
2 τηρήσαντας ἐκπλεύσεσθαι. πάντων δὲ
ἐφοβοῦντο μάλιστα τοὺς Λακεδαιμονίους,
ὅτι ἔχοντάς τι ἰσχυρὸν ·αὐτοὺς ἐνόμιζον
οὐκέτι σφίσιν ἐπικηρυκεύεσθαι· καὶ
μετεμέλοντο τὰς σπονδὰς οὐ δεξάμενοι.
3 Κλέων δὲ γνοὺς αὐτῶν τὴν ἐς αὐτὸν
ὑποψίαν περὶ τῆς κωλύμης τῆς ξυμ-
βάσεως οὐ τἀληθῆ ἔφη λέγειν τοὺς
ἐξαγγέλλοντας. παραινούντων δὲ τῶν
ἀφιγμένων, εἰ μὴ σφίσι πιστεύουσι,
κατασκόπους τινὰς πέμψαι, ᾑρέθη κατά-
σκοπος αὐτὸς μετὰ Θεαγένους ὑπὸ v.l. Θεογένους.
4 Ἀθηναίων. καὶ γνοὺς ὅτι ἀναγκασθή-
σεται ταὐτὰ λέγειν οἷς διέβαλλεν ἢ τἀν- ἢ ταὐτὰ mss. corr.
αντία εἰπὼν ψευδὴς φανήσεται, παρῄνει Cobet.

ΑΥΤΟΥϹ.

τοῖς Ἀθηναίοις, ὁρῶν ⌄ καὶ ὡρμημένους φανήσεσθαι mss.
corr. Krüger.
τι τὸ πλέον τῇ γνώμῃ στρατεύειν, ὡς v.l. καὶ αὐτοὺς καὶ.
χρὴ κατασκόπους μὲν μὴ πέμπειν μηδὲ
διαμέλλειν καιρὸν παριέντας, εἰ δὲ δοκεῖ
αὐτοῖς ἀληθῆ εἶναι τὰ ἀγγελλόμενα,
5 πλεῖν ἐπὶ τοὺς ἄνδρας. καὶ ἐς Νικίαν τὸν

Νικηράτου στρατηγὸν ὄντα ἀπεσήμαινεν,
ἐχθρὸς ὤν ‸, ῥᾴδιον εἶναι παρασκευῇ, εἰ   ΚΑΙ ἐΠΙΤΙΜῶΝ.
ἄνδρες εἶεν οἱ στρατηγοί, πλεύσαντας
λαβεῖν τοὺς ἐν τῇ νήσῳ, καὶ αὐτός γ' ἄν,
εἰ ἦρχε, ποῆσαι τοῦτο.

28. Ὁ δὲ Νικίας τῶν τε Ἀθηναίων
ὑπό τι θορ. Cobet. τι ὑποθορυβησάντων ἐς τὸν Κλέωνα, ὅ
τι οὐ καὶ νῦν πλεῖ, εἰ ῥᾴδιόν γε αὐτῷ
φαίνεται, καὶ ἅμα ὁρῶν αὐτὸν ἐπιτιμῶντα,
ἐκέλευεν ἥν τινα βούλεται δύναμιν λαβόν-
τα τὸ ἐπὶ σφᾶς εἶναι ἐπιχειρεῖν. ὁ δὲ 2
τὸ μὲν πρῶτον οἰόμενος αὐτὸν λόγῳ
μόνον ἀφιέναι ἕτοιμος ἦν, γνοὺς δὲ τῷ
ὄντι παραδωσείοντα ἀνεχώρει καὶ οὐκ
ἔφη αὐτὸς ἀλλ' ἐκεῖνον στρατηγεῖν, δε-
καὶ οὐκ mss. corr.
Β. διὼς ἤδη καὶ οὕτως οὐκ ἂν οἰόμενός οἱ αὐ-
τὸν τολμῆσαι ὑποχωρῆσαι. αὖθις δὲ ὁ 3
Νικίας ἐκέλευε καὶ ἐξίστατο τῆς ἐπὶ
Πύλῳ ἀρχῆς καὶ μάρτυρας τοὺς Ἀθη-
ναίους ἐποεῖτο. οἱ δέ, οἷον ὄχλος φιλεῖ
ποεῖν, ὅσῳ μᾶλλον ὁ Κλέων ὑπέφευγε
τὸν πλοῦν καὶ ἐξανεχώρει ‸, τόσῳ ἐπε-   ΤΑ εἰΡΗΜΕΝΑ.
κελεύοντο τῷ Νικίᾳ παραδιδόναι τὴν
ἀρχὴν καὶ ἐκείνῳ ἐπεβόων πλεῖν. ὥσ- 4
τε οὐκ ἔχων ὅπως τῶν εἰρημένων ἔτι
ἀπαλλαγῇ, ὑφίσταται τὸν πλοῦν, καὶ
παρελθὼν οὔτε φοβεῖσθαι ἔφη Λακεδαι-
μονίους πλεύσεσθαί τε λαβὼν ἐκ μὲν
τῆς πόλεως οὐδένα, Λημνίους δὲ καὶ
Ἰμβρίους τοὺς παρόντας καὶ ‸ οἳ ἦσαν   ΠΕΛΤΑϹΤΑϹ.
ἔκ τε Αἴνου βεβοηθηκότες καὶ ἄλ-
λοθεν τοξότας τετρακοσίους· ταῦτα δὲ
v.l. ἔχων ἔφη. ἔχων πρὸς τοῖς ἐν Πύλῳ στρατιώταις

ἐντὸς ἡμερῶν εἴκοσιν ἢ ἄξειν Λακεδαι-
5 μονίους ζῶντας ἢ αὐτοῦ ἀποκτενεῖν. τοῖς
δὲ Ἀθηναίοις ἐνέπεσε μέν τι καὶ γέλωτος
τῇ κουφολογίᾳ αὐτοῦ, ἀσμένοις δ᾽ ὅμως
ἐγίγνετο τοῖς σώφροσι τῶν ἀνθρώπων,
λογιζομένοις δυοῖν ἀγαθοῖν τοῦ ἑτέρου
τεύξεσθαι, ἢ Κλέωνος ἀπαλλαγήσεσθαι,
ὃ μᾶλλον ἤλπιζον, ἢ σφαλεῖσι γνώμης
Λακεδαιμονίους σφίσι χειρώσεσθαι.
29. Καὶ πάντα διαπραξάμενος ἐν τῇ
ἐκκλησίᾳ, καὶ ψηφισαμένων Ἀθηναίων
αὐτῷ τὸν πλοῦν, τῶν τε ἐν Πύλῳ
στρατηγῶν ἕνα προσελόμενος, Δημοσθένη,
2 τὴν ἀναγωγὴν διὰ τάχους ἐποεῖτο. τὸν v.l. ἀγωγὴν.
δὲ Δημοσθένη προσέλαβε πυνθανόμενος
τὴν ἀπόβασιν ἐς τὴν νῆσον ποεῖσθαι v.l. αὐτὸν ἐς.
διανοεῖσθαι. οἱ γὰρ στρατιῶται κακοπα- νῆσον διανοεῖσθαι
θοῦντες τοῦ χωρίου τῇ ἀπορίᾳ καὶ μᾶλλον mss. corr. Cobet.
πολιορκούμενοι ἢ πολιορκοῦντες ὥρμηντο
3 διακινδυνεῦσαι. καὶ αὐτῷ ἔτι ῥώμην καὶ
ἡ νῆσος ἐμπρησθεῖσα παρέσχε. πρότερον
ΑΥΤΗϹ. μὲν γὰρ οὔσης ‸ ὑλώδους ἐπὶ τὸ πολὺ
καὶ ἀτριβοῦς διὰ τὴν ἀεὶ ἐρημίαν ἐφο-
ΤΟΥΤΟ. βεῖτο καὶ πρὸς τῶν πολεμίων ‸ ἐνόμιζε
μᾶλλον εἶναι· πολλῷ γὰρ ἂν στρατο-
πέδῳ ἀποβάντι ἐξ ἀφανοῦς χωρίου προσ-
βάλλοντας αὐτοὺς βλάπτειν. σφίσι
μὲν γὰρ τὰς ἐκείνων ἁμαρτίας καὶ
παρασκευὴν ὑπὸ τῆς ὕλης οὐκ ἂν ὁμοίως
δῆλα εἶναι, τοῦ δὲ αὐτῶν στρατοπέδου
καταφανῆ ἂν εἶναι πάντα τὰ ἁμαρτήματα,
ὥστε προσπίπτειν ἂν αὐτοὺς ἀπροσδο-
κήτως ᾖ βούλοιντο· ἐπ᾽ ἐκείνοις γὰρ ἂν

εἶναι τὴν ἐπιχείρησιν. εἰ δ' αὖ ἐς δασὺ 4
χωρίον βιάζοιτο ὁμόσε ἰέναι, τοὺς ἐλάσ-
σους, ἐμπείρους δὲ τῆς χώρας, κρείσσους
ἐνόμιζε τῶν πλεόνων ἀπείρων· λανθάνειν
τε ἂν τὸ ἑαυτῶν στρατόπεδον πολὺ ὂν
διαφθειρόμενον, οὐκ οὔσης τῆς προ-
όψεως.

30. Ἀπὸ δὲ τοῦ Αἰτωλικοῦ πάθους, ὃ
διὰ τὴν ὕλην μέρος τι ἐγένετο, οὐχ
ἥκιστα αὐτὸν ταῦτα ἐσῄει. τῶν δὲ 2
στρατιωτῶν ἀναγκασθέντων διὰ τὴν
στενοχωρίαν τῆς νήσου τοῖς ἐσχάτοις
προσίσχοντας ἀριστοποιεῖσθαι διὰ προ-
φυλακῆς καὶ ἐμπρήσαντός τινος κατὰ
μικρὸν τῆς ὕλης ἄκοντος, ἀπὸ τούτου,
πνεύματος ἐπιγενομένου, τὸ πολὺ αὐτῆς
ἔλαθε κατακαυθέν. οὕτω δὴ τούς τε 3
Λακεδαιμονίους μᾶλλον κατιδὼν πλείους
ὄντας—ὑπονοῶν πρότερον ἐλάσσοσι τὸν
σῖτον αὐτοῦ ἐσπέμπειν—τότε τε ὡς ἐπ'
ἀξιόχρεων τοὺς Ἀθηναίους μᾶλλον σπου-
δὴν ποιουμένους, τήν τε νῆσον εὐαπο-
βατωτέραν οὖσαν, τὴν ἐπιχείρησιν παρε-
σκευάζετο, στρατιάν τε μεταπέμπων ἐκ
τῶν ἐγγὺς ξυμμάχων καὶ τὰ ἄλλα
ἑτοιμάζων. Κλέων δὲ ἐκείνῳ τε προπέμ- 4
ψας ἄγγελον ὡς ἥξει καὶ ἔχων στρατιὰν
ἣν ᾐτήσατο ἀφικνεῖται ἐς Πύλον. καὶ
ἅμα γενόμενοι πέμπουσι πρῶτον ἐς τὸ ἐν
τῇ ἠπείρῳ στρατόπεδον κήρυκα, προ-
καλούμενοι εἰ βούλοιντο ἄνευ κινδύνου
τοὺς ἐν τῇ νήσῳ ἄνδρας σφίσι τά τε
ὅπλα καὶ σφᾶς αὐτοὺς κελεύειν παρα-

v.l. κρείττους.

ἢ χρῆν ἀλλή-
λοις ἐπιβοη-
θεῖν.

τότε ὡς mss. corr.
ℝ.

ποιεῖσθαι mss.
corr. ℝ.

ἥξων mss. corr. ℝ.

δοῦναι, ἐφ᾽ ᾧ φυλακῇ τῇ μετρίᾳ τη-
ρήσονται, ἕως ἄν τι περὶ τοῦ πλέονος
ξυμβαθῇ.

αὐτῶν.

31. Οὐ προσδεξαμένων δὲ ‸ μίαν μὲν
ἡμέραν ἐπέσχον, τῇ δ᾽ ὑστεραίᾳ ἀνηγά-
γοντο μὲν νυκτὸς ἐπ᾽ ὀλίγας ναῦς τοὺς
ὁπλίτας πάντας ἐπιβιβάσαντες, πρὸ
δὲ τῆς ἕω ὀλίγον ἀπέβαινον τῆς νήσου
ἑκατέρωθεν, ἔκ τε τοῦ πελάγους καὶ πρὸς
τοῦ λιμένος, ὀκτακόσιοι μάλιστα ὄντες
ὁπλῖται, καὶ ἐχώρουν δρόμῳ ἐπὶ τὸ
2 πρῶτον φυλακτήριον τῆς νήσου. ὧδε γὰρ

πρώτη.

διετετάχατο. ἐν ταύτῃ μὲν τῇ ‸ φυλακῇ
ὡς τριάκοντα ἦσαν ὁπλῖται, μέσον δὲ
καὶ ὁμαλώτατόν τε καὶ περὶ τὸ ὕδωρ οἱ
πλεῖστοι αὐτῶν καὶ Ἐπιτάδας ὁ ἄρχων
εἶχε, μέρος δέ τι οὐ πολὺ τοῦσχατον   αὐτοῦ τὸ ἔσχατον
ἐφύλασσε τῆς νήσου τὸ πρὸς τὴν Πύλον,   mss. corr. Cobet.
ὃ ἦν ἔκ τε θαλάσσης ἀπόκρημνον καὶ ἐκ
τῆς γῆς ἥκιστα ἐπίμαχον· καὶ γάρ τι καὶ
ἔρυμα αὐτόθι ἦν παλαιὸν λίθων λογάδην
πεποιημένον, ὃ ἐνόμιζον σφίσιν ὠφέλιμον
ἂν εἶναι, εἰ καταλαμβάνοι ἀναχώρησις
βιαιοτέρα. οὕτω μὲν τεταγμένοι ἦσαν.

32. Οἱ δὲ Ἀθηναῖοι τοὺς μὲν πρώτους
φύλακας, οἷς ἐπέδραμον, εὐθὺς δια-
φθείρουσιν, ἔν τε ταῖς εὐναῖς ἔτι καὶ   ἔτι ἀναλαμβ. mss.
ἀναλαμβάνοντας τὰ ὅπλα, λαθόντες   corr. Badham.
ὅπλα καὶ λαθόντες
ποιησάμενοι τὴν ἀπόβασιν, οἰομένων αὐ-   τὴν mss. corr. B.
τῶν τὰς ναῦς κατὰ τὸ ἔθος ἐς ἔφορμον
2 τῆς νυκτὸς πλεῖν. ἅμα δὲ ἕω γιγνομένῃ
καὶ ὁ ἄλλος στρατὸς ἀπέβαινον, ἐκ μὲν   v.l. ἐπέβαινον.
νεῶν ἑβδομήκοντα καὶ ὀλίγῳ πλεόνων

θαλαμίων mss.
τοξόται τε mss. corr. Krueger.

πάντες πλὴν θαλαμιῶν, ὡς ἕκαστοι ἐ-
σκευασμένοι, τοξόται δὲ ὀκτακόσιοι καὶ
πελτασταὶ οὐκ ἐλάσσους τούτων, Μεσ-
σηνίων τε οἱ βεβοηθηκότες καὶ ἄλλοι
ὅσοι περὶ Πύλον κατεῖχον πάντες πλὴν
τῶν ἐπὶ τοῦ τείχους φυλάκων. Δημο- 3
σθένους δὲ τάξαντος διέστησαν κατὰ δια-
κοσίους τε καὶ πλείους, ἔστι δ' ᾗ ἐλάσ-

λαβόντες mss. corr. Cobet.

σους, τῶν χωρίων τὰ μετεωρότατα κατα-
λαβόντες, ὅπως ὅτι πλείστη ἀπορία ᾖ

v.l. κεκωλυμένοις.

τοῖς πολεμίοις πανταχόθεν κεκυκλωμένοις
καὶ μὴ ἔχωσι πρὸς ὅ τι ἀντιτάξωνται,
ἀλλ' ἀμφίβολοι γίγνωνται τῷ πλήθει,
εἰ μὲν τοῖς πρόσθεν ἐπίοιεν, ὑπὸ τῶν
κατόπιν βαλλόμενοι, εἰ δὲ τοῖς πλαγίοις,
ὑπὸ τῶν ἑκατέρωθεν παρατεταγμένων.
κατὰ νώτου τε ἀεὶ ἔμελλον αὐτοῖς, ᾗ 4
χωρήσειαν, οἱ πολέμιοι ἔσεσθαι ψιλοὶ

οἱ ἀπορώτατοι mss. corr. Cobet.

καὶ οἷοι ἀπορώτατοι, τοξεύμασι καὶ ἀκον-
τίοις καὶ λίθοις καὶ σφενδόναις ἐκ πολλοῦ
ἔχοντες ἀλκήν· οἷς μηδὲ ἐπελθεῖν οἷόν
τε ἦν· φεύγοντές τε γὰρ ἐκράτουν καὶ
ἀναχωροῦσιν ἐπέκειντο. τοιαύτη μὲν 5
γνώμῃ ὁ Δημοσθένης τό τε πρῶτον τὴν

ἔπραξεν Naber.

ἀπόβασιν ἐπενόει καὶ ἐν τῷ ἔργῳ ἔταξεν.
33. Οἱ δὲ περὶ τὸν Ἐπιτάδαν ⌄ ὡς
εἶδον τό τε πρῶτον φυλακτήριον διε-
φθαρμένον καὶ στρατὸν σφίσιν ἐπιόντα,
ξυνετάξαντο καὶ τοῖς ὁπλίταις τῶν
Ἀθηναίων ἐπῇσαν, βουλόμενοι ἐς χεῖρας
ἐλθεῖν· ἐξ ἐναντίας γὰρ οὗτοι καθειστή-
κεσαν, ἐκ πλαγίου δὲ οἱ ψιλοὶ καὶ κατὰ
νώτου· τοῖς μὲν οὖν ὁπλίταις οὐκ ἐδυνή- 2

καὶ ὅπερ ἦν
πλεῖστον τῶν
ἐν τῇ νήσῳ from
31, supra.

θησαν προσμεῖξαι οὐδὲ τῇ σφετέρᾳ
ἐμπειρίᾳ χρήσασθαι. οἱ γὰρ ψιλοὶ
ἑκατέρωθεν βάλλοντες εἶργον, καὶ ἅμα
ἐκεῖνοι οὐκ ἀντεπῇσαν, ἀλλ' ἡσύχαζον·
τοὺς δὲ ψιλούς, ᾗ μάλιστα αὐτοῖς προ-
θέοντες προσκέοιντο, ἔτρεπον, καὶ οἱ ὑπο-
στρέφοντες ἡμύνοντο, ἄνθρωποι κούφως
τε ἐσκευασμένοι καὶ προλαμβάνοντες
ῥᾳδίως τῆς φυγῆς χωρίων τε χαλεπό-
τητι καὶ ὑπὸ τῆς πρὶν ἐρημίας τραχέων
ὄντων, ἐν οἷς οἱ Λακεδαιμόνιοι οὐκ
ἐδύναντο διώκειν ὅπλα ἔχοντες.

34. Χρόνον μὲν οὖν τινὰ ὀλίγον
οὕτω πρὸς ἀλλήλους ἠκροβολίσαντο·
τῶν δὲ Λακεδαιμονίων οὐκέτι ὀξέως
ἐπεκθεῖν ᾗ προσπίπτοιεν δυναμένων,
γνόντες αὐτοὺς οἱ ψιλοὶ βραδυτέρους
ἤδη ὄντας ᵥ,καὶ αὐτοὶ τῇ τε ὄψει ᵥ τὸ τοῦ θαρσεῖν mss.
πιστὸν εἰληφότες πολλαπλάσιοι φαι- πλεῖστον mss.
νόμενοι καὶ ξυνειθισμένοι μᾶλλον ὥστε corr. Dobree.
μηκέτι δεινοὺς αὐτοὺς ὁμοίως σφίσι μᾶλλον μηκέτι mss. corr. Ṛ.
φαίνεσθαι—ὅτι οὐκ εὐθὺς ἄξια τῆς προσ-
δοκίας ἐπεπόνθεσαν—ὥσπερ ὅτε πρῶτον
ἀπέβαινον τῇ γνώμῃ δεδουλωμένοι ὡς
ἐπὶ Λακεδαιμονίους, καταφρονήσαντες
καὶ ἐμβοήσαντες ἁθρόοι ὥρμησαν ἐπ'
αὐτοὺς καὶ ἔβαλλον λίθοις τε καὶ
τοξεύμασι καὶ ἀκοντίοις, ὡς ἕκαστός τι
2 πρόχειρον εἶχε. γενομένης δὲ τῆς βοῆς
ἅμα τῇ ἐπιδρομῇ ἔκπληξίς τε ἐνέπεσεν
ἀνθρώποις ἀήθεσι τοιαύτης μάχης καὶ ὁ
κονιορτὸς τῆς ὕλης νεωστὶ κεκαυμένης
ἐχώρει πολὺς ἄνω, ἄπορόν τε ἦν ἰδεῖν τὸ

(margin) τῷ ἀμΫΝΑϹΘΑΙ.
τὸ θΑρϹΕῖΝ.

πρὸ αὑτοῦ ὑπὸ τῶν τοξευμάτων καὶ λίθων
ἀπὸ πολλῶν ἀνθρώπων μετὰ τοῦ κονιορ-
τοῦ ἅμα φερομένων. τό τε ἔργον ἐνταῦθα 3
χαλεπὸν τοῖς Λακεδαιμονίοις καθίστατο.
οὔτε γὰρ οἱ πῖλοι ἔστεγον τὰ τοξεύματα,
δοράτιά τε ἐναπεκέκλαστο βαλλομένων,
εἶχόν τε οὐδὲν σφίσιν αὐτοῖς χρήσασθαι
ἀποκεκλημένοι μὲν τῆς ὄψεως, ˄ ὑπὸ δὲ
τῆς μείζονος βοῆς τῶν πολεμίων τὰ ἐν
αὑτοῖς παραγγελλόμενα οὐκ ἐσακούοντες,
κινδύνου τέ πανταχόθεν περιεστῶτος καὶ
οὐκ ἔχοντες ἐλπίδα καθ᾽ ὅ τι χρὴ ἀμυνο-
μένους σωθῆναι.

35. Τέλος δὲ τραυματιζομένων ἤδη
πολλῶν διὰ τὸ ἀεὶ ἐν τῷ αὐτῷ ἀνα-
στρέφεσθαι, ξυγκλήσαντες ἐχώρησαν ἐς τὸ
ἔσχατον ἔρυμα τῆς νήσου, ὃ οὐ πολὺ
ἀπεῖχε, καὶ τοὺς ἑαυτῶν φύλακας. ὡς 2
δὲ ἐνέδοσαν, ἐνταῦθα ἤδη πολλῷ ἔτι
πλέονι βοῇ τεθαρσηκότες οἱ ψιλοὶ ἐπέ-
κειντο, καὶ τῶν Λακεδαιμονίων ὅσοι μὲν
ὑποχωροῦντες ἐγκατελαμβάνοντο, ἀπέ-
θνῃσκον, οἱ δὲ πολλοὶ διαφυγόντες ἐς τὸ
ἔρυμα μετὰ τῶν ταύτῃ φυλάκων ἐτάξαντο
παρὰ πᾶν ὡς ἀμυνούμενοι ᾗπερ ἦν
ἐπίμαχον. καὶ οἱ Ἀθηναῖοι ἐπισπόμενοι 3
περίοδον μὲν αὐτῶν καὶ κύκλωσιν χωρίου
ἰσχύι οὐκ εἶχον, προσιόντες δὲ ἐξ ἐναντίας
ὤσασθαι ἐπειρῶντο. καὶ χρόνον μὲν 4
πολὺν καὶ τῆς ἡμέρας τὸ πλεῖστον
ταλαιπωρούμενοι ἀμφότεροι ὑπό τε τῆς
μάχης καὶ δίψους καὶ ἡλίου ἀντεῖχον,
πειρώμενοι οἱ μὲν ἐξελάσασθαι ἐκ τοῦ

Marginal notes:
τῇ ὄψει mss. corr.
Ḅ.
ἐν αὑτοῖς mss.
τοῦ προορᾶν.
v.l. δίψης.

μετεώρου, οἱ δὲ μὴ ἐνδοῦναι· ῥᾷον δ' οἱ
Λακεδαιμόνιοι ἠμύναντο ἢ ἐν τῷ πρίν,
οὐκ οὔσης σφῶν τῆς κυκλώσεως ἐς τὰ
πλάγια.

36. Ἐπειδὴ δὲ ἀπέραντον ἦν, προσ-
ελθὼν ὁ τῶν Μεσσηνίων στρατηγὸς
Κλέωνι καὶ Δημοσθένει ἄλλως ἔφη
πονεῖν σφᾶς· εἰ δὲ βούλονται ἑαυτῷ
δοῦναι τῶν τοξοτῶν μέρος τι καὶ τῶν
ψιλῶν, περιιέναι κατὰ νώτου αὐτοῖς ὁδῷ
ᾗ ἂν αὐτὸς εὕρῃ, καὶ δοκεῖν βιάσεσθαι εὕρῃ δοκεῖν mss.
2 τὴν ἔφοδον. λαβὼν δὲ ἃ ᾐτήσατο, ἐκ τοῦ corr. Cobet.
ὤστε μὴ ἰδεῖν   ἀφανοῦς ὁρμήσας, ⌄ κατὰ τὸ ἀεὶ παρεῖκον
ἐκείνους.   τοῦ κρημνώδους τῆς νήσου προβαίνων
καὶ ᾗ οἱ Λακεδαιμόνιοι χωρίου ἰσχύι
πιστεύσαντες οὐκ ἐφύλασσον, χαλεπῶς
τε καὶ μόλις περιελθὼν ἔλαθε, καὶ ἐπὶ
τοῦ μετεώρου ἐξαπίνης ἀναφανεὶς κατὰ
νώτου αὐτῶν τοὺς μὲν τῷ ἀδοκήτῳ
ἐξέπληξε, τοὺς δὲ ἃ προσεδέχοντο ἰδόν-
3 τας πολλῷ μᾶλλον ἐπέρρωσε. καὶ οἱ
Λακεδαιμόνιοι βαλλόμενοί τε ἀμφοτέ-
ρωθεν ἤδη καὶ γιγνόμενοι ἐν τῷ αὐτῷ
ξυμπτώματι, ὡς μικρὸν μεγάλῳ εἰκάσαι,
τῷ ἐν Θερμοπύλαις—ἐκεῖνοί τε γὰρ τῇ
τῶν περσῶν.   ἀτραπῷ περιελθόντων ⌄ διεφθάρησαν,
οὗτοί τε ἀμφίβολοι ἤδη ὄντες οὐκέτι
ἀντεῖχον—πολλοῖς τε ὀλίγοι μαχόμενοι ἀντεῖχον ἀλλὰ mss.
καὶ ἀσθενείᾳ σωμάτων διὰ τὴν σιτόδειαν corr. R.
ὑπεχώρουν· καὶ οἱ Ἀθηναῖοι ἐκράτουν σιτοδείαν mss.
ἤδη τῶν ἐφόδων.   corr. Cobet.

37. Γνοὺς δὲ ὁ Κλέων καὶ ὁ Δημο-
σθένης, εἰ καὶ ὁποσονοῦν μᾶλλον ἐν- ὅτι εἰ mss. corr.
Cobet.

δώσουσι, διαφθαρησομένους αὐτοὺς ὑπὸ
τῆς σφετέρας στρατιᾶς, ἔπαυσαν τὴν
μάχην καὶ τοὺς ἑαυτῶν ἀπεῖρξαν, βουλό-
μενοι ἀγαγεῖν ˳ Ἀθηναίοις ζῶντας, εἴ   ΑΫΤΟΫϹ.
πως τοῦ κηρύγματος ἀκούσαντες ἐπι-
κλασθεῖεν τῇ γνώμῃ ˳ καὶ ἡσσηθεῖεν   ΤΑ ΟΠΛΑ ΠΑΡΑ-
τοῦ παρόντος δεινοῦ. ἐκήρυξάν τε εἰ 2   ΔΟΫΝΑΙ.
βούλοιντο τὰ ὅπλα παραδοῦναι καὶ σφᾶς
αὐτοὺς Ἀθηναίοις ὥστε βουλεῦσαι ὅ τι
ἂν ἐκείνοις δοκῇ.

38. Οἱ δὲ ἀκούσαντες παρῆκαν τὰς
ἀσπίδας οἱ πλεῖστοι καὶ τὰς χεῖρας
ἀνέσεισαν δηλοῦντες προσίεσθαι τὰ κεκη-
ρυγμένα. μετὰ δὲ ταῦτα γενομένης τῆς
ἀνοκωχῆς ξυνῆλθον ἐς λόγους ὅ τε Κλέων
καὶ ὁ Δημοσθένης καὶ ἐκείνων Στύφων ὁ
Φάρακος, τῶν πρότερον ἀρχόντων τοῦ
μὲν πρώτου τεθνηκότος, Ἐπιτάδου, τοῦ
δὲ μετ' αὐτὸν Ἱππαγρέτου ἐφῃρημένου
ἐν τοῖς νεκροῖς ἔτι ζῶντος κειμένου ὡς
τεθνεῶτος, αὐτὸς τρίτος ἐφῃρημένος ἄρ-
χειν κατὰ νόμον, εἴ τι ἐκεῖνοι πάσχοιεν.
ἔλεγε δὲ ὁ Στύφων ˳ ὅτι βούλονται δια- 2 ΚΑΙ ΟΙ ΜΕΤ' ΑΫ-
κηρυκεύσασθαι πρὸς τοὺς ἐν τῇ ἠπείρῳ   ΤΟΫ.
Λακεδαιμονίους ὅ τι χρὴ σφᾶς ποεῖν. καὶ 3
ἐκείνων μὲν οὐδένα ἀφιέντων, αὐτῶν δὲ ˳ ΤΩΝ ΑΘΗ-
καλούντων ἐκ τῆς ἠπείρου κήρυκα καὶ   ΝΑΙΩΝ.
γενομένων ἐπερωτήσεων δὶς ἢ τρὶς ὁ
τελευταῖος διαπλεύσας αὐτοῖς ἀπὸ τῶν
ἐκ τῆς ἠπείρου Λακεδαιμονίων ἀνὴρ
ἀπήγγειλεν ὅτι "οἱ Λακεδαιμόνιοι κελεύ-
ουσιν ὑμᾶς αὐτοὺς περὶ ὑμῶν αὐτῶν
βουλεύεσθαι, μηδὲν αἰσχρὸν ποιοῦντας."

D

οἱ δὲ καθ' ἑαυτοὺς βουλευσάμενοι τὰ
ὅπλα παρέδοσαν καὶ σφᾶς αὐτούς.
4 καὶ ταύτην μὲν τὴν ἡμέραν καὶ τὴν
ἐπιοῦσαν νύκτα ἐν φυλακῇ εἶχον αὐτοὺς
οἱ Ἀθηναῖοι· τῇ δ' ὑστεραίᾳ οἱ μὲν
Ἀθηναῖοι τροπαῖον στήσαντες ἐν τῇ
νήσῳ τὰ ἄλλα διεσκευάζοντο ὡς ἐς v.l. τἆλλα.
πλοῦν καὶ τοὺς ἄνδρας τοῖς τριηράρχοις
διεδίδοσαν ἐς φυλακήν, οἱ δὲ Λακεδαι-
μόνιοι κήρυκα πέμψαντες τοὺς νεκροὺς
5 διεκομίσαντο. ἀπέθανον δ' ἐν τῇ νήσῳ
καὶ ζῶντες ἐλήφθησαν τοσοίδε· εἴκοσι
μὲν ὁπλῖται διέβησαν καὶ τετρακόσιοι
οἱ πάντες· τούτων ζῶντες ἐκομίσθησαν
ὀκτὼ ἀποδέοντες τριακόσιοι, οἱ δὲ ἄλλοι
ἀπέθανον. καὶ Σπαρτιᾶται τούτων ἦσαν
τῶν ζώντων περὶ εἴκοσι καὶ ἑκατόν.
Ἀθηναίων δὲ οὐ πολλοὶ διεφθάρησαν· ἡ
γὰρ μάχη οὐ σταδία ἦν.

39. Χρόνος δὲ ὁ ξύμπας ἐγένετο ὅσον
οἱ ἐν τῇ νήϲῳ.   οἱ ἄνδρες ˄ ἐπολιορκήθησαν, ἀπὸ τῆς
ναυμαχίας μέχρι τῆς ἐν τῇ νήσῳ μάχης,
2 ἑβδομήκοντα ἡμέραι καὶ δύο. τούτων
περὶ εἴκοσιν ἡμέρας, ἐν αἷς οἱ πρέσβεις
περὶ τῶν σπονδῶν ἀπῆσαν, ἐσιτοδο-
τοῦντο, τὰς δὲ ἄλλας τοῖς ἐσπλέουσι
λάθρᾳ διετρέφοντο· καὶ ἦν σῖτος ἐν
τῇ νήσῳ καὶ ἄλλα βρώματα ἐγκατα- ἐγκατελήφθη mss.
ληφθέντα· ὁ γὰρ ἄρχων Ἐπιτάδας ἐνδεε- corr. R.
στέρως ἑκάστῳ παρεῖχεν ἢ πρὸς τὴν
3 ἐξουσίαν. οἱ μὲν δὴ Ἀθηναῖοι καὶ οἱ
Πελοποννήσιοι ἀνεχώρησαν τῷ στρατῷ
ἐκ τῆς Πύλου ἑκάτεροι ἐπ' οἴκου, καὶ

τοῦ Κλέωνος καίπερ μανιώδης οὖσα
ἡ ὑπόσχεσις ἀπέβη· ἐντὸς γὰρ εἴκο-
σιν ἡμερῶν ἤγαγε τοὺς ἄνδρας, ὥσπερ
ὑπέστη.

40. Παρὰ γνώμην τε δὴ μάλιστα τῶν
κατὰ τὸν πόλεμον τοῦτο τοῖς Ἕλλησιν
ἐγένετο· τοὺς γὰρ Λακεδαιμονίους οὔτε
λιμῷ οὔτ᾽ ἀνάγκῃ οὐδεμιᾷ ἠξίουν τὰ
ὅπλα παραδοῦναι, ἀλλὰ ἔχοντας καὶ
μαχομένους ὡς ἐδύναντο ἀποθνῄσκειν.

καί τινος ἐρομένου ποτὲ ὕστερον τῶν
Ἀθηναίων ξυμμάχων ‸ ἕνα τῶν ἐκ τῆς
νήσου αἰχμαλώτων εἰ οἱ τεθνεῶτες αὐτῶν
καλοὶ κἀγαθοί, ἀπεκρίνατο αὐτῷ πολλοῦ
ἂν ἄξιον εἶναι τὸν ἄτρακτον, λέγων τὸν
οἰστόν, εἰ τοὺς ἀγαθοὺς διεγίγνωσκε,
δήλωσιν ποιούμενος ὅτι ὁ ἐντυγχάνων
τοῖς τε λίθοις καὶ τοξεύμασι διε-
φθείρετο.

41. Κομισθέντων δὲ τῶν ἀνδρῶν οἱ
Ἀθηναῖοι ἐβούλευσαν δεσμοῖς μὲν αὐτοὺς
φυλάσσειν μέχρι οὗ τι ξυμβῶσιν· ἢν δ᾽
οἱ Πελοποννήσιοι πρὸ τούτου ἐς τὴν
γῆν ἐσβάλωσιν, ἐξαγαγόντες ἀποκτεῖναι.
τῆς δὲ Πύλου φυλακὴν κατεστήσαντο, καὶ
οἱ ἐκ τῆς Ναυπάκτου Μεσσήνιοι ὡς ἐς
πατρίδα ‸ ‸ πέμψαντες σφῶν αὐτῶν τοὺς

ἐπιτηδειοτάτους ἐλῄζοντο τὴν Λακωνικὴν
καὶ πλεῖστα ἔβλαπτον ὁμόφωνοι ὄντες.

οἱ δὲ Λακεδαιμόνιοι ἀμαθεῖς ὄντες ἐν τῷ
πρὶν χρόνῳ λῃστείας καὶ τοῦ τοιούτου
πολέμου, τῶν τε Εἱλώτων αὐτομολούντων
καὶ φοβούμενοι μὴ καὶ ἐπὶ μακρότερον

σφίσι τι νεωτερισθῇ τῶν κατὰ τὴν χώ-
ραν, οὐ ῥᾳδίως ἔφερον, ἀλλά, καίπερ οὐ
βουλόμενοι ἔνδηλοι εἶναι τοῖς Ἀθηναίοις,
ἐπρεσβεύοντο παρ' αὐτοὺς καὶ ἐπειρῶντο
τήν τε Πύλον καὶ τοὺς ἄνδρας κομίζεσθαι.

αὐτούς.

4 οἱ δὲ μειζόνων τε ὠρέγοντο καὶ πολλάκις
φοιτώντων αὐτοὺς ἀπράκτους ἀπέπεμ-
πον. ταῦτα μὲν τὰ περὶ Πύλον γενό-
μενα.

42. Τοῦ δ' αὐτοῦ θέρους μετὰ ταῦτα
εὐθὺς Ἀθηναῖοι ἐς τὴν Κορινθίαν ἐστρά-
τευσαν ναυσὶν ὀγδοήκοντα καὶ δισχιλίοις
ὁπλίταις ἑαυτῶν καὶ ἐν ἱππαγωγοῖς
ναυσὶ διακοσίοις ἱππεῦσιν· ἠκολούθουν
δὲ καὶ τῶν ξυμμάχων Μιλήσιοι καὶ
Ἄνδριοι καὶ Καρύστιοι, ἐστρατήγει δὲ
2 Νικίας ὁ Νικηράτου τρίτος αὐτός. πλέ-
οντες δὲ ἅμα ἔῳ ἔσχον μεταξὺ Χερσονή-
σου τε καὶ Ῥείτου ἐς τὸν αἰγιαλὸν τοῦ
χωρίου ὑπὲρ οὗ ὁ Σολύγειος λόφος ἐστίν,
ἐφ' ὃν Δωριῆς τὸ πάλαι ἱδρυθέντες τοῖς
ἐν τῇ πόλει Κορινθίοις ἐπολέμουν, οὖσιν
Αἰολεῦσι· καὶ κώμη νῦν ἐπ' αὐτοῦ
Σολύγεια καλουμένη ἐστίν. ἀπὸ δὲ
τοῦ αἰγιαλοῦ τούτου ἔνθα αἱ νῆες
κατέσχον ἡ μὲν κώμη αὕτη δώδεκα
σταδίους ἀπέχει, ἡ δὲ Κορινθίων πόλις
3 ἑξήκοντα, ὁ δὲ ἰσθμὸς εἴκοσι. Κορίν-

ὅτι ἡ στρατιὰ
ἥξει τῶν ἀθη-
ναίων.

θιοι δὲ προπυθόμενοι ἐξ Ἄργους ‸ ἐκ
πλέονος ἐβοήθησαν ἐς ἰσθμὸν πάντες
πλὴν τῶν ἔξω ἰσθμοῦ· καὶ ἐν Ἀμπρακίᾳ
καὶ ἐν Λευκάδι ᾔησαν αὐτῶν πεντα- Λευκαδία mss. corr.
Cobet.
κόσιοι φρουροί· οἱ δ' ἄλλοι πανδημεὶ

ἐπετήρουν τοὺς Ἀθηναίους οἱ κατα-
σχήσουσιν. ὡς δὲ αὐτοὺς ἔλαθον νυκτὸς 4
καταπλεύσαντες καὶ τὰ σημεῖα αὐτοῖς
ἤρθη, καταλιπόντες τοὺς ἡμίσεις αὐτῶν
ἐν Κεγχρειᾷ, ἢν ἄρα οἱ Ἀθηναῖοι ἐπὶ
τὸν Κρομμυῶνα ἴωσιν, ἐβοήθουν κατὰ
τάχος.

43. Καὶ Βάττος μὲν ὁ ἕτερος τῶν
στρατηγῶν—δύο γὰρ ἦσαν ἐν τῇ μάχῃ οἱ
παρόντες—λαβὼν λόχον ἦλθεν ἐπὶ τὴν
Σολύγειαν κώμην φυλάξων ἀτείχιστον
οὖσαν, Λυκόφρων δὲ τοῖς ἄλλοις ξυνέ-
βαλεν. καὶ πρῶτον μὲν τῷ δεξιῷ κέρᾳ 2
τῶν Ἀθηναίων εὐθὺς ὑποβεβηκότι πρὸ
τῆς Χερσονήσου οἱ Κορίνθιοι ἐπέκειντο,
ἔπειτα δὲ καὶ τῷ ἄλλῳ στρατεύματι.
καὶ ἦν ἡ μάχη καρτερὰ καὶ ἐν χερσὶ
πᾶσα. καὶ τὸ μὲν δεξιὸν κέρας τῶν Ἀθη- 3
ναίων καὶ Καρυστίων—οὗτοι γὰρ παρα-
τεταγμένοι ἦσαν ἔσχατοι—ἐδέξαντό τε
τοὺς Κορινθίους καὶ ἐώσαντο μόλις· οἱ δὲ
ὑποχωρήσαντες πρὸς αἱμασιάν—ἦν γὰρ
τὸ χωρίον πρόσαντες πᾶν—βάλλοντες
τοῖς λίθοις καθύπερθεν ὄντες καὶ παιανί-
σαντες ἐπῇσαν αὖθις, δεξαμένων δὲ τῶν
Ἀθηναίων ἐν χερσὶν ἦν πάλιν ἡ μάχη.
λόχος δέ τις τῶν Κορινθίων ἐπιβοηθήσας 4
τῷ εὐωνύμῳ κέρᾳ ἑαυτῶν ἔτρεψε τῶν
Ἀθηναίων τὸ δεξιὸν κέρας καὶ ἐπεδίωξεν
ἐς τὴν θάλασσαν· πάλιν δὲ ἀπὸ τῶν
νεῶν ἀνέστρεψαν οἵ τε Ἀθηναῖοι καὶ οἱ
Καρύστιοι, τὸ δὲ ἄλλο στρατόπεδον 5
σινεχῶς m·s. ἀμφοτέρωθεν ἐμάχετο ξυνεχῶς, μάλιστα

δὲ τὸ δεξιὸν κέρας τῶν Κορινθίων, ἐφ'
ᾧ ὁ Λυκόφρων ὢν κατὰ τὸ εὐώνυμον τῶν
Ἀθηναίων ἠμύνετο· ἤλπιζον γὰρ αὐτοὺς
ἐπὶ τὴν Σολύγειαν κώμην πειράσειν.

44. Χρόνον μὲν οὖν πολὺν ἀντεῖχον
οὐκ ἐνδιδόντες ἀλλήλοις· ἔπειτα—ἦσαν
γὰρ τοῖς Ἀθηναίοις οἱ ἱππῆς ὠφέλιμοι
ξυμμαχόμενοι, τῶν ἑτέρων οὐκ ἐχόντων
ἵππους—ἐτράποντο οἱ Κορίνθιοι καὶ
ὑπεχώρησαν πρὸς τὸν λόφον καὶ ἔθεντο
τὰ ὅπλα καὶ οὐκέτι κατέβαινον, ἀλλ'
2 ἡσύχαζον. ἐν δὲ τῇ τροπῇ ταύτῃ
κατὰ τὸ δεξιὸν κέρας οἱ πλεῖστοί τε v.l. τε αὐτῶν.
ἀπέθανον καὶ Λυκόφρων ὁ στρατηγός.

τοῦτω τῶ
τρόπω.

ἡ δὲ ἄλλη στρατιὰ ‿ οὐ κατὰ δίωξιν
πολλὴν οὐδὲ ταχείας φυγῆς γενομένης,
ἐπεὶ ἐβιάσθη, ἐπαναχωρήσασα πρὸς τὰ
3 μετέωρα ἱδρύθη. οἱ δὲ Ἀθηναῖοι, ὡς
οὐκέτι αὐτοῖς ἐπῇσαν ἐς μάχην, τούς τε
νεκροὺς ἐσκύλευον καὶ τοὺς ἑαυτῶν
ἀνῃροῦντο, τροπαῖόν τε εὐθέως ἔστησαν.
4 τοῖς δ' ἡμίσεσι τῶν Κορινθίων, οἳ ἐν τῇ
Κεγχρειᾷ ἐκάθηντο φύλακες, μὴ ἐπὶ τὸν
Κρομμυῶνα πλεύσωσι, τούτοις οὐ κατά-
δηλος ἡ μάχη ἦν ὑπὸ τοῦ ὄρους τοῦ
Ὀνείου· κονιορτὸν δὲ ὡς εἶδον καὶ ὡς καὶ ὡς mss.
ἔγνωσαν, ἐβοήθουν εὐθύς. ἐβοήθησαν
δὲ καὶ οἱ ἐκ τῆς πόλεως πρεσβύτεροι
τῶν Κορινθίων, αἰσθόμενοι τὸ γεγενη-
5 μένον. ἰδόντες δὲ οἱ Ἀθηναῖοι ξύμπαν-

τῶν ἐγγύς.
πελοποννη-
σίων.

τας ἐπιόντας καὶ νομίσαντες ‿ ἀστυγει- v.l. αὐτοὺς ἐπιόν-
τόνων ‿ βοήθειαν ἐπιέναι, ἀνεχώρουν τας.
κατὰ τάχος ἐπὶ τὰς ναῦς, ἔχοντες τὰ

σκυλεύματα καὶ τοὺς ἑαυτῶν νεκροὺς
πλὴν δυοῖν, οὓς ἐγκατέλιπον οὐ δυνάμενοι
εὑρεῖν. καὶ ἀναβάντες ἐπὶ τὰς ναῦς 6
ἐπεραιώθησαν ἐς τὰς ἐπικειμένας νήσους,
ἐκ δ᾽ αὐτῶν ἐπικηρυκευσάμενοι τοὺς
νεκροὺς οὓς ἐγκατέλιπον ὑποσπόνδους
ἀνείλοντο. ἀπέθανον δὲ Κορινθίων μὲν
ἐν τῇ μάχῃ δώδεκα καὶ διακόσιοι,

ἐλάσσους πεντή· Ἀθηναίων δὲ ὀλίγῳ ἐλάσσους ἢ πεντή-
κοντα mss. corr.
Cobet.   κοντα.

45. Ἄραντες δὲ ἐκ τῶν νήσων οἱ
Ἀθηναῖοι ἔπλευσαν αὐθημερὸν ἐς Κρομ-
μυῶνα τῆς Κορινθίας· ἀπέχει δὲ τῆς
πόλεως εἴκοσι καὶ ἑκατὸν σταδίους. καὶ
καθορμισάμενοι τήν τε γῆν ἐδῄωσαν καὶ
τὴν νύκτα ηὐλίσαντο. τῇ δ᾽ ὑστεραίᾳ 2
παραπλεύσαντες ἐς τὴν Ἐπιδαυρίαν
πρῶτον καὶ ἀπόβασίν τινα ποιησάμενοι

Μεθώνην mss.   ἀφίκοντο ἐς Μεθάναν τὴν μεταξὺ Ἐπιδαύ-
ρου καὶ Τροιζῆνος, καὶ ἀπολαβόντες
τὸν τῆς Χερσονήσου ἰσθμὸν ἐτείχισαν, ἐν ᾧ ἡ ΜΕΘΩΝΗ
καὶ φρούριον καταστησάμενοι ἐλῄστευον ἐστί.
τὸν ἔπειτα χρόνον τήν τε Τροιζηνίαν γῆν
καὶ Ἁλιάδα καὶ Ἐπιδαυρίαν. ταῖς δὲ
ναυσίν, ἐπειδὴ ἐξετείχισαν τὸ χωρίον,
ἀπέπλευσαν ἐπ᾽ οἴκου.

χρόνον δν Poppo.   46. Κατὰ δὲ τὸν αὐτὸν χρόνον ταῦτα
ἐγίγνετο, καὶ Εὐρυμέδων καὶ Σοφοκλῆς,
ἐπειδὴ ἐκ τῆς Πύλου ἀπῆραν ἐς τὴν
Σικελίαν ναυσὶν Ἀθηναίων, ἀφικόμενοι
ἐς Κόρκυραν ἐστράτευσαν μετὰ τῶν ἐκ
τῆς πόλεως ἐπὶ τοὺς ἐν τῷ ὄρει τῆς
Ἰστώνης Κορκυραίων καθιδρυμένους, οἳ

τότε μετὰ τὴν στάσιν διαβάντες ἐκράτουν
τε τῆς γῆς καὶ πολλὰ ἔβλαπτον.

2 προσβαλόντες δὲ τὸ μὲν τείχισμα εἶλον,
οἱ δὲ ἄνδρες καταπεφευγότες ἀθρόοι πρὸς
μετέωρόν τι ξυνέβησαν ὥστε τοὺς μὲν
ἐπικούρους παραδοῦναι, περὶ δὲ σφῶν τὰ
ὅπλα παραδόντων τὸν Ἀθηναίων δῆμον

3 διαγνῶναι. καὶ αὐτοὺς ἐς τὴν νῆσον οἱ
στρατηγοὶ τὴν Πτυχίαν ἐς φυλακὴν
διεκόμισαν ὑποσπόνδους, μέχρι οὗ Ἀθή-
ναζε πεμφθῶσιν, ὥστ' ἐάν τις ἁλῷ
ἀποδιδράσκων, ἅπασι λελύσθαι τὰς
4 σπονδάς. οἱ δὲ τοῦ δήμου προστάται
τῶν Κορκυραίων, δεδιότες μὴ οἱ Ἀθη-
ναῖοι ἐλθόντας οὐκ ἀποκτείνωσι, μη-
5 χανῶνται τοιόνδε τι· τῶν ἐν τῇ νήσῳ
πείθουσί τινας ὀλίγους, ὑποπέμψαντες
φίλους καὶ διδάξαντες ὡς κατ' εὔνοιαν
λέγειν. δὴ ͺ ὅτι κράτιστον αὐτοῖς εἴη ὡς τάχιστα
ἀποδρᾶναι, πλοῖον δέ τι αὐτοὶ ἑτοιμάσειν·
μέλλειν γὰρ δὴ τοὺς στρατηγοὺς τῶν
Ἀθηναίων παραδώσειν αὐτοὺς τῷ δήμῳ
τῶν Κορκυραίων.

47. Ὡς δὲ ἔπεισαν καὶ μηχανησαμένων
τὸ πλοῖον ἐκπλέοντες ἐλήφθησαν, ἐλέλυν-
τό τε αἱ σπονδαὶ καὶ τοῖς Κορκυραίοις
2 παρεδέδοντο οἱ πάντες. ξυνελάβοντο δὲ
τοῦ τοιούτου οὐχ ἥκιστα, ὥστε ἀκριβῆ
τὴν πρόφασιν γενέσθαι καὶ τοὺς τεχνη-
σαμένους ἀδεέστερον ἐγχειρῆσαι, οἱ
στρατηγοὶ τῶν Ἀθηναίων, κατάδηλοι
ὄντες τοὺς ἄνδρας . . . ἂν . . . ὑπ'
ἄλλων κομισθέντας, διότι αὐτοὶ ἐς

Margin notes:

ὥστε ἂν or ὥστε
ἐάν mss. From
ὥστε to σπονδάς
some good mss.
omit.

τοὺς ἐλθόντας mss.
corr. Dobree.

ἄνδρας μὴ ἂν βού-
λεσθαι mss.
lacunae B.

Σικελίαν ἔπλεον, τὴν τιμὴν τοῖς ἄγουσι
προσποῆσαι. παραλαβόντες δὲ αὐτοὺς οἱ 3
Κορκυραῖοι ἐς οἴκημα μέγα καθεῖρξαν,
καὶ ὕστερον ἐξάγοντες κατὰ εἴκοσιν
ἄνδρας διῆγον διὰ δυοῖν στοίχοιν ὁπλιτῶν
ἑκατέρωθεν παρατεταγμένων, δεδεμένους
τε πρὸς ἀλλήλους καὶ παιομένους καὶ
κεντουμένους ὑπὸ τῶν παρατεταγμένων,
εἴ πού τίς τινα ἴδοι ἐχθρὸν ἑαυτοῦ·
μαστιγοφόροι τε παριόντες ἐπετάχυνον
τῆς ὁδοῦ τοὺς σχολαίτερον προιόντας.

48. Καὶ ἐς μὲν ἄνδρας ἑξήκοντα ἔλαθον
τοὺς ἐν τῷ οἰκήματι τούτῳ τῷ τρόπῳ
ἐξαγαγόντες καὶ διαφθείραντες—ᾤοντο
γὰρ αὐτοὺς μεταστήσοντάς ποι ἄλλοσε

καί τις mss. corr.
Herwerden.

ἄγειν—· ὡς δὲ ᾔσθοντο ἤ τις αὐτοῖς
ἐδήλωσε, τούς τε Ἀθηναίους ἐπεκα-
λοῦντο καὶ ἐκέλευον σφᾶς εἰ βούλονται ‸   ᾺΥΤΟΥ͂C.
διαφθείρειν, ἔκ τε τοῦ οἰκήματος οὐκέτι
ἤθελον ἐξιέναι, οὐδ' ἐσιέναι ἔφασαν κατὰ
δύναμιν περιόψεσθαι οὐδένα. οἱ δὲ 2
Κορκυραῖοι κατὰ μὲν τὰς θύρας οὐδ'
αὐτοὶ διενοοῦντο βιάζεσθαι, ἀναβάντες δὲ
ἐπὶ τὸ τέγος τοῦ οἰκήματος καὶ διελόντες   ΤΟΥ͂ ΟΙΚΗ͂ΜΑΤΟC.
τὴν ὀροφὴν ἔβαλλον τῷ κεράμῳ καὶ
ἐτόξευον κάτω. οἱ δὲ ἐφυλάσσοντό τε ὡς 3
ἐδύναντο καὶ ἅμα οἱ πολλοὶ σφᾶς αὐτοὺς
διέφθειρον, οἰστούς τε οὓς ἀφίεσαν ἐκεῖνοι
ἐς τὰς σφαγὰς καθιέντες καὶ ἐκ κλινῶν

αὐτοῖς mss. corr.
Herwerden.

τινῶν, αἳ ἔτυχον αὐτοῦ ἐνοῦσαι, τοῖς
σπάρτοις καὶ ἐκ τῶν ἱματίων παραιρήματα

πάντι τρόπῳ mss.
corr. Ullrich.

ποιοῦντες ἀπαγχόμενοι· παντί τε τρόπῳ
τὸ πολὺ τῆς νυκτός—ἐπεγένετο γὰρ νὺξ

τῷ παθήματι—ἀναλοῦντες σφᾶς αὐτοὺς ἀναδοῦντες mss.
ἀναλοῦντες Suidas.
καὶ βαλλόμενοι ὑπὸ τῶν ἄνω διεφθάρη-
4 σαν. καὶ αὐτοὺς οἱ Κορκυραῖοι, ἐπειδὴ
ἡμέρα ἐγένετο, φορμηδὸν ἐπὶ ἁμάξας
ἐπιβαλόντες ἀπήγαγον ἔξω τῆς πόλεως.
τὰς δὲ γυναῖκας, ὅσαι ἐν τῷ τειχίσματι
5 ἑάλωσαν, ἠνδραπόδισαν. τοιούτῳ μὲν ἠνδραποδίσαντο
mss.
τρόπῳ οἱ ἐκ τοῦ ὄρους Κορκυραῖοι ὑπὸ
τοῦ δήμου διεφθάρησαν, καὶ ἡ στάσις
πολλὴ γενομένη ἐτελεύτησεν ἐς τοῦτο,
ὅσα γε κατὰ τὸν πόλεμον τόνδε· οὐ γὰρ
ἔτι ἦν ὑπόλοιπον τῶν ἑτέρων ὅ τι καὶ
6 ἀξιόλογον. οἱ δὲ Ἀθηναῖοι ἐς τὴν
ἵναπερ τὸ πρῶ-
τον ὥρμηντο. Σικελίαν ˌ ἀποπλεύσαντες μετὰ τῶν ἐκεῖ
ξυμμάχων ἐπολέμουν.

49. Καὶ οἱ ἐν τῇ Ναυπάκτῳ Ἀθηναῖοι
καὶ Ἀκαρνᾶνες ἅμα τελευτῶντος τοῦ
θέρους στρατευσάμενοι Ἀνακτόριον Κο-
ρινθίων πόλιν, ἣ κεῖται ἐπὶ τῷ στόματι
τοῦ Ἀμπρακικοῦ κόλπου, ἔλαβον προδο-
κορινθίους. σίᾳ· καὶ ἐκπέμψαντες ˌ αὐτοὶ Ἀκαρνᾶνες
οἰκήτορας ἀπὸ πάντων ἔσχον τὸ χωρίον. vv.ll. καὶ οἰκήτορας.
οἰκήτορες.
καὶ τὸ θέρος ἐτελεύτα.

50. Τοῦ δ᾽ ἐπιγιγνομένου χειμῶνος
Ἀριστείδης ὁ Ἀρχίππου, ὁ τῶν ἀργυ- v.l. εἰς τῶν.
ἀθηναίων.
αῖ ἐξεπέμφθη-
caν πρὸς τοὺς
ξυμμάχους. ρολόγων νεῶν ˌ στρατηγός, ˌ Ἀρταφέρνη,
ἄνδρα Πέρσην, παρὰ βασιλέως πο-
ρευόμενον ἐς Λακεδαίμονα ξυλλαμβάνει
ἐν Ἠιόνι τῇ ἐπὶ Στρυμόνι. καὶ αὐ-
2 τοῦ κομισθέντος οἱ Ἀθηναῖοι τὰς μὲν
ἐπιστολὰς μεταγραψάμενοι ἐκ τῶν Ἀσ-
συρίων γραμμάτων ἀνέγνωσαν, ἐν αἷς
πολλῶν ἄλλων γεγραμμένων κεφάλαιον

ἦν ‸ οὐ γιγνώσκειν ὅ τι βούλονται·
πολλῶν γὰρ ἐλθόντων πρέσβεων οὐδένα
ταὐτὰ λέγειν· εἰ οὖν βούλονται σαφὲς
λέγειν, πέμψαι μετὰ τοῦ Πέρσου ἄνδρας
ὡς αὐτόν. τὸν δὲ Ἀρταφέρνη ὕστερον οἱ 3
Ἀθηναῖοι ἀποστέλλουσι τριήρει ἐς Ἔφε-
σον καὶ πρέσβεις ἅμα· οἳ πυθόμενοι
αὐτόθι βασιλέα Ἀρταξέρξην τὸν Ξέρξου
νεωστὶ τεθνηκότα—κατὰ γὰρ τοῦτον τὸν
χρόνον ἐτελεύτησεν—ἐπ' οἴκου ἀνεχώρη-
σαν.

51. Τοῦ δ' αὐτοῦ χειμῶνος καὶ Χῖοι
τὸ τεῖχος περιεῖλον τὸ καινὸν κελευ-
σάντων Ἀθηναίων ὑποπτευσάντων ‸ τι
νεωτεριεῖν, ποιησάμενοι μέντοι πρὸς Ἀθη-
ναίους πίστεις καὶ βεβαιότητα ἐκ τῶν
δυνατῶν μηδὲν περὶ σφᾶς νεώτερον βου-
λεύσειν. καὶ ὁ χειμὼν ἐτελεύτα. ‸

52. Τοῦ δ' ἐπιγιγνομένου θέρους εὐθὺς
τοῦ τε ἡλίου ἐκλιπές τι ἐγένετο περὶ
νουμηνίαν καὶ τοῦ αὐτοῦ μηνὸς ἱσταμένου
ἔσεισε. καὶ οἱ Μυτιληναίων φυγάδες καὶ 2
τῶν ἄλλων Λεσβίων, ὁρμώμενοι οἱ
πολλοὶ ἐκ τῆς ἠπείρου καὶ μισθωσάμενοι
ἔκ τε Πελοποννήσου ἐπικουρικὸν καὶ
αὐτόθεν ξυναγείραντες, αἱροῦσι Ῥοίτειον·
καὶ λαβόντες δισχιλίους στατῆρας Φωκα-
ΐτας ἀπέδοσαν πάλιν, οὐδὲν ἀδικήσαντες·
καὶ μετὰ τοῦτο ἐπὶ Ἄντανδρον στρατεύ- 3
σαντες προδοσίας γενομένης λαμβάνουσι
τὴν πόλιν. καὶ ἦν αὐτῶν ἡ διάνοια τάς
τε ἄλλας πόλεις τὰς Ἀκταίας καλουμένας,
ἃς πρότερον Μυτιληναίων νεμομένων

Marginal notes:

πρὸς λακεδαι-
μονίους.

βασιλέα.

Ἀθηναίων καὶ mss.
corr. Cobet.

ἐς αὐτούς.

καὶ ἕβδομον
ἔτος τῷ πολέ-
μῳ ἐτελεύτα
τῷδε ὃν θου-
κυδίδης ξυνέ-
γραψεν.

'Αθηναῖοι εἶχον, ἐλευθεροῦν, καὶ πάντων
μάλιστα τὴν Ἄντανδρον, καὶ κρατυνά-
μενοι αὐτήν—ναῦς τε γὰρ εὐπορία ἦν

ξύλων ὑπαρ-
χόντων.
ἴδης ἐπικει-
μένης. ποεῖσθαι αὐτόθεν, ⋏ καὶ τὰ ἄλλα σκεύη καὶ "Ιδης mss.
—ῥᾳδίως ἀπ' αὐτῆς ὁρμώμενοι τήν τε τῇ ἄλλῃ σκεύῃ mss.
corr. R̥.
Λέσβον ἐγγὺς οὖσαν κακώσειν καὶ τὰ
ἐν τῇ ἠπείρῳ Αἰολικὰ πολίσματα χειρώ-
4 σεσθαι. καὶ οἱ μὲν ταῦτα παρασκευάζε-
σθαι ἔμελλον.

53. 'Αθηναῖοι δὲ ἐν τῷ αὐτῷ θέρει
ἑξήκοντα ναυσὶ καὶ δισχιλίοις ὁπλίταις
ἱππεῦσί τε ὀλίγοις καὶ τῶν ξυμμάχων
Μιλησίους καὶ ἄλλους τινὰς ἄγοντες ἀγαγόντες mss.
corr. Cobet.
ἐστράτευσαν ἐπὶ Κύθηρα· ἐστρατήγει
δὲ αὐτῶν Νικίας ὁ Νικηράτου καὶ Νικό-
στρατος ὁ Διειτρέφους καὶ Αὐτοκλῆς ὁ Διοτρέφους mss.
2 Τολμαίου. τὰ δὲ Κύθηρα νῆσός ἐστιν,
ἐπίκειται δὲ τῇ Λακωνικῇ κατὰ Μαλέαν·
Λακεδαιμόνιοι δ' εἰσὶ τῶν περιοίκων, καὶ
ἀρχή. κυθηροδίκης ⋏ ἐκ τῆς Σπάρτης διέβαινεν
αὐτόσε κατὰ ἔτος, ὁπλιτῶν τε φρουρὰν
διέπεμπον ἀεὶ καὶ πολλὴν ἐπιμέλειαν
3 ἐποιοῦντο. ἦν γὰρ αὐτοῖς τῶν τε ἀπ'
Αἰγύπτου καὶ Λιβύης ὁλκάδων προσβολή,
καὶ λῃσταὶ ἅμα τὴν Λακωνικὴν ἦσσον
ἥπερ μόνον
οἷόν τ' ἦν κα-
κουργεῖσθαι. ἐλύπουν ἐκ θαλάσσης. ⋏ πᾶσα γὰρ
ἀνέχει πρὸς τὸ Σικελικὸν καὶ Κρητικὸν
πέλαγος.

54. Κατασχόντες οὖν οἱ 'Αθηναῖοι τῷ
στρατῷ δέκα μὲν ναυσὶ καὶ . . . . . . δισχιλίοις mss.
ἐπὶ θαλάσσῃ. Μιλησίων ὁπλίταις τὴν ⋏ πόλιν Σκάν-
δειαν καλουμένην αἱροῦσι, τῷ δὲ ἄλλῳ
στρατεύματι ἀποβάντες τῆς νήσου ἐς

τὰ πρὸς Μαλέαν τετραμμένα ἐχώρουν
ἐπὶ τὴν ˄ πόλιν τῶν Κυθηρίων, καὶ ἐπὶ θαλάϲϲη.
ηὖρον εὐθὺς ˄ ἐστρατοπεδευμένους ἅπαν- αϒτοϒϲ.
τας. καὶ μάχης γενομένης ὀλίγον μέν 2
τινα χρόνον ὑπέστησαν οἱ Κυθήριοι,
ἔπειτα τραπόμενοι κατέφυγον ἐς τὴν
ἄνω πόλιν, καὶ ὕστερον ξυνέβησαν πρὸς
Νικίαν καὶ τοὺς ξυνάρχοντας Ἀθηναίοις
ἐπιτρέψαι περὶ σφῶν αὐτῶν πλὴν θανά-
του. ἦσαν δέ τινες καὶ γενόμενοι τῷ 3
Νικίᾳ λόγοι πρότερον πρός τινας τῶν
Κυθηρίων, διὸ καὶ θᾶσσον καὶ ἐπιτηδειό-
τερον τό τε παραυτίκα καὶ τὸ ἔπειτα τὰ
τῆς ὁμολογίας ἐπράχθη αὐτοῖς· ἀνέστη-
σαν γὰρ ἂν οἱ Ἀθηναῖοι Κυθηρίους,
Λακεδαιμονίους τε ὄντας καὶ ἐπὶ τῇ
Λακωνικῇ τῆς νήσου οὕτως ἐπικειμένης.
μετὰ δὲ τὴν ξύμβασιν οἱ Ἀθηναῖοι τὴν 4
Σκάνδειαν τὸ ἐπὶ τῷ λιμένι πόλισμα
παραλαβόντες ὡς τῶν Κυθήρων φυλακὴν
ποιησόμενοι ἔπλευσαν ἔς τε Ἀσίνην καὶ
Ἕλος καὶ τὰ πλεῖστα τῶν περὶ θάλασ-
σαν, καὶ ἀποβάσεις ποιούμενοι καὶ
ἐναυλιζόμενοι τῶν χωρίων οὗ καιρὸς
εἴη ἐδῄουν τὴν γῆν ἡμέρας μάλιστα
ἑπτά.

55. Οἱ δὲ Λακεδαιμόνιοι, ἰδόντες μὲν
τοὺς Ἀθηναίους τὰ Κύθηρα ἔχοντας,
προσδεχόμενοι δὲ καὶ ἐς τὴν γῆν σφῶν
ἀποβάσεις τοιαύτας ποήσεσθαι, ἀθρόᾳ
μὲν οὐδαμοῦ τῇ δυνάμει ἀντετάξαντο,
κατὰ δὲ τὴν χώραν φρουρὰς διέπεμψαν,
ὁπλιτῶν πλῆθος, ὡς ἑκασταχόσε ἔδει,

Marginal notes (left):

v.l. ἔπειτα τῆς.

γὰρ οἱ mss. corr.
Heilmann.

τήν τε Σκάνδειαν
mss. corr. B̶.

καὶ τῶν mss. corr.
B̶.
ποιησάμενοι mss.
corr. B̶.

καὶ τὰ ἄλλα ἐν φυλακῇ πολλῇ ἦσαν,
φοβούμενοι μὴ σφίσι νεώτερόν τι γένηται
τῶν περὶ τὴν κατάστασιν, γεγενημένου
μὲν τοῦ ἐπὶ τῇ νήσῳ πάθους ἀνελπίστου
καὶ μεγάλου, Πύλου δὲ ἐχομένης καὶ
Κυθήρων καὶ πανταχόθεν σφᾶς περι-
εστῶτος πολέμου ταχέος καὶ ἀπροφυ-
2 λάκτου. ὥστε παρὰ τὸ εἰωθὸς ἱππέας
τετρακοσίους κατεστήσαντο καὶ τοξότας

μάλιστα δή.   . . . , ἔς τε τὰ πολεμικά, εἴπερ ποτέ, ‸ lacuna R.
ὀκνηρότεροι ἐγένοντο, ξυνεστῶτες παρὰ
τὴν ὑπάρχουσαν σφῶν ἰδέαν τῆς παρα-
σκευῆς ναυτικῷ ἀγῶνι, καὶ τούτῳ πρὸς
Ἀθηναίους, οἷς τὸ μὴ ἐπιχειρούμενον
ἀεὶ ἐλλιπὲς ἦν τῆς δοκήσεώς τι πράξειν.
3 καὶ ἅμα τὰ τῆς τύχης πολλὰ καὶ ἐν
ὀλίγῳ ξυμβάντα παρὰ λόγον αὐτοῖς
ἔκπληξιν μεγίστην παρεῖχε, καὶ ἐδέδι-
σαν μήποτε αὖθις ξυμφορά τις αὐτοῖς
4 περιτύχῃ οἷα καὶ ἐν τῇ νήσῳ. ἀτολ-
μότεροι δὲ δι᾽ αὐτὸ ἐς τὰς μάχας ᾖσαν   ᾖσαν mss. corr.
καὶ πᾶν ὅ τι κινήσειαν ᾤοντο ἁμαρτή-   Cobet.
σεσθαι διὰ τὸ τὴν γνώμην ἀνεχέγγυοι   ἀνεχέγγυον mss.
γεγενῆσθαι ἐκ τῆς πρὶν ἀηθείας τοῦ   corr. Herwerden.
κακοπραγεῖν.

56. Τοῖς δ᾽ Ἀθηναίοις τότε τὴν παρα-
θαλάσσιον δῃοῦσι τὰ μὲν πολλὰ . . . .   ἡσύχασαν mss.
. . . . , ὡς καθ᾽ ἑκάστην φρουρὰν γίγνοιτο   lacuna R.
τις ἀπόβασις, πλήθει τε ἐλάσσους ἕκαστοι
ἡγούμενοι εἶναι καὶ ἐν τῷ τοιούτῳ· μία   ὡς ἐν τῷ τοιούτῳ
δὲ φρουρά, ἥπερ καὶ ἠμύνατο περὶ Κο-   Herwerden.
τύρταν καὶ Ἀφροδιτίαν, τὸν μὲν ὄχλον   Ἀφροδισίαν mss.
τῶν ψιλῶν ἐσκεδασμένον ἐφόβησεν ἐπι-   Ἀφροδιτίαν He-
                                            rodian.

δρομῇ, τῶν δὲ ὁπλιτῶν δεξαμένων ὑπε-
χώρησε πάλιν, καὶ ἄνδρες τέ τινες
ἀπέθανον αὐτῶν ὀλίγοι καὶ ὅπλα ἐλήφθη,
τροπαῖόν τε στήσαντες οἱ Ἀθηναῖοι
ἀπέπλευσαν ἐς Κύθηρα. ἐκ δὲ αὐτῶν 2

παρέπλευσαν
Cobet.

περιέπλευσαν ἐς Ἐπίδαυρον τὴν Λιμη-
ράν, καὶ δῃώσαντες μέρος τι τῆς γῆς
ἀφικνοῦνται ἐπὶ Θυρέαν, ἣ ἐστι μὲν
τῆς Κυνουρίας γῆς καλουμένης, μεθο-
ρία δὲ τῆς Ἀργείας καὶ Λακωνικῆς.
νεμόμενοι δὲ αὐτὴν ἔδοσαν Λακεδαι-
μόνιοι Αἰγινήταις ἐκπεσοῦσιν ἐνοικεῖν
διά τε τὰς ὑπὸ τὸν σεισμὸν σφίσι
γενομένας καὶ τῶν Εἱλώτων τὴν ἐπανά-
στασιν εὐεργεσίας καὶ ὅτι Ἀθηναίων

ὑπακούοντες mss.
corr. Cobet.

ὑπήκοοι ὄντες ὅμως πρὸς τὴν ἐκείνων
γνώμην ἀεὶ ἔστασαν.

57. Προσπλεόντων οὖν ἔτι τῶν Ἀθη-
ναίων οἱ Αἰγινῆται τὸ μὲν ἐπὶ τῇ θαλάσσῃ
ὃ ἔτυχον οἰκοδομοῦντες τεῖχος ἐκλείπου-
σιν, ἐς δὲ τὴν ἄνω πόλιν, ἐν ᾗ ᾤκουν,
ἀπεχώρησαν, ἀπέχουσαν σταδίους μά-
λιστα δέκα τῆς θαλάσσης. καὶ αὐτοῖς 2
τῶν Λακεδαιμονίων φρουρὰ μία τῶν
περὶ τὴν χώραν, ἥπερ καὶ ξυνετείχιζε,
ξυνεσελθεῖν μὲν ⟨ οὐκ ἠθέλησαν δεομένων   ἐς τὸ τεῖχος.
τῶν Αἰγινητῶν, ἀλλ᾽ αὐτοῖς κίνδυνος
ἐφαίνετο ⟨ κατακλῄεσθαι· ἀναχωρήσαντες   ἐς τὸ τεῖχος.
δὲ ἐπὶ τὰ μετέωρα ὡς οὐκ ἐνόμιζον
ἀξιόμαχοι εἶναι, ἡσύχαζον. ἐν τούτῳ 3
δὲ οἱ Ἀθηναῖοι κατασχόντες καὶ χωρή-
σαντες εὐθὺς πάσῃ τῇ στρατιᾷ αἱροῦσι
τὴν Θυρέαν. καὶ τήν τε πόλιν κατέκαυ-

σαν καὶ τὰ ἐνόντα ἐξεπόρθησαν, τούς τε
Αἰγινήτας, ὅσοι μὴ ἐν χερσὶ διεφθάρησαν,
ἄγοντες ἀφίκοντο ἐς τὰς Ἀθήνας καὶ
τὸν ἄρχοντα ὃς παρ' αὐτοῖς ἦν τῶν
Λακεδαιμονίων, Τάνταλον τὸν Πατρο-
4 κλέους· ἐζωγρήθη γὰρ τετρωμένος. ἦγον
δέ τινας καὶ ἐκ τῶν Κυθήρων ἄνδρας
ὀλίγους, οὓς ἐδόκει ἀσφαλείας ἕνεκα μετα-
στῆσαι. καὶ τούτους μὲν οἱ Ἀθηναῖοι
ἐβουλεύσαντο καταθέσθαι ἐς τὰς νήσους,
καὶ τοὺς ἄλλους Κυθηρίους οἰκοῦντας τὴν
ἑαυτῶν φόρον τέσσαρα τάλαντα φέρειν,
Αἰγινήτας δὲ ἀποκτεῖναι πάντας ὅσοι
ἑάλωσαν διὰ τὴν προτέραν ἀεί ποτε
ἔχθραν, Τάνταλον δὲ παρὰ τοὺς ἄλλους
τοὺς ἐν τῇ νήσῳ Λακεδαιμονίους κατα-
δῆσαι.

58. Τοῦ δ' αὐτοῦ θέρους ἐν Σικελίᾳ
Καμαριναίοις καὶ Γελῴοις ἐκεχειρία γίγ-
νεται πρῶτον πρὸς ἀλλήλους· εἶτα καὶ
οἱ ἄλλοι Σικελιῶται ξυνελθόντες ἐς Γέλαν,
πρέσβεις. ἀπὸ πασῶν τῶν πόλεων ˄, ἐς λόγους κατέ-
στησαν ἀλλήλοις, εἴ πως ξυναλλαγεῖεν.
καὶ ἄλλαι τε πολλαὶ γνῶμαι ἐλέγοντο
ἐπ' ἀμφότερα, διαφερομένων καὶ ἀξιούν-
των, ὡς ἕκαστοί τι ἐλασσοῦσθαι ἐνόμιζον,
καὶ Ἑρμοκράτης ὁ Ἕρμωνος Συρακόσιος,
ὅσπερ καὶ ἔπεισε μάλιστα αὐτούς, ἐς τὸ
κοινὸν τοιούτους δὴ λόγους εἶπεν.

59. "Οὔτε πόλεως ὢν ἐλαχίστης, ὦ
Σικελιῶται, τοὺς λόγους ποιήσομαι οὔτε

πονουμένης μάλιστα τῷ πολέμῳ, ἐς κοινὸν
δὲ τὴν δοκοῦσάν μοι βελτίστην γνώμην
εἶναι ἀποφαινόμενος τῇ Σικελίᾳ πάσῃ.
καὶ περὶ μὲν τοῦ πολεμεῖν ὡς χαλεπὸν 2
τί ἄν τις πᾶν τὸ ἐνὸν ἐκλέγων ἐν εἰδόσι
μακρηγοροίη; οὐδεὶς γὰρ οὔτε ἀμαθίᾳ
ἀναγκάζεται αὐτὸ δρᾶν, οὔτε φόβῳ, ἢν
οἴηταί τι πλέον σχήσειν, ἀποτρέπεται.
ξυμβαίνει δὲ τοῖς μὲν τὰ κέρδη μείζω
φαίνεσθαι τῶν δεινῶν, οἱ δὲ τοὺς κινδύ-
νους ἐθέλουσιν ὑφίστασθαι πρὸ τοῦ αὐτίκα

v.l. μὴ καιρῷ. τι ἐλασσοῦσθαι· αὐτὰ δὲ ταῦτα εἰ μὴ ἐν 3
καιρῷ τύχοιεν ἑκάτεροι πράσσοντες, αἱ
παραινέσεις τῶν ξυναλλαγῶν ὠφέλιμοι.
ὃ καὶ ἡμῖν ἐν τῷ παρόντι πειθομένοις 4
πλείστου ἂν ἄξιον γένοιτο· τὰ γὰρ ἴδια

v.l. βουλευόμενοι. ἕκαστοι εὖ βουλόμενοι δὴ θέσθαι τό
τε πρῶτον ἐπολεμήσαμεν καὶ νῦν πρὸς
ἀλλήλους δι᾽ ἀντιλογιῶν πειρώμεθα κατ-
αλλαγῆναι, καὶ ἢν ἄρα μὴ προχωρήσῃ
ἴσον ἑκάστῳ ἔχοντι ἀπελθεῖν, πάλιν
πολεμήσομεν.

60. "Καίτοι γνῶναι χρὴ ὅτι οὐ περὶ
τῶν ἰδίων μόνον, εἰ σωφρονοῦμεν, ἡ
ξύνοδος ἔσται, ἀλλ᾽ εἰ ἐπιβουλευομένην
τὴν πᾶσαν Σικελίαν, ὡς ἐγὼ κρίνω, ὑπ᾽
Ἀθηναίων δυνησόμεθα ἔτι διασῶσαι· καὶ
διαλλακτὰς πολὺ τῶν ἐμῶν λόγων ἀναγ-
καιοτέρους περὶ τῶνδε Ἀθηναίους νομίσαι
οἵ δύναμιν ἔχοντες μεγίστην τῶν Ἑλλή-
νων τάς τε ἁμαρτίας ἡμῶν τηροῦσι ᴧ ὀλίγαιϲ ναυϲὶ from 24, supra.
παρόντες, καὶ ὀνόματι ἐννόμῳ ξυμμαχίας
τὸ φύσει πολέμιον εὐπρεπῶς ἐς τὸ

E

2 ξυμφέρον καθίστανται. πόλεμον γὰρ
αἰρομένων ἡμῶν καὶ ἐπαγομένων αὐτούς,
ἄνδρας οἳ καὶ τοῖς μὴ ἐπικαλουμένοις αὐτοὶ v.l. τοὺς μὴ ἐπι-
ἐπιστρατεύουσι, κακῶς τε ἡμᾶς αὐτοὺς καλουμένους.
ποιούντων τέλεσι τοῖς οἰκείοις, καὶ τῆς
ἀρχῆς ἅμα προκοπτόντων ἐκείνοις, εἰκός,
ὅταν γνῶσιν ἡμᾶς τετρυχωμένους, καὶ
πλέονί ποτε στόλῳ ἐλθόντας αὐτοὺς
τάδε πάντα πειράσασθαι ὑπὸ σφᾶς
ποεῖσθαι.

61. "Καίτοι τῇ ἑαυτῶν ἑκάστους, εἰ
σωφρονοῦμεν, χρὴ τὰ μὴ προσήκοντα
ἐπικτωμένους μᾶλλον ἢ τὰ ἑτοῖμα βλάπ-
τοντας ξυμμάχους τε ἐπάγεσθαι καὶ τοὺς
κινδύνους προσλαμβάνειν, νομίσαι τε
στάσιν μάλιστα φθείρειν τὰς πόλεις
καὶ τὴν Σικελίαν, ἧς γε οἱ ἔνοικοι
ξύμπαντες μὲν ἐπιβουλευόμεθα, κατὰ
2 πόλεις δὲ διέσταμεν. ἃ χρὴ γνόντας καὶ
ἰδιώτην ἰδιώτῃ καταλλαγῆναι καὶ πόλιν
πόλει, καὶ πειρᾶσθαι κοινῇ σῴζειν τὴν
πᾶσαν Σικελίαν, παρεστάναι δὲ μηδενὶ
ὡς οἱ μὲν Δωριῆς ἡμῶν πολέμιοι τοῖς
Ἀθηναίοις, τὸ δὲ Χαλκιδικὸν τῇ Ἰάδι
3 ξυγγενείᾳ ἀσφαλές. οὐ γὰρ τοῖς ἔθνεσιν,
ὅτι δίχα πέφυκε, τοῦ ἑτέρου ἔχθει ἐπία-
σιν, ἀλλὰ τῶν ἐν τῇ Σικελίᾳ ἀγαθῶν
4 ἐφιέμενοι, ἃ κοινῇ κεκτήμεθα. ἐδήλωσαν
δὲ νῦν ἐν τῇ τοῦ Χαλκιδικοῦ γένους
παρακλήσει · τοῖς γὰρ οὐδεπώποτε σφίσι
κατὰ τὸ ξυμμαχικὸν προσβοηθήσασιν
αὐτοὶ τὸ δίκαιον μᾶλλον τῆς ξυνθήκης
5 προθύμως παρέσχοντο. καὶ τοὺς μὲν Ἀθη-

ναίους ταῦτα πλεονεκτεῖν τε καὶ προνοεῖ-
σθαι πολλὴ ξυγγνώμη, καὶ οὐ τοῖς ἄρ-
χειν βουλομένοις μέμφομαι, ἀλλὰ τοῖς
ὑπακούειν ἑτοιμοτέροις οὖσι· πέφυκε γὰρ
τὸ ἀνθρώπειον διὰ παντὸς ἄρχειν μὲν
τοῦ εἴκοντος, φυλάσσεσθαι δὲ τὸ ἐπιόν.
ὅσοι δὲ γιγνώσκοντες αὐτὰ μὴ ὀρθῶς 6
προσκοποῦμεν, μηδὲ τοῦτό τις πρεσβύ-
τατον ἥκει κρίνας, τὸ κοινῶς φοβερὸν
ἅπαντας εὖ θέσθαι, ἁμαρτάνομεν. τά- 7
χιστα δ᾽ ἂν ἀπαλλαγὴ ˄ γένοιτο, εἰ πρὸς   ΑΥΤΟΥ.
ἀλλήλους ξυμβαῖμεν· οὐ γὰρ ἀπὸ τῆς
αὐτῶν ὁρμῶνται Ἀθηναῖοι, ἀλλ᾽ ἐκ τῆς
τῶν ἐπικαλεσαμένων. καὶ οὕτως οὐ 8
πόλεμος πολέμῳ, εἰρήνη δὲ διαφοραὶ

παύοντα: mss. corr.
Cobet.

ἀπραγμόνως παύσονται, οἵ τ᾽ ἐπίκλητοι
εὐπρεπῶς ἄδικοι ἐλθόντες εὐλόγως ἄ-
πρακτοι ἀπίασι.

62. "Καὶ τὸ μὲν πρὸς τοὺς Ἀθηναίους

ἀγαθὸν εὖ mss.
corr. B.

τοσοῦτον ἀγαθὸν ὂν εὖ βουλευομένοις
εὑρίσκεται· τὴν δὲ ὑπὸ πάντων ὁμολογου- 2
μένην ἄριστον εἶναι εἰρήνην πῶς οὐ χρὴ
καὶ ἐν ἡμῖν αὐτοῖς ποιήσασθαι; ἢ δοκεῖτε,
εἴ τῳ τι ἔστιν ἀγαθὸν ἢ εἴ τῳ τὰ ἐναντία,

ἡσυχία . . . πόλε-
μος mss. corr.
Herwerden.

οὐχ ἡσυχίαν μᾶλλον ἢ πόλεμον τὸ μὲν
παῦσαι ἂν ἑκατέρῳ, τὸ δὲ ξυνδιασῶσαι,
καὶ τὰς τιμὰς καὶ λαμπρότητας ἀκινδυ-
νοτέρας ἔχειν τὴν εἰρήνην, ἄλλα τε ὅσα
ἐν μήκει λόγων ἄν τις διέλθοι; ˄ ἃ χρὴ   ὥϲπερ περὶ τοΥ
ΠΟΛΕΜΕῖΝ.
σκεψαμένους μὴ τοὺς ἐμοὺς λόγους ὑπερ-
ιδεῖν, τὴν δὲ αὐτοῦ τινὰ σωτηρίαν μᾶλ-
λον ἀπ᾽ αὐτῶν προϊδεῖν. καὶ εἴ τις βε- 3
βαίως τι ἢ τῷ δικαίῳ ἢ βίᾳ πράξειν οἴεται,

τῷ παρ' ἐλπίδα μὴ χαλεπῶς σφαλλέσθω,
γνοὺς ὅτι πλείους ἤδη, καὶ τιμωρίαις
μετιόντες τοὺς ἀδικοῦντας καὶ ἐλπίσαντες
ἕτεροι δυνάμει τινὶ πλεονεκτήσειν, οἱ μὲν
οὐχ ὅσον οὐκ ἠμύναντο ἀλλ' οὐδ' ἐσώθη-
σαν, τοῖς δ' ἀντὶ τοῦ πλέον ἔχειν προσ- προσκαταλιπεῖν
4 . . . . . . τὰ αὑτῶν ξυνέβη. τιμωρία mss. lacuna R.
γὰρ οὐκ εὐτυχεῖ διότι καὶ ἀδικεῖται· δικαίως ὅτι mss.
οὐδὲ ἰσχὺς βέβαιον, διότι καὶ εὔελπι. τὸ corr. Badham.
δὲ ἀστάθμητον τοῦ μέλλοντος ὡς ἐπὶ
πλεῖστον κρατεῖ, πάντων τε σφαλερώτα-
τον ὂν ὅμως καὶ χρησιμώτατον φαίνεται·
ἐξ ἴσου γὰρ δεδιότες προμηθίᾳ μᾶλλον
ἐπ' ἀλλήλους ἐρχόμεθα.

63. "Καὶ νῦν τοῦ ἀφανοῦς τε τούτου
διὰ τὸ ἀτέκμαρτον δέος καὶ διὰ τὸ
ἤδη φοβερὸν ∧ τοὺς ἐφεστῶτας πολεμίους φοβερούς mss.
ἐκ τῆς χώρας ἀποπέμπωμεν, καὶ αὐτοὶ
μάλιστα μὲν ἐς ἀΐδιον ξυμβῶμεν, εἰ δὲ
μή, χρόνον ὡς πλεῖστον σπεισάμενοι
τὰς ἰδίας διαφορὰς ἐς αὖθις ἀναβαλώ-
μεθα. τὸ ξύμπαν τε δὴ γνῶμεν πιθό- πειθόμενοι mss.
μενοι μὲν ἐμοὶ πόλιν ἕξοντες ἕκαστος corr. Herwerden.
ἐλευθέραν, ἀφ' ἧς αὐτοκράτορες ὄντες
τὸν εὖ καὶ κακῶς δρῶντα ἐξ ἴσου ἀρετῇ
ἀμυνούμεθα· ἢν δὲ ἀπιστήσαντες ἄλ-
λοις ὑπακούσωμεν, οὐ περὶ τοῦ τιμω- τιμωρήσασθαί τινα
ρήσασθαι ἔτι ἀγών, ἀλλὰ καὶ εἰ τύ- ἀλλὰ καὶ ἄγαν εἰ
τύχοιμεν mss. τι-
χοιμεν, φίλοι μὲν ἂν τοῖς ἐχθίστοις, μωρήσασθαί τινα
διάφοροι δὲ οἷς οὐ χρὴ κατ' ἀνάγκην ἔσται ἀγὼν ἀλλὰ
καὶ εἰ τύχ. J. van
γιγνοίμεθα. Leeuwen. τιμωρή-
σασθαι ἔτι ἀγὼν
64. "Καὶ ἐγὼ μέν, ἅπερ καὶ ἀρχόμενος κ.τ.λ. R.
εἶπον, πόλιν τε μεγίστην παρεχόμενος γιγνόμεθα mss.

ΠΑΡΟΝΤΑC ΑΘΗ-
ΝΑΙΟΥC ΚΑΤ'
ΑΜΦΟΤΕΡΑ ΕΚ-
ΠΛΑΓΕΝΤΕC, ΚΑΙ
ΤΟ ΕΛΛΙΠΕC ΤΗC
ΓΝΩΜΗC ΩΝ
ΕΚΑCΤΟC ΤΙC
ΩΗΘΗΜΕΝ ΠΡΑ-
2 ΞΕΙΝ ΤΑΙC ΚΩΛΥ-
ΜΑΙC ΤΑΥΤΑΙC
ΙΚΑΝΩC ΝΟΜΙ-
CΑΝΤΕC ΕΙΡΧΘΗ-
ΝΑΙ.

καὶ ἐπιών τω μᾶλλον ἢ ἀμυνούμενος

ἀξιῶ προϊδόμενος ˄ ξυγχωρεῖν, καὶ μὴ   ΑΥΤΩΝ.
τοὺς ἐναντίους οὕτω κακῶς δρᾶν ὥστε
αὐτὸς τὰ πλείω βλάπτεσθαι, μηδὲ μωρίᾳ
φιλονεικῶν ἡγεῖσθαι τῆς τε οἰκείας γνώ-
μης ὁμοίως αὐτοκράτωρ εἶναι καὶ ἧς οὐκ
ἄρχω τύχης, ἀλλ᾿ ὅσον εἰκὸς ἡσσᾶσθαι.
καὶ τοὺς ἄλλους δικαιῶ ταὐτό μοι ποῆσαι 2
ὑφ᾿ ὑμῶν αὐτῶν καὶ μὴ ὑπὸ τῶν πολεμίων
τοῦτο παθεῖν. οὐδὲν γὰρ αἰσχρὸν οἰκείους 3
οἰκείων ἡσσᾶσθαι, ἢ Δωριᾶ τινὰ Δωριῶς
ἢ Χαλκιδέα τῶν ξυγγενῶν, τὸ δὲ ξύμπαν
. . . . γείτονας ὄντας καὶ ξυνοί-
κους μιᾶς χώρας καὶ περιρρύτου καὶ ὄνομα
ἓν κεκλημένους Σικελιώτας· πολεμήσομέν
τε, οἶμαι, ὅταν ξυμβῇ, καὶ ξυγχωρησόμεθά
γε πάλιν καθ᾿ ἡμᾶς αὐτοὺς λόγοις κοινοῖς
χρώμενοι. τοὺς δὲ ἀλλοφύλους ἐπελθόν- 4
τας ἀθρόοι ἀεί, ἢν σωφρονῶμεν, ἀμυνού-
μεθα, εἴπερ καὶ καθ᾿ ἑκάστους βλαπτό-
μενοι ξύμπαντες κινδυνεύομεν· ξυμμάχους
δὲ οὐδέποτε τὸ λοιπὸν ἐπαξόμεθα οὐδὲ
διαλλακτάς. τάδε γὰρ ποιοῦντες ἔν τε 5
τῷ παρόντι δυοῖν ἀγαθοῖν οὐ στερή-
σομεν τὴν Σικελίαν, Ἀθηναίων τε ἀπαλ-
λαγῆναι καὶ οἰκείου πολέμου, καὶ ἐς τὸ
ἔπειτα καθ᾿ ἡμᾶς αὐτοὺς ἐλευθέραν νε-
μούμεθα καὶ ὑπὸ ἄλλων ἧσσον ἐπιβου-
λευομένην."

65. Τοιαῦτα τοῦ Ἑρμοκράτους εἰπόν-
τος πιθόμενοι οἱ Σικελιῶται αὐτοὶ μὲν
κατὰ σφᾶς αὐτοὺς ξυνηνέθχησαν γνώμῃ
ὥστε ἀπαλλάσσεσθαι τοῦ πολέμου ἔχον-

Marginal notes (left):

προειδομένους . . .
ὥστε αὐτοὺς mss.
corr. Dobree.

ξύμπαν γείτονας
mss. lacuna B.

οἳ πολεμήσομεν
mss.

πειθόμενοι mss.
corr. Cobet.

τες ἃ ἕκαστοι ἔχουσι, τοῖς δὲ Καμαρι-
ναίοις Μοργαντίνην εἶναι ἀργύριον τακτὸν
2 τοῖς Συρακοσίοις ἀποδοῦσιν· οἱ δὲ τῶν
Ἀθηναίων ξύμμαχοι παρακαλέσαντες
αὐτῶν τοὺς ἐν τέλει ὄντας εἶπον ὅτι
ξυμβήσονται καὶ αἱ σπονδαὶ ἔσονται
κἀκείνοις κοιναί. ἐπαινεσάντων δὲ αὐτῶν
ἐποιοῦντο τὴν ὁμολογίαν, καὶ αἱ νῆες τῶν
Ἀθηναίων ἀπέπλευσαν μετὰ ταῦτα ἐκ
3 Σικελίας. ἐλθόντας δὲ τοὺς στρατηγοὺς
οἱ ἐν τῇ πόλει Ἀθηναῖοι τοὺς μὲν φυγῇ
ἐζημίωσαν, Πυθόδωρον καὶ Σοφοκλέα, τὸν
δὲ τρίτον Εὐρυμέδοντα χρήματα ἐπράξαν-
το, ὡς ἐξὸν αὐτοῖς τὰ ἐν Σικελίᾳ κατα-
στρέψασθαι δώροις πεισθέντες ἀποχωρή- v.l. ἀπεχώρησαν.
4 σειαν. οὕτω τῇ γε παρούσῃ εὐτυχίᾳ χρώ- τῇ τε παρούσῃ mss.
μενοι ἠξίουν σφίσι μηδὲν ἐναντιοῦσθαι,
ἀλλὰ καὶ τὰ δυνατὰ ἐν ἴσῳ καὶ τὰ ἀπο-
ρώτερα μεγάλῃ τε ὁμοίως καὶ ἐνδεεστέρᾳ
παρασκευῇ κατεργάζεσθαι. αἰτία δ' ἦν ἡ
παρὰ λόγον τῶν πλεόνων εὐπραγία
αὐτοῖς ὑποτιθεῖσα ἰσχὺν τῇ ἐλπίδι.   τῆς ἐλπίδος mss.
                                            corr. R.
66. Τοῦ δ' αὐτοῦ θέρους Μεγαρῆς οἱ
ἐν τῇ πόλει πιεζόμενοι ὑπό τε Ἀθη-
ναίων τῷ πολέμῳ, ἀεὶ κατὰ ἔτος ἕκαστον
δὶς ἐσβαλλόντων πανστρατιᾷ ἐς τὴν
χώραν, καὶ ὑπὸ τῶν σφετέρων φυγάδων
τῶν ἐκ Πηγῶν, οἳ στασιασάντων ἐκπε-
σόντες ὑπὸ τοῦ πλήθους χαλεποὶ ἦσαν
ληστεύοντες, ἐποιοῦντο λόγους ἐν ἀλλή-
λοις ὡς χρὴ δεξαμένους τοὺς φεύγοντας·
2 μὴ ἀμφοτέρωθεν τὴν πόλιν φθείρειν. οἱ
δὲ φίλοι τῶν ἔξω τὸν θροῦν αἰσθόμενοι

φανερῶς ‸ καὶ αὐτοὶ ἠξίουν τούτου τοῦ   ΜᾶΛΛΟΝ Η ΠΡΟ-
λόγου ἔχεσθαι. γνόντες δὲ οἱ τοῦ δή- 3 ΤΕΡΟΝ.
μου προστάται οὐ δυνατὸν τὸν δῆμον
ἐσόμενον ὑπὸ τῶν κακῶν μετὰ σφῶν
καρτερεῖν, ποιοῦνται λόγους δείσαντες
πρὸς τοὺς τῶν Ἀθηναίων στρατηγούς,
Ἱπποκράτη τε τὸν Ἀρίφρονος καὶ Δη-
μοσθένη τὸν Ἀλκισθένους, βουλόμενοι

πόλιν καὶ mss. ἐνδοῦναι τὴν πόλιν, νομίζοντες ἐλάσσω
corr. Cobet. σφίσι τὸν κίνδυνον ἢ τοὺς ἐκπεσόντας
ὑπὸ σφῶν κατελθεῖν. ξυνέβησάν τε 4
πρῶτα μὲν τὰ μακρὰ τείχη ἑλεῖν Ἀθη-
ναίους—ἦν δὲ σταδίων μάλιστα ὀκτὼ
ἀπὸ τῆς πόλεως ἐπὶ τὴν Νίσαιαν ‸—,   ΤΟΝ ΛΙΜΕΝΑ
ὅπως μὴ ἐπιβοηθήσωσιν ἐκ τῆς Νι- ΑΥΤῶΝ.
σαίας οἱ Πελοποννήσιοι, ἐν ᾗ αὐτοὶ
μόνοι ἐφρούρουν βεβαιότητος ἕνεκα τῶν
Μεγάρων, ἔπειτα δὲ καὶ τὴν ἄνω πό-
λιν πειρᾶσθαι ἐνδοῦναι· ῥᾷον δ' ἤδη
ἔμελλον προσχωρήσειν τούτου γεγενη-
μένου.

67. Οἱ οὖν Ἀθηναῖοι, ἐπειδὴ ἀπό τε
τῶν ἔργων καὶ τῶν λόγων παρεσκεύαστο
ἀμφοτέροις, ὑπὸ νύκτα πλεύσαντες ἐς
Μινῴαν ‸ ὁπλίταις ἑξακοσίοις, ὧν Ἱππο-   ΤΗΝ ΜΕΓΑΡΕΩΝ
κράτης ἦρχεν, ἐν ὀρύγματι ἐκαθέζοντο, ΝΗCON.
ὅθεν ἐπλίνθευον ‸ καὶ ἀπεῖχεν οὐ πολύ·   ΤᾺ ΤΕΙΧΗ.
οἱ δὲ μετὰ τοῦ Δημοσθένους ‸ Πλα- 2 ΤΟῩ ΕΤΕΡΟΥ
ταιῆς τε ψιλοὶ καὶ ἕτεροι περίπολοι   ΣΤΡΑΤΗΓΟῩ.

τὸν Ἐννάλιον mss. ἐνήδρευσαν ἐς τὸ Ἐνναλιεῖον, ὅ ἐστιν
ἔλασσον ἄπωθεν. καὶ ᾔσθετο οὐδεὶς
v.l. ἦν εἰδέναι τὴν εἰ μὴ ‸ οἷς ἐπιμελὲς ἦν τὴν νύκτα ταύ-   οἱ ἌΝΔΡΕC.
νύκτα. την. καὶ ἐπειδὴ ἕως ἔμελλε γίγνε- 3

οἱ προδιδόντες
τῶν Μεγα-
ρέων.

πείθοντες τὸν
ἄρχοντα.
διὰ τῆς τάφρου.

ὅπως τοῖς ἐκ
τῆς Μινῴας
Ἀθηναίοις
ἀφανὲς δὴ εἴη,
ἡ φυλακή, μὴ
ὄντος ἐν τῷ
λιμένι πλοίου
φανεροῦ μη-
δενός.

σθαι, ‸ οὗτοι τοιόνδε ἐποίησαν. ἀκάτιον
ἀμφηρικὸν ὡς λῃσταί—ἐκ πολλοῦ τε-
θεραπευκότες τὴν ἄνοιξιν τῶν πυλῶν—
εἰώθεσαν ἐπὶ ἁμάξῃ ‸ ‸ κατακομίζειν τῆς
νυκτὸς ἐπὶ τὴν θάλασσαν καὶ ἐκπλεῖν·
καὶ πρὶν ἡμέραν εἶναι πάλιν αὐτὸ τῇ
ἁμάξῃ κομίσαντες ἐς τὸ τεῖχος κατὰ τὰς
4 πύλας ἐσῆγον ‸. καὶ τότε πρὸς ταῖς ἀφανὴς and ἀφα-
πύλαις ἤδη ἦν ἡ ἄμαξα, καὶ ἀνοιχθεισῶν νεῖς mss.
κατὰ τὸ εἰωθὸς ὡς τῷ ἀκατίῳ οἱ Ἀθηναῖοι
—ἐγίγνετο γὰρ ἀπὸ ξυνθήματος τὸ τοιοῦ-
τον—ἰδόντες ἔθεον δρόμῳ ἐκ τῆς ἐνέδρας,
βουλόμενοι φθάσαι πρὶν ξυγκλῃσθῆναι
πάλιν τὰς πύλας καὶ ἕως ἔτι ἡ ἄμαξα
ἐν αὐταῖς ἦν, κώλυμα οὖσα προσθεῖναι·
καὶ αὐτοῖς ἅμα καὶ οἱ ξυμπράσσοντες
Μεγαρῆς τοὺς κατὰ τὰς πύλας φύλακας v.l. τοὺς κατὰ
5 κτείνουσι. καὶ πρῶτον μὲν οἱ περὶ πύλας.
τὸν Δημοσθένη Πλαταιῆς τε καὶ περί-
πολοι ἐσέδραμον οὗ νῦν τὸ τροπαῖόν ἐστι,
καὶ εὐθὺς ἐντὸς τῶν πυλῶν—ᾔσθοντο
γὰρ οἱ ἐγγύτατα Πελοποννήσιοι—μαχό-
μενοι τοὺς προσβοηθοῦντας οἱ Πλαταιῆς
ἐκράτησαν καὶ τοῖς τῶν Ἀθηναίων ὁπλί-
ταις ἐπιφερομένοις βεβαίους τὰς πύλας
παρέσχον.
68. Ἔπειτα δὲ καὶ τῶν Ἀθηναίων
ἤδη ὁ ἀεὶ ἐντὸς γιγνόμενος χωρεῖ ἐπὶ τὸ v.l. ἐχώρει.
2 τεῖχος. καὶ οἱ Πελοποννήσιοι φρουροὶ
τὸ μὲν πρῶτον ἀντισχόντες ἠμύνοντο v.l. ἠμύναντο.
ὀλίγοι, καὶ ἀπέθανόν τινες αὐτῶν, οἱ δὲ
πλείους ἐς φυγὴν κατέστησαν, φοβηθέντες
ἐν νυκτί τε πολεμίων προσπεπτωκότων

καὶ τῶν προδιδόντων Μεγαρέων ἀντι-
μαχομένων νομίσαντες τοὺς ἅπαντας
σφᾶς Μεγαρέας προδεδωκέναι. ξυνέπεσε 3
γὰρ καὶ τὸν τῶν Ἀθηναίων κήρυκα ἀφ᾽
ἑαυτοῦ γνώμης κηρύξαι τὸν βουλόμενον
ἰέναι Μεγαρέων μετὰ Ἀθηναίων θησό-
μενον τὰ ὅπλα. οἱ δ᾽ ὡς ἤκουσαν,
οὐκέτι ἀνέμενον, ἀλλὰ τῷ ὄντι νομίσαντες
κοινῇ πολεμεῖσθαι κατέφυγον ἐς τὴν
Νίσαιαν. ἅμα δὲ ἕῳ ἑαλωκότων ἤδη 4
τῶν τειχῶν καὶ τῶν ἐν τῇ πόλει
Μεγαρέων θορυβουμένων οἱ πρὸς τοὺς
Ἀθηναίους πράξαντες καὶ ἄλλο μετ᾽
αὐτῶν πλῆθος ὃ ξυνῄδει, ἔφασαν χρῆναι
ἀνοίγειν τὰς πύλας καὶ ἐπεξιέναι ἐς
μάχην. ξυνέκειτο δὲ αὐτοῖς τῶν πυλῶν 5
ἀνοιχθεισῶν ἐσπίπτειν τοὺς Ἀθηναίους,
αὐτοὶ δὲ διάδηλοι ἔμελλον ἔσεσθαι· λίπα
γὰρ ἀλείψεσθαι. ᾿ ἀσφάλεια δὲ αὐτοῖς
μᾶλλον ἐγίγνετο τῆς ἀνοίξεως· καὶ γὰρ
οἱ ἀπὸ τῆς Ἐλευσῖνος κατὰ τὸ ξυγ-
κείμενον τετρακισχίλιοι ὁπλῖται τῶν
Ἀθηναίων καὶ ἱππῆς ἑξακόσιοι οἱ τὴν
νύκτα πορευσόμενοι παρῆσαν. ἀληλιμ- 6
μένων δὲ αὐτῶν καὶ ὄντων ἤδη περὶ
τὰς πύλας καταγορεύει τις ξυνειδὼς
τοῖς ἑτέροις τὸ ἐπιβούλευμα. καὶ οἳ
ξυστραφέντες ἁθρόοι ἦλθον καὶ οὐκ
ἔφασαν χρῆναι οὔτε ἐπεξιέναι—οὐδὲ γὰρ
πρότερόν πω τοῦτο ἰσχύοντες μᾶλλον
τολμῆσαι—οὔτε ἐς κίνδυνον φανερὸν τὴν
πόλιν καταγαγεῖν· εἴ τε μὴ πείσεταί
τις, αὐτοῦ τὴν μάχην ἔσεσθαι. ἐδήλουν

Marginal notes (left):
ἄλλοι mss. corr.
Abresch.

πορευόμενοι mss.
corr. B̄.

καὶ οἱ mss.

Marginal notes (right):
ὅπως μὴ ἀδι-
κῶνται.

δὲ οὐδὲν ὅτι ἴσασι τὰ πρασσόμενα, ἀλλ'
ὡς τὰ βέλτιστα βουλεύοντες ἰσχυρίζοντο,
καὶ ἅμα περὶ τὰς πύλας παρέμενον
φυλάσσοντες, ὥστε οὐκ ἐξεγένετο τοῖς ἐγένετο mss. corr.
ἐπιβουλεύουσι πρᾶξαι ὃ ἔμελλον.   Badham.

69. Γνόντες δὲ οἱ τῶν Ἀθηναίων
στρατηγοὶ ὅτι ἐναντίωμά τι ἐγένετο καὶ
τὴν πόλιν βίᾳ οὐχ οἷοί τε ἔσονται
λαβεῖν, τὴν Νίσαιαν εὐθὺς περιετείχιζον,
νομίζοντες, εἰ πρὶν ἐπιβοηθῆσαί τινα τινας mss. corr.
ἐξέλοιεν, θᾶσσον ἂν καὶ τὰ Μέγαρα   Cobet.
2 προσχωρῆσαι. παρεγένετο δὲ σίδηρός τε
ἐκ τῶν Ἀθηνῶν ταχὺ καὶ λιθουργοὶ καὶ
τἆλλα ἐπιτήδεια. ἀρξάμενοι δ' ἀπὸ τοῦ
τείχους ὃ εἶχον καὶ διοικοδομήσαντες τὸ
πρὸς Μεγαρέας, ἀπ' ἐκείνου ἑκατέρωθεν
ἐς θάλασσαν ⸌ τάφρον τε καὶ τείχη
διελομένη ἡ στρατιά, ἔκ τε τοῦ προ-
αστείου λίθοις καὶ πλίνθοις χρώμενοι,
καὶ κόπτοντες τὰ δένδρα καὶ ὕλην,
ἀπεσταύρουν εἴ πῃ δέοιτό τι· καὶ αἱ
οἰκίαι τοῦ προαστείου ἐπάλξεις λαμ-
3 βάνουσαι αὐταὶ ὑπῆρχον ἔρυμα. καὶ
ταύτην μὲν τὴν ἡμέραν ὅλην ἠργάζοντο·
τῇ δ' ὑστεραίᾳ περὶ δείλην τὸ τεῖχος
ὅσον οὐκ ἀπετετέλεστο, καὶ οἱ ἐν τῇ
Νισαίᾳ δείσαντες, σίτου τε ἀπορίᾳ—ἐφ'
ἡμέραν γὰρ ἐκ τῆς ἄνω πόλεως ἐχρῶντο
—καὶ τοὺς Πελοποννησίους οὐ νομίζοντες
ταχὺ ἐπιβοηθήσειν τούς τε Μεγαρέας
πολεμίους ἡγούμενοι, ξυνέβησαν τοῖς
Ἀθηναίοις ῥητοῦ μὲν ἕκαστον ἀργυρίου
ἀπολυθῆναι ὅπλα παραδόντας, τοῖς δὲ τοῖς τε mss. corr.
Dobree.

Λακεδαιμονίοις, τῷ τε ἄρχοντι καὶ εἴ τις
ἄλλος ἐνῆν, χρῆσθαι Ἀθηναίους ὅ τι ἂν
βούλωνται. ἐπὶ τούτοις ὁμολογήσαντες 4
ἐξῆλθον. καὶ οἱ Ἀθηναῖοι τὰ μακρὰ
τείχη ἀπορρήξαντες ἀπὸ τῆς τῶν Με-
γαρέων πόλεως καὶ τὴν Νίσαιαν παραλα-
βόντες τἆλλα παρεσκευάζοντο.

70. Βρασίδας δὲ ‸ κατὰ τοῦτον τὸν
χρόνον ἐτύγχανε περὶ Σικυῶνα καὶ
Κόρινθον ὤν, ἐπὶ Θρᾴκης στρατείαν
παρασκευαζόμενος. καὶ ὡς ᾔσθετο τῶν
τειχῶν τὴν ἅλωσιν, δείσας περί τε τοῖς
ἐν τῇ Νισαίᾳ Πελοποννησίοις καὶ μὴ
τὰ Μέγαρα ληφθῇ, πέμπει ἔς τε τοὺς
Βοιωτοὺς κελεύων κατὰ τάχος στρατιᾷ
ἀπαντῆσαι ἐπὶ Τριποδίσκον—ἔστι δὲ
κώμη τῆς Μεγαρίδος ὄνομα τοῦτο ἔ-
χουσα ὑπὸ τῷ ὄρει τῇ Γερανείᾳ—, καὶ
αὐτὸς ἔχων ἦλθεν ἑπτακοσίους μὲν καὶ
δισχιλίους Κορινθίων ὁπλίτας, Φλεια-
σίων δὲ τετρακοσίους, Σικυωνίων δὲ
ἑξακοσίους καὶ τοὺς μεθ᾽ αὑτοῦ ὅσοι
ἤδη ξυνειλεγμένοι ἦσαν, οἰόμενος τὴν
Νίσαιαν ἔτι καταλήψεσθαι ἀνάλωτον.
ὡς δὲ ἐπύθετο . . . . . . —ἔτυχε γὰρ 2
νυκτὸς ἐπὶ τὸν Τριποδίσκον ἐξελθών—,
ἀπολέξας τριακοσίους τοῦ στρατοῦ, πρὶν
ἔκπυστος γενέσθαι, προσῆλθε τῇ τῶν
Μεγαρέων πόλει λαθὼν τοὺς Ἀθηναίους
ὄντας περὶ τὴν θάλασσαν, βουλόμενος
μὲν τῷ λόγῳ καὶ ἅμα εἰ δύναιτο ἔργῳ
τῆς Νισαίας πειρᾶσαι, τὸ δὲ μέγιστον,
τὴν τῶν Μεγαρέων πόλιν ἐσελθὼν βε-

ὁ τέλλιδος λα-
κεδαιμόνιος.

ἐπύθετο ἔτυχε mss.
lacuna B.

βαιώσασθαι. καὶ ἠξίου δέξασθαι σφᾶς
λέγων ἐν ἐλπίδι εἶναι ἀναλαβεῖν Νίσαιαν.

71. Αἱ δὲ τῶν Μεγαρέων στάσεις
φοβούμεναι, οἱ μὲν μὴ τοὺς φεύγοντας
αὐτούς. σφίσιν ἐσαγαγὼν ⸯ ἐκβάλῃ, οἱ δὲ μὴ
αὐτὸ τοῦτο ὁ δῆμος δείσας ἐπιθῆται
σφίσι καὶ ἡ πόλις ἐν μάχῃ καθ᾽ αὑτὴν
οὖσα ἐγγὺς ἐφεδρευόντων Ἀθηναίων
ἀπόληται, οὐκ ἐδέξαντο, ἀλλ᾽ ἀμφοτέροις
ἐδόκει ἡσυχάσασι τὸ μέλλον περιιδεῖν.
2 ἤλπιζον γὰρ καὶ μάχην ἑκάτεροι ἔσεσθαι
τῶν τε Ἀθηναίων καὶ τῶν προσβοηθη-
σάντων, καὶ οὕτω σφίσιν ἀσφαλεστέρως
ἔχειν οἷς τις εἴη εὔνους κρατήσασι v.l. ὅστις.
προσχωρῆσαι· ὁ δὲ Βρασίδας ὡς οὐκ
ἔπειθεν, ἀνεχώρησε πάλιν ἐς τὸ ἄλλο
στράτευμα,

72. Ἅμα δὲ τῇ ἕῳ οἱ Βοιωτοὶ παρῆσαν,
διανενοημένοι μὲν καὶ πρὶν Βρασίδαν
πέμψαι βοηθεῖν ἐπὶ τὰ Μέγαρα, ὡς οὐκ
ἀλλοτρίου ὄντος τοῦ κινδύνου, καὶ ἤδη
ὄντες πανστρατιᾷ Πλαταιᾶσιν· ἐπειδὴ
δὲ καὶ ἦλθεν ὁ ἄγγελος, πολλῷ μᾶλλον
ἐρρώσθησαν, καὶ ἀποστείλαντες διακο-
σίους καὶ δισχιλίους ὁπλίτας καὶ ἱππέας
ἑξακοσίους τοῖς πλέοσιν ἀπῆλθον πάλιν.
2 παρόντος δὲ ἤδη ξύμπαντος τοῦ στρα-
τεύματος, ὁπλιτῶν οὐκ ἔλασσον ἑξακισχι-
λίων, καὶ τῶν Ἀθηναίων τῶν μὲν
ὁπλιτῶν περὶ τὴν Νίσαιαν ὄντων καὶ τὴν v.l. περί τε τὴν.
θάλασσαν ἐν τάξει, τῶν δὲ ψιλῶν ἀνὰ
τὸ πεδίον ἐσκεδασμένων, οἱ ἱππῆς οἱ τῶν
Βοιωτῶν ἀπροσδοκήτοις ἐπιπεσόντες τοῖς

ψιλοῖς ἔτρεψαν ἐπὶ τὴν θάλασσαν—ἐν
γὰρ τῷ πρὸ τοῦ οὐδεμία βοήθειά πω τοῖς
Μεγαρεῦσιν οὐδαμόθεν ἐπῆλθεν—· ἀντε- 3
πεξελάσαντες δὲ καὶ οἱ τῶν Ἀθηναίων
ἐς χεῖρας ᾖσαν, καὶ ἐγένετο ἱππομαχία
ἐπὶ πολύ, ἐν ᾗ ἀξιοῦσιν ἑκάτεροι οὐχ
ἥσσους γενέσθαι. τὸν μὲν γὰρ ἵππαρχον 4
τῶν Βοιωτῶν καὶ ἄλλους τινὰς οὐ

v.l. προσελάσαντες
or προσελάσαντα οἱ
Ἀθηναῖοι καὶ mss.

πολλοὺς πρὸς αὐτὴν τὴν Νίσαιαν προσ-
ελάσαντας οἱ Ἀθηναῖοι ἀποκτείναντες
ἐσκύλευσαν καὶ τῶν τε νεκρῶν τούτων
κρατήσαντες ὑποσπόνδους ἀπέδοσαν καὶ

οὐ μέντοι mss.
corr. ℞.

τροπαῖον ἔστησαν· οὐδὲν μέντοι ἔν γε
τῷ παντὶ ἔργῳ βεβαίως οὐδέτεροι

τελευτήσαντες
ἀπεκρίθησαν ἀλλ'
οἱ mss. corr. ℞.

ἐτελεύτησαν, ἀλλ' ἀπεκρίθησαν οἱ μὲν
Βοιωτοὶ πρὸς τοὺς ἑαυτῶν, οἱ δὲ ἐπὶ
τὴν Νίσαιαν.

73. Μετὰ δὲ τοῦτο Βρασίδας καὶ τὸ
στράτευμα ἐχώρουν ἐγγυτέρω τῆς θα-
λάσσης καὶ τῆς τῶν Μεγαρέων πόλεως,
καὶ καταλαβόντες χωρίον ἐπιτήδειον
παραταξάμενοι ἡσύχαζον, οἰόμενοι σφίσιν
ἐπιέναι τοὺς Ἀθηναίους, καὶ τοὺς Με-
γαρέας ἐπιστάμενοι περιορωμένους ὁπο-
τέρων ἡ νίκη ἔσται. ⌜καλῶς δὲ ἐνόμιζον 2
σφίσιν ἀμφότερα ἔχειν, ἅμα μὲν τὸ μὴ
ἐπιχειρεῖν προτέρους μηδὲ μάχης καὶ
κινδύνου ἑκόντας ἄρξαι, ἐπειδή γε ἐν
φανερῷ ἔδειξαν ἕτοιμοι ὄντες ἀμύνεσθαι
καὶ αὐτοῖς ὥσπερ ἀκονιτὶ τὴν νίκην

v.l. δικαίως ἀντιτί-
θεσθαι.

δικαίως ἂν τίθεσθαι, ἐν τῷ αὐτῷ δὲ καὶ
πρὸς τοὺς Μεγαρέας ὀρθῶς ξυμβαίνειν.⌝
εἰ μὲν γὰρ μὴ ὤφθησαν ἐλθόντες, οὐκ ἂν 3

Corrupt.

ἐν τύχῃ γίγνεσθαι σφίσιν, ἀλλὰ σαφῶς
ἂν ὥσπερ ἡσσηθέντων στερηθῆναι εὐθὺς v.l. ἡσσηθέντες.
τῆς πόλεως· νῦν δὲ κἂν τυχεῖν αὐτοὺς
Ἀθηναίους μὴ βουληθέντας ἀγωνίζεσθαι,
ὥστε ἀμαχεὶ ἂν περιγενέσθαι αὐτοῖς ὧν
4 ἕνεκα ἦλθον· ὅπερ καὶ ἐγένετο. οἱ γὰρ
Μεγαρῆς ὡς . . . . . Μεγαρῆς ὡς οἱ
. . . οἱ Ἀθηναῖοι ἐτάξαντο μὲν κ.τ.λ. mss. lacuna
R.
παρὰ τὰ μακρὰ τείχη ἐξελθόντες, ἡσύ-
χαζον δὲ καὶ αὐτοὶ μὴ ἐπιόντων,
λογιζόμενοι καὶ οἱ ἐκείνων στρατηγοὶ μὴ
ἀντίπαλον εἶναι σφίσι τὸν κίνδυνον,
ἐπειδὴ καὶ τὰ πλείω αὐτοῖς προύκε-
χωρήκειν, ἄρξασι μάχης πρὸς πλέονας
αὐτῶν ἢ λαβεῖν νικήσαντας Μέγαρα ἢ
σφαλέντας τὸ βέλτιστον τοῦ ὁπλιτικοῦ τῷ βελτίστῳ mss.
corr. R.
βλαφθῆναι, ⌜τοῖς δὲ ξυμπάσης τῆς δυνά-
Corrupt. μεως καὶ τῶν παρόντων μέρος ἕκαστον
κινδυνεύειν εἰκότως ἐθέλειν τολμᾶν.⌝
χρόνον δὲ ἐπισχόντες, ὡς οὐδὲν ἀφ' καὶ ὡς mss. corr.
ἑκατέρων ἐπεχειρεῖτο, ἀπῆλθον πρότερον R.
οἱ Ἀθηναῖοι ἐς τὴν Νίσαιαν καὶ αὖθις
οἱ Πελοποννήσιοι ὅθενπερ ὡρμήθησαν·
οὕτω δὴ τῷ μὲν Βρασίδᾳ αὐτῷ καὶ
τοῖς ἀπὸ τῶν πόλεων ἄρχουσιν οἱ
ΜΕΓΑΡΗС. τῶν φευγόντων φίλοι ⌞ ὡς ἐπικρατή- ἐθελησάντων mss.
σαντι καὶ τῶν Ἀθηναίων οὐκέτι ἐθελη- corr. R.
σόντων μάχεσθαι, θαρσοῦντες μᾶλλον
ἀνοίγουσί τε τὰς πύλας καὶ δεξάμενοι
καταπεπληγμένων ἤδη τῶν πρὸς τοὺς v.l. πρὸς Ἀθηναί-
Ἀθηναίους πραξάντων ἐς λόγους ἔρχον- ους.
ται.
74. Καὶ ὕστερον ὁ μὲν διαλυθέντων

τῶν ξυμμάχων κατὰ πόλεις ἐπανελθὼν
καὶ αὐτὸς ἐς τὴν Κόρινθον τὴν ἐπὶ
Θρᾴκης στρατείαν παρεσκεύαζεν ͺ οἱ δὲ 2 ἵναπερ καὶ τὸ πρῶτον ὥρ-
ἐν τῇ πόλει Μεγαρῆς, ἀποχωρησάντων ΜΗΤΟ.
καὶ τῶν Ἀθηναίων ἐπ᾽ οἴκου, ὅσοι μὲν
τῶν πραγμάτων τῶν πρὸς τοὺς Ἀθηναίους
μάλιστα μετέσχον, εἰδότες ὅτι ὤφθησαν
εὐθὺς ὑπεξῆλθον, οἱ δὲ ἄλλοι κοινο-
λογησάμενοι τοῖς τῶν φευγόντων φίλοις
κατάγουσι τοὺς ἐκ Πηγῶν, ὁρκώσαντες
πίστεσι μεγάλαις μηδὲν μνησικακήσειν,
βουλεύσειν δὲ τῇ πόλει τὰ ἄριστα. οἱ δὲ 3
ἐπειδὴ ἐν ταῖς ἀρχαῖς ἐγένοντο καὶ
ἐξέτασιν ὅπλων ἐποήσαντο, διαστήσαντες
τοὺς λόχους ἐξελέξαντο τῶν τε ἐχθρῶν
καὶ οἳ ἐδόκουν μάλιστα ξυμπρᾶξαι τὰ
πρὸς τοὺς Ἀθηναίους, ἄνδρας ὡς ἑκατόν,
καὶ τούτων πέρι ἀναγκάσαντες τὸν δῆμον
ψῆφον φανερὰν διενεγκεῖν, ὡς κατεγνώ-
σθησαν, ἔκτειναν, καὶ ἐς ὀλιγαρχίαν τὰ
μάλιστα κατέστησαν τὴν πόλιν. καὶ 4
πλεῖστον δὴ χρόνον αὕτη ὑπ᾽ ἐλαχίστων
γενομένη ἐκ στάσεως μετάστασις ξυνέ-
μενεν.

75. Τοῦ δ᾽ αὐτοῦ θέρους τῆς Ἀντάν-
δρου ὑπὸ τῶν Μυτιληναίων ͺ μελλούσης ὥσπερ Διενο-
κατασκευάζεσθαι, οἱ τῶν ἀργυρολόγων ΟΥ͂ΝΤΟ.
νεῶν ͺ στρατηγοί, Δημόδοκος καὶ Ἀρι- ΑΘΗΝΑΙΩΝ.
στείδης, ὄντες περὶ Ἑλλήσποντον —
ὁ γὰρ τρίτος αὐτῶν Λάμαχος δέκα ναυ-
σὶν ἐς τὸν Πόντον ἐσεπεπλεύκει — ὡς
ᾐσθάνοντο τὴν παρασκευὴν τοῦ χωρίου
καὶ ἐδόκει αὐτοῖς δεινὸν εἶναι μὴ ὥσπερ

πραγμάτων πρὸς
mss. corr. Her-
werden.

ξυνέμεινεν mss.
corr. ß.

ἀργυρολόγων Ἀθη-
ναίων mss. corr.
Herwerden.

ἐπὶ τῇ σάμω. τὰ Ἄναια ‸ γένηται, ἔνθα οἱ φεύγοντες
τῶν Σαμίων καταστάντες τούς τε Πελο-
ποννησίους ὠφέλουν ἐς τὰ ναυτικὰ
κυβερνήτας πέμποντες καὶ τοὺς ἐν τῇ
πόλει Σαμίους ἐς ταραχὴν καθίστασαν
καὶ τοὺς ἐξιόντας ἐδέχοντο· οὕτω δὴ
ξυναγείραντες ἀπὸ τῶν ξυμμάχων στρα-
τιὰν καὶ πλεύσαντες, μάχῃ τε νικήσαντες
τοὺς ἐκ τῆς Ἀντάνδρου ἐπεξελθόντας,
2 ἀναλαμβάνουσι τὸ χωρίον πάλιν. καὶ οὐ
πολὺ ὕστερον ἐς τὸν Πόντον ἐσπλεύσας
Λάμαχος, ἐν τῇ Ἡρακλεώτιδι ὁρμίσας ἐς   v.l. ὁρμήσας.
τὸν Κάλητα ποταμὸν ἀπόλλυσι τὰς ναῦς
ὕδατος ἄνωθεν γενομένου καὶ κατελθόντος
αἰφνιδίου τοῦ ῥεύματος. αὐτός τε καὶ ἡ   αὐτὸς δὲ Classen.

οἳ εἰσι πέρΑν   στρατιὰ πεζῇ διὰ Βιθυνῶν Θρᾳκῶν ‸
ἐν τῇ ἀσίᾳ.   ἀφικνεῖται ἐς Καλχηδόνα τὴν ἐπὶ τῷ   Χαλκηδόνα mss.
στόματι τοῦ Πόντου Μεγαρέων ἀποικίαν.
76. Ἐν δὲ τῷ αὐτῷ θέρει καὶ
ἀθηναίων στρα·   Δημοσθένης ‸ τεσσαράκοντα ναυσὶν ἀφικ-
τηγός.   νεῖται ἐς Ναύπακτον, εὐθὺς μετὰ τὴν
ἐκ τῆς Μεγαρίδος ἀναχώρησιν. τῷ
2 γὰρ Ἱπποκράτει καὶ ἐκείνῳ τὰ Βοιώ-   ὑπὸ Cobet.
τια πράγματα ἀπό τινων ἀνδρῶν ἐν
ταῖς πόλεσιν ἐπράσσετο, βουλομένων
μεταστῆσαι τὸν κόσμον καὶ ἐς δημο-
ὥσπερ οἱ ἀθη·   κρατίαν ‸ τρέψαι· καὶ Πτοιοδώρου μά-
ναῖοι.   λιστ' ἀνδρὸς φυγάδος ἐκ Θηβῶν ἐση-
γουμένου τάδε αὐτοῖς παρεσκευάσθη.
3 Σίφας μὲν ἔμελλόν τινες προδώσειν· αἱ
δὲ Σῖφαί εἰσι τῆς Θεσπικῆς γῆς ἐν τῷ
Κρισαίῳ κόλπῳ ἐπιθαλασσίδιοι. Χαι-
ρώνειαν δέ, ἣ ἐς Ὀρχομενὸν τὸν Μινύειον

πρότερον καλούμενον, νῦν δὲ Βοιώτιον,
ξυντελεῖ, ἄλλοι ἐξ Ὀρχομενοῦ ἐνεδίδοσαν,
καὶ οἱ Ὀρχομενίων φυγάδες ξυνέπρασσον
τὰ μάλιστα καὶ ἄνδρας ἐμισθοῦντο ἐκ
Πελοποννήσου· ἔστι δὲ ἡ Χαιρώνεια

Φανότιδι mss.

ἔσχατον τῆς Βοιωτίας πρὸς τῇ Φανοτίδι
τῆς Φωκίδος, καὶ Φωκέων μετεῖχόν τινες.
τοὺς δὲ Ἀθηναίους ἔδει Δήλιον κατα- 4
λαβεῖν τὸ ἐν τῇ Ταναγραίᾳ πρὸς
Εὔβοιαν τετραμμένον ˄, ἅμα δὲ ταῦτα ἐν   ἀπόλλωνος
ἡμέρᾳ ῥητῇ γίγνεσθαι, ὅπως μὴ ξυμ-   ἱερόν.
βοηθήσωσιν ἐπὶ τὸ Δήλιον οἱ Βοιωτοὶ
ἀθρόοι, ἀλλ' ἐπὶ τὰ σφέτερα αὐτῶν
ἕκαστοι κινούμενα. καὶ εἰ κατορθοῖτο ἡ 5
πεῖρα καὶ τὸ Δήλιον τειχισθείη, ῥᾳδίως

v.l. νεωτερίζοι.

ἤλπιζον, εἰ καὶ μὴ παραυτίκα νεωτερίζοιτό
τι τῶν κατὰ τὰς πολιτείας τοῖς Βοιωτοῖς,
ἐχομένων τούτων τῶν χωρίων καὶ λῃσ-
τευομένης τῆς γῆς καὶ οὔσης ἑκάστοις
διὰ βραχέος ἀποστροφῆς οὐ μενεῖν κατὰ
χώραν τὰ πράγματα, ἀλλὰ χρόνῳ τῶν
Ἀθηναίων μὲν προσιόντων τοῖς ἀφε-
στηκόσι, τοῖς δὲ οὐκ οὔσης ἀθρόας τῆς
δυνάμεως, καταστήσειν αὐτὰ ἐς τὸ ἐπι-

v.l. τοιαύτη παρε-
σκευάζετο.

τήδειον. ἡ μὲν οὖν ἐπιβουλὴ τοιαύτη.
77. Ὁ δὲ Ἱπποκράτης αὐτὸς μὲν
ἐκ τῆς πόλεως δύναμιν ἔχων, ὁπότε
καιρὸς εἴη, ἔμελλε στρατεύειν ἐς τοὺς
Βοιωτούς, τὸν δὲ Δημοσθένη προαπέ-
στειλε ταῖς τεσσαράκοντα ναυσὶν ἐς τὴν
Ναύπακτον, ὅπως ἐξ ἐκείνων τῶν χωρίων
στρατὸν ξυλλέξας Ἀκαρνάνων τε καὶ τῶν
ἄλλων ξυμμάχων πλέοι ἐπὶ τὰς Σίφας

F

ὡς προδοθησομένας· ἡμέρα δ' αὐτοῖς
2 εἴρητο ᾗ ἔδει ἅμα ταῦτα πράσσειν. καὶ
ὁ μὲν Δημοσθένης ἀφικόμενος, Οἰνιάδας
δὲ ὑπό τε Ἀκαρνάνων πάντων κατηναγ-
κασμένους καταλαβὼν ἐς τὴν Ἀθηναίων
ξυμμαχίαν καὶ αὐτὸς ἀναστήσας τὸ ξυμ-
μαχικὸν τὸ ἐκεῖ πᾶν, ἐπὶ Σαλύνθιον καὶ ἐκείνῃ mss. corr.
Ἀγραίους στρατεύσας πρῶτον καὶ προσ- Cobet.
ποιησάμενος τἆλλα ἠτοιμάζετο ὡς ἐπὶ
τὰς Σίφας, ὅταν δέῃ, ἀπαντησόμενος.

78. Βρασίδας δὲ κατὰ τὸν αὐτὸν
χρόνον τοῦ θέρους πορευόμενος ἑπτακο-
σίοις καὶ χιλίοις ὁπλίταις ἐς τὰ ἐπὶ
Θρᾴκης ἐπειδὴ ἐγένετο ἐν Ἡρακλείᾳ τῇ
ἐν Τραχῖνι καί, προπέμψαντος αὐτοῦ
ἄγγελον ἐς Φάρσαλον παρὰ τοὺς ἐπιτη-
δείους ἀξιοῦντος διάγειν ἑαυτὸν καὶ τὴν
στρατιάν, ἦλθον ἐς Μελίτειαν τῆς Μελιτίαν mss.
Ἀχαΐας Πάναιρός τε καὶ Δῶρος καὶ
Ἱππολοχίδας καὶ Τορύλαος καὶ Στρόφα-
κας, πρόξενος ὢν Χαλκιδέων, τότε δὴ
2 ἐπορεύετο. ἦγον δὲ καὶ ἄλλοι Θεσσα-
λῶν αὐτὸν καὶ ἐκ Λαρίσης Νικωνίδας, Νικονίδας mss.
Περδίκκᾳ ἐπιτήδειος ὤν. τὴν γὰρ Θεσ- corr. Naber.
σαλίαν ἄλλως τε οὐκ εὔπορον ἦν διιέναι
ἄνευ ἀγωγοῦ μετὰ ὅπλων γε δή, καὶ τοῖς καὶ μετὰ mss. corr.
πᾶσί γε ὁμοίως Ἕλλησιν ὕποπτον καθει- Cobet.
στήκει τὴν τῶν πέλας μὴ πείσαντας
διιέναι· τοῖς τε Ἀθηναίοις ἀεί ποτε τὸ
πλῆθος τῶν Θεσσαλῶν εὔνουν ὑπῆρχεν.
3 ὥστε εἰ μὴ δυναστείᾳ μᾶλλον ἢ ἰσονομίᾳ
ἐχρῶντο κατὰ τὸ ἐγχώριον οἱ Θεσσαλοί, ἐχρῶντο τὸ mss.
οὐκ ἄν ποτε προῆλθεν, ἐπεὶ καὶ τότε corr. Cobet.
                                          ἐχρῶντο ἐς χωρίῳ
                                          Hude.

πορευομένῳ αὐτῷ ἀπαντήσαντες ἄλλοι
τῶν τἀναντία τούτοις βουλομένων ἐπὶ τῷ
Ἐνιπεῖ ποταμῷ ἐκώλυον καὶ ἀδικεῖν
ἔφασαν ἄνευ τοῦ πάντων κοινοῦ πορευ-
όμενον. οἱ δὲ ἄγοντες οὔτε ἀκόντων 4
ἔφασαν διάξειν, αἰφνίδιόν τε παραγενό-
μενον ξένοι ὄντες κομίζειν. ἔλεγε δὲ ὁ Βρα-   καὶ αγτὸс.
σίδας τῇ Θεσσαλῶν γῇ φίλος ὢν ἰέναι, καὶ   καὶ αγτοῖс.
Ἀθηναίοις πολεμίοις οὖσι καὶ οὐκ ἐκείνοις
ὅπλα ἐπιφέρειν, Θεσσαλοῖς τε οὐκ εἰδέναι
καὶ Λακεδαιμονίοις ἔχθραν οὖσαν ὥστε τῇ
v.l. νῦν δὲ. ἀλλήλων γῇ μὴ χρῆσθαι, νῦν τε ἀκόντων
ἐκείνων οὐκ ἂν προελθεῖν—οὐδὲ γὰρ ἂν
δύνασθαι—, οὐ μέντοι ἀξιοῦν γε εἴργε-
σθαι. καὶ οἱ μὲν ἀκούσαντες ταῦτα ἀπῆλ- 5
θον· ὁ δὲ κελευόντων τῶν ἀγωγῶν, πρίν
τι πλέον ξυστῆναι τὸ κωλῦσον, ἐχώρει
οὐδὲν ἐπισχὼν δρόμῳ. καὶ ταύτῃ μὲν τῇ
ἡμέρᾳ, ᾗ ἐκ τῆς Μελιτείας ἀφώρμησεν,
ἐς Φάρσαλόν τε ἐτέλεσε καὶ ἐστρατοπε-
δεύσατο ἐπὶ τῷ Ἀπιδανῷ ποταμῷ, ἐκεῖθεν
δὲ ἐς Φάκιον, καὶ ἐξ αὐτοῦ ἐς Περραιβίαν.
ἀπὸ δὲ τούτου ἤδη οἱ μὲν τῶν Θεσσαλῶν 6
ἀγωγοὶ πάλιν ἀπῆλθον, οἱ δὲ Περραιβοὶ
αὐτόν, ὑπήκοοι ὄντες Θεσσαλῶν, κατέστη-
σαν ἐς Δῖον τῆς Περδίκκου ἀρχῆς, ὃ ὑπὸ
Μακεδονίας α΄, i.e.
πρῶτον Dobree. τῷ Ὀλύμπῳ Μακεδονίας πρὸς Θεσσαλοὺς
πόλισμα κεῖται.

79. Τούτῳ τῷ τρόπῳ Βρασίδας Θεσ-
σαλίαν φθάσας διέδραμε πρίν τινα κωλύ-
ειν παρασκευάσασθαι, καὶ ἀφίκετο ὡς
Περδίκκαν καὶ ἐς τὴν Χαλκιδικήν. ἐκ γὰρ 2
τῆς Πελοποννήσου, ὡς τὰ τῶν Ἀθη-

ναίων ηὐτύχει, δείσαντες οἵ τε ἐπὶ Θρᾴ-
κης ἀφεστῶτες Ἀθηναίων καὶ Περδίκκας
ἐπηγάγοντο τὸν στρατόν, οἱ μὲν Χαλκι- ἐξήγαγον mss.
corr. Dobree.
δῆς νομίζοντες ἐπὶ σφᾶς πρῶτον ὁρμήσειν
τοὺς Ἀθηναίους—καὶ ἅμα αἱ πλησιό-

ΑΥΤΩΝ. χωροι πόλεις͵ αἱ οὐκ ἀφεστηκυῖαι ξυνεπῆ-
γον κρύφα—, Περδίκκας δὲ πολέμιος μὲν
οὐκ ὢν ἐκ τοῦ φανεροῦ, φοβούμενος δὲ
καὶ αὐτὸς τὰ παλαιὰ διάφορα τῶν Ἀθη-
ναίων καὶ μάλιστα βουλόμενος Ἀρρα-
βαῖον τὸν Λυγκηστῶν βασιλέα παρα-
3 στήσασθαι. ξυνέβη δὲ αὐτοῖς, ὥστε
ῥᾷον ἐκ τῆς Πελοποννήσου στρατὸν ἐξα-
γαγεῖν, ἡ τῶν Λακεδαιμονίων ἐν τῷ
παρόντι κακοπραγία.

80. Τῶν γὰρ Ἀθηναίων ἐγκειμένων
τῇ Πελοποννήσῳ καὶ οὐχ ἥκιστα τῇ
ΑΥΤΟΥC. ἐκείνων γῇ, ἤλπιζον ἀποστρέψειν ͵ μάλι-
στα, εἰ ἀντιπαραλυποῖεν πέμψαντες ἐπὶ
τοὺς ξυμμάχους αὐτῶν στρατιάν, ἄλ-
λως τε καὶ ἑτοίμων ὄντων τρέφειν τε καὶ
2 ἐπὶ ἀποστάσει σφᾶς ἐπικαλουμένων. καὶ
ἅμα τῶν Εἱλώτων βουλομένοις ἦν ἐπὶ
προφάσει ἐκπέμψαι, μή τι πρὸς τὰ
ΤΗC ΠΥΛΟΥ 3 παρόντα ͵ νεωτερίσωσιν· ἐπεὶ καὶ τόδε
ἐΧΟΜΕΝΗC.
ἔπραξαν· φοβούμενοι αὐτῶν τὴν . . . ότη- σκαιότητα or
νεότητα mss.
τα καὶ τὸ πλῆθος—ἀεὶ γὰρ τὰ πολλὰ lacuna B.
Λακεδαιμονίοις πρὸς τοὺς Εἵλωτας τῆς
φυλακῆς πέρι μάλιστα καθειστήκει—
προεῖπον αὐτῶν ὅσοι ἀξιοῦσιν ἐν τοῖς
πολεμικοῖς γεγενῆσθαι σφίσιν ἄριστοι, πολεμίοις mss.
corr. Herwerden.
κρίνεσθαι, ὡς ἐλευθερώσοντες, πεῖραν
ποιούμενοι καὶ ἡγούμενοι τούτους σφίσιν

ὑπὸ φρονήματος, οἵπερ καὶ ἠξίωσαν
πρῶτος ἕκαστος ἐλευθεροῦσθαι, μάλιστα

προκρίναντες mss.
corr. Hude.

ἂν καὶ ἐπιθέσθαι. καὶ προκρινάντων ἐς 4
δισχιλίους οἱ μὲν ἐστεφανώσαντό τε καὶ
τὰ ἱερὰ περιῆλθον ὡς ἠλευθερωμένοι, οἱ
δὲ οὐ πολλῷ ὕστερον ἠφάνισάν τε αὐτοὺς
καὶ οὐδεὶς ᾔσθετο ὅτῳ τρόπῳ ἕκαστος
διεφθάρη. καὶ τότε προθύμως τῷ Βρασίδᾳ 5
αὐτῶν ξυνέπεμψαν ἑπτακοσίους ὁπλίτας,
τοὺς δ' ἄλλους ἐκ τῆς Πελοποννήσου
μισθῷ πείσας ἐξήγαγεν.

βουλόμενον mss.
corr. Hude.

v.l. προύθύμησαν.

81. Αὐτόν τε Βρασίδαν βουλόμενοι
μάλιστα Λακεδαιμόνιοι ἀπέστειλαν. προὐ-
θυμήθησαν δὲ καὶ οἱ Χαλκιδῆς. τό τε 2
γὰρ παραυτίκα ἑαυτὸν παρασχὼν δίκαιον
καὶ μέτριον ἐς τὰς πόλεις ἀπέστησε τὰ
πολλά, τὰ δὲ προδοσίᾳ εἷλε τῶν χωρίων,
ὥστε τοῖς Λακεδαιμονίοις γίγνεσθαι ξυμ-
βαίνειν τε βουλομένοις, ὅπερ ἐπόησαν,
ἀνταπόδοσιν χωρίων καὶ τοῦ πολέμου
ἀπὸ τῆς Πελοποννήσου λώφησιν· ἔς τε
τὸν χρόνῳ ὕστερον πόλεμον ἡ τότε
Βρασίδου ἀρετὴ καὶ ξύνεσις, τῶν μὲν
πείρᾳ αἰσθομένων, τῶν δὲ ἀκοῇ, μάλιστα
ἐπιθυμίαν ἐνεπόει τοῖς Ἀθηναίων ξυμ-
μάχοις ἐς τοὺς Λακεδαιμονίους. πρῶτος 3
γὰρ ἐξελθὼν καὶ δόξας εἶναι κατὰ πάντα
ἀγαθὸς ἐλπίδα ἐγκατέλιπε βέβαιον ὡς
καὶ οἱ ἄλλοι τοιοῦτοί εἰσιν.

82. Τότε δ' οὖν ἀφικομένου αὐτοῦ ἐς
τὰ ἐπὶ Θράκης οἱ Ἀθηναῖοι πυθόμενοι
τόν τε Περδίκκαν πολέμιον ποιοῦνται,
νομίσαντες αἴτιον εἶναι τῆς παρόδου, καὶ

ἄνδρα ἕν τε τῇ
Cπάρτῃ δο-
κοῦντα δρα-
ϲτήριον εἶναι
ἐϲ τὰ πάντα καὶ
ἐπειδὴ ἐξῆλθε
πλείϲτου ἄξιον
λακεδαιμονίοιϲ
γενόμενον.
καὶ ἀποδοχὴν.

μετὰ τὰ ἐκ
ϲικελίαϲ.

νομιϲάντων.

τῶν ταύτῃ ξυμμάχων φυλακὴν πλέονα κατεστήσαντο.

83. Περδίκκας δὲ Βρασίδαν καὶ τὴν στρατιὰν εὐθὺς λαβὼν μετὰ τῆς ἑαυτοῦ δυνάμεως στρατεύει ἐπὶ Ἀρραβαῖον τὸν Βρομεροῦ, Λυγκηστῶν Μακεδόνων βασιλέα, ὅμορον ὄντα, διαφορᾶς τε ᾿ οὔσης

ᾱΥΤῷ.

2 καὶ βουλόμενος καταστρέψασθαι. ἐπεὶ δὲ ἐγένετο τῷ στρατῷ μετὰ τοῦ Βρασίδου ἐπὶ τῇ ἐσβολῇ τῆς Λύγκου, Βρασίδας ἐς

πρὸ πολέμου.

λόγους ἔφη βούλεσθαι πρῶτον ἐλθὼν Ἀρραβαῖον ξύμμαχον Λακεδαιμονίων, ἢν

Βρασίδας λόγοις mss. corr. Herwerden.

3 δύνηται, ποῆσαι. καὶ γάρ τι καὶ Ἀρραβαῖος ἐπεκηρυκεύετο, ἑτοῖμος ὢν Βρασίδᾳ μέσῳ δικαστῇ ἐπιτρέπειν· καὶ οἱ Χαλκιδέων πρέσβεις ξυμπαρόντες ἐδίδασκον αὐτὸν μὴ ὑπεξελεῖν τῷ Περδίκκᾳ τὰ δεινά, ἵνα προθυμοτέρῳ ἔχοιεν καὶ ἐς τὰ

4 ἑαυτῶν χρῆσθαι. ἅμα δέ τι καὶ εἰρήκεσαν τοιοῦτον οἱ παρὰ τοῦ Περδίκκου ἐν τῇ Λακεδαίμονι, ὡς πολλὰ αὐτοῖς τῶν περὶ αὐτὸν χωρίων ξύμμαχα ποήσοι, ὥστε ἐκ τοῦ τοιούτου κοινῇ μᾶλλον ὁ Βρασίδας

5 τὰ τοῦ Ἀρραβαίου ἠξίου πράσσειν. Περδίκκας δὲ οὔτε δικαστὴν ἔφη Βρασίδαν τῶν σφετέρων διαφορῶν ἀγαγεῖν, μᾶλλον δὲ καθαιρέτην ὧν ἂν αὐτὸς ἀποφαίνῃ πολεμίων, ἀδικήσειν τε εἰ αὐτοῦ τρέφοντος τὸ ἥμισυ τοῦ στρατοῦ ξυνέσται

6 Ἀρραβαίῳ. ὁ δὲ ἄκοντος καὶ ἐκ διαφορᾶς ξυγγίγνεται, καὶ πεισθεὶς τοῖς λόγοις ἀπήγαγε τὴν στρατιὰν πρὶν ἐσβαλεῖν ἐς τὴν χώραν. Περδίκκας δὲ μετὰ τοῦτο

τρίτον μέρος ἀνθ᾽ ἡμίσεος τῆς τροφῆς
ἐδίδου, νομίζων ἀδικεῖσθαι.

84. Ἐν δὲ τῷ αὐτῷ θέρει εὐθὺς ὁ
Βρασίδας ἔχων καὶ Χαλκιδέας ἐπὶ
Ἄκανθον τὴν Ἀνδρίων ἀποικίαν ὀλίγον
πρὸ τρυγήτου ἐστράτευσεν. οἱ δὲ περὶ 2
τοῦ δέχεσθαι αὐτὸν κατ᾽ ἀλλήλους
ἐστασίαζον, οἵ τε μετὰ τῶν Χαλκιδέων
ξυνεπάγοντες καὶ ὁ δῆμος. ὅμως δὲ διὰ
τοῦ καρποῦ τὸ δέος ᾳ πεισθὲν τὸ πλῆθος
ὑπὸ τοῦ Βρασίδου δέξασθαί τε αὐτὸν
μόνον καὶ ἀκούσαντες βουλεύσασθαι,
δέχεται· καὶ καταστὰς ἐπὶ τὸ πλῆθος—
ἦν δὲ οὐδὲ ἀδύνατος, ὡς Λακεδαιμόνιος,
εἰπεῖν—ἔλεγε τοιάδε.

85. "Ἡ μὲν ἔκπεμψίς μου καὶ τῆς
στρατιᾶς ᾳ, ὦ Ἀκάνθιοι, γεγένηται τὴν
αἰτίαν ἐπαληθεύουσα ἣν ἀρχόμενοι τοῦ
πολέμου προείπομεν ᾳ ἐλευθεροῦντες τὴν
Ἑλλάδα πολεμήσειν· εἰ δὲ χρόνῳ ἐπῆλ- 2
θομεν, σφαλέντες τῆς ἀπὸ τοῦ ἐκεῖ
πολέμου δόξης, ᾗ διὰ τάχους αὐτοὶ
ἄνευ τοῦ ὑμετέρου κινδύνου ἠλπίσαμεν
Ἀθηναίους καθαιρήσειν, μηδεὶς μεμφθῇ·
νῦν γάρ, ὅτε παρέσχεν, ἀφιγμένοι καὶ
μετὰ ὑμῶν πειρασόμεθα κατεργάζεσθαι
αὐτούς. θαυμάζω δὲ τῇ τε ἀποκλήσει 3
μου τῶν πυλῶν καὶ εἰ μὴ ἀσμένοις ὑμῖν
ἀφῖγμαι. ἡμεῖς μὲν γὰρ οἱ Λακεδαιμόνιοι 4
οἰόμενοί τε παρὰ ξυμμάχους καὶ πρὶν
ἔργῳ ἀφικέσθαι τῇ γοῦν γνώμῃ ἥξειν καὶ
βουλομένοις ᾳ ἔσεσθαι, κίνδυνόν τε τοσόνδε
ἀνερρίψαμεν διὰ τῆς ἀλλοτρίας πολλῶν

πρὸς ἀλλήλους
Cobet.

v.l. ἀκούσαντας.

ἔτι ἔξω ὄντος.

ὑπὸ λακεδαι-
μονίων.

ἀθηναίοις.

ἡμερῶν ὁδὸν ἰόντες καὶ πᾶν τὸ πρόθυμον
5 παρέσχομεν· ὑμεῖς δὲ εἴ τι ἄλλο ἐν νῷ   παρεχόμενοι mss.
ἔχετε ἢ εἰ ἐναντιώσεσθε τῇ τε ὑμετέρᾳ   corr. R.
αὐτῶν ἐλευθερίᾳ καὶ τῇ τῶν ἄλλων   καὶ τῶν mss. corr.

ΟΥ ΜΟΝΟΝ.   6 Ἑλλήνων, δεινὸν ἂν εἴη. καὶ γὰρ οὐχ   Cobet.
ὅτι αὐτοὶ ἀνθίστασθε, ἀλλὰ καὶ οἷς ἂν   οὐ μόνον ὅτι mss.
ἐπίω ἧσσόν τις ἐμοὶ πρόσεισι, δυσχερὲς
ποιούμενοι εἰ ἐπὶ οὓς πρῶτον ἦλθον ὑμᾶς,
ὡς πόλιν ἀξιόχρεων παρεχομένους καὶ   καὶ πόλιν mss.
ξύνεσιν δοκοῦντας ἔχειν, μὴ ἐδέξασθε·   corr. R.
καὶ τὴν αἰτίαν οὐ δόξω πιστὴν ἀποδεικ-   οὐχ ἕξω mss. corr.
νύναι, ἀλλ' ἢ ἄδικον τὴν ἐλευθερίαν   Hude.
ἐπιφέρειν ἢ ἀσθενὴς καὶ ἀδύνατος τιμωρῆ-
σαι τὰ πρὸς Ἀθηναίους, ἢν ἐπίωσιν,

ΗΝ ΝΥΝ ΕΓΩ   7 ἀφῖχθαι. καίτοι στρατιᾷ γε τῇδ' ˌἐπὶ
ΕΧΩ.   Νίσαιαν ἐμοῦ βοηθήσαντος οὐκ ἠθέλησαν
Ἀθηναῖοι πλέονες ὄντες προσμεῖξαι, ὥστε

ΤΩ ΕΝ ΝΙΣΑΙΑ.   οὐκ εἰκὸς νηΐτην γε αὐτοὺς ˌστρατὸν ἰσο-   νηΐτη . . . στρατῳ
ΤΩ ΕΚΕΙ.   παλῇ ἐφ' ὑμᾶς ἀποστεῖλαι.   ἴσον πλῆθος ἐφ'
  mss. corr. R.

86. "Αὐτός τε οὐκ ἐπὶ κακῷ, ἐπ'
ἐλευθερώσει δὲ τῶν Ἑλλήνων παρελή-
ΛΑΚΕΔΑΙΜΟ-   λυθα, ὅρκοις τε ˌκαταλαβὼν τὰ τέλη
ΝΙΩΝ.   τοῖς μεγίστοις ἦ μὴν οὓς ἂν ἔγωγε προσ-
αγάγωμαι ξυμμάχους ἔσεσθαι αὐτονό-
μους, καὶ ἅμα οὐχ ἵνα ξυμμάχους ὑμᾶς
ἔχωμεν ἢ βίᾳ ἢ ἀπάτῃ προσλαβόντες,
ΥΠΟ ΑΘΗΝΑΙΩΝ.   ἀλλὰ τοὐναντίον ὑμῖν δεδουλωμένοις ˌ
2 ξυμμαχήσοντες. οὔκουν ἀξιῶ οὔτ' αὐτὸς
ὑποπτεύεσθαι, πίστεις γε διδοὺς τὰς   πίστεις τε mss.
μεγίστας, οὔτε τιμωρὸς ἀδύνατος νομι-   corr. Reiske.
σθῆναι, προσχωρεῖν τε ὑμᾶς θαρσή-
3 σαντας. καὶ εἴ τις ἰδίᾳ τινὰ δεδιὼς
ἄρα, μὴ ἐγώ τισι προσθῶ τὴν πόλιν,

ἀπρόθυμός ἐστι, πάντων μάλιστα πισ-
τευσάτω. οὐ γὰρ ξυστασιάσων ἥκω, οὐδ' 4
ἂν σαφῆ τὴν ἐλευθερίαν νομίζω ἐπιφέρειν,
εἰ τὸ πάτριον παρεὶς τὸ πλέον τοῖς
ὀλίγοις ἢ τὸ ἔλασσον τοῖς πᾶσι δουλώ-

v.l. χαλεπώτερα. σαιμι. χαλεπωτέρα γὰρ ἂν τῆς ἀλλοφύλου 5
ἀρχῆς εἴη, καὶ ἡμῖν τοῖς Λακεδαιμονίοις
οὐκ ἂν ἀντὶ πόνων χάρις καθίσταιτο,
ἀντὶ δὲ τιμῆς καὶ δόξης αἰτία μᾶλλον·
οἷς τε τοὺς Ἀθηναίους ἐγκλήμασι κατα-

v.l. φαινώμεθα. πολεμοῦμεν, αὐτοὶ ἂν φαινοίμεθα ἐχθίονα
ἢ ὁ μὴ ὑποδείξας ἀρετὴν κατακτώμενοι.

v.l. τοῖς τε. ἀπάτῃ γὰρ εὐπρεπεῖ αἴσχιον τοῖς γε ἐν 6
ἀξιώματι πλεονεκτῆσαι ἢ βίᾳ ἐμφανεῖ·
τὸ μὲν γὰρ ἰσχύος δικαιώσει, ἣν ἡ τύχη
ἔδωκεν, ἐπέρχεται, τὸ δὲ γνώμης ἀδίκου
ἐπιβουλῇ.

ἡμῖν mss. 87. "Οὕτω πολλὴν περιωπὴν τῶν ὑμῖν
ἐς τὰ μέγιστα διαφόρων ποιούμεθα. καὶ
οὐκ ἂν μείζω πρὸς τοῖς ὅρκοις βεβαίωσιν

ἢ οἷς mss. corr.
Hude. λάβοιτε οἷς τὰ ἔργα ἐκ τῶν λόγων
ἀναθρούμενα δόκησιν ἀναγκαίαν παρ-
έχεται ὡς καὶ ξυμφέρει ὁμοίως ὡς εἶπον.
εἰ δ' ἐμοῦ ταῦτα προϊσχομένου ἀδύνατοι 2
μὲν φήσετε εἶναι, εὖνοι δ' ὄντες ἀξιώσετε
μὴ κακούμενοι διωθεῖσθαι καὶ τὴν ἐλευ-
θερίαν μὴ ἀκίνδυνον ὑμῖν φαίνεσθαι,
δίκαιόν τε εἶναι, οἷς καὶ δυνατὸν δέχε-
σθαι ▲, τούτοις καὶ ἐπιφέρειν, ἄκοντα δὲ ΑΥΤΗΝ.
μηδένα προσαναγκάζειν, μάρτυρας μὲν
θεοὺς καὶ ἥρωας τοὺς ἐγχωρίους ποιήσο-
μαι ὡς ἐπ' ἀγαθῷ ἥκων οὐ πείθω, γῆν δὲ
τὴν ὑμετέραν δῃῶν πειράσομαι βιάζεσθαι,

3 καὶ οὐκ ἀδικεῖν ἔτι νομιῶ, προσεῖναι δέ
τί μοι καὶ κατὰ δύο ἀνάγκας τὸ εὔλογον,
τῶν μὲν Λακεδαιμονίων, ὅπως μὴ τῷ
ὑμετέρῳ εὔνῳ, εἰ μὴ προσαχθήσεσθε, τοῖς
ἀπὸ ὑμῶν χρήμασι φερομένοις παρ'
Ἀθηναίους βλάπτωνται, οἱ δὲ Ἕλληνες
ἵνα μὴ κωλύωνται ὑφ' ὑμῶν δουλείας
4 ἀπαλλαγῆναι. οὐ γὰρ δὴ εἰκότως γ' ἂν
τάδ' ἐπράσσομεν, οὐδὲ ὀφείλομεν οἱ τάδε πράσσομεν
Λακεδαιμόνιοι μὴ κοινοῦ τινὸς ἀγαθοῦ mss. corr. Dobree.
αἰτίᾳ τοὺς μὴ βουλομένους ἐλευθεροῦν.
5 οὐδ' αὖ ἀρχῆς ἐφιέμεθα, παῦσαι δὲ
μᾶλλον ἑτέρους σπεύδοντες τοὺς πλείους
ἂν ἀδικοῖμεν εἰ ξύμπασιν αὐτονομίαν
ἐπιφέροντες ὑμᾶς τοὺς ἐναντιουμένους
6 περιίδοιμεν. πρὸς ταῦτα βουλεύεσθε εὖ,
καὶ ἀγωνίσασθε τοῖς τε Ἕλλησιν ἄρξαι
πρῶτοι ἐλευθερίας καὶ ἀίδιον δόξαν
καταθέσθαι, καὶ αὐτοὶ τά τε ἴδια μὴ
βλαφθῆναι καὶ ξυμπάσῃ τῇ πόλει τὸ
κάλλιστον ὄνομα περιθεῖναι."

88. Ὁ μὲν Βρασίδας τοσαῦτα εἶπεν.
οἱ δὲ Ἀκάνθιοι, πολλῶν λεχθέντων
πρότερον ἐπ' ἀμφότερα, κρύφα δια-
ψηφισάμενοι, διά τε τὸ ἐπαγωγὰ εἰπεῖν
τὸν Βρασίδαν καὶ περὶ τοῦ καρποῦ φόβῳ
ἔγνωσαν οἱ πλείους ἀφίστασθαι Ἀθη-
ναίων, καὶ πιστώσαντες αὐτὸν τοῖς ὅρκοις
οὓς τὰ τέλη τῶν Λακεδαιμονίων ὀμόσαν- ὀμόσαντα mss.
corr. Dobree.
αὐτὸν. τες ἐξέπεμψαν, ἦ μὴν ἔσεσθαι ξυμμά-
χους αὐτονόμους οὓς ἂν προσαγάγηται,
οὕτω δέχονται τὸν στρατόν. καὶ οὐ
πολλῷ ὕστερον καὶ Στάγειρος Ἀνδρίων

ἀποικία ξυναπέστη. ταῦτα μὲν οὖν ἐν τῷ
θέρει τούτῳ ἐγένετο.

89. Τοῦ δ' ἐπιγιγνομένου χειμῶνος
εὐθὺς ἀρχομένου, ὡς τῷ Ἱπποκράτει καὶ
Δημοσθένει στρατηγοῖς οὖσιν Ἀθηναίων
τὰ ἐν τοῖς Βοιωτοῖς ἐνεδίδοτο, καὶ ἔδει
τὸν μὲν Δημοσθένη ταῖς ναυσὶν ἐς τὰς
Σίφας ἀπαντῆσαι, τὸν δ' ἐπὶ τὸ Δήλιον,
γενομένης διαμαρτίας τῶν ἡμερῶν ‸ ὁ μὲν
Δημοσθένης πρότερον πλεύσας πρὸς τὰς
Σίφας καὶ ἔχων ἐν ταῖς ναυσὶν Ἀκαρ-
νᾶνας καὶ τῶν ἐκεῖ πολλοὺς ξυμμάχων,
ἄπρακτος γίγνεται μηνυθέντος τοῦ ἐπι-
βουλεύματος ὑπὸ Νικομάχου, ἀνδρὸς
Φωκέως ἐκ Φανοτέως, ὃς Λακεδαιμονίοις
εἶπεν, ἐκεῖνοι δὲ Βοιωτοῖς· καὶ βοηθείας 2
γενομένης πάντων Βοιωτῶν—οὐ γάρ πω
Ἱπποκράτης παρελύπει ἐν τῇ γῇ ὤν—
προκαταλαμβάνονται αἵ τε Σῖφαι καὶ ἡ
Χαιρώνεια. ὡς δὲ ᾔσθοντο οἱ πράσσοντες
τὸ ἁμάρτημα, οὐδὲν ἐκίνησαν τῶν ἐν ταῖς
πόλεσιν.

90. Ὁ δὲ Ἱπποκράτης ἀναστήσας
Ἀθηναίους πανδημεί, αὐτοὺς καὶ τοὺς
μετοίκους καὶ ξένων ὅσοι παρῆσαν, ὕστε-
ρος ἀφικνεῖται ἐπὶ τὸ Δήλιον, ἤδη τῶν
Βοιωτῶν ἀνακεχωρηκότων ἀπὸ τῶν
Σιφῶν· καὶ καθίσας τὸν στρατὸν Δήλιον
ἐτείχιζε τοιῷδε τρόπῳ ‸. τάφρον μὲν 2
κύκλῳ περὶ τὸ ἱερὸν καὶ τὸν νεὼν
ἔσκαπτον, ἐκ δὲ τοῦ ὀρύγματος ἀνέβαλλον
ἀντὶ τείχους τὸν χοῦν, καὶ σταυροὺς
παρακαταπηγνύντες ἄμπελον κόπτοντες

(marginalia):

εἰ̇c δc ἔδει
ἀμφοτέρους
cτρατεγειν.

v.l. ὕστερον.

2 τὸ ἱερὸν τοῦ
ἀπόλλωνος.

v.l. καταπηγνύντες.

τὴν περὶ τὸ ἱερὸν ἐσέβαλλον καὶ λίθους
ἅμα καὶ πλίνθον ἐκ τῶν οἰκοπέδων τῶν
ἐγγὺς καθαιροῦντες, καὶ παντὶ τρόπῳ
ἐμετεώριζον τὸ ἔρυμα. πύργους τε
ξυλίνους κατέστησαν ᾗ καιρὸς ἦν καὶ τοῦ
ἱεροῦ οἰκοδόμημα οὐδὲν ὑπῆρχεν· ᾗπερ
3 γὰρ ἦν στοὰ κατεπεπτώκειν. ἡμέρᾳ δὲ
ἀρξάμενοι τρίτῃ ˏ ταύτην τε εἰργάζοντο τῇ τρίτῃ ℞.
καὶ τὴν τετάρτην καὶ τῆς πέμπτης
4 μέχρι ἀρίστου. ἔπειτα, ὡς τὰ πλεῖστα
ἀπετετέλεστο, τὸ μὲν στρατόπεδον προ-
απεχώρησεν ἀπὸ τοῦ Δηλίου οἷον δέκα
σταδίους ὡς ἐπ' οἴκου πορευσόμενον, πορευόμενον mss.
καὶ οἱ μὲν ψιλοὶ οἱ πλεῖστοι εὐθὺς corr. ℞.
ἐχώρουν, οἱ δ' ὁπλῖται θέμενοι τὰ ὅπλα
ἡσύχαζον· Ἱπποκράτης δὲ ὑπομένων ἔτι
καθίστατο φυλακάς τε καὶ τὰ περὶ τὸ
προτείχισμα, ὅσα ἦν ὑπόλοιπα, ὡς χρῆν
ἐπιτελέσαι.

ὡς οἴκοθεν
ὥρμησαν.

91. Οἱ δὲ Βοιωτοὶ ἐν ταῖς ἡμέραις
ταύταις ξυνελέγοντο ἐς τὴν Τάναγραν·
καὶ ἐπειδὴ ἀπὸ πασῶν τῶν πόλεων
παρῆσαν καὶ ᾐσθάνοντο τοὺς Ἀθηναίους
προχωροῦντας ἐπ' οἴκου, τῶν ἄλλων
βοιωταρχῶν ˏ οὐ ξυνεπαινούντων μάχε-
σθαι, ἐπειδὴ οὐκ ἐν τῇ Βοιωτίᾳ ἔτι εἰσί
—μάλιστα γὰρ ἐν μεθορίοις τῆς Ὠρωπίας
οἱ Ἀθηναῖοι ἦσαν, ὅτε ἔθεντο τὰ ὅπλα—,
Παγώνδας ὁ Αἰολάδου βοιωταρχῶν ἐκ
Θηβῶν μετ' Ἀριανίδου τοῦ Λυσιμα- μετὰ Ῥιανθίδου or
χίδου, καὶ ἡγεμονίας οὔσης αὐτοῦ βουλό- μετ' Ἀριανθίδου
μενος τὴν μάχην ποῆσαι καὶ νομίζων mss. corr. Bad-
ἄμεινον εἶναι κινδυνεῦσαι, προσκαλῶν ham.

οἵ εἰσιν ἕνδεκα.

ἑκάστους κατὰ λόχους, ὅπως μὴ ἀθρόοι
ἐκλίποιεν τὰ ὅπλα, ἔπειθε τοὺς Βοιωτοὺς
ἰέναι ἐπὶ τοὺς Ἀθηναίους καὶ τὸν ἀγῶνα
ποεῖσθαι, λέγων τοιάδε.

92. " Χρῆν μέν, ὦ ἄνδρες Βοιωτοί,
μηδ᾽ ἐς ἐπίνοιάν τινα ἡμῶν ἐλθεῖν τῶν
ἀρχόντων ὡς οὐκ εἰκὸς Ἀθηναίοις, ἢν
ἄρα μὴ ἐν τῇ Βοιωτίᾳ ἔτι καταλάβωμεν
αὐτούς, διὰ μάχης ἐλθεῖν. τὴν γὰρ   ΑΥΤΟΥϹ.
Βοιωτίαν ἐκ τῆς ὁμόρου ἐλθόντες τεῖχος
ἐνοικοδομησάμενοι μέλλουσι φθείρειν,

ἐν ᾧ τε mss. corr. καὶ εἰσὶ δήπου πολέμιοι ἐν ὅτῳ ἂν
Krueger.
καὶ ὅθεν mss. corr. χωρίῳ καταληφθῶσιν ὅθεν ἐπελθόντες
Cobet. πολέμια ἔδρασαν. νυνὶ δ᾽ εἴ τῳ καὶ 2
ἀσφαλέστερον ἔδοξεν εἶναι, μεταγνώτω.
οὐ γὰρ τὸ προμηθές, οἷς ἂν ἄλλος ἐπίῃ,
περὶ τῆς σφετέρας ὁμοίως ἐνδέχεται ₄   ΛΟΓΙϹΜΟΝ.
καὶ ὅστις τὰ μὲν ἑαυτοῦ ἔχει, τοῦ
πλέονος δὲ ὀρεγόμενος ἑκών τινι ἐπέρ-
χεται. πάτριόν τε ὑμῖν στρατὸν ἀλ- 3
λόφυλον ἐπελθόντα καὶ ἐν τῇ οἰκείᾳ
καὶ ἐν τῇ τῶν πέλας ὁμοίως ἀμύνεσθαι·
Ἀθηναίους δὲ καὶ προσέτι ὁμόρους ὄντας
πολλῷ μάλιστα δεῖ. πρός τε γὰρ τοὺς 4
ἀστυγείτονας πᾶσι τὸ ἀντίπαλον καὶ
ἐλεύθερον καθίσταται, καὶ πρὸς τούτους
γε δή, οἳ καὶ μὴ τοὺς ἐγγύς, ἀλλὰ καὶ
τοὺς ἄπωθεν πειρῶνται δουλοῦσθαι, πῶς
οὐ χρὴ καὶ ἐπὶ τὸ ἔσχατον ἀγῶνος
ἐλθεῖν—παράδειγμα δὲ ἔχομεν τούς τε
ἀντιπέρας Εὐβοᾶς καὶ τῆς ἄλλης Ἑλ-
λάδος τὸ πολὺ ὡς αὐτοῖς διάκειται—καὶ
γνῶναι ὅτι τοῖς μὲν ἄλλοις οἱ πλησιό-

χῶροι περὶ γῆς ὅρων τὰς μάχας ποιοῦνται,
ἡμῖν δὲ ἐς πᾶσαν, ἢν νικηθῶμεν, εἷς ὅρος
οὐκ ἀντίλεκτος παγήσεται; ἐσελθόντες
5 γὰρ βίᾳ τὰ ἡμέτερα ἕξουσι. τοσούτῳ
ἐπικινδυνοτέραν ἑτέρων τὴν παροίκησιν
τῶνδε ἔχομεν. εἰώθασί τε οἱ ἰσχύος
που θράσει τοῖς πέλας ˄ ἐπιόντες τὸν
μὲν ἡσυχάζοντα καὶ ἐν τῇ ἑαυτοῦ μόνον
ἀμυνόμενον ἀδεέστερον ἐπιστρατεύειν,
τὸν δὲ ἔξω ὅρων προαπαντῶντα καί, ἢν
καιρὸς ᾖ, πολέμου ἄρχοντα ἧσσον ἑτοίμως
6 . . . .ειν. πεῖραν δὲ ἔχομεν ἡμεῖς ˄ ἐς
τούσδε· νικήσαντες γὰρ ἐν Κορωνείᾳ ˄ ὅτε
τὴν γῆν ἡμῶν στασιαζόντων κατέσχον,
πολλὴν ἄδειαν τῇ Βοιωτίᾳ μέχρι τοῦδε
7 κατεστήσαμεν. ὧν χρὴ μνησθέντας
ἡμᾶς τούς τε πρεσβυτέρους ὁμοιωθῆναι
τοῖς πρὶν ἔργοις, τούς τε νεωτέρους
πατέρων τῶν τότε ἀγαθῶν γενομένων
παῖδας πειρᾶσθαι μὴ αἰσχῦναι τὰς προσ-
ηκούσας ἀρετάς, πιστεύσαντας δὲ τῷ
θεῷ πρὸς ἡμῶν ἔσεσθαι, οὗ τὸ ἱερὸν
ἀνόμως τειχίσαντες νέμονται, καὶ τοῖς
ἱεροῖς ἃ ἡμῖν θυσαμένοις καλὰ φαίνεται,
ὁμόσε χωρῆσαι τοῖσδε καὶ δεῖξαι ὅτι ὧν
μὲν ἐφίενται πρὸς τοὺς μὴ ἀμυνομένους
ἐπιόντες κτάσθων, οἷς δὲ γενναῖον τήν
τε αὐτῶν ἀεὶ ἐλευθεροῦν μάχῃ καὶ τὴν
ἄλλων μὴ δουλοῦσθαι ἀδίκως, ἀναντα-
γώνιστοι ἀπ' αὐτῶν οὐκ ἀπίασιν."
93. Τοιαῦτα ὁ Παγώνδας τοῖς Βοιωτοῖς
παραινέσας ἔπεισεν ἰέναι ἐπὶ τοὺς Ἀθη-
ναίους. καὶ κατὰ τάχος ἀναστήσας ἦγε

ὥσπερ ἀθη-
ναῖοι νῦν.

αὐτοῦ.
αὐτοὺς.

κατέχειν mss.
lacuna R.

ἀμυνομένους mss.
corr. Dobree.

τὸν στρατόν—ἤδη γὰρ καὶ τῆς ἡμέρας
ὀψὲ ἦν—καὶ ἐπειδὴ προσέμειξεν ᬏ, ἐς
χωρίον καθίσας ὅθεν λόφου ὄντος μεταξὺ
οὐ καθεώρων ἀλλήλους, ἔτασσέ τε καὶ
παρεσκευάζετο ὡς ἐς μάχην. τῷ δὲ 2
Ἱπποκράτει ἔτι ὄντι περὶ τὸ Δήλιον
ὡς ᬏ ἠγγέλθη ὅτι Βοιωτοὶ ἐπέρχονται,
πέμπει ἐς τὸ στράτευμα κελεύων ἐς
τάξιν καθίστασθαι, καὶ αὐτὸς οὐ πολλῷ
ὕστερον ἐπῆλθε, καταλιπὼν ὡς τριακο-
σίους ἱππέας περὶ τὸ Δήλιον, ὅπως
φύλακές τε ἅμα εἶεν, εἴ τις ἐπίοι ᬏ, καὶ
τοῖς Βοιωτοῖς καιρὸν φυλάξαντες ἐπι-
γένοιντο ἐν τῇ μάχῃ. Βοιωτοὶ δὲ πρὸς 3
τούτους ἀντικατέστησαν τοὺς ἀμυνου-
μένους· καὶ ἐπειδὴ καλῶς αὐτοῖς εἶχεν,
ὑπερεφάνησαν τοῦ λόφου καὶ ἔθεντο τὰ
ὅπλα, τεταγμένοι ὥσπερ ἔμελλον ξυνιέναι,
ὁπλῖται ἑπτακισχίλιοι μάλιστα καὶ ψιλοὶ
ὑπὲρ μυρίους, ἱππῆς δὲ χίλιοι καὶ πελτα-
σταὶ πεντακόσιοι. εἶχον δὲ δεξιὸν μὲν 4
κέρας Θηβαῖοι καὶ οἱ ξύμμοροι αὐτοῖς,
μέσον δὲ Ἁλιάρτιοι καὶ Κορωναῖοι καὶ
Κωπαιῆς καὶ οἱ ἄλλοι οἱ περὶ τὴν λίμνην,
τὸ δὲ εὐώνυμον ᬏ Θεσπιῆς καὶ Ταναγραῖοι
καὶ Ὀρχομένι᛫ ἐπὶ δὲ τῷ κέρᾳ ἑκα-
τέρῳ οἱ ἱππῆς καὶ ψιλοὶ ἦσαν. ἐπ᾽
ἀσπίδας δὲ πέντε μὲν καὶ εἴκοσι Θηβαῖοι
ἐτάξαντο, οἱ δὲ ἄλλοι ὡς ἕκαστοι ἔτυχον.
αὕτη μὲν Βοιωτῶν παρασκευὴ καὶ διά-
κοσμος ἦν.

94. Ἀθηναῖοι δὲ οἱ μὲν ὁπλῖται ἐπὶ
ὀκτὼ πᾶν τὸ στρατόπεδον ἐτάξαντο,

Marginal notes (left):

v. l. ἐπεὶ δέ.

οὐκ ἐθεώρουν mss. corr. Herwerden.

Ἱπποκράτει ὄντι mss. corr. B.

ἀμυνομένους mss. corr. Dobree.

ἔμελλον ὁπλῖται mss. corr. Cobet.

μέσοι mss. corr. Cobet.

Marginal notes (right):

ἐγγὺς τοῦ ϲτρατεύματοϲ αὐτῶν.

αὐτῷ.

αὐτῷ.

εἶχον.

80 ΘΟΥΚΥΔΙΔΟΥ

ὄντες πλήθει ἰσοπαλεῖς τοῖς ἐναντίοις,
ἱππῆς δὲ ἐφ' ἑκατέρῳ τῷ κέρᾳ. ψιλοὶ
δὲ ἐκ παρασκευῆς μὲν ὡπλισμένοι οὔτε
τότε παρῆσαν οὔτε ἐγένοντο τῇ πόλει·
οἵπερ δὲ ξυνεσέβαλον, ὄντες πολλα-
πλάσιοι τῶν ἐναντίων, ἄοπλοί τε πολλοὶ

ΞΕΝΩΝ ΤΩΝ
ΠΑΡΟΝΤΩΝ ΚΑΙ
ΑΣΤΩΝ.

ἠκολούθησαν, ἅτε πανστρατιᾶς ˏ γενο-
μένης, καὶ ὡς τὸ πρῶτον ὥρμησαν ἐπ'
οἴκου, οὐ παρεγένοντο ὅτι μὴ ὀλίγοι.
2 καθεστώτων δὲ ἐς τὴν τάξιν καὶ ἤδη
μελλόντων ξυνιέναι, Ἱπποκράτης ὁ στρα-

ΤΩΝ ΑΘΗΝΑΙΩΝ.

τηγὸς ἐπιπαριὼν τὸ στρατόπεδον ˏ πα-
ρεκελεύετό τε καὶ ἔλεγε τοιάδε.
95. "Ὦ Ἀθηναῖοι, δι' ὀλίγου μὲν ἡ
παραίνεσις γίγνεται, τὸ ἴσον δὲ πρός
γε τοὺς ἀγαθοὺς ἄνδρας δύναται· καὶ   πρός τε mss. corr.
ὑπόμνησιν μᾶλλον ἔχει ἢ ἐπικέλευσιν.   Reiske.
2 παραστῇ δὲ μηδενὶ ὑμῶν ὡς ἐν τῇ
ἀλλοτρίᾳ οὐ προσῆκον τοσόνδε κίνδυνον
ἀναρριπτοῦμεν. ἐν γὰρ τῇ τούτων ὑπὲρ
τῆς ἡμετέρας ὁ ἀγὼν ἔσται· καὶ ἢν
νικήσωμεν, οὐ μή ποτε ὑμῖν Πελοπον-

ΑΝΕΥ ΤΗΣ ΤΩΝ-
ΔΕ ΙΠΠΟΥ.

νήσιοι ἐς τὴν χώραν ˏ ἐσβάλωσιν, ἐν δὲ
μιᾷ μάχῃ τήνδε τε προσκτᾶσθε καὶ ἐκείνην

ΕΣ ΑΥΤΟΥΣ.

3 μᾶλλον ἐλευθεροῦτε. χωρήσατε οὖν ἀξίως ˏ
τῆς τε πόλεως, ἣν ἕκαστος πατρίδα ἔχων
πρώτην ἐν τοῖς Ἕλλησιν ἀγάλλεται, καὶ   ἀγάλλεσθε Her-
τῶν πατέρων, οἳ τούσδε μάχῃ κρατοῦντες   werden.
μετὰ Μυρωνίδου ἐν Οἰνοφύτοις τὴν
Βοιωτίαν ποτὲ ἔσχον."
96. Τοιαῦτα τοῦ Ἱπποκράτους παρα-
κελευομένου καὶ μέχρι μὲν μέσου τοῦ
στρατοπέδου ἐπελθόντος, τὸ δὲ πλέον

οὐκέτι φθάσαντος, οἱ Βοιωτοί, παρα-
κελευσαμένου καὶ σφίσιν ὡς διὰ ταχέων
καὶ ἐνταῦθα Παγώνδου, παιανίσαντες ἐπῇ-
σαν ἀπὸ τοῦ λόφου. ἀντεπῇσαν δὲ καὶ
οἱ Ἀθηναῖοι καὶ προσέμειξαν δρόμῳ. καὶ
ἑκατέρων τῶν στρατοπέδων τὰ ἔσχατα 2
οὐκ ἦλθεν ἐς χεῖρας, ἀλλὰ τὸ αὐτὸ ἔπαθε·
ῥύακες γὰρ ἐκώλυσαν. τὸ δὲ ἄλλο καρτερᾷ
μάχῃ καὶ ὠθισμῷ ἀσπίδων ξυνειστήκει.
καὶ τὸ μὲν εὐώνυμον τῶν Βοιωτῶν καὶ 3
μέχρι μέσου ἡσσᾶτο ὑπὸ τῶν Ἀθηναίων,
καὶ ἐπίεσαν τούς τε ἄλλους ταύτῃ καὶ
οὐχ ἥκιστα τοὺς Θεσπιᾶς. ὑποχωρησάν-
των γὰρ αὐτοῖς τῶν παρατεταγμένων,
καὶ κυκλωθέντες ἐν ὀλίγῳ, οἵπερ διεφθά-
ρησαν Θεσπιῶν, ἐν χερσὶν ἀμυνόμενοι
κατεκόπησαν·—καί τινες καὶ τῶν Ἀθη-
ναίων διὰ τὴν κύκλωσιν ταραχθέντες
ἠγνόησάν τε καὶ ἀπέκτειναν ἀλλήλους—.
τὸ μὲν οὖν ταύτῃ ἡσσᾶτο καὶ πρὸς τὸ 4 ΤΩΝ ΒΟΙΩΤΩΝ.
μαχόμενον κατέφυγε, τὸ δὲ δεξιόν, ᾗ οἱ
Θηβαῖοι ἦσαν, ἐκράτει τῶν Ἀθηναίων
καὶ ὠσάμενοι κατὰ βραχὺ τὸ πρῶτον
ἐπηκολούθουν. καὶ ξυνέβη Παγώνδου 5
περιπέμψαντος δύο τέλη τῶν ἱππέων ἐκ
τοῦ ἀφανοῦς περὶ τὸν λόφον, ὡς ἐπόνει
τὸ εὐώνυμον αὐτῶν, καὶ ὑπερφανέντων
αἰφνιδίως τὸ νικῶν τῶν Ἀθηναίων κέρας,
νομίσαν ἄλλο στράτευμα ἐπιέναι, ἐς φόβον
καταστῆναι· καὶ ἀμφοτέρωθεν ἤδη, ὑπό 6
τε τοῦ τοιούτου καὶ ὑπὸ τῶν Θηβαίων
ἐφεπομένων καὶ παραρρηγνύντων, φυγὴ
καθειστήκει παντὸς τοῦ στρατοῦ τῶν

7 Ἀθηναίων. καὶ οἱ μὲν πρὸς τὸ Δήλιόν
τε καὶ τὴν θάλασσαν ὥρμησαν, οἱ δὲ ἐπὶ
τοῦ Ὠρωποῦ, ἄλλοι δὲ πρὸς Πάρνηθα ,
οἱ δὲ ὡς ἕκαστοί τινα εἶχον ἐλπίδα
8 σωτηρίας. Βοιωτοὶ δὲ ἐφεπόμενοι ἔκτει-
νον, καὶ μάλιστα οἱ ἱππῆς οἵ τε αὐτῶν
καὶ οἱ Λοκροί, βεβοηθηκότες ἄρτι τῆς
τροπῆς γιγνομένης· νυκτὸς δὲ ἐπιλαβού-
σης τὸ ἔργον ῥᾷον τὸ πλῆθος τῶν φευγόν-
9 των διεσώθη. καὶ τῇ ὑστεραίᾳ οἵ τε ἐκ
τοῦ Ὠρωποῦ καὶ οἱ ἐκ τοῦ Δηλίου φυλα-
κὴν ἐγκαταλιπόντες — εἶχον γὰρ αὐτὸ
ὅμως ἔτι — ἀπεκομίσθησαν κατὰ θάλασ-
σαν ἐπ᾽ οἴκου.

97. Καὶ οἱ Βοιωτοὶ τροπαῖον στή-
σαντες καὶ τοὺς ἑαυτῶν ἀνελόμενοι
νεκροὺς τούς τε τῶν πολεμίων σκυλεύ-
σαντες καὶ φυλακὴν καταλιπόντες ἀνε-
χώρησαν ἐς τὴν Τάναγραν, καὶ τῷ Δηλίῳ
2 ἐπεβούλευον ὡς προσβαλοῦντες. ἐκ δὲ
τῶν Ἀθηναίων κῆρυξ πορευόμενος ἐπὶ
τοὺς νεκροὺς ἀπαντᾷ κήρυκι Βοιωτῷ,
ὃς αὐτὸν ἀποστρέψας εἰπὼν ὅτι οὐδὲν
πράξει πρὶν ἂν αὐτὸς ἀναχωρήσῃ πάλιν,
καταστὰς ἐπὶ Ἀθηναίους ἔλεγε τὰ παρὰ
τῶν Βοιωτῶν, ὅτι οὐ δικαίως δράσειαν
παραβαίνοντες τὰ νόμιμα τῶν Ἑλλήνων·
3 πᾶσι γὰρ εἶναι καθεστηκὸς ἰόντας ἐπὶ
τὴν ἀλλήλων ἱερῶν τῶν ἐνόντων ἀπέχε-
σθαι, Ἀθηναίους δὲ Δήλιον τειχίσαντας
ἐνοικεῖν, καὶ ὅσα ἄνθρωποι ἐν βεβήλῳ
δρῶσι πάντα γίγνεσθαι αὐτόθι, ὕδωρ τε
ὃ ἦν ἄψαυστον σφίσι πλὴν χέρνιβι χρῆ-

τὸ ὄρος.

πρὸς τὰ ἱερά.

καὶ εἰπὼν mss.
corr. Herwerden.

ὃ εἶναι Krueger.

σθαι, ἀνασπάσαντας ὑδρεύεσθαι· ὥστε 4
ὑπέρ τε τοῦ θεοῦ καὶ ἑαυτῶν Βοιωτούς,
ἐπικαλουμένους τοὺς ὁμωχέτας δαίμονας
καὶ τὸν Ἀπόλλω, προαγορεύειν αὐτοῖς
ἐκ τοῦ ἱεροῦ ἀπιόντας ἀποφέρεσθαι τὰ
σφέτερα αὐτῶν.

98. Τοσαῦτα τοῦ κήρυκος εἰπόντος οἱ
Ἀθηναῖοι πέμψαντες παρὰ τοὺς Βοιω-
τοὺς ἑαυτῶν κήρυκα τοῦ μὲν ἱεροῦ οὔτε
ἀδικῆσαι ἔφασαν οὐδὲν οὔτε τοῦ λοιποῦ
ἑκόντες βλάψειν· οὐδὲ γὰρ τὴν ἀρχὴν
ἐσελθεῖν ἐπὶ τούτῳ, ἀλλ᾽ ἵνα ἐξ αὐτοῦ
τοὺς ἀδικοῦντας ⌃ σφᾶς ἀμύνωνται. τὸν 2 μᾶλλον.
δὲ νόμον τοῖς Ἕλλησιν εἶναι, ὧν ἂν ᾖ τὸ
κράτος τῆς γῆς ἑκάστης ἤν τε πλέονος ἤν
τε βραχυτέρας, τούτων καὶ τὰ ἱερὰ ἀεὶ
γίγνεσθαι, τρόποις θεραπευόμενα οἷς ἂν
πρὸ τοῦ εἰωθόσι καὶ δύνωνται. καὶ γὰρ 3
Βοιωτοὺς καὶ τοὺς πολλοὺς τῶν ἄλλων,
ὅσοι ἐξαναστήσαντές τινα βίᾳ νέμονται
γῆν, ἀλλοτρίοις ἱεροῖς τὸ πρῶτον ἐπελ-
θόντας οἰκεῖα νῦν κεκτῆσθαι, καὶ αὐτοὶ 4
εἰ μὲν ἐπὶ πλέον δυνηθῆναι τῆς ἐκείνων
κρατῆσαι, τοῦτ᾽ ἂν ἔχειν· νῦν δέ, ἐν ᾧ
μέρει εἰσίν, ἑκόντες εἶναι ὡς ἐκ σφετέρου
οὐκ ἀπιέναι. ὕδωρ τε ἐν τῇ ἀνάγκῃ 5
κινῆσαι, ἣν οὐκ αὐτοὶ ὕβρει προσθέσθαι,
ἀλλ᾽ ἐκείνους προτέρους ἐπὶ τὴν σφετέ-
ραν ἐλθόντας ἀμυνόμενοι βιάζεσθαι χρῆ-
σθαι. πᾶν δ᾽ εἰκὸς εἶναι τῷ ⌃ κατειργο- 6 πολέμω καὶ
μένῳ ξύγγνωμον γίγνεσθαι καὶ πρὸς τοῦ   δεινῷ τινί.
θεοῦ. καὶ γὰρ τῶν ἀκουσίων ἁμαρτημάτων
καταφυγὴν εἶναι τοὺς βωμούς, παρανο-

αὐτοὺς mss. corr.
Cobet.

πρὸς τοῖς εἰωθόσι
mss. corr. Stahl.

v.l. τὸ.
κατειργόμενον mss.
corr. Reiske.   τι
γίγνεσθαι mss.
corr. R.
v.l. ἑκουσίων.

μίαν τε ἐπὶ τοῖς μὴ ἀνάγκῃ κακοῖς ὀνο-
μασθῆναι καὶ οὐκ ἐπὶ τοῖς ἀπὸ τῶν ξυμ- ὑπὸ Cobet.
7 φορῶν τι τολμήσασι. τούς τε νεκροὺς
πολὺ μειζόνως ἐκείνους ἀντὶ ἱερῶν ἀξιοῦν-
τας ἀποδιδόναι ἀσεβεῖν ἢ τοὺς μὴ ἐθέλον-
τας ἱεροῖς τὰ μὴ πρέποντα κομίζεσθαι. vv. ll. τὰ πρέποντα,
8 σαφῶς τε ἐκέλευον σφίσιν εἰπεῖν μὴ τὰ προσήκοντα.
ἀπιοῦσιν ἐκ τῆς Βοιωτῶν γῆς—οὐ γὰρ ἐν
τῇ ἐκείνων ἔτι εἶναι, ἐν ᾗ δὲ δορὶ ἐκτή-
σαντο—, ἀλλὰ κατὰ τὰ πάτρια τοὺς νεκ-
ροὺς σπένδουσιν ἀναιρεῖσθαι.

99. Οἱ δὲ Βοιωτοὶ ἀπεκρίναντο, εἰ
μὲν ἐν τῇ Βοιωτίᾳ εἰσίν, ἀπιόντας ἐκ
τῆς ἑαυτῶν ἀποφέρεσθαι τὰ σφέτερα, εἰ
δὲ ἐν τῇ ἐκείνων, αὐτοὺς γιγνώσκειν τὸ
ποιητέον, νομίζοντες τὴν μὲν Ὠρωπίαν,
ἐν ᾗ τοὺς νεκροὺς ἐν μεθορίοις τῆς
μάχης γενομένης κεῖσθαι, Ἀθηναίων κεῖσθαι ξιν(;)ημ mss.
κατὰ τὸ ὑπήκοον εἶναι, ⌐καὶ οὐκ ἂν corr. Cobet.
Corrupt. αὐτοὺς βίᾳ σφῶν κρατῆσαι αὐτῶν· οὐδ'
αὖ ἐσπένδοντο δῆθεν ὑπὲρ τῆς ἐκείνων·⌐
τὸ δὲ " ἐκ τῆς ἑαυτῶν " εὐπρεπὲς εἶναι
ἀποκρίνασθαι " ἀπιόντας ἀπολαβεῖν ἃ ἀπιόντας καὶ mss.
ἀπαιτοῦσιν." ὁ δὲ κῆρυξ τῶν Ἀθηναίων corr. Herwerden.
ἀκούσας ἀπῆλθεν ἄπρακτος.

100. Καὶ οἱ Βοιωτοὶ εὐθὺς μεταπεμ-
ψάμενοι ἔκ τε τοῦ Μηλιῶς κόλπου
ἀκοντιστὰς καὶ σφενδονήτας, καὶ βεβοη-
θηκότων αὐτοῖς μετὰ τὴν μάχην Κοριν-
θίων τε δισχιλίων ὁπλιτῶν καὶ τῶν ἐκ
Νισαίας ἐξεληλυθότων Πελοποννησίων
φρουρῶν καὶ Μεγαρέων ἅμα, ἐστράτευ-
σαν ἐπὶ τὸ Δήλιον καὶ προσέβαλον τῷ

τειχίσματι, ἄλλῳ τε τρόπῳ πειράσαντες
καὶ μηχανὴν προσήγαγον, ἥπερ εἷλεν
αὐτό, τοιάνδε. κεραίαν μεγάλην δίχα 2
πρίσαντες ἐκοίλαναν ἅπασαν, καὶ ξυνήρ-
μοσαν πάλιν ἀκριβῶς ., καὶ ἐπ᾽ ἄκραν   ὥσπερ ΑΥΛΟΝ.
λέβητά τε ἤρτησαν ἁλύσεσι καὶ ἀκρο-
φύσιον ἀπὸ τῆς κεραίας σιδηροῦν ἐς
αὐτὸν νεῦον καθεῖτο, καὶ ἐσεσιδήρωτο
ἐπὶ μέγα καὶ τοῦ ἄλλου ξύλου. προσῆ- 3
γον δὲ ἐκ πολλοῦ ἁμάξαις τῷ τείχει, ᾗ
μάλιστα τῇ ἀμπέλῳ καὶ τοῖς ξύλοις
ᾠκοδόμητο· καὶ ὁπότε εἴη ἐγγύς, φύσας
μεγάλας ἐσθέντες ἐς τὸ πρὸς ἑαυτῶν
ἄκρον τῆς κεραίας ἐφύσων. ἡ δὲ πνοὴ 4
ἰοῦσα στεγανῶς ἐς τὸν λέβητα, ἔχοντα
ἄνθρακάς τε ἡμμένους καὶ θεῖον καὶ πίσ-
σαν, φλόγα ἐπόει μεγάλην καὶ ἧψε τοῦ
τείχους, ὥστε μηδένα ἐπ᾽ αὐτοῦ ἔτι μεῖναι,   ἐπ᾽ ΑΥΤΟΥ.
ἀλλὰ ἀπολιπόντας ἐς φυγὴν καταστῆναι
καὶ τὸ τείχισμα τούτῳ τῷ τρόπῳ ἁλῶναι.
τῶν δὲ φρουρῶν οἱ μὲν ἀπέθανον, διακό- 5
σιοι δὲ ἐλήφθησαν· τῶν δὲ ἄλλων τὸ
πλῆθος ἐς τὰς ναῦς ἐσβὰν ἀπεκομίσθη
ἐπ᾽ οἴκου.

101. Τοῦ δὲ Δηλίου ἑπτακαιδεκάτῃ
ἡμέρᾳ ληφθέντος μετὰ τὴν μάχην καὶ
τοῦ ἀπὸ τῶν Ἀθηναίων κήρυκος οὐδὲν
ἐπισταμένου τῶν γεγενημένων ἐλθόντος
οὐ πολὺ ὕστερον αὖθις περὶ τῶν νεκρῶν
ἀπέδοσαν οἱ Βοιωτοὶ καὶ οὐκέτι ταὐτὰ
ἀπεκρίναντο. ἀπέθανον δὲ Βοιωτῶν μὲν 2
ἐν τῇ μάχῃ ὀλίγῳ ἐλάσσους πεντακοσίων,
Ἀθηναίων δὲ ὀλίγῳ ἐλάσσους χιλίων καὶ

Ἱπποκράτης ὁ στρατηγός, ψιλῶν δὲ καὶ
σκευοφόρων πολὺς ἀριθμός.

3 Μετὰ δὲ τὴν μάχην ταύτην καὶ ὁ
Δημοσθένης ὀλίγῳ ὕστερον, ὡς αὐτῷ
τῆς προδοσίας
πέρι. τότε πλεύσαντι τὰ περὶ τὰς Σίφας ‸ οὐ
προὐχώρησεν, ἔχων τὸν στρατὸν ἐπὶ τῶν
νεῶν, τῶν τε Ἀκαρνάνων καὶ Ἀγραίων
καὶ Ἀθηναίων τετρακοσίους ὁπλίτας,
ἀπόβασιν ἐποήσατο ἐς τὴν Σικυωνίαν.
4 καὶ πρὶν πάσας τὰς ναῦς καταπλεῦσαι
βοηθήσαντες οἱ Σικυώνιοι τοὺς ἀποβεβη-
κότας ἔτρεψαν καὶ κατεδίωξαν ἐς τὰς
ναῦς, καὶ τοὺς μὲν ἀπέκτειναν, τοὺς δὲ
ζῶντας ἔλαβον. τροπαῖον δὲ στήσαντες
τοὺς νεκροὺς ὑποσπόνδους ἀπέδοσαν.

5 Ἀπέθανε δὲ καὶ Σιτάλκης Ὀδρυσῶν
βασιλεὺς ὑπὸ τὰς αὐτὰς ἡμέρας τοῖς ἐπὶ
Δηλίῳ στρατεύσας ἐπὶ Τριβαλλοὺς καὶ
νικηθεὶς μάχῃ. Σεύθης δὲ ὁ Σπαρδόκου ‸ vv. ll. Σπαραδίκου
ἀδελφιδοῦς ὢν αὐτοῦ ἐβασίλευσεν Ὀδρυ- Σπαραδόκου, Περ-
σῶν τε καὶ τῆς ἄλλης Θρᾴκης ᾗσπερ καὶ σίδου corr. Poppo.
ἐκεῖνος.

102. Τοῦ δ' αὐτοῦ χειμῶνος Βρασίδας
ἔχων τοὺς ἐπὶ Θρᾴκης ξυμμάχους ἐστρά-
τευσεν ἐς Ἀμφίπολιν τὴν ἐπὶ Στρυμόνι
2 ποταμῷ Ἀθηναίων ἀποικίαν. τὸ δὲ
χωρίον τοῦτο ἐφ' οὗ νῦν ἡ πόλις ἐστὶν
ἐπείρασε μὲν πρότερον καὶ Ἀρισταγόρας
ὁ Μιλήσιος, φεύγων βασιλέα Δαρεῖον,
κατοικίσαι, ἀλλὰ ὑπὸ Ἠδώνων ἐξε-
κρούσθη, ἔπειτα δὲ καὶ οἱ Ἀθηναῖοι ἔτεσι
δύο καὶ τριάκοντα ὕστερον, ἐποίκους
μυρίους σφῶν τε αὐτῶν καὶ τῶν ἄλλων

τὸν βουλόμενον πέμψαντες, οἳ διεφθάρησαν ἐν Δραβήσκῳ ὑπὸ Θρᾳκῶν. καὶ 3 αὖθις ἑνὸς δέοντι τριακοστῷ ἔτει ἐλθόντες οἱ Ἀθηναῖοι, Ἄγνωνος τοῦ Νικίου οἰκιστοῦ ἐκπεμφθέντος, Ἠδῶνας ἐξελάσαντες ἔκτισαν ‸ . ὡρμῶντο δὲ ἐκ ‡ τῆς Ἠιόνος, ἣν αὐτοὶ εἶχον ἐμπόριον ἐπὶ τῷ στόματι τοῦ ποταμοῦ ἐπιθαλάσσιον, πέντε καὶ εἴκοσι σταδίους ἀπέχον ἀπὸ τῆς νῦν πόλεως, ἣν Ἀμφίπολιν Ἄγνων ὠνόμασεν, ὅτι ἐπ᾽ ἀμφότερα περιρρέοντος τοῦ Στρυμόνος ‸ τείχει μακρῷ ἀπολαβὼν ἐκ ποταμοῦ ἐς ποταμὸν περιφανῆ ἐς θάλασσάν τε καὶ τὴν ἤπειρον ᾤκισεν.

τὸ χωρίον τοῦτο ὅπερ πρότερον ἐννέα ὁδοὶ ἐκαλοῦντο.

διὰ τὸ περιέχειν αὐτήν.

103. Ἐπὶ ταύτην οὖν ὁ Βρασίδας ἄρας ἐξ Ἀρνῶν τῆς Χαλκιδικῆς ἐπορεύετο τῷ στρατῷ. καὶ ἀφικόμενος περὶ δείλην ἐπὶ τὸν Αὐλῶνα καὶ Βρομίσκον, ᾗ ἡ Βόλβη λίμνη ἐξίησιν ἐς θάλασσαν, καὶ δειπνοποιησάμενος ἐχώρει τὴν νύκτα. χειμὼν δὲ ἦν καὶ ὑπένιφεν· ᾗ καὶ 2 μᾶλλον ὥρμησε, βουλόμενος λαθεῖν τοὺς ἐν τῇ Ἀμφιπόλει πλὴν τῶν προδιδόντων. ἦσαν γὰρ Ἀργιλίων τε ἐν αὐτῇ οἰκήτορες 3 —εἰσὶ δὲ οἱ Ἀργίλιοι Ἀνδρίων ἄποικοι —καὶ ἄλλοι οἳ ξυνέπρασσον ταῦτα, οἱ μὲν Περδίκκᾳ πειθόμενοι, οἱ δὲ Χαλκιδεῦσι. μάλιστα δὲ οἱ Ἀργίλιοι, ἐγγύς 4 τε προσοικοῦντες καὶ ἀεί ποτε τοῖς Ἀθηναίοις ὄντες ὕποπτοι καὶ ἐπιβουλεύοντες τῷ χωρίῳ, ἐπειδὴ παρέτυχεν ὁ καιρὸς καὶ Βρασίδας ἦλθεν, ἔπραξάν τε ἐκ πλέονος πρὸς τοὺς ἐμπολιτεύοντας

v.l. παρέσχεν.

σφῶν ἐκεῖ ὅπως ἐνδοθήσεται ἡ πόλις,
καὶ τότε δεξάμενοι αὐτὸν τῇ πόλει καὶ
ἀποστάντες τῶν Ἀθηναίων ἐκείνῃ τῇ νυκτὶ
κατέστησαν τὸν στρατὸν πρὸ ἕω ἐπὶ τὴν v.l. πρόσω ἐπί.
5 γέφυραν τοῦ ποταμοῦ. ἀπέχει δὲ τὸ
πόλισμα πλέον τῆς διαβάσεως, καὶ οὐ
καθεῖτο τείχη ὥσπερ νῦν, φυλακὴ δέ τις
βραχεῖα καθειστήκειν· ἣν βιασάμενος
ῥᾳδίως ὁ Βρασίδας, ἅμα μὲν τῆς προ-
δοσίας οὔσης, ἅμα δὲ καὶ χειμῶνος ὄντος
καὶ ἀπροσδόκητος προσπεσών, διέβη
τὴν γέφυραν, καὶ τὰ ἔξω ‸ κατὰ πᾶν τὸ
χωρίον εὐθὺς εἶχε.

τῶν ἀμφιπο-
λιτῶν οἰκούν-
των.
αὐτοῦ.

104. Τῆς δὲ διαβάσεως ‸ ἄφνω τοῖς
ἐν τῇ πόλει γεγενημένης, καὶ τῶν ἔξω
πολλῶν μὲν ἁλισκομένων, τῶν δὲ καὶ
καταφευγόντων ἐς τὸ τεῖχος, οἱ Ἀμ-
φιπολῖται ἐς θόρυβον μέγαν κατέστη-
σαν, ἄλλως τε καὶ ἀλλήλοις ὕποπτοι
2 ὄντες. καὶ λέγεται Βρασίδαν, εἰ ἠθέλησε
μὴ ἐφ' ἁρπαγὴν τῷ στρατῷ τραπέσθαι,
ἀλλ' εὐθὺς χωρῆσαι πρὸς τὴν πόλιν,
3 δοκεῖν ἂν ἑλεῖν. νῦν δὲ ὁ μὲν ἱδρύσας   v.l. ἐπεὶ τὰ ἔξω.
τὸν στρατὸν ἐπὶ τὰ ἔξω ἐπέδραμε, καὶ   v.l. καὶ οὐδέν.
ὡς οὐδὲν αὐτῷ ἀπὸ τῶν ἔνδον ὧν προσ-   ἔνδον ὡς mss. corr.
4 εδέχετο ἀπέβαινεν, ἡσύχαζεν· οἱ δ'   Cobet.
ἐναντίοι τοῖς προδιδοῦσι, κρατοῦντες τῷ
πλήθει ὥστε μὴ αὐτίκα τὰς πύλας
ἀνοίγεσθαι, πέμπουσι μετὰ Εὐκλέους
τοῦ στρατηγοῦ, ὃς ἐκ τῶν Ἀθηνῶν   Ἀθηναίων mss.
παρῆν αὐτοῖς φύλαξ τοῦ χωρίου, ἐπὶ
τὸν ἕτερον στρατηγὸν τῶν ἐπὶ Θρᾴκης,   v.l. τὸν ἐπὶ Θρᾴκης.
Θουκυδίδην τὸν Ὀλόρου, ὃς τάδε ξυνέ-

γραψεν, ὄντα περὶ Θάσον—ἔστι δὲ ἡ
νῆσος Παρίων ἀποικία, ἀπέχουσα τῆς
Ἀμφιπόλεως ἡμίσεος ἡμέρας μάλιστα
πλοῦν,—κελεύοντες σφίσι βοηθεῖν. καὶ 5
ὁ μὲν ἀκούσας κατὰ τάχος ἑπτὰ ναυσὶν
αἳ ἔτυχον παροῦσαι ἔπλει, καὶ ἐβούλετο
φθάσαι μάλιστα μὲν οὖν τὴν Ἀμφίπολιν,
πρίν τι ἐνδοῦναι, εἰ δὲ μή, τὴν Ἠιόνα
προκαταλαβών.

105. Ἐν τούτῳ δὲ ὁ Βρασίδας δεδιὼς
καὶ τὴν ἀπὸ τῆς Θάσου τῶν νεῶν
βοήθειαν καὶ πυνθανόμενος τὸν Θουκυ-
δίδην κτῆσίν τε ἔχειν μετάλλων ἐργασίας
ἐν τῇ περὶ ταῦτα Θρᾴκῃ καὶ ἀπ' αὐτοῦ
δύνασθαι ἐν τοῖς πρώτοις τῶν ἠπειρωτῶν,
ἠπείγετο προκατασχεῖν, εἰ δύναιτο, τὴν
πόλιν, μὴ ἀφικνουμένου αὐτοῦ τὸ πλῆθος
τῶν Ἀμφιπολιτῶν, ἐλπίσαν ἐκ θαλάσσης
ξυμμαχικὸν καὶ ἀπὸ τῆς Θρᾴκης ἀγείρ-
αντα αὐτὸν περιποήσειν σφᾶς, οὐκέτι
προσχωροίη. καὶ τὴν ξύμβασιν μετρίαν 2
ἐποεῖτο, κήρυγμα τόδε ἀνειπών, Ἀμφι-
πολιτῶν καὶ Ἀθηναίων τῶν ἐνόντων τὸν
μὲν βουλόμενον ἐπὶ τοῖς ἑαυτοῦ τῆς
ἴσης καὶ ὁμοίας μετέχοντα μένειν, τὸν
δὲ μή , ἀπιέναι τὰ ἑαυτοῦ ἐκφερόμενον
πέντε ἡμερῶν.

106. Οἱ δὲ πολλοὶ ἀκούσαντες ἀλ-
λοιότεροι ἐγένοντο τὰς γνώμας, ἄλλως
τε καὶ βραχὺ μὲν Ἀθηναῖον ἐμπολιτεῦον,
τὸ δὲ πλέον ξύμμικτον. καὶ τῶν ἔξω
ληφθέντων συχνοῖς οἱ οἰκεῖοι ἔνδον ἦσαν·
καὶ τὸ κήρυγμα πρὸς τὸν φόβον δίκαιον

Margin notes:

v.l. ἡμισείας.

μ!ν τὴν Cobet.

ΤῶΝ ΧΡΥΣΕΊΩΝ.

ἐθΈΛΟΝΤΑ.

Ἀθηναίων mss.
corr. Dobree.

συχνοῖς οἰκεῖοι mss.
corr. R.
v.l. συχνοί.

τὰ δεινά.

εἶναι . . . , οἱ μὲν Ἀθηναῖοι διὰ ἐλάμβανον mss.
lacuna R. v.l. ὑπε-
λάμβανον.
τὸ ἄσμενοι ἂν ἐξελθεῖν, ἡγούμενοι οὐκ
ἐν ὁμοίῳ σφίσιν εἶναι ‸ καὶ ἅμα οὐ
προσδεχόμενοι βοήθειαν ἐν τάχει, ὁ δὲ
ἄλλος ὅμιλος πόλεώς τε ἐν τῷ ἴσῳ οὐ
στερισκόμενοι καὶ κινδύνου παρὰ δόξαν
2 ἀφιέμενοι. ὥστε τῶν πρασσόντων τῷ
Βρασίδᾳ ἤδη καὶ ἐκ τοῦ φανεροῦ δια-
δικαιούντων αὐτά, ἐπειδὴ καὶ τὸ πλῆθος
ἑώρων τετραμμένον καὶ τοῦ παρόντος
Ἀθηναίων στρατηγοῦ οὐκέτι ἀκροώμενον,
ἐγένετο ἡ ὁμολογία καὶ προσεδέξαντο ἐφ'
3 οἷς ἐκήρυξε. καὶ οἱ μὲν τὴν πόλιν
τοιούτῳ τρόπῳ παρέδοσαν, ὁ δὲ Θουκυδί-
δης καὶ αἱ νῆες ταύτῃ τῇ ἡμέρᾳ ὀψὲ τῇ αὐτῇ ἡμέρᾳ
Herwerden.
κατέπλεον ἐς τὴν Ἠιόνα. καὶ τὴν μὲν
Ἀμφίπολιν Βρασίδας ἄρτι εἶχε, τὴν δὲ
Ἠιόνα παρὰ νύκτα ἐγένετο λαβεῖν· εἰ
γὰρ μὴ ἐβοήθησαν αἱ νῆες διὰ τάχους,
ἅμα ἕῳ ἂν εἴχετο.

107. Μετὰ δὲ τοῦτο ὁ μὲν τὰ ἐν τῇ
Ἠιόνι καθίστατο, ὅπως καὶ τὸ αὐτίκα,
ἢν ἐπίῃ ὁ Βρασίδας, καὶ τὸ ἔπειτα
ἀσφαλῶς ἕξει, δεξάμενος τοὺς ἐθελή-
σαντας ἐπιχωρῆσαι ἄνωθεν κατὰ τὰς
2 σπονδάς· ὁ δὲ πρὸς μὲν τὴν Ἠιόνα κατά
τε τὸν ποταμὸν πολλοῖς πλοίοις ἄφνω
ἀπὸ τοῦ τεί-
χους. καταπλεύσας, εἴ πως τὴν προὔχουσαν ‸
ἄκραν λαβὼν κρατοίη τοῦ ἔσπλου, καὶ
κατὰ γῆν ἀποπειράσας ἅμα, ἀμφοτέρωθεν
ἀπεκρούσθη, τὰ δὲ περὶ τὴν Ἀμφίπολιν
3 ἐξηρτύετο. καὶ Μύρκινός τε αὐτῷ
προσεχώρησεν, Ἠδωνικὴ πόλις, Πιττακοῦ

τοῦ Ἠδώνων βασιλέως ἀποθανόντος ὑπὸ
τῶν Γοάξιος παίδων καὶ Βραυροῦς τῆς
γυναικὸς αὐτοῦ, καὶ Γαληψὸς οὐ πολλῷ
ὕστερον καὶ Οἰσύμη· εἰσὶ δὲ αὗται
Θασίων ἀποικίαι. παρὼν δὲ καὶ Περ-
δίκκας εὐθὺς μετὰ τὴν ἅλωσιν ξυγκαθίστη
ταῦτα.

108. Ἐχομένης δὲ τῆς Ἀμφιπόλεως
οἱ Ἀθηναῖοι ἐς μέγα δέος κατέστησαν,
ἄλλως τε καὶ ὅτι ἡ πόλις ˏ ἦν ὠφέλι-   ΑΥΤΟῖϹ.
μος ξύλων τε ναυπηγησίμων πομπῇ καὶ
χρημάτων προσόδῳ, καὶ ὅτι μέχρι μὲν
τοῦ Στρυμόνος ἦν πάροδος Θεσσαλῶν
διαγόντων ἐπὶ τοὺς ξυμμάχους σφῶν
τοῖς Λακεδαιμονίοις, τῆς δὲ γεφύρας μὴ
κρατούντων, ἄνωθεν μὲν μεγάλης οὔσης
ἐπὶ πολὺ λίμνης τοῦ ποταμοῦ, τὰ δὲ

πρὸς Ἠιόνα τριήρεσι τηρουμένου, οὐκ
ἂν δύνασθαι προελθεῖν· τότε δὲ ῥᾴδια
ἤδη ˏ γεγενῆσθαι. καὶ τοὺς ξυμμάχους 2 ΕΝΟΜΙΖΕΤΟ.
ἐφοβοῦντο μὴ ἀποστῶσιν. ὁ γὰρ Βρασί-   ΕΝΟΜΙΖΟΝ.
                                              ΕΝΟΜΙΖΕ.
δας ἔν τε τοῖς ἄλλοις μέτριον ἑαυτὸν
παρεῖχε καὶ ἐν τοῖς λόγοις πανταχοῦ
ἐδήλου ὡς ἐλευθερώσων τὴν Ἑλλάδα
ἐκπεμφθείη. καὶ αἱ πόλεις πυνθανό- 3
μεναι ˏ τῆς τε Ἀμφιπόλεως τὴν ἅλωσιν   ΑῙ ΤῶΝ ΑΘΗΝΑΙ-
καὶ ἃ παρέχεται, τήν τε ἐκείνου πρᾳότητα,   ΩΝ ΥΠΗΚΟΟΙ.
μάλιστα δὴ ἐπήρθησαν ἐς τὸ νεωτερίζειν,
καὶ ἐπεκηρυκεύοντο πρὸς αὐτὸν κρύφα,
ἐπιπαριέναι τε κελεύοντες καὶ βουλό-
μενοι αὐτοὶ ἕκαστοι πρῶτοι ἀποστῆναι.
καὶ γὰρ καὶ ἄδεια ἐφαίνετο αὐτοῖς, 4
ἐψευσμένοι μὲν τῆς Ἀθηναίων δυνάμεως

ἐπὶ τοσοῦτον ὅση ὕστερον διεφάνη, τὸ
δὲ πλέον βουλήσει κρίνοντες ἀσαφεῖ ἢ
προνοίᾳ ἀσφαλεῖ, εἰωθότες οἱ ἄνθρωποι
οὗ μὲν ἐπιθυμοῦσιν ἐλπίδι ὑπερισκέπτῳ
διδόναι, ὃ δὲ μὴ προσίενται λογισμῷ
5 αὐτοκράτορι διωθεῖσθαι. ἅμα δὲ τῶν
Ἀθηναίων ἐν τοῖς Βοιωτοῖς νεωστὶ
πεπληγμένων καὶ τοῦ Βρασίδου ἐφολκὰ

αγτῶ ἐπὶ νί-
ϲΑΙΑΝ τῆ ἑ-
αγτοῦ μόνη
ϲτρατιᾷ.

καὶ οὐ τὰ ὄντα λέγοντος, ὡς ͵ οὐκ
ἠθέλησαν οἱ Ἀθηναῖοι ξυμβαλεῖν, ἐθάρ-
σουν καὶ ἐπίστευον μηδένα ἂν ἐπὶ σφᾶς
6 βοηθῆσαι. τὸ δὲ μέγιστον, διὰ τὸ
ἡδονὴν ἔχον ἐν τῷ αὐτίκα καὶ ὅτι τὸ
πρῶτον Λακεδαιμονίων ὀργώντων ἔμελλον
πειράσεσθαι, κινδυνεύειν παντὶ τρόπῳ
7 ἕτοιμοι ἦσαν. ὧν αἰσθόμενοι οἱ μὲν v.l. αἰσθανόμενοι.
Ἀθηναῖοι φυλακάς, ὡς ἐξ ὀλίγου καὶ ἐν
χειμῶνι, διέπεμπον ἐς τὰς πόλεις, ὁ δὲ
ἐς τὴν Λακεδαίμονα . . . ἐφιέμενος Λακεδαίμονα ἐφιέ-
στρατιὰν προσαποστέλλειν καὶ αὐτὸς μενος mss. lacuna
ἐν τῷ Στρυμόνι ναυπηγίαν τριήρων v.l. στρατιὰν τε.
8 παρεσκευάζετο. οἱ δὲ Λακεδαιμόνιοι τὰ ἐκέλευε καὶ αὐτὸς mss.

ἀπὸ τῶν πρώ-
των ἀνδρῶν.

μὲν καὶ φθόνῳ ͵ οὐχ ὑπηρέτησαν αὐτῷ,
τὰ δὲ καὶ βουλόμενοι μᾶλλον τούς τε
ἄνδρας τοὺς ἐκ τῆς νήσου κομίσασθαι
καὶ τὸν πόλεμον καταλῦσαι.

109. Τοῦ δ' αὐτοῦ χειμῶνος Μεγαρῆς
τε τὰ μακρὰ τείχη, ἃ σφῶν οἱ Ἀθηναῖοι τά τε mss. corr.
εἶχον, κατέσκαψαν ἑλόντες ἐς ἔδαφος, Haack.

μετὰ τὴν ἀμφι-
πόλεωϲ ἅλω-
ϲιν.

καὶ Βρασίδας ͵ ἔχων τοὺς ξυμμάχους
στρατεύει ἐπὶ τὴν Ἀκτὴν καλουμένην.
2 ἔστι δὲ ἀπὸ τοῦ βασιλέως διορύγματος

ὄροϲ ὑψηλόν.

ἔσω προύχουσα, καὶ ὁ Ἄθως αὐτῆς ͵

τελευτᾷ ἐς τὸ Αἰγαῖον πέλαγος. πόλεις 3
δὲ ἔχει Σάνην μὲν Ἀνδρίων ἀποικίαν
παρ' αὐτὴν τὴν διώρυχα, ἐς τὸ πρὸς
Εὔβοιαν πέλαγος τετραμμένην, τὰς δὲ
ἄλλας Θυσσὸν καὶ Κλεωνὰς καὶ Ἀκρο-
θώους καὶ Ὀλόφυξον καὶ Δῖον· αἱ 4
οἰκοῦνται ξυμμίκτοις ἔθνεσι βαρβάρων
διγλώσσων, καί τι καὶ Χαλκιδικὸν ἔνι
βραχύ, τὸ δὲ πλεῖστον Πελασγικόν, τῶν
καὶ Λῆμνόν ποτε καὶ Ἀθήνας Τυρσηνῶν
οἰκησάντων, καὶ Βισαλτικὸν καὶ Κρησ-
τωνικὸν καὶ Ἠδῶνες· κατὰ δὲ μικρὰ
πολίσματα οἰκοῦσι. καὶ οἱ μὲν πλείους 5
προσεχώρησαν τῷ Βρασίδᾳ, Σάνη δὲ καὶ
Δῖον ἀντέστη, καὶ αὐτῶν τὴν χώραν
ἐμμείνας τῷ στρατῷ ἐδῄου.

110. Ὡς δ' οὐκ ἐσήκουον, εὐθὺς
στρατεύει ἐπὶ Τορώνην τὴν Χαλκιδικήν,
κατεχομένην ὑπὸ Ἀθηναίων· καὶ ˏ ἄν-
δρες ὀλίγοι ἐπήγοντο, ἑτοῖμοι ὄντες τὴν
πόλιν παραδοῦναι. καὶ ἀφικόμενος νυκ-
τὸς ἔτι ˏ τῷ στρατῷ ἐκαθέζετο πρὸς τὸ
Διοσκόρειον, ὃ ἀπέχει τῆς πόλεως τρεῖς
μάλιστα σταδίους. τὴν μὲν οὖν ἄλλην 2
πόλιν τῶν Τορωναίων καὶ τοὺς Ἀθη-
ναίους τοὺς ἐμφρουροῦντας ἔλαθεν· οἱ
δὲ πράσσοντες αὐτῷ εἰδότες ὅτι ἥξοι,
καὶ προελθόντες τινὲς αὐτῶν λάθρα
ὀλίγον ἐτήρουν τὴν πρόσοδον, καὶ ὡς
ᾔσθοντο παρόντα, ἐσκομίζουσι παρ' αὐ-
τοὺς ἐγχειρίδια ἔχοντας ἄνδρας ψιλοὺς
ἑπτά—τοσοῦτοι γὰρ μόνοι ἀνδρῶν εἴκοσι
τὸ πρῶτον ταχθέντων οὐ κατέδεισαν

αὐτōν.
περὶ ὄρθρον.
ἔτι καὶ περὶ mss.
v.l. ἥξει.
ὀλίγοι mss. corr. Cobet.

ἐσελθεῖν· ἦρχε δὲ αὐτῶν Λυσίστρατος
Ὀλύνθιος—, οἳ διαδύντες διὰ τοῦ πρὸς
τὸ πέλαγος τείχους λαθόντες τούς τε _{καὶ λαθόντες mss.}
ἐπὶ τοῦ ἀνωτάτω φυλακτηρίου φρουρούς, _{corr. R.}
οὔσης τῆς πόλεως πρὸς λόφον, ἀναβάντες
διέφθειραν καὶ τὴν κατὰ Καναστραῖον
πυλίδα διῄρουν.

111. Ὁ δὲ Βρασίδας τῷ μὲν ἄλλῳ
στρατῷ ἡσύχαζεν ὀλίγον προελθών,
ἑκατὸν δὲ πελταστὰς προπέμπει, ὅπως,
ὁπότε πύλαι τινὲς ἀνοιχθεῖεν καὶ τὸ
σημεῖον ἀρθείη ὃ ξυνέκειτο, πρῶτοι
2 ἐσδράμοιεν. καὶ οἱ μὲν χρόνου ἐγγι-
γνομένου καὶ θαυμάζοντες κατὰ μικρὸν
ἔτυχον ἐγγὺς τῆς πόλεως προσελθόντες·
οἱ δὲ τῶν Τορωναίων ἔνδοθεν παρασκευά-
ζοντες μετὰ τῶν ἐσεληλυθότων, ὡς αὐτοῖς
ἥ τε πυλὶς διῄρητο καὶ αἱ κατὰ τὴν
ἀγορὰν πύλαι τοῦ μοχλοῦ διακοπέντος
ἀνεῴγοντο, πρῶτον μὲν κατὰ τὴν πυλίδα
τινὰς περιαγαγόντες ἐσεκόμισαν, ὅπως
κατὰ νώτου καὶ ἀμφοτέρωθεν τοὺς ἐν τῇ
πόλει οὐδὲν εἰδότας ἐξαπίνης φοβήσειαν,
ἔπειτα τὸ σημεῖόν τε τοῦ πυρός, ὡς
εἴρητο, ἀνέσχον καὶ διὰ τῶν κατὰ τὴν
ἀγορὰν πυλῶν τοὺς λοιποὺς ἤδη τῶν
πελταστῶν ἐσεδέχοντο.

112. Καὶ ὁ Βρασίδας ἰδὼν τὸ ξύνθημα
ἔθει δρόμῳ, ἀναστήσας τὸν στρατὸν
ἐμβοήσαντά τε ἁθρόον καὶ ἔκπληξιν
πολλὴν τοῖς ἐν τῇ πόλει παρασχόντα.
2 καὶ οἱ μὲν κατὰ τὰς πύλας εὐθὺς ἐσέ-
πιπτον, οἱ δὲ κατὰ δοκοὺς τετραγώνους,

αἳ ἔτυχον τῷ τείχει πεπτωκότι καὶ
ἀνοικοδομουμένῳ πρὸς λίθων ἀνολκὴν
προσκείμεναι. Βρασίδας μὲν οὖν καὶ 3
τὸ πλῆθος εὐθὺς ₄ ἐπὶ τὰ μετέωρα τῆς
πόλεως ἐτράπετο, βουλόμενος κατ' ἄκρας ₄
ἑλεῖν ₄ · ὁ δὲ ἄλλος ὅμιλος κατὰ πάντα
ὁμοίως ἐσκεδάννυντο.

113. Τῶν δὲ Τορωναίων γιγνομένης
τῆς ἁλώσεως τὸ μὲν πολὺ οὐδὲν εἰδὸς
ἐθορυβεῖτο, οἱ δὲ πράσσοντες καὶ οἷς
ταῦτα ἤρεσκε μετὰ τῶν ἐσελθόντων εὐθὺς
ἦσαν. οἱ δὲ Ἀθηναῖοι—ἔτυχον γὰρ ἐν τῇ 2
ἀγορᾷ ὁπλῖται καθεύδοντες ὡς πεντήκοντα
—ἐπειδὴ ᾔσθοντο, οἱ μέν τινες ὀλίγοι
διαφθείρονται ἐν χερσίν ₄, τῶν δὲ λοιπῶν
οἱ μὲν πεζῇ, οἱ δὲ ἐς τὰς ναῦς, αἳ
ἐφρούρουν δύο, καταφυγόντες διασῴζονται
ἐς τὴν Λήκυθον τὸ φρούριον, ὃ εἶχον
αὐτοὶ καταλαβόντες, ἄκρον τῆς πόλεως ἐς
τὴν θάλασσαν ἀπειλημμένον ἐν στενῷ
ἰσθμῷ. ⌜κατέφυγον δὲ καὶ τῶν Τορωναίων 3
ἐς αὐτοὺς ὅσοι ἦσαν σφίσιν ἐπιτήδειοι.⌝

114. Γεγενημένης δὲ ἡμέρας ἤδη καὶ
βεβαίως τῆς πόλεως ἐχομένης ὁ Βρασίδας
τοῖς μὲν μετὰ τῶν Ἀθηναίων Τορωναίοις
καταπεφευγόσι κήρυγμα ἐποιήσατο τὸν
βουλόμενον ἐπὶ τὰ ἑαυτοῦ ἐξελθόντα
ἀδεῶς πολιτεύειν, τοῖς δὲ Ἀθηναίοις
κήρυκα προσπέμψας ἐξιέναι ἐκέλευσεν ἐκ
τῆς Ληκύθου ὑποσπόνδους καὶ τὰ ἑαυτῶν
ἔχοντας ὡς οὔσης Χαλκιδέων. οἱ δὲ 2
ἐκλείψειν μὲν οὐκ ἔφασαν, σπείσασθαι
δὲ σφίσιν ἐκέλευον ἡμέραν τοὺς νεκροὺς

[marginalia left:]
οἰκοδομουμένῳ mss.
corr. Herwerden.

ἄνω καὶ ἐπὶ mss.
καὶ βεβαίως mss.

ταὐτὰ Classen.

[marginalia right:]
ἄνω.
ΒεΒαίως.
ΑΫΤΗΝ.

ΑΫΤΩΝ.

Corrupt.

ἀνελέσθαι. ὁ δὲ ἐσπείσατο δύο. ἐν ταύταις
δὲ αὐτός τε τὰς ἐγγὺς οἰκίας ἐκρατύνατο
3 καὶ Ἀθηναῖοι τὰ σφέτερα. καὶ ξύλλογον
τῶν Τορωναίων ποήσας ἔλεξε τοῖς ἐν τῇ
Ἀκάνθῳ παραπλήσια, ὅτι οὐ δίκαιον εἴη
οὔτε τοὺς πράξαντας πρὸς αὐτὸν τὴν
λῆψιν τῆς πόλεως χείρους οὐδὲ προδότας
ἡγεῖσθαι—οὐδὲ γὰρ ἐπὶ δουλείᾳ οὐδὲ
χρήμασι πεισθέντας δρᾶσαι τοῦτο, ἀλλ᾽
ἐπὶ ἀγαθῷ καὶ ἐλευθερίᾳ τῆς πόλεως—,
οὔτε τοὺς μὴ μετασχόντας οἴεσθαι μὴ
τῶν αὐτῶν τεύξεσθαι· ἀφῖχθαι γὰρ οὐ
διαφθερῶν οὔτε πόλιν οὔτε ἰδιώτην
4 οὐδένα. τὸ δὲ κήρυγμα ποήσασθαι τούτου
ἕνεκα τοῖς παρ᾽ Ἀθηναίους καταπεφευ-
γόσιν, καὶ ἡγούμενος οὐδὲν χείρους τῇ ὡς ἡγούμενος MSS.
ἐκείνων φιλίᾳ· οὐδ᾽ ἂν σφῶν πειρα- corr. Κ.

ΤΩΝ ΛΑΚΕΔΑΙ-
ΜΟΝΙΩΝ.
σαμένους αὐτοὺς ∧ δοκεῖν ἧσσον, ἀλλὰ
πολλῷ μᾶλλον, ὅσῳ δικαιότερα πράσ-
σουσιν, εὔνους ἂν σφίσι γενέσθαι, ἀπειρίᾳ
5 δὲ νῦν πεφοβῆσθαι. τούς τε πάντας
παρασκευάζεσθαι ἐκέλευσεν ὡς βεβαίους
τε ἐσομένους ξυμμάχους καὶ τὸ ἀπὸ
τοῦδε ἤδη ὅ τι ἂν ἁμαρτάνωσιν αἰτίαν
ἕξοντας· τὰ δὲ πρότερα οὐ σφεῖς ἀδικεῖ-
σθαι, ἀλλ᾽ ἐκείνους μᾶλλον ὑπ᾽ ἄλλων
κρεισσόνων, καὶ ξυγγνώμην εἶναι εἴ τι
ἠναντιοῦντο.

115. Καὶ ὁ μὲν τοιαῦτα εἰπὼν καὶ
παραθαρσύνας διελθουσῶν τῶν σπονδῶν
τὰς προσβολὰς ἐποεῖτο τῇ Ληκύθῳ· οἱ
δὲ Ἀθηναῖοι ἠμύνοντό τε ἐκ φαύλου τειχί- v.l. ἠμύναντο.
σματος καὶ ἀπ᾽ οἰκιῶν ἐπάλξεις ἐχουσῶν,

καὶ μίαν μὲν ἡμέραν ἀπεκρούσαντο· τῇ 2
δ' ὑστεραίᾳ μηχανῆς μελλούσης προσά-
ξεσθαι ‚ ἀπὸ τῶν ἐναντίων, ἀφ' ἧς
πῦρ ἐνήσειν διενοοῦντο ἐς τὰ ξύλινα
παραφράγματα, καὶ προσιόντος ἤδη τοῦ
στρατεύματος, ᾗ ᾤοντο μάλιστα αὐτοὺς
προσκομιεῖν τὴν μηχανὴν καὶ ἦν ἐπιμα-
χώτατον, πύργον ξύλινον ἐπ' οἴκημα
ἀντέστησαν, καὶ ὕδατος ἀμφορέας πολ-
λοὺς καὶ πίθους ἀνεφόρησαν καὶ λίθους
μεγάλους, ἄνθρωποί τε πολλοὶ ἀνέβησαν.
τὸ δὲ οἴκημα λαβὸν μεῖζον ἄχθος 3
ἐξαπίνης κατερρύη καὶ ψόφου πολλοῦ
γενομένου τοὺς μὲν ἐγγὺς καὶ ὁρῶντας
τῶν Ἀθηναίων ἐλύπησε μᾶλλον ἢ ἐφό-
βησεν, οἱ δὲ ἄπωθεν, καὶ μάλιστα οἱ διὰ
πλείστου, νομίσαντες ταύτῃ ἑαλωκέναι
ἤδη τὸ χωρίον φυγῇ ἐς τὴν θάλασσαν
καὶ τὰς ναῦς ὥρμησαν.

116. Καὶ ὁ Βρασίδας ὡς ᾔσθετο
αὐτοὺς ἀπολείποντάς τε τὰς ἐπάλξεις
καὶ τὸ γιγνόμενον ὁρῶν, ἐπιφερόμενος τῷ
στρατῷ εὐθὺς τὸ τείχισμα λαμβάνει, καὶ
ὅσους ἐγκατέλαβε διέφθειρε. καὶ οἱ μὲν 2
Ἀθηναῖοι τοῖς τε πλοίοις καὶ ταῖς ναυσὶ
τούτῳ τῷ τρόπῳ ἐκλιπόντες τὸ χωρίον
ἐς Παλλήνην διεκομίσθησαν· ὁ δὲ Βρα-
σίδας—ἔστι γὰρ ἐν τῇ Ληκύθῳ Ἀθηναίας
ἱερόν, καὶ ἔτυχε κηρύξας, ὅτε ἔμελλε
προσβάλλειν, τῷ ἐπιβάντι πρώτῳ τοῦ
τείχους τέσσαρας μνᾶς ἀργυρίου δώσειν
—νομίσας ἄλλῳ τινὶ τρόπῳ ἢ ἀνθρωπείῳ
τὴν ἅλωσιν γενέσθαι, τάς τε τέσσαρας

(margin left)
ὑπὸ Cobet.

κατερράγη mss.
corr. Cobet.

Ἀθηνᾶς mss. corr.
Herwerden.

τριάκοντα mss.
corr. Mahaffy Δ
for Λ.
τριάκοντα mss.
corr. Mahaffy Δ
for Λ.

(margin right)
αὐτοῖς.

H

καθελών.

μνᾶς τῇ θεῷ ἀπέδωκεν ἐς τὸ ἱερὸν καὶ
τὴν Λήκυθον ἀνασκευάσας τέμενος ἀνῆκεν καθελὼν καὶ mss.
3 ἅπαν. καὶ ὁ μὲν τὸ λοιπὸν τοῦ χειμῶ-
νος ἅ τε εἶχε τῶν χωρίων καθίστατο
καὶ τοῖς ἄλλοις ἐπεβούλευε· καὶ τοῦ
χειμῶνος διελθόντος ὄγδοον ἔτος ἐτελεύ-
τα τῷ πολέμῳ.

117. Λακεδαιμόνιοι δὲ καὶ Ἀθηναῖοι
ἅμα ἦρι τοῦ ἐπιγιγνομένου θέρους εὐθὺς
ἐκεχειρίαν ἐποήσαντο ἐνιαύσιον, νομίσαν-
τες Ἀθηναῖοι μὲν οὐκ ἂν ἔτι τὸν Βρασί-
δαν σφῶν προσαποστῆσαι οὐδὲν πρὶν
παρασκευάσαιντο καθ' ἡσυχίαν, καὶ ἅμα
εἰ καλῶς σφίσιν ἔχοι, κἂν ξυμβῆναι τὰ καὶ ξυμβῆναι mss.
πλείω, Λακεδαιμόνιοι δὲ ταῦτα τοὺς v.l. Λακεδαιμόνιοί
Ἀθηναίους ἡγούμενοι ἅπερ ἐδέδισαν φο- τε ταῦτα τοῖς Ἀθη-
βεῖσθαι, καὶ γενομένης ἀνοκωχῆς κακῶν v.l. ἔδεισαν.
καὶ ταλαιπωρίας μᾶλλον ἐπιθυμήσειν
αὐτοὺς πειρασαμένους ξυναλλαγῆναί τε
καὶ τοὺς ἄνδρας σφίσιν ἀποδόντας
σπονδὰς ποήσασθαι καὶ ἐς τὸν πλείω
2 χρόνον. τοὺς γὰρ δὴ ἄνδρας περὶ πλέονος
ἐποιοῦντο κομίσασθαι, ἕως ἔτι Βρασίδας ὡς ἔτι mss.
ηὐτύχει, καὶ ἔμελλον ἐπὶ μεῖζον χωρή-
σαντος αὐτοῦ καὶ ⌜ἀντίπαλα καταστή-
Corrupt. σαντος τῶν μὲν στέρεσθαι, τοῖς δ' ἐκ τοῦ v.l. τοὺς δ' ἐκ.
ἴσου ἀμυνόμενοι κινδυνεύσειν καὶ κρα- v.l. κινδινεύειν.
τήσειν.⌝ γίγνεται οὖν ἐκεχειρία αὐτοῖς τε
καὶ τοῖς ξυμμάχοις ἥδε.

118. "Περὶ μὲν τοῦ ἱεροῦ καὶ τοῦ μαν-
τείου τοῦ Ἀπόλλωνος τοῦ Πυθίου δοκεῖ
ἡμῖν χρῆσθαι τὸν βουλόμενον ἀδόλως καὶ
2 ἀδεῶς κατὰ τοὺς πατρίους νόμους. τοῖς

μὲν Λακεδαιμονίοις ταῦτα δοκεῖ καὶ τοῖς
ξυμμάχοις τοῖς παροῦσι· Βοιωτοὺς δὲ
καὶ Φωκέας πείσειν φασὶν ἐς δύναμιν
προσκηρυκευόμενοι. περὶ δὲ τῶν χρημά- 3

v.l. τῶν τοῦ θεοῦ. των τοῦ θεοῦ ἐπιμέλεσθαι ὅπως τοὺς
ἀδικοῦντας ἐξευρήσομεν, ὀρθῶς καὶ δι-
καίως τοῖς πατρίοις νόμοις χρώμενοι καὶ
ἡμεῖς καὶ ὑμεῖς καὶ τῶν ἄλλων οἱ βουλό-
μενοι, τοῖς πατρίοις νόμοις χρώμενοι
πάντες. περὶ μὲν οὖν τούτων ἔδοξε 4

v.l. τοῖς ἄλλοις ξυμμάχοις. Λακεδαιμονίοις καὶ τοῖς ξυμμάχοις κατὰ
ταῦτα· τάδε δὲ ἔδοξε Λακεδαιμονίοις καὶ
τοῖς ξυμμάχοις, ἐὰν σπονδὰς ποιῶνται οἱ
Ἀθηναῖοι, ἐπὶ τῆς αὑτῶν μένειν ἑκατέρους
ἔχοντας ἅπερ νῦν ἔχομεν, τοὺς μὲν ἐν τῷ
Κορυφασίῳ ἐντὸς τῆς Βουφράδος καὶ τοῦ
Τομέως μένοντας, τοὺς δὲ ἐν Κυθήροις μὴ
ἐπιμισγομένους ἐς τὴν ξυμμαχίαν, μήτε
ἡμᾶς πρὸς αὐτοὺς μήτε αὐτοὺς πρὸς
ἡμᾶς, τοὺς δὲ ἐν Νισαίᾳ καὶ Μινώᾳ μὴ
ὑπερβαίνοντας τὴν ὁδὸν τὴν ἀπὸ τῶν

v.l. ἀπὸ τοῦ Νίσου. Πυλῶν τῶν παρὰ τοῦ Νίσου ἐπὶ τὸ
Ποσειδώνιον, ἀπὸ δὲ τοῦ Ποσειδωνίου
εὐθὺς ἐπὶ τὴν γέφυραν τὴν ἐς Μινώαν—
μηδὲ Μεγαρέας καὶ τοὺς ξυμμάχους
ὑπερβαίνειν τὴν ὁδὸν ταύτην—,καὶ τὴν
νῆσον, ἥνπερ ἔλαβον οἱ Ἀθηναῖοι, ἔχον-

v.l. μήτε. τας, μηδὲ ἐπιμισγομένους μηδετέρους
μηδετέρωσε, καὶ τὰ ἐν Τροιζῆνι, ὅσαπερ
νῦν ἔχουσι καὶ οἷα ξυνέθεντο πρὸς
Ἀθηναίους. καὶ τῇ θαλάσσῃ χρωμένους, 5
ὅσα ἂν κατὰ τὴν ἑαυτῶν καὶ κατὰ τὴν
ξυμμαχίαν, Λακεδαιμονίους καὶ τοὺς

ξυμμάχους πλεῖν μὴ μακρᾷ νηί, ἄλλῳ δὲ
κωπήρει πλοίῳ, ἐς πεντακόσια τάλαντα
6 ἄγοντι μέτρα. κήρυκι δὲ καὶ πρεσβείᾳ
καὶ ἀκολούθοις, ὁπόσοις ἂν δοκῇ, περὶ
καταλύσεως τοῦ πολέμου καὶ δικῶν ἐς
Πελοπόννησον καὶ Ἀθήναζε σπονδὰς
εἶναι ἰοῦσι καὶ ἀπιοῦσι, καὶ κατὰ γῆν καὶ
7 κατὰ θάλασσαν. τοὺς δὲ αὐτομόλους μὴ
δέχεσθαι ἐν τούτῳ τῷ χρόνῳ, μήτε
ἐλεύθερον μήτε δοῦλον, μήτε ἡμᾶς μήτε
8 ὑμᾶς. δίκας τε διδόναι ἡμᾶς τε ὑμῖν καὶ
ὑμᾶς ἡμῖν κατὰ τὰ πάτρια, τὰ ἀμφίλογα
9 δίκῃ διαλύοντας ἄνευ πολέμου. τοῖς μὲν
Λακεδαιμονίοις καὶ τοῖς ξυμμάχοις ταῦτα
δοκεῖ· εἰ δέ τι ὑμῖν εἴτε κάλλιον εἴτε
δικαιότερον τούτων δοκεῖ εἶναι, ἰόντες ἐς
Λακεδαίμονα διδάσκετε· οὐδενὸς γὰρ
ἀποστήσονται, ὅσα ἂν δίκαια λέγητε,
οὔτε οἱ Λακεδαιμόνιοι οὔτε οἱ ξύμμαχοι.
10 οἱ δὲ ἰόντες τέλος ἔχοντες ἰόντων, ᾗπερ
καὶ ὑμεῖς ἡμᾶς κελεύετε. αἱ δὲ σπονδαὶ
ἐνιαυτὸν ἔσονται.

Ἔδοξε τῷ δήμῳ. Ἀκαμαντὶς ἐπρυτά-
νευε, Φαίνιππος ἐγραμμάτευε, Νικιάδης
ἐπεστάτει. Λάχης εἶπε, τύχῃ ἀγαθῇ τῇ
Ἀθηναίων, ποεῖσθαι τὴν ἐκεχειρίαν, καθ᾽
ἃ ξυγχωροῦσι Λακεδαιμόνιοι καὶ οἱ ξύμ-
12 μαχοι αὐτῶν· καὶ ὡμολόγησαν ἐν τῷ δήμῳ
τὴν ἐκεχειρίαν εἶναι ἐνιαυτόν, ἄρχειν δὲ v.l. ἀρχὴν.
τήνδε τὴν ἡμέραν, τετράδα ἐπὶ δέκα τοῦ
13 Ἐλαφηβολιῶνος μηνός. ἐν τούτῳ τῷ
χρόνῳ ἰόντας ὡς ἀλλήλους πρέσβεις καὶ
κήρυκας ποεῖσθαι τοὺς λόγους, καθ᾽ ὅ

τι ἔσται ἡ κατάλυσις τοῦ πολέμου. ἐκ- 14
κλησίαν δὲ ποήσαντας τοὺς στρατηγοὺς
καὶ τοὺς πρυτάνεις πρῶτον περὶ τῆς
εἰρήνης βουλεύσασθαι Ἀθηναίους καθ' ὅ
τι ἂν ἐσίῃ ἡ πρεσβεία περὶ τῆς κατα-
λύσεως τοῦ πολέμου. σπείσασθαι δὲ
αὐτίκα μάλα τὰς πρεσβείας ἐν τῷ δήμῳ
τὰς παρούσας ἦ μὴν ἐμμενεῖν ἐν ταῖς
σπονδαῖς τὸν ἐνιαυτόν."

119. Ταῦτα ξυνέθεντο ˍ καὶ ὤμοσαν ˍ
μηνὸς ἐν Λακεδαίμονι Γεραστίου δωδεκά-
τῃ. ˍ καὶ ἐσπένδοντο Λακεδαιμονίων μὲν 2
οἵδε· Ταῦρος Ἐχετιμίδα, Ἀθήναιος Περι-
κλείδα, Φιλοχαρίδας Ἐρυξιλαΐδα· Κο-
ρινθίων δὲ Αἰνέας Ὠκύτου, Εὐφαμίδας
Ἀριστωνύμου· Σικυωνίων δὲ Δαμότιμος
Ναυκράτους, Ὀνάσιμος Μεγακλέους·
Μεγαρέων δὲ Νίκασος Κεκάλου, Μενε-
κράτης Ἀμφιδώρου· Ἐπιδαυρίων δὲ
Ἀμφίας Εὐπαΐδα· Ἀθηναίων δὲ οἱ στρα-
τηγοὶ Νικόστρατος Διειτρέφους, Νικίας
Νικηράτου, Αὐτοκλῆς Τολμαίου. ἡ μὲν 3
δὴ ἐκεχειρία αὕτη ἐγένετο, καὶ ξυνῆσαν
ἐν αὐτῇ περὶ τῶν μειζόνων σπονδῶν διὰ
παντὸς ἐς λόγους.

120. Περὶ δὲ τὰς ἡμέρας ταύτας ˍ
Σκιώνη ἐν τῇ Παλλήνῃ πόλις ἀπέστη
ἀπ' Ἀθηναίων πρὸς Βρασίδαν. φασὶ δὲ
οἱ Σκιωναῖοι Πελληνῆς μὲν εἶναι ἐκ Πελο-
ποννήσου, πλέοντας δ' ἀπὸ Τροίας σφῶν
τοὺς προγόνους κατενεχθῆναι ἐς τὸ
χωρίον τοῦτο τῷ χειμῶνι ᾧ ἐχρήσαντο
Ἀχαιοί, καὶ αὐτοῦ οἰκῆσαι. ἀποστᾶσι 2

---

v.l. καὶ ὡμολόγη-
σαν.

Ἐρυξιδαΐδα mss.
corr. Valckenaer.

Εὐπαλίδα Hude.

τοὺς πρώτους mss.
corr. Cobet.

ΛΑΚΕΔΑΙΜΟΝΙΟΙ.
ΚΑΙ ΟΙ ΞΥΜΜΑΧΟΙ
ΑΘΗΝΑΙΟΙΣ ΚΑΙ
ΤΟΙΣ ΞΥΜΜΑ-
ΧΟΙΣ.
ΞΥΝΕΤΙΘΕΝΤΟ
ΔΕ..

ΑΙΣ ΕΠΗΡΧΟΝΤΟ.

δ' αὐτοῖς ὁ Βρασίδας διέπλευσε νυκτὸς
ἐς τὴν Σκιώνην, τριήρει μὲν φιλίᾳ προ-
πλεούσῃ, αὐτὸς δὲ ἐν κελητίῳ ἄπωθεν
ἐφεπόμενος, ὅπως, εἰ μέν τινι τοῦ κέλητος
μείζονι πλοίῳ περιτυγχάνοι, ἡ τριήρης

αγτῶ. αγτῆ. ἀμύνοι ˯ ἀντιπάλου δὲ ἄλλης τριήρους v.l. ἀμύνῃ.
ἐπιγενομένης οὐ πρὸς τὸ ἔλασσον νομίζων
ἀλλ' ἐπὶ τὴν τρέψεσθαι, ˯ καὶ ἐν τούτῳ αὐτὸν δια-
ναῦν. 3 σώσειν. περαιωθεὶς δὲ καὶ ξύλλογον
ποήσας τῶν Σκιωναίων ἔλεγεν ἅ τε
ἐν τῇ Ἀκάνθῳ καὶ Τορώνῃ, καὶ προσ-
φάϲκων. έτι ˯ ἀξιωτάτους αὐτοὺς εἶναι ἐπαίνου,
οἵτινες τῆς Παλλήνης ἐν τῷ ἰσθμῷ
ἀπειλημμένης ὑπὸ τῶν Ἀθηναίων Ποτεί-
δαιαν ἐχόντων καὶ ὄντες οὐδὲν ἄλλο ἢ
νησιῶται αὐτεπάγγελτοι ἐχώρησαν πρὸς
τὴν ἐλευθερίαν καὶ οὐκ ἀνέμειναν ἀτολ-
μίᾳ ἀνάγκην σφίσι προσγενέσθαι περὶ
τοῦ φανερῶς οἰκείου ἀγαθοῦ· σημεῖόν τ'
εἶναι τοῦ καὶ ἄλλο τι ἂν αὐτοὺς τῶν
μεγίστων ἀνδρείως ὑπομεῖναι, εἴ τε
τεθήσεται κατὰ νοῦν τὰ πράγματα, εἰ τεθήσεται mss.
πιστοτάτους τε τῇ ἀληθείᾳ ἡγήσεσθαι corr. Krueger.
αὐτοὺς Λακεδαιμονίων φίλους καὶ τἆλλα
τιμήσειν.
121. Καὶ οἱ μὲν Σκιωναῖοι ἐπήρθησάν
τε τοῖς λόγοις καὶ θαρσήσαντες πάντες
ὁμοίως, καὶ οἷς πρότερον μὴ ἤρεσκε τὰ
πρασσόμενα, τόν τε πόλεμον διενοοῦντο
προθύμως οἴσειν καὶ τὸν Βρασίδαν τά τ'
ἄλλα καλῶς ἐδέξαντο καὶ δημοσίᾳ μὲν
χρυσῷ στεφάνῳ ἀνέδησαν ὡς ἐλευθε-
ροῦντα τὴν Ἑλλάδα, ἰδίᾳ δὲ ἐταινίουν τε

τινα αὐτόσε Β.

και προσήρχοντο ὥσπερ ἀθλητῇ. ὁ δὲ τό 2
τε παραυτίκα φυλακήν τινα αὐτοῖς
ἐγκαταλιπὼν διέβη πάλιν και ὕστερον οὐ
πολλῷ στρατιὰν πλείω ἐπεραίωσε, βου-
λόμενος μετ' αὐτῶν τῆς τε Μένδης και
τῆς Ποτειδαίας ἀποπειρᾶσαι, ἡγούμενος
και τοὺς Ἀθηναίους βοηθῆσαι ἂν ὡς ἐς
νῆσον και βουλόμενος φθάσαι· καί τι   ΑΫΤΩ.
και ἐπράσσετο ⸌ προδοσίας πέρι.   ἐc τὰc πόλειc
122. Και ὁ μὲν ἔμελλεν ἐγχειρήσειν   ΤΑΫΤΑc.
ταῖς πόλεσι ταύταις· ἐν τούτῳ δὲ τριήρει
οἱ τὴν ἐκεχειρίαν περιαγγέλλοντες ἀφικ-
νοῦνται παρ' αὐτόν, Ἀθηναίων μὲν
Ἀριστώνυμος, Λακεδαιμονίων δὲ Ἀθή-
ναιος. και ἡ μὲν στρατιὰ πάλιν διέβη 2
ἐς Τορώνην, οἱ δὲ ⸌ ἀνήγγελλον τὴν   τῷ Βραcίδᾳ.
ξυνθήκην, και ἐδέξαντο πάντες οἱ ἐπὶ
Θρᾴκης ξύμμαχοι Λακεδαιμονίων τὰ πε-
πραγμένα. Ἀριστώνυμος δὲ τοῖς μὲν ἄλ- 3

κατήνει mss. la-
cuna Β.

λοις . . . , Σκιωναίους δὲ αἰσθόμενος ἐκ
λογισμοῦ τῶν ἡμερῶν ὅτι ὕστερον ἀφε-
στήκοιεν, οὐκ ἔφη ἐνσπόνδους ἔσεσθαι.
Βρασίδας δὲ ἀντέλεγε πολλά, ὡς πρό-

v.l. ἀφίει.

τερον, και οὐκ ἠφίει τὴν πόλιν. ὡς δ' 4
ἀπήγγειλεν ἐς τὰς Ἀθήνας ὁ Ἀριστώ-
νυμος περὶ αὐτῶν, οἱ Ἀθηναῖοι εὐθὺς
ἕτοιμοι ἦσαν στρατεύειν ἐπὶ τὴν Σκιώνην.
οἱ δὲ Λακεδαιμόνιοι πρέσβεις πέμψαντες
παραβήσεσθαι ἔφασαν αὐτοὺς τὰς σπον-
δάς, και τῆς πόλεως ἀντεποιοῦντο Βρα-
σίδᾳ πιστεύοντες, δίκῃ τε ἕτοιμοι ἦσαν
περὶ αὐτῆς κρίνεσθαι. οἱ δὲ δίκῃ μὲν οὐκ 5
ἤθελον κινδυνεύειν, στρατεύειν δὲ ὡς

ὄντες.

τάχιστα, ὀργὴν ποιούμενοι εἰ καὶ οἱ ἐν
ταῖς νήσοις ἤδη ⌄ ἀξιοῦσι σφῶν ἀφίστα-
σθαι, τῇ κατὰ γῆν Λακεδαιμονίων ἰσχύι
6 ἀνωφελεῖ πιστεύοντες. εἶχε δὲ καὶ ἡ
ἀλήθεια περὶ τῆς ἀποστάσεως μᾶλλον ἢ
οἱ Ἀθηναῖοι ἐδικαίουν· δύο γὰρ ἡμέραις
ὕστερον ἀπέστησαν οἱ Σκιωναῖοι. ψή-
φισμά τ᾽ εὐθὺς ἐποήσαντο, Κλέωνος

πεισθέντες.

γνώμῃ ⌄, Σκιωναίους ἐξελεῖν τε καὶ ἀπο-
κτεῖναι. καὶ τἆλλα ἡσυχάζοντες ἐς τοῦτο
παρεσκευάζοντο.

αὐτῶν.

123. Ἐν τούτῳ δὲ Μένδη ἀφίσταται ⌄,
πόλις ἐν τῇ Παλλήνῃ, Ἐρετριῶν ἀποι-

αὐτούς.

κία. καὶ ⌄ ἐδέξατο ὁ Βρασίδας, οὐ νομί-

ὅτι ἐν τῇ ἐκε-
χειρίᾳ φανερῶς
προσεχώρη-
σαν.

ζων ἀδικεῖν ⌄· ἔστι γὰρ ἃ καὶ αὐτὸς
ἐνεκάλει τοῖς Ἀθηναίοις παραβαίνειν
2 τὰς σπονδάς. διὸ καὶ οἱ Μενδαῖοι μᾶλ-
λον ἐτόλμησαν, τήν τε τοῦ Βρασίδου
γνώμην ὁρῶντες ἑτοίμην, τεκμαιρόμενοι
καὶ ἀπὸ τῆς Σκιώνης ὅτι οὐ προὐδίδου,
καὶ ἅμα τῶν πρασσόντων σφίσιν ὀλί-

ὡς τότε ἐμέλ-
λησεν.
τὸ κατάδηλον.

γων ὄντων ⌄ οὐκέτι ἀνιέντων, ἀλλὰ περὶ
σφίσιν αὐτοῖς φοβουμένων ⌄ καταβιασα-
3 μένων παρὰ γνώμην τοὺς πολλούς. οἱ
δὲ Ἀθηναῖοι εὐθὺς πυθόμενοι, πολλῷ
ἔτι μᾶλλον ὀργισθέντες, παρεσκευάζοντο
4 ἐπ᾽ ἀμφοτέρας τὰς πόλεις. καὶ Βρα-

αὐτῶν.

σίδας προσδεχόμενος τὸν ἐπίπλουν ⌄
ὑπεκκομίζει ἐς Ὄλυνθον τὴν Χαλκιδικὴν
παῖδας καὶ γυναῖκας τῶν Σκιωναίων καὶ
Μενδαίων, καὶ τῶν Πελοποννησίων
αὐτοῖς πεντακοσίους ὁπλίτας διέπεμψε
καὶ πελταστὰς τριακοσίους Χαλκιδέων,

τε ὄντων καὶ ὡς
τότε ἐμέλλησαν
οὐκέτι ἀνέντων,
ἀλλὰ περὶ σφίσιν
αὐτοῖς φοβουμένων
τὸ κατάδηλον καὶ
mss. corr. B.

ἄρχοντά τε τῶν ἁπάντων Πολυδαμίδαν.
καὶ οἱ μὲν τὰ περὶ σφᾶς αὐτούς, ὡς ἐν
τάχει παρεσομένων τῶν Ἀθηναίων,
κοινῇ ηὐτρεπίζοντο.

124. Βρασίδας δὲ καὶ Περδίκκας ἐν
τούτῳ στρατεύουσιν ἅμα ἐπὶ Ἀρραβαῖον
τὸ δεύτερον ἐς Λύγκον. καὶ ἦγον ὁ μὲν
ὧν ἐκράτει Μακεδόνων τὴν δύναμιν καὶ
τῶν ἐνοικούντων Ἑλλήνων ὁπλίτας, ὁ
δὲ πρὸς τοῖς αὐτοῦ περιλοίποις τῶν
Πελοποννησίων Χαλκιδέας καὶ Ἀκανθίους
καὶ τῶν ἄλλων κατὰ δύναμιν ἑκάστων.
ξύμπαν δὲ τὸ ὁπλιτικὸν τῶν Ἑλλήνων
τρισχίλιοι μάλιστα, ἱππῆς δ᾽ οἱ πάντες
ἠκολούθουν Μακεδόνων ξὺν Χαλκιδεῦσιν

ὀλίγῳ mss. ὀλίγου
Priscian.

ὀλίγου ἐς χιλίους, καὶ ἄλλος ὅμιλος τῶν
βαρβάρων πολύς. ἐσβαλόντες δὲ ἐς τὴν 2
Ἀρραβαίου καὶ εὑρόντες ἀντεστρατο-
πεδευμένους αὐτοῖς τοὺς Λυγκηστάς,
ἀντεκαθέζοντο καὶ αὐτοί. καὶ ἐχόντων 3
τῶν μὲν πεζῶν λόφον ἑκατέρωθεν, πεδίου
δὲ τοῦ μέσου ὄντος, οἱ ἱππῆς ἐς αὐτὸ
καταδραμόντες ἱππομάχησαν πρῶτα
ἀμφοτέρων, ἔπειτα δὲ καὶ ὁ Βρασίδας

v.l. πρότερον.

καὶ ὁ Περδίκκας, προελθόντων προτέρων
ἀπὸ τοῦ λόφου μετὰ τῶν ἱππέων τῶν
Λυγκηστῶν ὁπλιτῶν καὶ ἑτοίμων ὄντων
μάχεσθαι, ἀντεπαγαγόντες καὶ αὐτοὶ
ξυνέβαλον καὶ ἔτρεψαν τοὺς Λυγκηστάς,
καὶ πολλοὺς μὲν διέφθειραν, οἱ δὲ λοιποὶ
διαφυγόντες πρὸς τὰ μετέωρα ἡσύχαζον.
μετὰ δὲ τοῦτο τροπαῖον στήσαντες δύο μὲν 4
ἢ τρεῖς ἡμέρας ἐπέσχον, τοὺς Ἰλλυριοὺς

μένοντες, οἳ ἔτυχον τῷ Περδίκκᾳ μισθοῦ
μέλλοντες ἥξειν· ἔπειτα ὁ Περδίκκας
ἐβούλετο προϊέναι ἐπὶ τὰς τοῦ Ἀρραβαίου
κώμας καὶ μὴ καθῆσθαι, Βρασίδας δὲ τῆς

τῶν ἀθηναίων προτερον ἐπι-πλευςάντων.

τε Μένδης περιορώμενος, μὴ τῶν Ἀθη-
ναίων πρότερον ἐπιπλευσάντων τι πάθῃ,
καὶ ἅμα τῶν Ἰλλυριῶν οὐ παρόντων, οὐ
πρόθυμος ἦν, ἀλλὰ ἀναχωρεῖν μᾶλλον.

διαφερομένων αυτῶν.

125. Καὶ ἐν τούτῳ ⸤ ἠγγέλθη ὅτι καὶ   v.l. ὅτι οἱ.
οἱ Ἰλλυριοὶ μετ᾽ Ἀρραβαίου, προδόντες
Περδίκκαν, γεγένηνται· ὥστε ἤδη ἀμφο-

διὰ τὸ δέος αῦτων, ὄντων ἀνθρώπων μα-χίμων.

τέροις μὲν δοκοῦν ἀναχωρεῖν ⸤ κυρωθὲν
δὲ οὐδὲν ἐκ τῆς διαφορᾶς ὁπηνίκα χρὴ
ὁρμᾶσθαι, νυκτός τε ἐπιγενομένης, οἱ μὲν
Μακεδόνες καὶ τὸ πλῆθος τῶν βαρβάρων
εὐθὺς φοβηθέντες, ὅπερ φιλεῖ μεγάλα
στρατόπεδα ἀσαφῶς ἐκπλήγνυσθαι, νομί-   καὶ νομίσαντες mss.
σαντες πολλαπλασίους μὲν ἢ ἦλθον ἐπι-   corr. R.
έναι, ὅσον δὲ οὔπω παρεῖναι, καταστάντες
ἐς αἰφνίδιον φυγὴν ἐχώρουν ἐπ᾽ οἴκου,
καὶ τὸν Περδίκκαν τὸ πρῶτον οὐκ αἰ-
σθανόμενον, ὡς ἔγνω, ἠνάγκασαν πρὶν
τὸν Βρασίδαν ἰδεῖν—ἄπωθεν γὰρ πολὺ
ἀλλήλων ἐστρατοπέδευντο — προαπελ-
2 θεῖν. Βρασίδας δὲ ἅμα τῇ ἔῳ ὡς εἶδε
τοὺς Μακεδόνας προκεχωρηκότας, τούς   προανακεχωρηκό-
τε Ἰλλυριοὺς καὶ τὸν Ἀρραβαῖον μέλ-   τας Herwerden.
λοντας ἐπιέναι, ξυναγαγὼν καὶ αὐτὸς
ἐς πλαίσιον τοὺς ὁπλίτας καὶ τὸν   ἐς τετράγωνον
ψιλὸν ὅμιλον ἐς μέσον λαβών, διενοεῖτο   τάξιν mss. corr.
  Herwerden.
3 ἀναχωρεῖν. ἐκδρόμους δέ, εἴ πῃ προσ-
βάλλοιεν αὐτοῖς, ἔταξε τοὺς νεωτάτους,
καὶ αὐτὸς λογάδας ἔχων τριακοσίους

τελευταῖος γνώμην εἶχεν ὑποχωρῶν τοῖς
τῶν ἐναντίων πρώτοις προσκεισομένοις
ἀνθιστάμενος ἀμύνεσθαι.   καὶ πρὶν τοὺς 4
πολεμίους ἐγγὺς εἶναι, ὡς διὰ ταχέων
παρεκελεύσατο τοῖς στρατιώταις τοιάδε.

126. " Εἰ μὲν μὴ ὑπώπτευον, ἄνδρες

Πελοποννήσιοι, ὑμᾶς τῷ τε μεμονῶσθαι
καὶ ὅτι βάρβαροι οἱ ἐπιόντες καὶ πολλοὶ
ἔκπληξιν ἔχειν, οὐκ ἂν ὁμοίως διδαχὴν
ἅμα τῇ παρακελεύσει ἐποιούμην· νῦν δὲ
πρὸς μὲν τὴν ἀπόλειψιν τῶν ἡμετέρων
καὶ τὸ πλῆθος τῶν ἐναντίων βραχεῖ
ὑπομνήματι καὶ παραινέσει τὰ μέγιστα
πειράσομαι πείθειν.   ἀγαθοῖς γὰρ εἶναι 2
ὑμῖν προσήκει τὰ πολεμικὰ οὐ διὰ
ξυμμάχων παρουσίαν ἑκάστοτε, ἀλλὰ δι᾽
οἰκείαν ἀρετήν, καὶ μηδὲν πλῆθος πεφο-
βῆσθαι ἑτέρων, οἵγε μηδὲ ἀπὸ πολιτειῶν
τοιούτων ἥκετε, ἐν αἷς πολλοὶ ὀλίγων
ἄρχουσιν, ἀλλὰ πλεόνων μᾶλλον ἐλάσ-
σους, οὐκ ἄλλῳ τινὶ κτησάμενοι τὴν
δυναστείαν ἢ τῷ μαχόμενοι κρατεῖν.
βαρβάρους δὲ οὓς νῦν ἀπειρίᾳ δέδιτε, 3
μαθεῖν χρή, ἐξ ὧν τε προηγώνισθε τοῖς
Μακεδόσιν αὐτῶν καὶ ἀφ᾽ ὧν ἐγὼ
εἰκάζων τε καὶ ἄλλων ἀκοῇ ἐπίσταμαι,
οὐ δεινοὺς ἐσομένους.   καὶ γὰρ ὅσα μὲν 4
τῷ ὄντι ἀσθενῆ ὄντα ͜ δόκησιν ἔχει
ἰσχύος, διδαχὴ ἀληθὴς προσγενομένη
περὶ αὐτῶν ἐθάρσυνε μᾶλλον τοὺς ἀμυνο-
μένους· οἷς δὲ βεβαίως τι πρόσεστιν
ἀγαθόν, μὴ προειδώς τις ἂν αὐτοῖς
τολμηρότερον προσφέροιτο.   οὗτοι δὲ 5

Πελοποννήσιοι, τό
τε μεμονῶσθαι
Badham.

πολέμια mss. corr.
Herwerden.

ἐν αἷς οὐ mss. corr.
Dobree.

v.l. εἰκάζω.

ΤΩΝ ΠΟΛΕ-
ΜΙΩΝ.

ὄψεωc.

τὴν μέλλησιν μὲν ἔχουσι τοῖς ἀπείροις
φοβεράν· καὶ γὰρ πλήθει ͺ δεινοὶ καὶ
βοῆς μεγέθει ἀφόρητοι, ἥ τε διὰ κενῆς
ἐπανάσεισις τῶν ὅπλων ἔχει τινὰ δή-
λωσιν ἀπειλῆς. προσμεῖξαι δὲ τοῖς ὑπο-

αὐτά.

μένουσιν ͺ οὐχ ὁμοῖοι· οὔτε γὰρ τάξιν
ἔχοντες αἰσχυνθεῖεν ἂν λιπεῖν τινὰ
χώραν βιαζόμενοι, ἥ τε φυγὴ καὶ ἡ
ἔφοδος αὐτῶν ἴσην ἔχουσα δόξαν τοῦ
καλοῦ ἀνεξέλεγκτον καὶ τὸ ἀνδρεῖον ἔχει.
αὐτοκράτωρ δὲ μάχη μάλιστ' ἂν καὶ
πρόφασιν τοῦ σῴζεσθαί τινι πρεπόντως
πορίσειε, τοῦ τε ἐς χεῖρας ἐλθεῖν πιστό-
τερον τὸ ἐκφοβήσειν ὑμᾶς ἀκινδύνως v.l. ἡμᾶς.
ἡγοῦνται· ἐκείνῳ γὰρ ἂν πρὸ τούτου
6 ἐχρῶντο. σαφῶς τε πᾶν τὸ προ-
ϋπάρχον δεινὸν ἀπ' αὐτῶν ὁρᾶτε ἔργῳ
μὲν βραχὺ ὄν, ὄψει δὲ καὶ ἀκοῇ κατα-
σπέρχον. ὃ ὑπομείναντες ἐπιφερόμενον
καί, ὅταν καιρὸς ᾖ, κόσμῳ καὶ τάξει
αὖθις ὑπάγοντες, ἔς τε τὸ ἀσφαλὲς ὑπαγαγόντες mss.
θᾶσσον ἀφίξεσθε καὶ γνώσεσθε τὸ λοιπὸν corr. Torstrick.
ὅτι οἱ τοιοῦτοι ὄχλοι τοῖς μὲν τὴν πρώτην

ἀπειλαῖc.

ἔφοδον δεξαμένοις ἄπωθεν ͺ τὸ ἀνδρεῖον
μελλήσει ἐπικομποῦσιν, οἳ δ' ἂν εἴξωσιν
αὐτοῖς, κατὰ πόδας τὸ εὔψυχον ἐν τῷ
ἀσφαλεῖ ὀξεῖς ἐνδείκνυνται."
127. Τοιαῦτα ὁ Βρασίδας παραινέσας
ὑπῆγε τὸ στράτευμα. οἱ δὲ βάρβαροι
ἰδόντες πολλῇ βοῇ καὶ θορύβῳ προσέ-
κειντο, νομίσαντες φεύγειν τε αὐτὸν καὶ
2 καταλαβόντες διαφθερεῖν. καὶ ὡς αὐτοῖς διαφθείρειν mss.
αἵ τε ἐκδρομαὶ ὅπη προσπίπτοιεν ἀπήν- corr. Cobet.

των καὶ αὐτὸς ἔχων τοὺς λογάδας
ἐπικειμένους ὑφίστατο, τῇ τε πρώτῃ
ὁρμῇ παρὰ γνώμην ἀντέστησαν καὶ τὸ
λοιπὸν ἐπιφερομένους μὲν δεχόμενοι
ἠμύνοντο, ἡσυχαζόντων δὲ αὐτοὶ ὑπε-
χώρουν, τότε δὴ τῶν μετὰ τοῦ Βρασίδου
Ἑλλήνων ἐν τῇ εὐρυχωρίᾳ οἱ πολλοὶ
τῶν βαρβάρων ἀπέσχοντο, μέρος δέ τι
καταλιπόντες αὐτοῖς ἐπακολουθοῦν προσ-
βάλλειν, οἱ λοιποὶ χωρήσαντες δρόμῳ
ἐπί τε τοὺς φεύγοντας τῶν Μακεδόνων
οἷς ἐντύχοιεν ἔκτεινον καὶ τὴν ἐσβολήν,
ᾗ ἐστι μεταξὺ δυοῖν λόφοιν στενὴ ἐς τὴν
Ἀρραβαίου, φθάσαντες προκατέλαβον,
εἰδότες οὐκ οὖσαν ἄλλην τῷ Βρασίδᾳ
ἀναχώρησιν. καὶ προσιόντος αὐτοῦ ἐς
αὐτὸ ἤδη τὸ ἄπορον τῆς ὁδοῦ κυκλοῦνται
ὡς ἀποληψόμενοι.

128. Ὁ δὲ γνοὺς προεῖπε τοῖς μεθ'
αὐτοῦ τριακοσίοις, ὃν ᾤετο μᾶλλον ἂν
ἑλεῖν τῶν λόφων, χωρήσαντας ˏ δρόμῳ
ὡς τάχιστα ἕκαστος δύναται ἄνευ τάξεως,
πειρᾶσαι ἀπ' αὐτοῦ ἐκκροῦσαι τοὺς ἤδη
ἐπόντας βαρβάρους, πρὶν καὶ τὴν πλέονα
κύκλωσιν σφῶν αὐτόσε προσμεῖξαι. καὶ 2
οἱ μὲν προσπεσόντες ἐκράτησάν τε τῶν
ἐπὶ τοῦ λόφου, καὶ ἡ πλείων ἤδη στρατιὰ
τῶν Ἑλλήνων ῥᾷον ˏ ἐπορεύοντο· οἱ γὰρ
βάρβαροι καὶ ἐφοβήθησαν, τῆς τροπῆς
αὐτοῖς ἐνταῦθα γενομένης σφῶν ἀπὸ τοῦ
μετεώρου, καὶ ἐς τὸ πλέον οὐκέτ' ἐπηκο-
λούθουν, νομίζοντες καὶ ἐν μεθορίοις
εἶναι αὐτοὺς ἤδη καὶ διαπεφευγέναι.

v.l. αὐτῶν.

v.l. μετ' αὐτοῖ.

ἐπιόντας mss. corr.
Dobree.

ΑΥΤΟΥ.

πρὸς ΑΥΤΟΝ.

πρὸς ΑΥΤΟΝ.

3 Βρασίδας δὲ ὡς ἀντελάβετο τῶν μετ-
εώρων, κατὰ ἀσφάλειαν μᾶλλον ἰὼν
αὐθημερὸν ἀφικνεῖται ἐς Ἄρνισαν πρῶ-
4 τον τῆς Περδίκκου ἀρχῆς. καὶ αὐτοὶ
ὀργιζόμενοι οἱ στρατιῶται τῇ προανα-
χωρήσει τῶν Μακεδόνων, ὅσοις ἐνέτυχον
κατὰ τὴν ὁδὸν ζεύγεσιν αὐτῶν βοεικοῖς
ἢ εἴ τινι σκεύει ἐκπεπτωκότι, οἷα ἐν
νυκτερινῇ καὶ φοβερᾷ ἀναχωρήσει εἰκὸς
ἦν ξυμβῆναι, τὰ μὲν ὑπολύοντες κατέ-
κοπτον, τῶν δὲ οἰκείωσιν ἐποιοῦντο.
5 ἀπὸ τούτου τε πρῶτον Περδίκκας Βρασί-
δαν τε πολέμιον ἐνόμισε καὶ ἐς τὸ λοιπὸν

Δι᾽ ἀθηναίους. Πελοποννησίων τῇ μὲν γνώμη ‸ οὐ ξύνη-
θες μῖσος εἶχε, τῶν δὲ ἀναγκαίων
ξυμφόρων . . . ἔπρασσεν ὅτῳ τρόπῳ διαναστὰς mss.
                                                      lacuna R.
τάχιστα τοῖς μὲν ξυμβήσεται, τῶν δὲ
ἀπαλλάξεται.

129. Βρασίδας δὲ ἀναχωρήσας ἐκ
Μακεδονίας ἐς Τορώνην καταλαμβάνει
Ἀθηναίους Μένδην ἤδη ἔχοντας, καὶ
αὐτοῦ ἡσυχάζων ἐς μὲν τὴν Παλλήνην
ἀδύνατος ἤδη ἐνόμιζεν εἶναι διαβὰς τι-
μωρεῖν, τὴν δὲ Τορώνην ἐν φυλακῇ
2 εἶχεν. ὑπὸ γὰρ τὸν αὐτὸν χρόνον τοῖς
ἐν τῇ Λύγκῳ ἐξέπλευσαν ἐπί τε τὴν

ὥσπερ παρε- Μένδην καὶ τὴν Σκιώνην οἱ Ἀθηναῖοι ‸
σκεγάζοντο. ναυσὶ μὲν πεντήκοντα, ὧν ἦσαν δέκα Χῖαι,
ὁπλίταις δὲ χιλίοις ἑαυτῶν καὶ τοξόταις
ἑξακοσίοις καὶ Θρᾳξὶ μισθωτοῖς χιλίοις
καὶ ἄλλοις τῶν αὐτόθεν ξυμμάχων πελτα-
σταῖς· ἐστρατήγει δὲ Νικίας ὁ Νικηράτου
3 καὶ Νικόστρατος ὁ Διειτρέφους. ἄραντες

δὲ ἐκ Ποτειδαίας ταῖς ναυσὶ καὶ σχόντες κατὰ τὸ Ποσειδώνιον ἐχώρουν ἐς τοὺς Μενδαίους. οἱ δ' αὐτοί τε καὶ Σκιωναίων τριακόσιοι βεβοηθηκότες Πελοποννησίων τε οἱ ἐπίκουροι, ξύμπαντες δὲ ἑπτακόσιοι ὁπλῖται, καὶ Πολυδαμίδας ὁ ἄρχων

v.l. ἐστρατοπεδευμένοι. αὐτῶν, ἔτυχον ἐξεστρατοπεδευμένοι ἔξω τῆς πόλεως ἐπὶ λόφου καρτεροῦ. καὶ 4 αὐτοῖς Νικίας μέν, Μεθωναίους τε ἔχων εἴκοσι καὶ ἑκατὸν ψιλοὺς καὶ λογάδας τῶν Ἀθηναίων ὁπλιτῶν ἑξήκοντα καὶ τοὺς τοξότας ἅπαντας, κατὰ ἀτραπόν τινα τοῦ λόφου πειρώμενος προσβῆναι καὶ τραυματιζόμενος ὑπ' αὐτῶν οὐκ ἐδυνήθη βιάσασθαι· Νικόστρατος δὲ ἄλλῃ ἐφόδῳ ἐκ πλέονος παντὶ τῷ ἄλλῳ στρατοπέδῳ ἐπιὼν τῷ λόφῳ ὄντι δυσπροσβάτῳ καὶ πάνυ ἐθορυβήθη, καὶ ἐς ὀλίγον ἀφίκετο πᾶν τὸ στράτευμα τῶν Ἀθηναίων νικηθῆναι. καὶ ταύτῃ μὲν τῇ 5 ἡμέρᾳ, ὡς οὐκ ἐνέδοσαν οἱ Μενδαῖοι καὶ οἱ ξύμμαχοι, οἱ Ἀθηναῖοι ἀναχωρήσαντες ἐστρατοπεδεύσαντο, καὶ οἱ Μενδαῖοι νυκτὸς ἐπελθούσης ἐς τὴν πόλιν ἀπῆλθον.

130. Τῇ δ' ὑστεραίᾳ οἱ μὲν Ἀθηναῖοι

v.l. πρὸ. περιπλεύσαντες ἐς τὸ πρὸς Σκιώνης τό τε προάστειον εἷλον καὶ τὴν ἡμέραν ἅπασαν ἐδῄουν τὴν γῆν οὐδενὸς ἐπεξιόντος—ἦν γάρ τι καὶ στασιασμοῦ ἐν τῇ πόλει—, οἱ δὲ τριακόσιοι τῶν Σκιωναίων τῆς ἐπιούσης νυκτὸς ἀπεχώρησαν ἐπ' οἴκου. καὶ τῇ ἐπιγιγνομένῃ ἡμέρᾳ Νικίας 2

μὲν τῷ ἡμίσει τοῦ στρατοῦ προϊὼν ἅμα
ἐς τὰ μεθόρια τῶν Σκιωναίων τὴν γῆν
ἐδῄου, Νικόστρατος δὲ τοῖς λοιποῖς κατὰ
τὰς ἄνω πύλας, ᾗ ἐπὶ Ποτειδαίας ἔρχον-
3 ται, προσεκάθητο τῇ πόλει. ὁ δὲ Πολυδα-
μίδας—ἔτυχε γὰρ ταύτῃ τοῖς Μενδαίοις
καὶ ἐπικούροις ἐντὸς τοῦ τείχους τὰ
ὅπλα κείμενα — διατάσσει τε ὡς ἐς
μάχην καὶ παρῄνει τοῖς Μενδαίοις ἐπεξ-

αὐτῷ.   4 ιέναι. καί τινος ʌ τῶν ἀπὸ τοῦ δήμου
ἀντειπόντος κατὰ τὸ στασιωτικὸν ὅτι
οὐκ ἐπέξεισιν οὐδὲ δέοιτο πολεμεῖν, καὶ
ὡς ἀντεῖπεν ἐπισπασθέντος τῇ χειρὶ
ὑπ' αὐτοῦ καὶ θορυβηθέντος, ὁ δῆμος
εὐθὺς ἀναλαβὼν τὰ ὅπλα περιοργὴς
ἐχώρει ἐπί τε Πελοποννησίους καὶ τοὺς
τὰ ἐναντία σφίσι μετ' αὐτῶν πράξαντας.   v.l. τοὺς ἐναντία.

5 καὶ προσπεσόντες τρέπουσιν ἅμα μὲν
μάχῃ αἰφνιδίῳ, ἅμα δὲ τοῖς Ἀθηναίοις
τῶν πυλῶν ἀνοιγομένων φοβηθέντας· ᾠή-   φο βηθέντων mss.
θησαν γὰρ ἀπὸ προειρημένου τινὸς αὐτοῖς
6 τὴν ἐπιχείρησιν γενέσθαι. καὶ οἱ μὲν
ἐς τὴν ἀκρόπολιν, ὅσοι μὴ αὐτίκα διε-
φθάρησαν, κατέφυγον, ἥνπερ καὶ τὸ πρό-
τερον αὐτοὶ εἶχον· οἱ δὲ Ἀθηναῖοι—
ἤδη γὰρ καὶ ὁ Νικίας ἐπαναστρέψας

ΜΕΝΔΗΝ.   πρὸς τῇ πόλει ἦν — ἐσπεσόντες, τὴν ʌ   ἐς τὴν mss. corr.
πόλιν ἅτε οὐκ ἀπὸ ξυμβάσεως ἀνοι-   Cobet.
χθεῖσαν ἁπάσῃ τῇ στρατιᾷ ὡς κατὰ
κράτος ἑλόντες διήρπασαν, καὶ μόλις οἱ
στρατηγοὶ κατέσχον ὥστε μὴ καὶ τοὺς
7 ἀνθρώπους διαφθείρεσθαι. καὶ τοὺς μὲν
Μενδαίους μετὰ ταῦτα πολιτεύειν ἐκέ-

λευον ὥσπερ εἰώθεσαν, αὐτοὺς κρίναντας
ἐν σφίσιν αὐτοῖς εἴ τινας ἡγοῦνται αἰτίους
εἶναι τῆς ἀποστάσεως· τοὺς δ' ἐν τῇ
ἀκροπόλει ἀπετείχισαν ἑκατέρωθεν τείχει

v. l. ἐπεκαθίσαντο. ἐς θάλασσαν καὶ φυλακὴν ἐπικαθίσταντο.
ἐπειδὴ δὲ τὰ περὶ τὴν Μένδην κατέσχον,
ἐπὶ τὴν Σκιώνην ἐχώρουν.

131. Οἱ δὲ ἀντεπεξελθόντες αὐτοὶ καὶ
Πελοποννήσιοι ἱδρύθησαν ἐπὶ λόφου καρ-
τεροῦ πρὸ τῆς πόλεως, ὃν εἰ μὴ ἕλοιεν
οἱ ἐναντίοι, οὐκ ἐγίγνετο σφῶν περιτείχι-
σις. προσβαλόντες δ' αὐτῷ κατὰ κράτος 2
οἱ Ἀθηναῖοι καὶ μάχῃ ἐκκρούσαντες τοὺς

ἐπιόντας muss. corr. ἐπόντας ἐστρατοπεδεύσαντό τε καὶ ἐς
Dobree. τὸν περιτειχισμόν, τροπαῖον στήσαντες,
παρεσκευάζοντο. καὶ ₍ οὐ πολὺ ὕστερον   ΑΥΤῶΝ.
ἤδη ἐν ἔργῳ ὄντων οἱ ἐκ τῆς ἀκροπόλεως
ἐν τῇ Μένδῃ πολιορκούμενοι ἐπίκουροι
βιασάμενοι ₍ τὴν φυλακὴν νυκτὸς ἀφι-   ΠΑΡΑ ΘΑΛΑΣΣΑΝ.
κνοῦνται, καὶ διαφυγόντες οἱ πλεῖστοι
τὸ ἐπὶ τῇ Σκιώνῃ στρατόπεδον ἐσῆλθον
ἐς αὐτήν.

132. Περιτειχιζομένης δὲ τῆς Σκιώνης
Περδίκκας τοῖς τῶν Ἀθηναίων στρατηγοῖς   ΤΟῖΣ ΤῶΝ ἈΘΗ-
ἐπικηρυκευσάμενος ὁμολογίαν ποεῖται   ΝΑίΩΝ ΣΤΡΑΤΗ-
πρὸς τοὺς Ἀθηναίους διὰ τὴν τοῦ Βρα-   ΓΟῖΣ.
σίδου ἔχθραν περὶ τῆς ἐκ τῆς Λύγκου
ἀναχωρήσεως, εὐθὺς τότε ἀρξάμενος πράσ-
σειν. καὶ ἐτύγχανε γὰρ τότε Ἰσχαγόρας 2
ὁ Λακεδαιμόνιος στρατιὰν μέλλων πεζῇ
πορεύσειν ὡς Βρασίδαν, ὁ δὲ Περδίκκας,
ἅμα μὲν κελεύοντος τοῦ Νικίου, ἐπειδὴ
ξυνεβεβήκειν, ἔνδηλόν τι ποεῖν τοῖς Ἀθη-

I

ναίοις βεβαιότητος πέρι, ἅμα δ' αὐτὸς
οὐκέτι βουλόμενος Πελοποννησίους ἐς
τὴν αὐτοῦ ἀφικνεῖσθαι, παρασκευάσας
τοὺς ἐν Θεσσαλίᾳ ξένους, χρώμενος ἀεὶ
τοῖς πρώτοις, διεκώλυσε τὸ στράτευμα
καὶ τὴν παρασκευήν, ὥστε μηδὲ πειρᾶ-
3 σθαι Θεσσαλῶν. Ἰσχαγόρας μέντοι καὶ
Ἀμεινίας καὶ Ἀριστεὺς αὐτοί τε ὡς Βρα-
σίδαν ἀφίκοντο, ἐπιδεῖν πεμψάντων Λακε-
δαιμονίων τὰ πράγματα, καὶ τῶν ἡβών-
των ἀστῶν παρανόμως ἄνδρας ἐξῆγον ἐκ   αὐτῶν mss. corr.
Σπάρτης, ὥστε τῶν πόλεων ἄρχοντας   B.
καθιστάναι καὶ μὴ τοῖς ἐπιτυχοῦσιν   ἐντυχοῦσιν mss.
ἐπιτρέπειν.   καὶ Κλεαρίδαν μὲν τὸν   corr. Cobet.
Κλεωνύμου καθίστησιν ἐν Ἀμφιπόλει,
Πασιτελίδαν δὲ τὸν Ἡγησάνδρου ἐν   Ἐπιτελίδαν mss.
Τορώνῃ.   corr. Dobree. See
                                          v. 3.
   133. Ἐν δὲ τῷ αὐτῷ θέρει Θηβαῖοι
Θεσπιῶν τεῖχος περιεῖλον, ἐπικαλέσαν-
τες ἀττικισμόν, βουλόμενοι μὲν καὶ ἀεί,
παρεστηκὸς δὲ ῥᾷον ἐπειδὴ καὶ ἐν τῇ
πρὸς Ἀθηναίους μάχῃ ὅ τι ἦν αὐτῶν
2 ἄνθος ἀπωλώλει.   καὶ ὁ νεὼς τῆς Ἥρας
τοῦ αὐτοῦ θέρους ἐν Ἄργει κατεκαύθη,
Χρυσίδος τῆς ἱερείας λύχνον τινὰ θείσης
ἡμμένον πρὸς τὰ στέμματα καὶ ἐπικατα-
καὶ καταφλε-   δαρθούσης, ὥστε ἔλαθεν ἀφθέντα πάντα ͺ.
χθέντα.
3 καὶ ἡ Χρυσὶς μὲν εὐθὺς τῆς νυκτὸς δεί-
σασα τοὺς Ἀργείους ἐς Φλειοῦντα
φεύγει· οἱ δὲ ἄλλην ἱέρειαν ἐκ τοῦ νόμου
τοῦ προκειμένου κατεστήσαντο Φαεινίδα
ὄνομα.   ἔτη δὲ ἡ Χρυσὶς τοῦ πολέμου
τοῦδε ἐπέλαβεν ὀκτὼ καὶ ἔνατον ἐκ

μέσου ‸. καὶ ἡ Σκιώνη τοῦ θέρους ἤδη ὅτε ἐπεφεύγει.
τελευτῶντος περιετετείχιστό τε παντελ-
ῶς, καὶ οἱ Ἀθηναῖοι ἐπ᾽ αὐτῇ φυλα-
κὴν καταλιπόντες ἀνεχώρησαν τῷ ἄλλῳ
στρατῷ.

134. Ἐν δὲ τῷ ἐπιόντι χειμῶνι τὰ
μὲν Ἀθηναίων καὶ Λακεδαιμονίων ἡσύ-
χαζε διὰ τὴν ἐκεχειρίαν, Μαντινῆς δὲ
καὶ Τεγεᾶται καὶ οἱ ξύμμαχοι ἑκατέρων
Λαοδικίῳ mss.
corr. Bursian. ξυνέβαλον ἐν Λαοδοκείῳ τῆς Ὀρεσθίδος,
καὶ νίκη ἀμφιδήριτος ἐγένετο· κέρας
γὰρ ἑκάτεροι τρέψαντες τὸ καθ᾽ αὑτοὺς
τροπαῖά τε ἀμφότεροι ἔστησαν καὶ σκῦλα
ἐς Δελφοὺς ἀπέπεμψαν. διαφθαρέντων 2
μέντοι πολλῶν ἑκατέροις καὶ ἀγχωμάλου
τῆς μάχης γενομένης καὶ ἀφελομένης
νυκτὸς τὸ ἔργον οἱ Τεγεᾶται μὲν ἐπηυλί-
σαντό τε καὶ εὐθὺς ἔστησαν τροπαῖον,
Μαντινῆς δὲ ἀπεχώρησάν τε ἐς Βου-
κολιῶνα καὶ ὕστερον ἀντέστησαν.

135. Ἀπεπείρασε δὲ τοῦ αὐτοῦ χει-
μῶνος καὶ ὁ Βρασίδας τελευτῶντος καὶ
πρὸς ἔαρ ἤδη Ποτειδαίας. προσελθὼν
κλίμακα mss. corr.
Herwerden.
μὲν τούτου mss.
corr. Cobet.
παρενεχθέντος
οὕτως mss. corr.
Cobet. γὰρ νυκτὸς καὶ κλίμακας προσθεὶς μέχρι
μέν του ἔλαθε· τοῦ γὰρ κώδωνος παρενε-
χθέντος, ἐν τοσούτῳ ἐς τὸ διάκενον ‸ ἡ
πρόσθεσις ἐγένετο· ἔπειτα μέντοι εὐθὺς ΠΡῚΝ ἘΠΑΝΕΛ-
ΘΕῖΝ ΤΟΝ ΠΑΡΑ-
ΔΙΔΌΝΤΑ ΑΥΤΌΝ.
αἰσθομένων, πρὶν προσβῆναι, ἀπήγαγε
πάλιν κατὰ τάχος τὴν στρατιὰν καὶ οὐκ
ἀνέμεινεν ἡμέραν γενέσθαι. καὶ ὁ χειμὼν 2
ἐτελεύτα ‸. ΚΑῚ ἜΝΑΤΟΝ
ἜΤΟC Τῼ ΠΟ-
ΛΈ Μῼ ἘΤΕΛΕΎΤΑ
Τῼ̂ΔΕ ὊΝ ΘΟΥ-
ΚΥΔΊΔΗC ΞΥΝΈ-
ΓΡΑΨΕΝ.

NOTES

1 3. ΞΥΝΕΝΑΓΟΝΤΩΝ : a necessary correction. "Non poterant Rheginorum exsules ἐπάγειν Locrenses adversus suam patriam, legendum est ξυνεναγόντων. Frequens est apud Thucydidem ἐνάγειν *excitare, stimulare, instigare.*"—Cobet.

4 1. ὡс Δὲ ΟΫΚ ἔΠΕΙΘΕΝ ΟΫΤΕ ΤΟΫс κ.τ.λ. : the difficulties of the manuscript reading of this passage arise from the contamination of the text with two separate glosses, both erroneous, upon περιστᾶσιν, namely, ἡσυχάζουσιν ὑπὸ ἀπλοίας and σχολάζουσιν. The penultimate form of the corrupted text would thus run from κοινώσας: ἡσυχάζουσιν ὑπὸ ἀπλοίας μέχρι αὐτοῖς τοῖς στρατιώταις σχολάζουσιν ὁρμὴ κ.τ.λ. in which ἡσυχάζουσιν being regarded as an indicative had generated μέχρι, a word that betrays its late origin by its construction without οὖ. That περιστᾶσιν was likely to be glossed is proved by the variants περὶ στάσιν and περὶ στάσει as well as by the fact that a Grecian like Cobet and clear-headed editors like Arnold and Jowett reject the translation *changing round* which to my mind is certain. It is all in favour of my correction that Dobree and Cobet would omit ὑπὸ ἀπλοίας and that the former changed to ἡσύχαζον the ἡσύχαζεν, generated by ἔπειθεν. See Introduction, xl. 32 ff.

2. ἐΓΚΕΚΥΦΟΤΕс ΤΕ : Badham was the first to see the interpolated adscripts here, but he left ὡs μάλιστα to qualify ἐγκεκυφότες. Cobet pointed out that this too was part of the adscript.

5 1. ἔΤΙ ἀΠΩΝ : it seems likely that the symbol for ἀπό was helped out of the text by the adscript ἐν ταῖς Ἀθήναις.

6 1. ΝΟΜΙΖΟΝΤΕс ΜΕΝ : post haec "insulsum scholion se in textum insinuavit (οἱ Λακεδαιμόνιοι καὶ Ἄγις ὁ βασιλεύς) adscriptum olim ad verba : οἱ ἐν τῇ Ἀττικῇ ὄντες Πελοποννήσιοι."—Cobet.

8 7. ΤῊΝ Δὲ ΝῆсΟΝ ΦΟΒΟΫΜΕΝΟΙ κ.τ.λ. : the ταύτην here has nothing to do with the feature of style mentioned in Introduction, xvi. 32. It could only be translated here by placing a comma after νῆσον *but for the island, fearing this lest from it.*

8. ΚΑΤΕΙΛΗΜΜΕΝΟΝ : "lege κατειλημμένΟΝ. Ita passim Thucydides. Infra iv. 130 φοβηθέντας recte, ut puto, margo."—Dobree.

9 1. αἲ ΠΕΡΙῆсΑΝ ΑΫΤῷ κ.τ.λ. : see Introduction, xlii. 24, and note.

9   2. ἐπιςπάςεςθαι ΑῨΤΟῨϹ ΗΓεῖτο : the rendering is certain *believed that they would be allured.*

10   1. ΞῨΝΑΡΆΜΕΝΟΙ : a μοι would be easily lost after this word, and it improves the sense.

3. ΗΜέΤΕΡΟΝ ΝΟΜΊΖω κ.τ.λ.: this passage still awaits the emender.

4. ἐκ ΤΟῨ ὁΜΟΊΟῨ ΜΕΊΖωΝ : "Μεῖζων quantocius expellendum censeo."—Badham. Perhaps it has taken the place of a participle in -ίζων.

5. Τῷ ΗΜΕΤέΡῳ ΠΛΉθΕΙ : "Πλῆθος παρὰ Θουκυδίδῃ καὶ ἐπ' ὀλίγων λέγεται."—Suidas.

ΚΑΙ ΜΗ φόΒῳ ΚΑΤΆΠΛΟῨ κ.τ.λ. : see Introduction, xli. 9.

11   2. ΟῨϹΑΙϹ . . . ΚΟΝΤΑ : the right numeral has been lost here just as in regard to Athenian vessels it has been lost in c. 13 2.

4. ἈΠΟΚΝΟῨΝΤΑϹ ΚΑΙ φῨΛΑϹϹΟΜέΝΟῨϹ : see Introduction, xli. 26. The absolute use of φυλάσσεσθαι is common, and exactly suits this passage.

12   3. ἐΠΙ ΠΟΛῨ ΓΑΡ ἐΠόΕΙ κ.τ.λ. : critics are unanimous in seeing some error in this sentence. Perhaps Badham is right in attributing it to an interpolator. "Incredibile est haec a Thucydide scripta esse. Satis superque jam ostendit qua parte belli Athenienses, qua Lacedaemonii praestarent, et perquam incommode haec superioribus per illud γάρ annectuntur." As usual when in doubt, I have printed the words both in text and margin.

13   1. ἐΛΠΊΖΟΝΤΕϹ ΤΟ ΚΑΤΑ ΤΟΝ ΛΙΜέΝΑ κ.τ.λ. : *believing that the wall of the harbour was high indeed, but that if they could land they would take it by engines if by anything.* No difficulty should have been made about this sentence. It is excellent Greek as it stands.

14   2. ΠΕΡΙΑΛΓΟῨΝΤΕϹ Τῷ ΠΆθΕΙ : see Introduction, xliii. 27, and for the interpolation following *id.* liv. 29.

15   2. ΚΡΑΤΗθΗΝΑΙ : in finding its way into the text this adscript has been misplaced, the ἤ before it showing that it was meant to come before ὑπὸ πλήθους.

16   1. ἐϹΠέΜΠΕΙΝ ΤΑΚΤόΝ : "Lege ἐσπίμπειν ut more et cap. 26 fin., 30, 7. Vulgata nata est ex confusione εκ et εϲ."—Dobree.

2. ὅ ΤΙ Δ' ἈΝ ΤΟῨΤωΝ ΠΑΡΑΒΑΊΝωϹΙΝ κ.τ.λ. : "Non possunt in eadem sententia conjungi ὅ τι et ὁτιοῦν. Dicam unde molesta verba irrepserint ; nempe, ex cap. 23 εἴρητο ἐὰν καὶ ὁτιοῦν παραβαθῇ λελύσθαι τὰς σπονδάς. Utuntur Athenienses acriore verbo, sed idem significante."—Cobet.

17   1. ἐϹ ΤΗΝ ΞῨΜφΟΡΆΝ : Hude rightly regards these words as an adscript to ἐκ τῶν παρόντων. They were suggested by the opening of the next chapter.

2. ΜΑΚΡΟΤέΡΟῨϹ . . . ΠΟΗϹόΜΕθΑ : see Introduction, xxxv. 27. Simply to omit μακροτέρους with Cobet leaves its presence unexplained.

ΔΙΔΆϹΚΟΝΤΆϹ ΤΙ ΤῶΝ ΠΡΟῨΡΓΟῨ κ.τ.λ. : "Inepte abundat λόγοις. Non poterant enim aliter quam λόγοις διδάσκειν τι τῶν προὔργου, et id ipsum λόγοις proxime praecedit in πλείοσι δέ. Insulsum enim est dicere χρώμεθα δὲ πλείοσι λόγοις ὅπου δεῖ λόγοις διδάσκειν τι τῶν προὖργου."— Cobet.

17 4. ἀεὶ ΓΆΡ ΤΟΫ ΠΛΈΟΝΟϹ κ.τ.λ.: "Sine controversia ἐλπίδι est delendum. Conjunguntur enim sic necessario τοῦ πλείονος ἐλπίδι, quum manifesto τοῦ πλείονος ὀρέγονται sunt conjungenda."—Cobet.

5. ἐκ ΤΟΫ ΞΥΜΒΕΒΗΚΌΤΟϹ: this emendation goes well with the context : *Men to whom most changes of fortune both ways have happened have the best right to distrust prosperity—a lesson which to us will be brought home by what has happened if by anything, and to you by way of experience* (if you do not listen to us). The thought is worked out in the next chapter.

18 4. ΚΑΙ ΤΑΪϹ ΞΥΜΦΟΡΑΪϹ κ.τ.λ. : a corrupt passage towards restoring which nothing has yet been done.

19 1. ΛΑΚΕΔΑΙΜΌΝΙΟΙ ΔΈ ΎΜΑϹ . . . ΧΕΙΡΩΘΕΪΕΝ : "Primum si locum diligenter consideraveris, expunges καί in καὶ ἄμεινον ἡγούμενοι, nam conjuncta sunt προκαλοῦνται ἐς διάλυσιν ἄμεινον ἡγούμενοι ἀμφοτέροις. Deinde recte damnavit Herwerden stulte additum βίᾳ, nam inter se pugnant βίᾳ διαφυγεῖν imprimis ubi sequitur παρατυχούσης τινὸς σωτηρίας. Recte idem ἄν expunxit in verbis μᾶλλον (ἄν) χειρωθεῖεν. Praeterea animadvertendum est discrimen quod inter διακινδυνεύειν et διακινδυνεύεσθαι intercedit. Διακινδυνεύειν est quod omnes novimus *in adeundo periculo usque ad extremum perseverare*, ut in fine capitis 19 : πρὸς δὲ τὰ ὑπεραυχοῦντα καὶ παρὰ γνώμην διακινδυνεύειν. Sed διακινδυνεύεσθαι quid est? Ipsa forma declarat esse e numero verborum, quae *certamen* et *contentionem* significant ut ἀπειλεῖν διαπειλεῖσθαι, βοᾶν διαβοᾶσθαι, τοξεύειν διατοξεύεσθαι et alia sexcenta, quae omnia praeter διαπίνειν verbi medii formam assumunt; et sic ex κινδυνεύειν διακινδυνεύεσθαι nascitur. Itaque haec est verborum sententia : *Satius esse rati utrisque nostrum non in alea ineunda audacia et pertinacia inter nos contendere*, nos εἴπως διαφύγοιεν οἱ ἄνδρες, vos εἴπως ἐκπολιορκηθέντες χειρωθεῖεν."—Cobet.

2. ΟΎΚ ΗΝ ἈΜΥΝΌΜΕΝΌϹ ΤΙϹ κ.τ.λ. : "Conjunctis Kruegeri et Herwerdeni correctionibus, locus persanatus erit sic scriptus : ἐὰν (sic) Ἀμυνόμενός τις ἐπικρατήσας (Krueg.) τὰ πλείω ΤῸΝ ΠΟΛΈΜΙΟΝ (Herwerd.) κατ' ἀνάγκην ὅρκοις Καταλαμβάνων (Krueg.) μὴ ἀπὸ τοῦ ἴσου ξυμβῇ."—Cobet. Ἀμυνόμενος was altered to agree with ἀνταμύνεσθαι below.

4. ΤΟΪϹ ΜΈΝ ἙΚΟΫϹΙΝ ἘΝΔΟΫϹΙΝ : if Dobree is right in taking this participle as neuter like τὰ ὑπεραυχοῦντα here and τοῦ εἴκοντος in c. 61 5, then ἑκουσίως is defensible "What yields after the fashion of οἱ ἑκόντες."

20 3. ΧΑΡΙϹΑΜΈΝΟΙϹ ΤΕ ΜΑΛΛΟΝ Ἤ ΒΙΑϹΑΜΈΝΩΝ : see Introduction, xxv. 17.

21 2. οἱ ΔΈ ΤΆϹ ΜΈΝ ϹΠΟΝΔΆϹ κ.τ.λ. : "Expunxi olim importuna verba ποιεῖσθαι πρὸς αὐτούς quae Herwerden optime delevit. Compara locum II. 84 2 καὶ τὴν ἐπιχείρησιν ἐφ' ἑαυτῷ ἐνόμιζεν εἶναι, ὁπόταν βούληται. Praeterea gravis suspicio premit verba ἔχοντες τοὺς ἄνδρας ἐν τῇ νήσῳ, nam qua tandem ratione illo tempore Athenienses dici possunt aut sibi videri ἔχειν τοὺς ἄνδρας ἐν τῇ νήσῳ? Praeterea nominativus ἔχοντες non satis sententiae congruit et verba suspecta non suo loco posita sunt, nam arcte conjuncta sunt τὰς σπονδὰς ἤδη σφίσιν ἐνόμιζον ἑτοίμους εἶναι."—Cobet.

22   1. ΛέΓΟΝΤΕC ΚΑΐ ἀΚΟΎΟΝΤΕC: "speaking and being spoken to."
Ἀκούειν in such a connection is in Greek the regular passive of λέγειν.

24   1. ἐΝ ΤΟΎΤῼ Δέ οἱ ἐΝ Τῇ CΙΚΕΛΐᾼ: see Introduction, xlvii. 34.

5. ΚΑΐ ἔCΤΙΝ Ἡ ΧΑΡΥΒΔΙC κ.τ.λ.: this bears the marks of a school-
master's adscript quite as much as the preceding geographical notes.

25   1. ἐΝ ΤΟΎΤῼ ΟΫΝ οἱ CΥΡΑΚΟCΙΟΙ: if Thucydides had wished further
to define τούτῳ after the parenthesis he would have used, as he always
does, the original word, i.e. τῷ πορθμῷ, not τῷ μεταξύ.

3. CΥΛΛΕΓΕῖCΑΙ: see Introduction, xxxvii. 7.

4. ΜΐΑΝ ΝΑῦΝ ... ΜΐΑΝ ΝΑῦΝ: the second μίαν ναῦν is due to
Badham, who sees a lacuna here caused by the same words occurring
twice.

9. ΚΑΐ οἱ ἄΛΛΟΙ ΞΎΜΜΑΧΟΙ: the adscript Ἕλληνες which has given
critics so much trouble arose from the mention of Σικελοί above.

ἐΝ ΤΑῖC ὁΔΟῖC: the phrase is almost equivalent to ἰοῦσι or πορευο-
μένοις, ὁδοί having often the force of the old English goings or going.
That ὁδός fills the place of a verbal noun to ἰέναι is noticeable in the uses
both of the simple word and of its compounds.

27   1. ΤῊΝ ΚΟΜΙΔῊΝ: "Vix dubium quin delenda περὶ τὴν Πελοπόννησον
utpote scholium ad περιπέμπειν infra."—Dobree.

ΟΫΚ ἐCΌΜΕΝΟΝ ... ἀΛΛ' Ἤ: see Introduction, lxvii. 28.

5. εἰ ἄΝΔΡΕC εἶΕΝ οἱ CΤΡΑΤΗΓΟΐ: perhaps at first sight we might
prefer ἦσαν, but εἶεν is not wrong. Cleon does not say if the generals
were men (ἦσαν) in the same sense as he says εἰ ἦρχον if I held office (and
I do not), but he says if the generals were to be men i.e. for once.

28   2. ΚΑΐ ΟΎΤΩC ΟΫΚ ἂΝ ΟἰΌΜΕΝΟC: my correction rests upon the fact
that the abbreviation οὔ for οὔτως is often confused with οὐ. It gives, I
think, just the sense needed. The people had cried τί καὶ νῦν πλεῖς εἰ
ῥᾴδιόν γέ σοι φαίνεται; (καὶ νῦν meaning even as it is, i.e. though you are
not a general). Nicias, seeing the temper of the people, and speaking
either for himself and the other generals, or for himself and the people
(the Greek leaves this doubtful), says to Cleon ἀλλ' ἐπιχείρει τὸ ἐφ' ἡμᾶς
εἶναι. Cleon, imagining that this was all talk, ἑτοῖμος ἦν, but discovering
that Nicias was really willing to let him go, drew back with the words
ἀλλὰ σὺ μὲν στρατηγεῖς, ἐγὼ δ' οὔ. For he was by this time in a fright
and thought that Nicias would not dare to adhere to his first offer if he
emphasised the fact that from official position Nicias alone was responsible.
But his calculations were mistaken: αὖθις ὁ Νικίας ἐκέλευε κ.τ.λ.

3. ἐΞΑΝΕΧΏΡΕΙ: the adscript τὰ εἰρημένα comes from the following
τῶν εἰρημένων.

4. ἔΤΙ ἀΠΑΛΛΑΓῇ: Cobet's correction. One ms. reads ἔτι ἐσαπαλλαγῃ,
another ἔτι ὑπεξαλλαγῇ, and a third simply ἐπαλλαγῇ. The vulgate ἔτι
ἐξαπαλλαγῇ is a correction of ΕΤΙΕΠΑΠΑΛΛΑΓΗΙ arising from ditto-
graphia.

ΚΑΐ οἱ ἦCΑΝ ἐΚ κ.τ.λ.: the adscript πελταστάς must have belonged
to τοὺς παρόντας.

29   4. ΚΡΕΐCCΟΥC: I am not sure that the spelling of almost all the mss.

κρείττους does not indicate that the word is a gloss which has taken the place of the expression which it was meant to explain.

30 1. ἀπό δὲ τοῦ αἰτωλικοῦ: "Male hinc novi capitis initium fit, cujus prima saltem sectio cum praecedenti jungenda."—Poppo.

2. ἀπό τούτου, πνεύματος κ.τ.λ.: all the mss. have a καί before ἀπὸ τούτου. Omitting this we get a plain sense. The soldiers were obliged to land; one of them unintentionally set fire to the skirt of the wood; *from this accident, seeing that a wind followed close upon it, the best part of the wood was burnt down before they knew it.*

3. ἐλάccoci τόν cîτον κ.τ.λ.: Kennedy is right in making αὐτοῦ the same thing as τοῦ σίτου *for a number of men smaller than it.* Demosthenes had suspected that more rations were being sent in than there were men to eat them.

τότε τε ὡς ἐπ' ἀξιόχρεων κ.τ.λ.: the manuscript reading τότε ὡς ... ποιεῖσθαι must have arisen from τότε τε passing into τό τε. When the mischief was done, the influence of the preceding πρότερον reinstated τότε but without τε. The three participles dependent upon κατιδών, though its meaning exactly suits the first only, are quite in the manner of Thucydides. Demosthenes had three motives for action; first, his discovery of the number of men, making their capture more important; secondly, his knowledge of the serious way in which the matter was at the time regarded in Athens; and thirdly, his seeing that to land on the island was now much easier.

4. κλέων δὲ ἐκείνῳ τε προπέμψας κ.τ.λ.: we seem to have in the manuscript reading ἥξων a case of the corruption of one word by another near it, the ἔχων attracting ἥξει to ἥξων. With ἥξων we must translate *purposing to be on the spot, Cleon both sending a messenger on in front to Demosthenes, and bringing the force which he asked for, arrives at Pylus.* This cannot be right. On the other hand ἥξει gives a suitable sense *both sending a message before to Demosthenes that he will come, and bringing the force which he asked for, Cleon arrives at Pylus.* The τε ... καί, if not very elegant, are easily defended. If with Cobet we omit them, we must also omit ἣν ᾐτήσατο.

32 1. ἔν τε ταῖς εὐναῖς ἔτι κ.τ.λ.: "Καί ante ἔτι ponendum, ante λαθόντες delendum."—Badham, whom I regret to say I have misrepresented on the margin of the text *in loco.* However, I prefer to place the καί after the ἔτι.

λαθόντες ποησάμενοι: the manuscript reading could only mean *unobserved of the landing.*

3. τὰ μετεωρότατα καταλαβόντες: "Emenda καταλαβόντες. Loca superiora non ceperunt (ἔλαβον, εἷλον) quae nemo tuebatur, sed occuparunt (κατέλαβον)."—Cobet.

4. ψιλοὶ καὶ οἷοι ἀπορώτατοι: *light troops and of the kind most awkward to deal with.* The kind of light troops employed here mostly consisted of those ἐκ πολλοῦ ἔχοντες ἀλκήν.

φεύγοντές τε γὰρ ἐκράτουν κ.τ.λ.: there is no difficulty, though much has been made. Even by running away they got the better of heavy-armed men who would simply exhaust themselves by trying to reach them, and had no missiles that would carry far enough.

34 1. ΓΝΌΝΤΕϹ ΑΫΤΟΎϹ ΟΙ ΨΙΛΟΊ κ.τ.λ. : the sentence runs easily when the adscript τῷ ἀμύνασθαι and the gloss τὸ θαρσεῖν are removed. See Introduction, xxxvi. 8. Two reasons are given for the Athenian light troops being in heart, the sight of their own numbers and their habituation to the idea of attacking Spartans. "Nil frequentius quam confusio verborum πιστός, πλεῖστος, ἄπιστος, ἄπληστος. Vide me ad Aristoph. Plut. 521."—Dobree.

3. ΟΙ ΠΊΛΟΙ : some sort of covering for the head. If not all of metal here, the πῖλος was sheathed in metal.

ἈΠΟΚΕΚΛΗΜΈΝΟΙ ΜΈΝ ΤΗϹ ὌΨΕΩϹ : perhaps the Hesychian gloss ὄψεως : θέας refers to this place. See Introduction, xxxvi. 20.

36 1. Ὁ ΤῶΝ ΜΕϹϹΗΝΊΩΝ ϹΤΡΑΤΗΓΌϹ : Bloomfield pointed out that according to Pausanias iv. 26 this man's name was Comon, and Cobet would supply it here. "Unde hoc Pausanias scire potuit nisi ex hoc loco ? Itaque suppleverim : στρατηγὸς Κόμων Κλέωνι."

2. Ἄ ΗΤΉϹΑΤΟ : there is no occasion to read ὅ with Herwerden. Cf. c. 23 4 ταῦτα δὲ ἔχων.

3. ἘΚΕῖΝΟΊ ΤΕ ΓᾺΡ Τῇ ἈΤΡΑΠῷ κ.τ.λ. : Professor Jowett has seen the absurdity of the ordinary pointing of this sentence, and in his translation has got the right meaning, but he has not taken the next step of omitting ἀλλά.

38 1. ΤᾺϹ ΧΕῖΡΑϹ ἈΝΈϹΕΙϹΑΝ : *waved their hands in the air* (ἀνά), to show that they had dropped their shields and had no weapons in their hands.

2. ἜΛΕΓΕ ΔΈ Ὁ ϹΤΎΦΩΝ : "Sciolus de suo addidit καὶ οἱ μετ' αὐτοῦ ob sequens βούλονται. Styphon enim solus cum solis Cleone et Demosthene de conditionibus egit."—Cobet. Ancient notes often show obtuseness in such cases. Thus in Aristophanes Plutus 66 Plutus bids Chremylus and Carion go away ὦ τᾶν, ἀπαλλάχθητον ἀπ' ἐμοῦ where ὦ τᾶν is singular, the request being addressed to Chremylus. But because ἀπαλλάχθητον is dual, we get the note : τὸ Χ ὅτι οὐ πρὸς ἕνα μόνον ὦ ΤᾶΝ ἀλλὰ πρὸς δύο.

3. ΚΑῚ ἘΚΕΊΝΩΝ ΜΈΝ ΟΫΔΈΝΑ κ.τ.λ. : as Krüger pointed out, ἐκείνων must mean τῶν Ἀθηναίων, and therefore the τῶν Ἀθηναίων preceding καλούντων must be an adscript. "Latet adhuc in his mendum. Recta oratio haec est : οἱ Ἀθηναῖοι οὐδένα ἠφίεσαν, αὐτοὶ δὲ ἐκάλουν. Ergo pro ἀφιέντων restituendum est ἀφιέντων, quod imperfecti participium est."—Cobet.

39 2. ΤΟῖϹ ἘϹΠΛΈΟΥϹΙ ΛΆΘΡᾼ : *by the things smuggled in by water.* πλεῖν to be carried by water as frequently.

ἬΝ ϹῖΤΟϹ ἘΝ Τῇ ΝΉϹῼ κ.τ.λ. : for the construction cf. c. 54 3 ἦσαν δέ τινες καὶ γενόμενοι τῷ Νικίᾳ λόγοι.

40 1. ἨΞΊΟΥΝ ΤᾺ ὍΠΛΑ ΠΑΡΑΔΟῦΝΑΙ : to pass over lesser scholars, even Dobree, who is so seldom at fault, wishes to supply ἄν before ἠξίουν. After ἀξιοῦν in this sense an aorist or present infinitive is required, as ἀξιοῦν means ἄξιον, ἀξίους ἡγεῖσθαι.

2. ἈΠΙϹΤΟῦΝΤΕϹ . . . ὉΜΟΊΟΥϹ : I had actually printed this clause in the text with Dobree's conjecture (Dobree made it first and not Madvig) ἠπίστουν τε, before I saw that it was plainly an adscript to τινὸς ἐρομένου κ.τ.λ. and that it originally began ἀπιστοῦντος.

40   2. Δι' ἀχθΗΔόΝΑ : the proof that this is an adscript is given in Introduction, xxxix. 17. Some imprudent alterations of this passage would have been spared us if critics had turned it from the indirect to the direct form. The dialogue was :—

A. ἆρ' οἱ τεθνεῶτες ὑμῶν καλοὶ κἀγαθοί ;
B. πολλοῦ γὰρ ἂν ἄξιος ἦν ὁ ἄτρακτος εἰ τοὺς ἀγαθοὺς διεγίγνωσκεν.

The clause δήλωσιν . . . διεφθείρετο is added to bring out the meaning of an answer, so plain to participators in the battle, but likely to be a little obscure to readers. *The whole thing was pure accident ; bravery had nothing to do with it.*

42   2. ΠΛέοΝΤΕϹ Δὲ ἅΜΑ ἕῳ ἕϹΧΟΝ : the commentators on this passage show that it is not unnecessary to point out that the only meaning which these words can bear is *but as they sailed they put in at dawn.*

43   3. ἦΝ ΓὰΡ Τὸ ΧωΡίΟΝ κ.τ.λ. : the word αἱμασιά has suggested this explanation, though what follows bears it out. The αἱμασιά here was a wall supporting a terrace.

5. ξγΝΕΧῶϹ : see Introduction, xxxvii. 10.

44   2. ἡ Δὲ ἄλλΗ ϹΤΡΑΤιὰ κ.τ.λ. : the words τούτῳ τῷ τρόπῳ are an adscript to κατὰ δίωξιν πολλήν, intended to explain the use of κατά. They are a loose sort of epexegesis:—κΑΤὰ ΔίωξΙΝ ΠΟΛΛήΝ : τούτῳ τῷ τρόπῳ i.e. τρόπῳ διώξεως πολλῆς.

5. ἀϹΤΥΓΕΙΤόΝωΝ : "Delendum puto ἐγγύς. Qu. αὐτῶν."—Dobree.

45   2. ΜέθΑΝΑ : this correction is made by Stahl on the authority of Strabo 374. Μεταξὺ δὲ Τροιζῆνος καὶ Ἐπιδαύρου χωρίον ἦν ἐρυμνὸν Μέθανα καὶ Χερρόνησος ὁμώνυμος τούτῳ. παρὰ Θουκυδίδῃ δὲ ἔν τισιν ἀντιγράφοις Μεθώνη φέρεται ὁμώνυμος τῇ Μακεδονικῇ. I have to apologise for not knowing that Μέθανα is proved to be a plural by the dative τοῖς Μεθάνοις which is found in Pausanias. The text should be corrected to Μέθανα.

46   1. Τῷ ὄΡΕΙ ΤὰϹ ἰϹΤώΝΗϹ : if τῆς Ἰστώνης is not an adscript there is no need with Dobree to change it to τῇ Ἰστώνῃ. The dependent construction is idiomatic Greek.

3. ὥϹΤ' ἐὰΝ ΤΙϹ ἁλῷ . . . ϹΠΟΝΔὰϹ : the fact that these essential words are omitted in some good mss. is perhaps an indication that μέχρι οὗ Ἀθήναζε πεμφθῶσιν is an adscript. It is not easy to see how the clause came to be omitted if it did not follow immediately upon ὑποϹΠόΝΔΟΥϹ. If the μέχρι clause is an adscript, it has been very successfully modelled upon Thucydides.

47   2. ξγΝΕΛάΒΟΝΤΟ Δὲ ΤΟῦ ΤΟΙΟύΤΟΥ κ.τ.λ. : see Introduction, xxii. 11.

ΚΑΤάΔΗΛΟΙ ὄΝΤΕϹ κ.τ.λ. : perhaps βούλεσθαι might stand, but μή cannot. It must have taken the place of οὐ just as in some mss. μηδέν is read for οὐδέν in c. 52 3 and μηδεμία for οὐδεμία in c. 72 2. On the other hand, μὴ ἂν βούλεσθαι may simply be a syntactical gloss on οὐκ ἂν βουλόμενοι.

48   1. ἐκέλΕΥΟΝ ϹΦᾶϹ : the αὐτούς, which I have placed in the margin as an adscript to σφᾶς, might of course be translated as the object of ἐκέλευον if words might have any order in a Greek sentence.

4. ἡΝΔΡΑΠόΔΙϹΑΝ : we cannot say whether Thucydides wrote

ἠνδραπόδισαν or ἠνδραποδίσαντο here. With τοιούτῳ following, either might mean the other almost in any ms. This is the only place in which the mss. exhibit the middle form in Thucydides. On the other hand, the middle might, as Bétant thinks, have a difference of meaning *servas suas fecerunt.*

49 ἐκπέμψαντεσ αὐτοὶ ἀκαρνᾶνεσ κ.τ.λ.: "Delendum censeo Κορινθίους. Ἐκπέμψαι ἀποικίαν iii. 92 4 : οἰκήτορας ii. 27 2 : iii. 92 7 : ἐποίκους v. 5 1 : ἄποικοι τοῖς ἐκπέμψασι Πελοποννησίοις βοηθήσαντες vi. 6 2. Per se bonum est ἐκπέμπειν ut in i. 56 prope fin. pro *expellere.* v. 52 init." —Dobree. The variant καὶ οἰκήτορας can best be explained on the supposition that Κορινθίους is an adscript. It properly belongs to οἰκήτορας, being a note by some one who took ἐκπέμψαντες to mean *expelling.*

50 1. ὁ τῶν ἀργυρολόγων νεῶν : the reading (εἷς) of all the mss. but Parmensis may have arisen from confusing ὁ with ά. For the adscripts see Introduction, xlvi. 31.

2. οὐ γιγνώσκειν : the subject is the writer of the letter. The words πρὸς Λακεδαιμονίους are an adscript to γεγραμμένων misplaced.

51 ποησάμενοι μέντοι κ.τ.λ.: see Introduction, xxi. 33.

καὶ ἕβδομον ἔτοσ κ.τ.λ.: see Introduction, lvii. 16.

52 3. ναῦσ τε γὰρ εὐπορία κ.τ.λ.: in this sentence there are actually two adscripts which have got into the text. As notes they are correct, but as an integral part of the text they are much in the way. It is useless to emend the καὶ τῆς to ἐκ τῆς. By the correction τὰ ἄλλα σκεύη we get just the sense required, σκεύη comprising all such things as masts, spars, oars, rudders, etc. See VII. 4 5: 24 2: VIII. 28 1. This conjecture published by me in 1883 has since occurred to Hude.

53 3. πᾶσα γὰρ ἀνέχει κ.τ.λ.: "Verte, *omnis enim* Laconia *in mare* etc. *prominet ;* igitur piratis obvia."—Dobree. See Introduction, xliv. 1.

54 1. τὴν πόλιν σκάνδειαν : for the adscript ἐπὶ θαλάσσῃ see Introduction, xlix. 25.

4. τὴν σκάνδειαν τὸ ἐπὶ τῷ κ.τ.λ.: the correction here made is called for by the general sense of the passage.

55 2. τοξότασ : a numeral has evidently been lost after this word.

56 1. τὰ μὲν πολλά . . . . . . ὡσ κ.τ.λ.: see Introduction, lxviii. 18.

2. ὑπήκοοι ὄντεσ : "Pro ὑπακούοντες suspicor Thucydidem dedisse ὑπήκοοι ὄντες, quoniam vulgata lectio subridicula est, ὑπακούοντες γὰρ οὐχ ὑπήκουον, atque ea de causa ab Atheniensibus ex vetere patria expulsi sunt."—Cobet.

57 2. ξυνεσελθεῖν μὲν οὐκ ἠθέλησαν : the interpolation of the adscript ἐς τὸ τεῖχος twice over, here and before κατακλῄεσθαι, makes a difficulty where none is. Τεῖχος would never have been used in the two senses of *fort* and *town wall* in so confusing proximity.

59 2. πᾶν τὸ ἐνὸν ἐκλέγων: this cannot mean *picking out all that is in it,* for that would be a plain contradiction in terms, but *proclaiming* or *declaring all that it implies.* So we have here ἐκλέγειν used for ἐξαγορεύειν as the present of ἐξερεῖν, ἐξειπεῖν, ἐξειρηκέναι. In VII. 87 3 we have the aorist—ἐλήφθησαν δὲ οἱ ξύμπαντες, ἀκριβείᾳ μὲν χαλεπὸν ἐξειπεῖν, ὅμως δὲ οὐκ ἐλάσσους ἑπτακισχιλίων.

3. ΑΫΤΑ ΔΕ ΤΑΫΤΑ ΠΡΑ´CCONTEC κ.τ.λ.: "Ostendi ad Xenophontis *Hellenica* (Nov. Lectt. p. 387) quid esset ἐν καιρῷ εἶναί τινι et ἐν καιρῷ τι ποιεῖν vel πράσσειν, nempe χρήσιμον εἶναί τινι et χρήσιμον aut ὠφέλιμον aut ξυμφέρον τι ποιεῖν vel πράσσειν. Sententia est: *si bellum iis quas dixi causis susceptum non profuerit*, al παραινέσεις τῶν ξυναλλαγῶν ὠφέλιμοι."— Cobet.

4. ΔΙ' ΑΝΤΙΛΟΓΙΩΝ: *i.e.* λέγοντες καὶ ἀκούοντες.

60   2. ΕΙΚΟ´C . . . ΠΕΙΡΑ´CACΘΑΙ: "Moneo *semper et ubique* post εἰκός apud Thucydidem—etiam ubi agatur de re futura—sequi aoristum sine ἄν, nusquam futurum."—Herwerden.

61   3. ΟΫ ΓΑ´Ρ ΤΟΙ´C ΕΘΝΕCΙΝ κ.τ.λ.: there are two antitheses, namely, between τοῦ ἑτέρου ἐχθει and τῶν ἀγαθῶν ἐφιέμενοι, and between ὅτι δίχα πέφυκε and ἃ κοινῇ κεκτήμεθα.

4. ΤΟ´ ΔΙ´ΚΑΙΟΝ ΜΑ˜ΛΛΟΝ: "Intellige μᾶλλον ἢ τὰ τῆς ξυνθήκης, *rather in the spirit of an ally than according to the letter of a treaty.*"—Dobree.

8. ΑΠΡΑΓΜΟ´ΝΩC ΠΑΫCONTAI: "Futurum ἅπασιν ostendit παύσονται esse emendandum. Demonstrat enim Hermocrates quantum boni renovata concordia civitatium sit habitura."—Cobet.

62   2. Η˜ ΔΟΚΕΙ˜ΤΕ, ΕΙ´ ΤΩ˜Ι ΤΙ ΕCΤΙΝ κ.τ.λ.: "Vulgata debetur absurdae conjecturae quam amplexi sunt editores non videntes nec Graece recte omitti post verbum δοκεῖν voculam ὅτι, neque formas quas nostro obtrudunt παύσαι et ξυνδιασώσαι pro formis in -ειε(ν) non esse Thucydideas. Facillime autem sic explicatur corruptela, ut, postquam in ἡσυχίᾳ (*i.e.* ἡσυχίαν) neglecta esset lineola, πόλεμον a correctore in πόλεμος mutatum putemus. Pugnat enim pro hac emendatione sequentia καὶ . . . τὴν εἰρήνην."—Herwerden.

3. ΠΡΟCΚΑΤΑΛΙΠΕΙ˜Ν: the word of which this gloss has taken the place is not easy to discover. The sense required is *even* (πρός) *to lose, even to have to do without.* Neither Naber's προσκαταλύειν nor Hude's προσκαταλυπεῖν helps us.

63   1. ΔΙΑ` ΤΟ´ Η˜ΔΗ ΦΟΒΕΡΟ´Ν: the interpolation which follows is discussed in Introduction, lvi. 10.

2. Η˜Ν Δ' ΑΠΙCΤΗ´CANTEC κ.τ.λ.: "In vocabulo ἄγαν quod . . . nulla ratione potest explicari aut defendi, latebat id ipsum quod quaerimus ἀγών. Quapropter non dubito quin Thucydidis manum restituturi simus sic corrigendo: οὐ περὶ τοῦ τιμωρήσασθαί τινα (ἔσται) ἀγών, ἀλλὰ καί, εἰ τύχοιμεν, φίλοι μὲν ἂν τοῖς ἐχθίστοις, διάφοροι δ' οἷς οὐ χρὴ κατ' ἀνάγκην γιγνοίμεθα: —*non jam res in eo versabitur ut nescio quas injurias ulcisci possimus, sed potius verendum erit ne, si fors id ferat, adversarios nostros jurare sociosque adoriri cogamur* (nempe a novis dominis Atheniensibus). Isdem fere verbis vi. 11 7 legimus: ὥστ' οὐ περὶ τῶν ἐν Σικελίᾳ Ἐγεσταίων ἡμῖν ὁ ἀγών, εἰ σωφρονοῦμεν, ἀλλ' ὅπως etc. Ibi autem ἐστίν mente addendum, nostro vero loco futurum ἔσται requiritur, quapropter id inserui. Optime autem graecum esse εἰ τύχοιμεν pro εἰ τύχοι, vix est quod moneam. Sic Aristophanes e.g. (Ran. 945) εἶτ' οὐκ ἐλήρουν ὅ, τι τύχοιμ' οὐδ' ἐμπεσὼν ἔφυρον. Eupolis (fr. 117 Kock.) νινὶ δ' ὅταν τύχωμεν ‖ στρατευόμεσθ' αἱρούμενοι καθάρματα στρατηγούς."—J. v. Leeuwen Jr.

64 1. ἀξιῶ . . . παθεῖν: "Lege προϊδόμενος . . . ὥστε αὐτὸς . . . ὑφ' ὑμῶν αὐτῶν."—Dobree.

3. τὸ δὲ ξΎμπαν: the lacuna here only requires pointing out. I am not sure after all that in the following clause οἱ may not stand.

65 4. Ὑποτιθεῖcα Ἰcχὺν τῆ ἐλπίδι: *giving their hopes a basis of strength.*

66 2. φανερῶc καὶ αὐτοὶ κ.τ.λ.: by translating *themselves openly proposed to adhere to this plan* Dobree favours the omission of μᾶλλον ἢ πρότερον, as he seems to have shrunk from translating the words. They are in effect an adscript to οὐ δυνατὸν τὸν δῆμον ἐσόμενον, and sensible enough if kept in their place.

67 2. εἰ μὴ οἷc ἐπιμελὲc ἦν κ.τ.λ.: "Delendum esse οἱ ἄνδρες assentitur mihi Herwerden qui optime novit quam amet Thucydides hanc componendi formam, ut in i. 5 οἷς ἐπιμελὲς εἴη εἰδέναι οὐκ ὀνειδιζόντων, i. 24 οἷς δ' ἀμυνεῖτε, i. 71 οἷς ἂν ξυνομόσωσιν, ii. 42 οἷς τῶνδε μηδὲν ὑπάρχει, ii. 51 οἷς αἵρεσις γεγένηται, iii. 11 οἷς ἐπῆσαν, iii. 93 ὧν ἐπὶ τῇ γῇ ἐκτίζετο, et passim in reliquis libris."—Cobet.

3. ἀκάτιον ἀμφηρικὸν κ.τ.λ.: *by making themselves out to be robbers, they had for some time previously arranged for getting the gates opened* when the time came. *They used during night to put a rowing boat on a waggon and convey it down to the sea and then sail out.* "Valde suspicor πείθοντες τὸν ἄρχοντα merum esse scholium ad τεθεραπευκότες, etc."—Dobree.

διὰ τῆc τάφρου: see Introduction, xxxix. 30, and for the following adscript id. xlv. 33.

68 5. καὶ γὰρ οἱ ἀπὸ τῆc ἐλευcῖνος κ.τ.λ.: read πορευσόμενοι for πορευόμενοι. *For the men were come who by the compact were to march by night from Eleusis, four thousand Athenian hoplites and six hundred horse.*

69 2. ἀρξάμενοι δ' ἀπὸ τοῦ τείχουc κ.τ.λ.: *beginning at the part of the walls which they held, and walling across the Megara side of it, from that point on each side as far as the sea, the army dividing ditch and walls among them, what with the help of stones and bricks from the suburb and the trees and wood which they cut down, did fence them off where fence was needed; and the houses being furnished with battlements served just as they were for a rampart.* In this unwieldy sentence I have tried to show that the text is right as it stands. The τάφρος καὶ τείχη are the ditch and walls of Nisaea and such part of the long walls as lay between the part held by the Athenians and Nisaea. These were divided into lengths, and each of these lengths a body of men undertook ἀποσταυροῦν. The adscript τῆς Νισαίας is misplaced. It belongs to τάφρον καὶ τείχη.

3. τοῖc τε λακεδαιμονίοιc: "Lege τοῖς δὲ—— i.e. ceteros Peloponnesios, certa pecunia soluta, dimittendos; de Lacedaemoniis staturos Athenienses."—Dobree.

70 2. ὡc δὲ ἐπΎθετο: Herwerden supplies τὸ ὄν.

Βουλόμενοc μὲν τῷ λόγῳ κ.τ.λ.: his pretence for taking action was an attempt upon Nisaea (and he really wanted to carry that out if he could), but his principal object (τὸ δὲ μέγιστον) was to get into Megara.

ἠξίου δέξαcθαι . . . νίcαιαν: *he asked them to receive him and his men, telling them he was in hopes of taking Nisaea.* The aorist infinitive after phrases with ἐλπίς is the normal construction as against the future with ἐλπίζειν *hope*. After the substantive the infinitive fills the place of another substantive in the genitive.

71 1. ἐφεΔρεγόντων : see Introduction, xx. 15.

72 4. ΟΥΔέΝ ΜέΝΤΟΙ ἐΝ Γε κ.τ.λ.: the corruption of οὐδέν to οὐ was easy before μέντοι (ΟΥΔΕΝΜΕΝΤΟΙ), and 'τελεύτησαν differs so little from τελευτησαν̇ that the latter easily replaced it. This done, the shifting of ἀπεκρίθησαν was inevitable.

73 2. καλῶc Δέ ἐνόΜιζον κ.τ.λ.: no plausible emendation of this passage has yet been suggested. Very little seems gained by reading ἐδικαίωσαν, nor can the various changes of order proposed by different critics be called successful.

4. οἱ ΓὰΡ ΜεΓαΡῆc ὡc : the general sense of the lost words is plain, though we cannot say for certain what they were—οἱ γὰρ Μεγαρῆς ὡς [εἶδον οὐδὲν ἐποίουν ἀλλὰ περιεώρωντο. καὶ] οἱ Ἀθηναῖοι.

ὡc ἐπικΡατήcαΝτι καὶ τῶΝ κ.τ.λ.: *believing that he had got the best of it and that the Athenians would not any more be willing to fight.* The future ἐθελησόντων is necessary.

74 4. καὶ πλεῖcτοΝ Δὴ χΡόΝοΝ κ.τ.λ.: there is no occasion to add ἡ after αὕτη. *And this lasted a very long time indeed* for a thing of the kind—*a change of constitution made in party spirit by a very few men.*

75 1. τῶΝ ἀΡΓγΡολόΓωΝ Νεῶν : see Introduction, xlvii. 4.

2. οἵ εἰcι πέΡαΝ ἐΝ τῇ ἀcίᾳ : "Haeccine Thucydidem ipsum scripsisse videri! Lamachi *in Asia* iter describens ex agro Heracleensi per Bithyniam Calchedonem cum pervenisse narrat. Potesne opus esse dicere Bithyniam illam in Asia esse sitam? Constantinopoli ista adscripta sunt, non Athenis scripta."—Cobet.

78 3. εἰ Μὴ ΔΥΝαcτείᾳ κ.τ.λ.: there is something to be said for Hude's suggestion of ἐχρῶντο ἐγχωρίῳ or ἐπιχωρίῳ. It explains better than Cobet's κατὰ τὸ ἐγχώριον the reading of our mss. τὸ ἐγχώριον compared with the reading of Dion. Halic. 799 R τῷ ἐγχωρίῳ.

4. ἔλεΓε Δέ ὁ ΒΡαcίΔαc κ.τ.λ.: Dobree saw that there was something wrong with the pronouns in this sentence, and he proposed to read ἔλεγε δὲ ὁ Βρασίδας τῇ Θεσσαλῶν γῇ καὶ αὐτὸς φίλος ἰέναι. But I believe that both the καὶ αὐτός before ὁ Βρασίδας and the καὶ αὐτοῖς (v.l. καὶ αὐτός) before φίλος have arisen from the adscript καὶ αὐτός intended to differentiate Brasidas from his conductors.

ΝῦΝ τε ἀκόΝτωΝ : one ms. reads δέ here. "Sed aptius hoc tertium membrum per τε particulam adjungi mihi videtur, quippe quod etiam sicut duo superiora animum Brasidae erga Thessalos amicum significat, ut verbis demum : οὐ μέντοι ἀξιοῦν γε εἴργεσθαι oppositio fiat." —Hude.

79 2. ἐπηΓάΓοΝτο τὸΝ cτΡατόΝ : Dobree thus corrects the mss. reading ἐξήγαγον. "Chalcidenses, quantum memini, nullas copias habebant in Peloponneso. Certe Perdiccas non potuit, quippe qui pacem cum Atheniensibus simularet, ut patet ex hoc ipso loco et mox cap. 82. Legendum puto ἐπηγάγοντο στρατόν. Vulgata nasci potuit ex ἐξαγαγεῖν in capitis fine, ubi subintellige τοὺς Λακεδαιμονίους. Necessarium est ita intelligere ob sequentia cap. 80."

80   3. φοβούμενοι . . . ὅτητα : see Introduction, lxviii. 8.

4. ΠΡΟΚΡΙΝΑΝΤΩΝ : "Frustra mutationem subjecti loco iii. 34 3 collato excusant editores, ubi plurima verba inter participium et subjectum novum interposita sunt. Scribendum est προκρινάντων : causa mendi in conspicuo est."—Hude.

81   1. ΑΥΤόΝ ΤΕ ΒραΣίΔαΝ ΒΟΥΛόΜΕΝΟΙ κ.τ.λ.: Hude is plainly right in reading βουλόμενοι. The mss. reading is due to the proximity of Βρασίδαν. The error would have been sooner noticed but for the conventional division into chapters. The emphatic position of αὐτόν shows that Thucydides meant to contrast Brasidas and his troops, *the general himself the Lacedaemonians were most willing to send; and the Chalcidians too were anxious* that he should be sent. The words that follow in the mss. are an adscript to Βρασίδαν and have entered the text at a wrong place. The solecism in signification of the aorist participle γενόμενον was first pointed out to me by Professor Campbell.

2. ΑΝΤΑΠόΔΟΣΙΝ χωρίων : "Si locum diligenter consideraveris senties καὶ ἀποδοχήν male abundare. Spartani nihil aliud cupiebant quam κομίσασθαι τοὺς ἄνδρας, sed nihil habebant quod pro illis ἀνταποδιδόναι possent. Cf. iv. 17 sqq. Dabant εἰρήνην καὶ ξυμμαχίαν, pollicebantur honorem, gloriam, gratiam, Spartanorum fidelem amicitiam, sed nihil de Atheniensibus bello captum habebant ut permutatio fieri posset. Nunc Brasidas ἀπέστησε τὰ πολλά, τὰ δὲ προδοσίᾳ εἷλε τῶν χωρίων ὥστε τοῖς Λακεδαιμονίοις γίγνεσθαι ἀνταπόδοσιν. Vides τὴν ἀποδοχήν in ΑΝΤΑΠόΔΟΣΙΣ inesse. Nemo enim nisi ἀποδεξάμενός τι potest ΑΝΤΑΠΟΔΙΔόΝΑΙ."—Cobet.

83   2. ΠΡό ΠΟΛέΜΟΥ : an undoubted adscript whether we take it as it stands as an adscript to λόγοις or as a corruption of πρὸ πολεμίου, an adscript to ξύμμαχον.

4. ΚΟΙΝῆ ΜᾶΛΛΟΝ . . . ΠΡάΣΣΕΙΝ : *Brasidas the rather to have a hand in dealing with Arrhabaeus.*

85   4. ΠᾶΝ Τό ΠΡόΘΥΜΟΝ ΠΑΡέΣΧΟΜΕΝ : that either παρέσχομεν or παρεσχόμεθα should be written for the mss. παρεχόμενοι is pretty certain, but it is not easy to say which. On the one hand παρέσχομεν could easily come from παρέσχομεν, and on the other παρεχομ⁶ (παρεχόμενοι) hardly differs at all from παρεσχομ^θ (παρεσχόμεθα).

6. ΤὴΝ ΑΙΤίΑΝ ΟΎ ΔόΞΩ : the conjecture of οὐ δόξω for οὐχ ἕξω is Hude's, though Herwerden had before seen that οὐ δόξω was required with the following clauses, and had inserted it after ἐλευθερίαν. The correction really comes from the "scholia."

7. ὥΣΤΕ ΟΎΚ ΕἸΚὸΣ κ.τ.λ.: *wherefore it is not likely that by sea at least they will send against you a force to match you.* This correction of the text is a very easy one. ἰσοπαλῆ whether written in uncial or cursive letters differs very little from ἴσον and an abbreviation of πλῆθος.

86   2. ΟΎΤ' ΑΥΤὸΣ ΥΠΟΠΤΕΎΕΣΘΑΙ : these words have raised difficulties because it has not been seen that the personal character of Brasidas is quite naturally distinguished from his ability to help them. "I claim your confidence in me personally, and in the adequacy of the force which accompanies me."

87   1. ογκ ἄν μείζω πρὸc τοῖc ὅρκοιc κ.τ.λ.: *over and above oaths better security you could not have, you to whom my acts compared with my words provide cogent reasons for believing that our interests are just as I said.*

2. εἰ δ' ἐμοῦ ταῦτα προϊσχομένου κ.τ.λ.: this sentence is right as it stands, and we cannot omit with Badham ἀξιώσετε μὴ κακούμενοι. Brasidas supposes the Acanthians to say ἀδύνατοι μέν ἐσμεν, εὖνοι δ' ὄντες ἀξιοῦμεν μὴ κακούμενοι διωθεῖσθαι κ.τ.λ.

89   1. εἰc ἃc ἕλει κ.τ.λ.: see Introduction, xliv. 17.

90   1. "τὸ ἱερὸν ἀπόλλωνοc aperte delendum."—Dobree.

4. ὡc ἐπ' οἴκου πορευcόμενον : the future participle is required. Though a verb of motion precedes, the ὡς is still required, as the sequel shows. The whole force started *with the intention* of going home, but only part of it actually did go home, οἱ δ' ὁπλῖται θέμενοι τὰ ὅπλα ἡσύχαζον. In VII. 2 2 we have another instance of the future participle with ὡς after a verb of motion : τῷ Γυλίππῳ εὐθὺς πανστρατιᾷ ὡς ἀπαντησόμενοι ἐξῆλθον. There we have to translate *they marched out in the hope of meeting Gylippus*, for the context shows that they did not know precisely where Gylippus was.

92   1. μηδ' ἐc ἐπίνοιαν κ.τ.λ. : "Cave pro τινά conicias τινί. Dicebant enim plane eodem sensu παρέστη μοι, παρέστηκέ μοι, et ἐς ἐπίνοιαν ἦλθον, non ἦλθέ μοι ἐς ἐπίνοιαν."—Cobet.

2. οὐ γὰρ τὸ προμηθὲc κ.τ.λ. : "Bella mehercule *providentia*, quae *considerationem non patitur*. Dele λογισμόν, et verte Cautioni non aeque est locus ubi etc."—Dobree. The λογισμόν comes from c. 10 λογισμὸν ἥκιστα ἐνδέχεται.

4. ὡc αὐτοῖc διάκειται : *in what state they are put by them.* Αὐτοῖς is the ordinary dative of the agent after perfects passive or their equivalents, διακεῖσθαι being here, as frequently, used as the perfect passive of διατιθέναι. The sense of διατιθέναι and διακεῖσθαι found in this place is common enough. Cp. VI. 57 4 ὕστερον ληφθεὶς οὐ ῥᾳδίως διετέθη *was not over gently handled.*

5. ἧccον ἑτοίμωc . . . εἰν : see Introduction, lxix. 8.

7. τοὺc μὴ ἀμυνουμένουc : "Credo legendum ἀμυνομένους in futuro."—Dobree.

ὅτι . . . κτάcθων : for the difference between the nature of the Greek and the English imperative which makes such a construction as this possible, see my edition of *Babrius*, p. 38ᵇ. I was glad to see that this view was at once adopted by scholars.

93   1. οὐ καθεώρων : "Verbo θεωρεῖν pro ὁρᾶν quia sequiores tantum utuntur, punctum temporis non dubito quin lenissima mutatione hic rescribendum sit οὐ καθεώρων ἀλλήλους cp. viii. 104 extr. ὥστε . . . μὴ κάτοπτα εἶναι."—Herwerden.

3. ὥσπερ ἔμελλον : "Sententia non est absoluta et verbum necessarium intercidit. Supple ὥσπερ ἔμελλον (ξυνιέναι), ut cap. 94 2 καθεστώτων δ' ἐς τὴν τάξιν καὶ ἤδη μελλόντων ξυνιέναι."—Cobet.

95   2. ἄνευ τῆc τῶνδε ἵππου : "Non solet Thucydidis oratio anceps

K

esse aut ambigua, ut hoc loco, ubi ἄνευ τῆς τῶνδε ἵππου nihil aliud signifi-
care potest quam ἐστερημένοι τοῦ τῶν Θηβαίων ἱππικοῦ destituti equitatus
Thebanorum auxilio."—Cobet.   I would go further and reject the words.
In the first place this is a παραίνεσις, and in such a speech the statement
that victory would secure Attica against invasion is a very natural exag-
geration.   In the second place, we may be sure that all who heard
Hippocrates understood without his telling them in so many words what
the loss of the Boeotian cavalry would involve for the Peloponnesians.

95   3. χωρήσατε οὖν ἀξίως κ.τ.λ.: On! then in a spirit worthy of
Athens.   The ἐς αὐτούς which follows ἀξίως in the mss. is an adscript.

96   4. τὸ μὲν οὖν ταύτῃ ἡσσᾶτο: the words τῶν Βοιωτῶν following
ἡσσᾶτο could only be translated as if dependent upon it.

κατὰ βραχὺ τὸ πρῶτον ἐπηκολούθουν: "Tolle distinctionem,
et verte, were following them, slowly at first, when Pagondas——." Dobree.

97   3. πλὴν χέρνιβι: the adscript πρὸς τὰ ἱερά was rendered necessary
when χέρνιψ lost its ritual sense, as it did in late Greek.

98   2. οἷς ἄν πρὸ τοῦ κ.τ.λ.: a convincing conjecture.   Badham came
near it with his οἷς ἄν πρὸ τοῦ εἰώθωσι καὶ δύνωνται.

4. εἰ μὲν ἐπὶ πλέον δυνηθῆναι: the variant δυνηθεῖεν does not
give the sense required.   In direct discourse the words would run: εἰ μὲν
ἐπὶ πλέον ἐδυνήθημεν τῆς ἡμετέρας κρατῆσαι, τοῦτ' ἄν εἴχομεν· νῦν δὲ ἐν ᾧ
μέρει ἐσμὲν ἑκόντες εἶναι ὡς ἐξ ἡμετέρας οὐκ ἄπιμεν.

5. ὕδωρ τε ἐν τῇ ἀνάγκῃ κ.τ.λ.: it seems to me not unlikely that
the words βιάζεσθαι χρῆσθαι are an adscript to ἐν τῇ ἀνάγκῃ κινῆσαι.
Their omission certainly improves the sense, as is seen more clearly if the
sentence is turned from the indirect form to the direct: ὕδωρ τε ἐν τῇ
ἀνάγκῃ ἐκινήσαμεν ἥν οὐκ αὐτοὶ ὕβρει προσεθέμεθα ἀλλ' ὑμᾶς προτέρους ἐπὶ
τὴν ἡμετέραν ἐλθόντας ἀμυνόμενοι. Ὕβρει = ὑβρίζοντες would then correspond
with ἀμυνόμενοι.

6. πᾶν δ' εἰκὸς εἶναι τῷ κ.τ.λ.: to a man under compulsion, any-
thing, it was natural to think, became venial even in the sight of the god.
The omission of the adscript and of the τι which arose from dittographia
(ΤΙΓΙΓΝΕCΘΑΙ) would secure a possible sense even if Reiske's correc-
tion of τὸ κατειργόμενον to τῷ κατειργομένῳ were not accepted.

8. σαφῶς τε ἐκέλευον κ.τ.λ.: see Introduction, xviii. 9.   It is to
miss an idiomatic turn to conjecture either εἴκειν with Stahl or ἐπιτρέπειν
with Herwerden.

99   καὶ οὐκ ἄν . . . τῆς ἐκείνων: this passage has not yet been
emended.   One thing is clear that we get a perfect sense apart from this
sentence.   Accordingly I would suggest that the loss of a main verb has
concealed the presence of a parenthesis here, viz. καὶ οὐκ ἄν ὥοντο αὐτοὺς
βίᾳ σφῶν κρατῆσαι αὐτῶν, οὐδ' αὖ ἐσπένδοντο δῆθεν ὑπὲρ τῆς ἐκείνων.
Certainly commentators are both put to strange shifts in translating
ἐσπένδοντο, and have overlooked the fact that the use of οὐδέ and not καὶ
οὐ implies a preceding finite verb in a negative construction.   Poppo
translates "inducias facere volebant;" Arnold, "nor, according to their

own statement, did they *like* to grant a truce;" and Jowett, "and they were *unwilling*, as they pretended, to make a truce."

102   3. τό χωρίον . . . ἐκαλοῦντο : see Introduction, liv. 10.

        4. ἥν ἀμφίπολιν ἅγνων κ.τ.λ. : *which Hagnon called Janus-town because, the Strymon flowing round first one side then another, he, cutting the settlement off by a long wall, founded it conspicuous both seawards and towards the interior.* This un-English translation will perhaps show that the text is right except for διὰ τὸ περιέχειν ; on which see Introduction, xxxix. 6.

103   5. ἀπέχει δὲ τό πόλισμα κ.τ.λ. : "*Oppidum* Argilos *longius distat ab* Amphipoli *quam pons.*"—Dobree.

        τῶν ἀμφιπολιτῶν οἰκούντων : a misplaced adscript to τῶν ἔξω in the first sentence of 104.

104   3. νῦν δὲ ὁ μὲν ἱδρύσας κ.τ.λ. : the reading ἐπὶ τὰ ἔξω ἐπέδραμε καὶ ὥς is right, even if the first hand of the Laurentian gives ἐπεί and most manuscripts omit ὥς. Brasidas, it is said, thought that if he had chosen to refrain from plundering, and had marched at once to the town, he would have taken it ; but, as it was (νῦν), he encamped his force (as opposed to εὐθὺς ἐχωρῆσαι πρὸς τὴν πόλιν), and over-ran the lands outside ; and as he found (αὐτῷ) none of the results he expected follow from the action of his friends inside, he for his part took no step. But as for the opponents, etc. "Corrigendum οὐδὲν . . . ὧν προσεδέχετο, ut iii. 26 οὐδὲν ἀπέβαινεν αὐτοῖς ὧν προσεδέχοντο, et sic saepius alibi."—Cobet.

106   1. βραχὺ μὲν . . . ξύμμικτον : "Lege βραχὺ μὲν ᾿Αθηναῖον ut 109 4 Χαλκιδικὸν βραχύ."—Dobree.

        δίκαιον εἶναι . . . : see Introduction, lxviii. 10. In the following phrase the position of τὰ δεινά varies in the mss., some putting it before and some after εἶναι. This betrays its origin. The sense is much improved by its omission : *believing that they had the worse of it.*

108   1. ὅτι μέχρι μὲν τοῦ κ.τ.λ. : "*I.e. quod* hactenus Lacedaemonii, ope Thessalorum, ad Strymonem usque progredi possent ; sed semel capta Amphipoli (τότε δέ) etc."—Dobree.

        ἄνωθεν μὲν μεγάλης κ.τ.λ. : I think Hude is right here in reading τηρουμένου, *quod et superne . . . paludem efficiebat fluvius et ad Eionem versus custodiebatur.* In this case ἐπὶ πολύ will mean *extending for a long way.*

        5. αὐτῷ ἐπὶ νίσαιαν . . . στρατιᾷ : this adscript of course comes from c. 85 fin.

        7. ὁ δὲ ἐς τὴν λακεδαίμονα κ.τ.λ. : perhaps the missing word was ἐπέστελλεν, and if so the lacuna should rather have been placed after προσαποστέλλειν. The loss of the word would then be easily explicable
ΠΡΟΣΑΠΟΣΤΕΛΛΕΙΝΕΠΕΣΤΕΛΛΕΝ.

109   2. ὁ ἄθως αὐτῆς τελευτᾷ : *Athos ends it in the Aegean Sea, i.e.* running into the Aegean it ends in Athos. See Introduction, xlix. 21.

110   1. νυκτὸς ἔτι : for the adscript περὶ ὄρθρον see Introduction, xxxiv. 26. In late Greek περὶ ὄρθρον is a correct paraphrase for νυκτὸς ἔτι, but

in Attic νυκτὸς ἔτι and περὶ ὄρθρον are contradictory. See *The New Phrynichus*, 341.

110 2. οἷ ΔΙΑΔΎΝΤΕC . . . ΛΑΘΌΝΤΕC: the καί before λαθόντες has no place here, as λαθόντες is in an adverbial relation to διαδύντες.

ΤΟῩ ἈΝΩΤΆΤΩ ΦΥΛΑΚΤΗΡΊΟΥ: "Φυλακτήριον non est arx sed Anglice *guard-house* vel *out-post*."—Dobree.

111 2. ΠΕΡΙΑΓΑΓΌΝΤΕC: "*I.e.* extra urbem. Centum peltastae primo erant prope τὰς κατὰ τὴν ἀγορὰν πύλας, tum pars eorum circumiit ad τὴν πυλίδα."—Dobree.

112 3. ΚΑΤ' ΆΚΡΑC ἙΛΕῖΝ: for the ejected adscripts see Introduction, xxxiv. 29.

113 3. ΚΑΤΈΦΥΓΟΝ ΔΈ . . . ἘΠΙΤΉΔΕΙΟΙ: the presence in this short sentence of two so doubtful uses as ἐς αὑτούς after κατέφυγον and of σφίσιν as an ordinary pronoun of the third person justifies the marking of it as corrupt. The nature of the latter solocism suggests the explanation that κατέφυγον has replaced some lost word like ἐδέχοντο or ἐδέξαντο. The makeshift κατέφυγον must in that case have come from καταπεφευγόσι in 114 l. See Introduction, lii. note, and lxviii. 18 ff.

114 4. ΚΑΊ ἩΓΟΎΜΕΝΟC ΟΥΔΈΝ ΧΕΊΡΟΥC: the mss. reading ὡς ἡγούμενος must mean *thinking that he thought*. If καί is read we have two reasons given by Brasidas for his proclamation—(1) τούτου ἕνεκα *i.e.* because he was not come to ruin either man or town, and (2) because he did not think any the worse of the men for their friendship to Athens.

116 2. ἈΝΑCΚΕΥΆCΑC: see Introduction, xxxv. 11.

117 2. ἜΜΕΛΛΟΝ ἘΠῚ ΜΕῖΖΟΝ κ.τ.λ.: no one has yet thrown any light upon the corruption of this passage. Two things seem certain, (1) that τοῖς is the dative (found elsewhere with κινδυνεύειν) of the thing risked, and (2) that there is a lacuna of some words before κρατήσειν. Further, στέρεσθαι has evidently here its common sense of *to do without*.

119 1. ΤΑῦΤΑ ΞΥΝΈΘΕΝΤΟ ΚΑΊ ὬΜΟCΑΝ κ.τ.λ.: see Introduction, xlviii. 5.

120 1. ΠΕΡῚ ΔΈ ΤΆC ἩΜΈΡΑC κ.τ.λ.: see Introduction, xl. 9.

CΦῶΝ ΤΟΎC ΠΡΟΓΌΝΟΥC: "Quid est σφῶν τοὺς πρώτους? An illi qui primi in haec loca delati sunt? Suspicor Thucydidem dixisse quod in re simili dicunt omnes: majores suos a Troja redeuntes in haec loca devenisse: itaque verum est σφῶν τοὺς προγόνους."—Cobet.

2. ΟΥ ΠΡΌC ΤΌ ἜΛΑCCΟΝ κ.τ.λ.: "Bellula oppositio τὸ ἔλασσον . . . ἡ ναῦς, idque pro ἡ τριήρης. Thucydides idem dixerat paucioribus verbis."—Cobet.

121 1. ΚΑΊ ΠΡΟCΉΡΧΟΝΤΟ ὭCΠΕΡ ἈΘΛΗΤῇ: I am not at all sure that τε καὶ προσήρχοντο is not a fairly early adscript to ἐταινίουν, and that Thucydides did not write ἰδίᾳ δὲ ἐταινίουν ὥσπερ ἀθλητήν. The late use of προσέρχομαι in the sense of *worship* makes the word not out of place as a gloss to ἐταινίουν. The balance of the sentence is also in favour of the omission, and the unAttic form προσήρχοντο furnishes confirmatory evidence for it. In the whole of Herbst's unscholarly and fanciful pamphlet, there is not anything more absurd than his taking προσήρχοντο

here as coming from προσάρχεσθαι. What would Porson or Dobree have said of nonsense of this sort?

121   2. καί τι καί ἐπράσσετο: the repetition ἐς τὰς πόλεις ταύτας . . . ταῖς πόλεσι ταύταις has nothing to do with the feature of style discussed in Introduction, xvi. 32, but is due to the importation of an adscript.

122   2. οἱ δὲ ἀνήγγελλον: "Brasidae quidem indueias legati jam advenientes nuntiaverant (ἀφικνοῦνται παρ' αὐτόν) nec ulla alia de causa retro cessit exercitus; nunc non de nuntiatis Brasidae induciis agi ostendit etiam, quod de effectu additur καὶ ἐδέξαντο."—Madvig. This note suggested to me the omission of the adscript τῷ Βρασίδᾳ. Madvig's own correction was to write οἱ δὲ ξὺν τῷ Βρασίδᾳ—a proposal neither better nor worse than most of his conjectures in Thucydides. Madvig's work in Greek is of an altogether different quality to his work in Latin. It may generally be safely disregarded.

3. τοῖς μὲν ἄλλοις . . . : see Introduction, lxix. 24.

6. κλέωνος γνώμη: Herwerden first noted the adscript πεισθέντες.

123   1. οὐ νομίζων ἀδικεῖν: see Introduction, xliv. 6.

2. καὶ ἅμα τῶν πρασσόντων κ.τ.λ.: one of the difficulties of this passage is removed when we see that ὡς τότε ἐμέλλησαν v.l. ἐμέλλησεν is a misplaced adscript to τὴν τοῦ Βρασίδου γνώμην ὁρῶντες ἑτοίμην, being a back reference to 122 init. ὁ μὲν ἔμελλεν ἐγχειρήσειν κ.τ.λ. The other corruptions seem to me to be all due to that tendency of scribes pointed out in the Introduction, lxxi. 16 ff. If we omit the conjunctions we get a Thucydidean sentence of clear meaning: *and at the same time because those who managed the plot for them being few in number no longer took things easy but in fear for their lives had forced the majority to act against their inclination.*

125   1. ὥστε ἤδη ἀμφοτέροις κ.τ.λ.: we have been already told that Brasidas was anxious to retreat τῆς τε Μένδης περιορώμενος μή τι πάθῃ and because without the Illyrians their force was too small to do what Perdiccas wished. Even Perdiccas must have seen that his plan was impracticable when the Illyrians joined Arrhabaeus. Accordingly διὰ τὸ δεὸς αὐτῶν ὄντων ἀνθρώπων μαχίμων is an adscript, the latter half of it belonging to the class of notes of which we have an admirable example in 24 5 καὶ ἔστιν ἡ Χάρυβδις κ.τ.λ.

φοβηθέντες . . . νομίσαντες: *taking fright because they thought.* See Introduction, lxxi. 16.

2. ξυναγαγὼν καὶ αὐτός κ.τ.λ.: "Scripsit Thucydides quod veteres in ea re constanter dicunt ἐς πλαίσιον, cujus lectionis vulgatam interpretamentum esse noli dubitare. Cp. vi. 67 ibique ad notationem scholiastae: ἐν πλαισίῳ: ἐν τετραγώνῳ σχήματι. Ita loco vi. 22 Pierson ad Moer. p. 219 pro πεφρυγμένας κρίθας nostro reddidit κάχρυς. Cf. ejus Praefat. p. xxxii."—Herwerden. He also points out that the word πλαίσιον was unknown to copyists, in vii. 78 many mss. giving ἐν διπλασίῳ for ἐν πλαισίῳ.

126   2. οἴγε μηδέ . . . ἄρχουσιν: "Dele vel μηδέ vel οὐ."—Dobree.

4. τῶν πολεμίων: really a misplaced adscript to αὐτῶν in προσγενομένη περὶ αὐτῶν.

126   **5. πλήθει δεινοί**: the untranslatable ὄψεως which follows πλήθει in the mss. is a poor adscript suggested by the following sentence τὸ προὔπ-άρχον δεινὸν . . . ὄψει δὲ καὶ ἀκοῇ κατασπέρχον.

    ἐπανάceιcιc: *a brandishing in the air* (ἀνά) *against* (ἐπί) *the enemy*.

    6. ἄπωθεν τὸ ἀνδρεῖον κ.τ.λ.: see Introduction, xxxv. 5.

128   **5. τῶν δὲ ἀναγκαίων κ.τ.λ.**: διανασταδ is a gloss which has replaced the Thucydidean word. The verb is quite common in late Greek, but I cannot discover an instance of it in any classical author. This, together with the fact that it will not translate, is decisive against it.

130   **5. ἄμα δὲ . . . φοβηθέντας**: the accusative φοβηθέντας, which appears as an emendation in one codex and is printed on the margin in the edition of Stephanus, has also the approval of Dobree.

    6. ἐσπεcόντεc, τὴν πόλιν ἅτε κ.τ.λ.: "Manifestum est hoc Thucydidem dicere: οἱ Ἀθηναῖοι τὴν πόλιν διήρπασαν ἅτε οὐκ ἀπὸ ξυμβάσεως ἀνοιχθεῖσαν. Unde ἐc natum sit vides."—Cobet.

131   **2. Βιαcάμενοι τὴν φυλακήν**: see Introduction, xlix. 19.

132   **3. τῶν ἡβώντων ἀcτῶν**: the frequency with which αὐτός and ἀστός are confused suggested this emendation. The variant τῶν Σπαρτια-τῶν ἡβώντων is in favour of it, as an adscript Σπαρτιατῶν would suit ἀστῶν better than αὐτῶν.

    πᾱcιτελίδαν: all the mss. read ἐπιτελίδαν. "Imo Πασιτελίδαν. Vide mox v. 3 ter."—Dobree.

133   **2. ἄφθεντα πάντα**: see Introduction, xxxv. 20. To understand the gloss καταφλεχθέντα we must recall the late use of ἅπτειν in the sense of *to burn*.

    3. ὅτε ἐπεφεύγει: see Introduction, xxxviii. 21.

135   **κλίμακαc προcθείc**: "Genitivus ceterique casus hujus nominis compendiose scribuntur sic, ut suppressa syllaba finali, ᾱ ponatur supra μ. Tunc articulus antecedens aut verborum contextus quoque loco docet qui casus a scriptore positus sit."—Bast. "Reliqua sic mihi corrigenda esse videntur: μέχρι μέν του (aliquamdiu) ἔλαθε· τοῦ γὰρ κώδωνος παρενεχθέντος ΕΝΤΟCΟΥΤΩΙ ἐς τὸ διάκενον ἡ πρόσθεσις ἐγίνετο, deletis verbis πρὶν ἐπανελθεῖν τὸν παραδιδόντα αὐτόν. Rei ratio mihi haec esse videtur: excubi-tores certo intervallo erant in moenibus locati. Tintinnabulum (κώδων) per singulos ita circuibat ut qui primus excubitor id acceperat ad secundum perferret, secundus ad tertium, atque ita deinceps. Sic fiebat ut esset aliqua pars muri ἀφύλακτος, dum excubitor ex sua statione ad proximum tintinnabulum transferebat. Hoc appellat Thucydides τὸ διάκενον *locum vacuum et incustoditum*, in quo interea (ἐν τοσούτῳ) Brasidas scalas applicuit. Vides quam facile ΠΑΡΕΝΕΧΘΕΝΤΟC(ΕΝΤΟC)ΟΥ-ΤΩΙ converti potuerit in παρενεχθέντος οὕτως. Quae verba expunximus: πρὶν ἐπανελθεῖν τὸν παραδιδόντα αὐτόν neque quidquam habent quod ad rem faciat et pro παραδιδόντα certe παραδόντα dictum opportuit et omnino haec Scholiasta aliquo quam Thucydide digniora sunt."—Cobet.

THE END